卡夫卡百年典藏

变形记
卡夫卡中短篇小说选

DIE VERWANDLUNG

〔奥〕卡夫卡 著
高中甫 编
李文俊 叶廷芳 等译

译 序

卡夫卡,其人不可作寻常观。

弗朗茨·卡夫卡(Franz Kafka 1883—1924),这位作为世界现代文学的开拓者和奠基者之一的伟大作家,就其生活经历而言,也许除了三次订婚三次解除婚约,终生未婚之外,可谓是再平常不过了。1883年他生于奥匈帝国的布拉格,是一个犹太商人之子;小学毕业后升入布拉格一所国立德语文科中学;1901年进入布拉格大学德语部,攻读法律,选修德语文学和艺术史;1906年被授法学博士,翌年在一家保险公司任职;自1908年起供职于一家半官方的工人工伤事故保险公司;1917年患肺病,1922年因病离职,1924年病逝,终年只有四十一岁。这便是他短暂而普通的一生,既没有做出什么惊心动魄的英雄业绩,也没有过惊世骇俗的举动;既非春风得意,亦非穷困潦倒;既非一帆风顺,亦非颠沛流离。从形而下来看,一常人也。但若从精神层次来进行观察却迥然不同,这是一个充满了矛盾和冲突、痛苦和磨难、孤独和愤懑的内心世界。他在给一度炽烈爱过的女友密伦娜的信中用这样的字句概括了他的一生:"我走过的三十八载旅程,饱含着辛酸,充满着坎坷。"

卡夫卡是一个犹太人,他不属于基督教世界,而他作为一个犹太人却又对犹太教义持异议;作为一个说德语的人,他不完全是捷克人；作为一个捷克人，他又是奥匈帝国的臣民；作为一个白领，他不属于资产阶级；而作为一个资产者的儿子，却又不属于劳动者；作为一个职员，他认为自己是一个作家；可作为一个作家，他既无法完全从事创作，也不珍惜他的作品。正如他是一个二元帝国的臣民一样，他内心是一个二元的世界。这也就决定了卡夫卡性格上的矛盾性和两重性；无归属感、陌生感、孤独感、恐惧感便成为这样一种性格的衍化物。

他是犹太人，生于布拉格，说的是德语，是奥匈帝国的臣民；犹太民族、斯拉夫民族、德意志民族的成分混杂于一身，这就使他成了一个多重的无归属感的人，成了一个永远流浪的犹太人，成了一个没有祖国的人。他在致密伦娜的信中称自己是莫名其妙地流浪在一个莫名其妙的、肮脏的世界上。在另一封同样是致密伦娜的信中，他沉痛地写道："……可是他（指卡夫卡自己）没有祖国，因此他什么也不能抛弃，而必须经常想着如何去寻找一个祖国，或者创造一个祖国。"

在这个他认为是莫名其妙的世界里，在他诞生的布拉格，在他的家里，他把自己看作一个异乡人。他在敞露心扉的日记里（1913年8月21日）写道："现在，我在自己家里，在那些最亲近的、最充满爱抚的人中间，比一个陌生人还要陌生。"这种人生体验和生活感受，不仅流露在他的杂感、书信、日记中，更见于他的作品。《失踪者》中主人公罗斯曼之在美国，《判决》中主人公本德曼之对父亲，《变形记》中主人公格里高尔·萨姆沙之在家庭莫不如是。在这些艺术形象身上，陌生感得到了充分的展示和表达。

当陌生感成为一个人的主宰时，他便不得不从他生活的世界返回自身世界，这样孤独感便成了一个必然的产物。表现在卡夫卡身上，这种孤独感不仅是在生活中、在人际关系上，更重要的是在精神领域里。他的一个同班同学在谈到学生时代的卡夫卡时写道："……我们大家都喜欢他，尊敬他。可是完全不可能与他成为知己，在他周围，仿佛总是围着一道看不见摸不透的墙。他以那文静可爱的微笑敲开了通向交往世界的大门，却又对这个世界锁住了自己的心扉。……却始终以某种方式保持疏远和陌生。"在青年时期，他渴求爱情，但几次婚约和几次解除婚约表明，他更渴求孤独。在他逝世前三年，他在日记中写道："与其说我生活在孤独之中，倒不如说我在这里已经得其所哉。与鲁滨孙的孤岛相比，这块区域里显得美妙无比，充满生机。"这种精神上的孤独感，是一种抗拒现实的外化形式，是一种心灵上的需求。他在给他的好友勃罗德的信中说得一语中的："……实际上，孤独是我唯一目的，是对我的极大诱惑。"这种生活中和精神上的孤独感必然在他的作品中表达出来，他的长篇如《失踪者》《城堡》中，短篇如《变形记》《单身汉的不幸》《最初的忧伤》中，孤独感都是复调式作品中的一个重要的声部。

在卡夫卡的日记、书信、杂感中，读者会一再遇到"恐惧"这个字眼。恐惧外部世界对自身的侵入，恐惧内心世界的毁灭。正因为他受到恐惧的左右，于是他对他生活于其中的城市，他所遇到的人们眼中正常的一切，他对自己的处境：恋爱、职业和写作，都怀有一种巨大的恐惧。他写道："我在布拉格过的是什么生活呀！我所抱的对人的这种要求，其本身就正在变成恐惧。"这是他给勃罗德的信中所写的，在给密伦娜的一封信中他在谈到这种恐惧的普遍性时写道："我总是力图传达一些不可传达的东西，解释一些不可解释的事物，叙述一些藏在骨子里的东西和仅仅在这些骨子里的所经历过的一切。是的，其实并不是别的什么，就是那如此频繁谈及的，现已蔓延到一切方面的恐惧，对最大事物也对最小事物的恐惧，由于说出一句话而令人痉挛的恐惧。"卡夫卡把写作看作自己人生的最大追求，是维持他生存的形式，然而恰恰又是由于恐惧，恐惧爱情和家庭会使他失去自由，影响他的写作而迟疑并几次解除婚约。卡夫卡尊敬和熟悉的丹麦哲学家克尔凯郭尔把恐惧和绝望看作对一个破碎和无意义世界的回答，卡夫卡便生活在他认为是这样的一个世界里，而他本人的本质，他自己用了一个词来表述——恐惧。

卡夫卡，其作品不可作寻常读。

卡夫卡仅活了四十一年，从他1903年开始写第一部作品《一次斗争的描述》到他逝世前1924年完成的《女歌手约瑟芬或耗子民族》却用了二十一个年头。他从来没有成为一个职业作家，始终是在业余时间进行创作的。他的作品，除去日记和书信，数量并不多；只有三部篇幅并不长的长篇：《失踪者》(《美国》1912—1914)、《诉讼》(1914—1918)和《城堡》(1922)，且都没有完成；一些中短篇以及也被包括于其内的速写、随感、箴言，如以中文计，也就是百余万字。比起与他同时代的一些德语作家，如曼氏兄弟、黑塞、霍夫曼斯塔尔等人，其作品数量无法相提并论。然而就是这些作品为卡夫卡死后赢得了世界性的声誉，他被尊为

"西方现代派文学的先行者和奠基人"。因此，我们对他的作品不能作寻常读。

卡夫卡的作品不是通常意义上的作品，有的评论家称之为寓言或半寓言。也许称之为寓言式的作品更为确切些，我们无论是读他的长篇还是中短篇，更无须说那些箴言或者随笔了，其都似寓言，《城堡》中的K.,《变形记》中的萨姆沙，《骑桶者》等不都是广义上的寓言吗？但卡夫卡的寓言式的作品显然不同于古代的寓言，如伊索的；不同于经典性的寓言，如莱辛、拉·封丹、克雷洛夫等人的。其一，卡夫卡不是去进行一种说教，去宣扬一种道德训诫，而是以非理性、超时空的形式表达了一个现代人对现代社会诸现象的观察、感受、表述乃至批判，或者如卡夫卡研究者们所说的：卡夫卡的作品是欧洲危机令人信服的自我表白，是"真实的二十世纪神话"。其二，是卡夫卡寓言式作品的多义性。无论是古代的或者经典的乃至现代的寓言都没有给读者更多的思考空间，它告诉你的只是一种意义，一个教训，或是道德的伦理的，或是社会的生活的。但卡夫卡的作品却通过诡奇的想象，违反理性的思维，不可捉摸的象征，非逻辑的描述有了丰富而神秘的内涵，从而有了多义性和接受上的多样性，甚至歧义性；换一个立足点来说，是作品本身妨碍了或阻止了我们去做单一的解释。试想一下，我们不会满足于用"仇父情结"或"审父意识"来概括《判决》，同样也不能仅用异化来对《变形记》做终结式的结论。法国荒诞派作家加缪对此有很好的表述，他在《卡夫卡作品中的希望和荒诞》一文中写道："卡夫卡的全部艺术在于使读者不得不一读再读。它的结局，甚至没有结局，都容许有种种解释……如果想把卡夫卡的作品解说得详详细细，一丝不差，那就错了。"我们不能也不应从卡夫卡作品中去寻求一个终极意义，一种得到普遍认同的结论。不同阶层的读者，不同的心态，不同的角度（伦理的、道德的、宗教的、社会学的、美学的），不同的时代和不同的时间场合都会成为解读卡夫卡作品的一个重要因素。同样，我们也不要想一下子就读懂他的作品，也许你读了几遍也感到莫名其妙、一片懵懂，说不出所以然。但是，你在阅读中间，在掩卷之后，定会产生某种情绪，你的感官必会有所反应：或者惊愕（如读《变形记》），或者恐怖（如读《在流放地》），或者悲哀（如读《城堡》），或者痛苦（如读《诉讼》），抑或皱眉、沉思、困惑、叹息。总之，你必受触动，必有一得。之后，你不妨再理性地去对它们进行你自己的阐释，绘出你自己的卡夫卡像来。

作家们都在用自己的笔去构建一个世界，卡夫卡创造的是一个独特的世界。从他的第一篇作品《一次斗争的描述》到他的最后一篇作品《女歌手约瑟芬或耗子民族》，人们都能明显地感觉到，那是一个象征的、寓意的、神秘的、梦魇般的世界——那里面五光十色，有离奇古怪的场景，有超现实、非理性的情节，有象征化的动植物，有异于世俗常人的形象，人物有荒诞的、非逻辑的行为举止。无须举他的长篇为例，在这个中短篇选本中，像《变形记》《判决》《在流放地》《饥饿艺术家》《致科学院的报告》《乡村医生》等，每一篇都是如此。然而，恰恰这些在正常人看来不可能的、不可能存在的、不可能发生的，在卡夫卡笔下，借助细节上描绘的精确性，心态上的逼真酷似，特别是整体上的可信性，就产生了一种心理上的真实，一切都变成了现实，可触摸到的，与我们息息相关，甚至就像发生在自己身上一样。想想《变形记》中变成了甲壳虫的萨姆沙，《致科学院的报告》中的人猿，《地洞》中的小动物，它们不就是处在一个莫名其妙的肮脏世界中的人类本身吗？这种基于整体上是悖谬和荒诞上的真实都令一向反对现代派的卢卡契大为赞叹，他在《卡夫卡抑或托马斯·曼》一文中写道："恐怕很少有作家能像他（指卡夫卡）那样，在把握和反映世界的时候，把原本的东西和基本的东西，把对前所未有的事物的惊异，表现得如此强烈。"

卢卡契上面这段话当然是对的，但是我们不能把整体上的非真实性和细节上的真实性截然分开，从而得出如他所说的："从形式上的特点这一角度看，卡夫卡似乎可以列入重要的现实主义作家，主观地看，他还在更高程度上属于这个家庭哩。"卢卡契这篇文章的本意是对卡夫卡从细节上肯定，从整体上加以否定。从实质上来看，卡夫卡笔下的精神世界与经验世界是相互交织、相互干扰、相互渗透的，甚至达到一种两者之间界限模糊的程度，精神真实与感性真实之间的界限不复存在了。这样，就如威·埃姆里希所表述的那样，卡夫卡作品中的"精神之物再也不是在经验之中和一切经验之上游移的不可理解、不可捉摸的东西了……而是作为一种十分自然的真实出现在眼前，但同时，这个真实也突破了一切自然真实的法则"。现在我们可以说了：卡夫卡不是去复制，去摹写，去映照现实，而是独辟蹊径用非传统、反传统的方式去构建了一个悖谬的、荒诞的、非理性的现实；而这个现实从某种角度上来看，比自然现实更为真实，能使读者更为悚然、更为惊醒，使人对自身和对社会的认识和批判更为深化和强烈。

这里就这个选本做些说明。本书所选均是卡夫卡的中短篇小说，其中有些篇目已有译本，在征得译者的同意后收入此书——在此向他们表示谢意，有些则系新译，均据马克斯·勃罗德编，费舍尔袖珍出版社1983年出版的七卷本《卡夫卡全集》译出。篇目的排列，无论是卡夫卡生前发表的，还是在他死后由马克斯·勃罗德整理发表的，一律以写作年代为序，但每篇附有简单说明，便于读者了解。

卡夫卡的作品多已译成中文了，几家出版社都出了卡夫卡的小说集，这次我把他的几乎全部中短篇作品都编在一起，出一个单行本，便于读者一窥全貌。希望喜欢卡夫卡作品的人能喜欢这个集子。编选和编排上的不完善之处，尚希得到读者的指正。

高中甫
2010年6月18日

目 录

一次斗争的描述 …………………………………… 1
公路上的孩子们 …………………………………… 50
过路人 ……………………………………………… 54
倚窗眺望 …………………………………………… 55
乡间婚事筹备 ……………………………………… 56
归途 ………………………………………………… 78
揭开一个骗子的面具 ……………………………… 79
单身汉的不幸 ……………………………………… 82
决心 ………………………………………………… 83
判决 ………………………………………………… 84
变形记 ……………………………………………… 98
在流放地 …………………………………………… 152
乡村教师（巨鼹） ………………………………… 181
一个梦 ……………………………………………… 197
法的门前 …………………………………………… 200
老光棍布鲁姆费尔德 ……………………………… 203
猎人格拉库斯 ……………………………………… 230
视察矿区 …………………………………………… 236

桥 …… 240

豺狗和阿拉伯人 …… 242

新律师 …… 247

在马戏场顶层楼座上 …… 249

陈旧的一页 …… 251

骑桶者 …… 254

敲门 …… 257

万里长城建造时 …… 259

邻居 …… 273

致科学院的报告 …… 276

家长的忧虑 …… 287

十一个儿子 …… 289

一场常见的混乱 …… 295

塞壬们的缄默 …… 297

乡村医生 …… 300

普罗米修斯 …… 308

新灯 …… 309

在阁楼上 …… 311

城徽 …… 313

舵手 …… 315

秃鹰 …… 316

归来 …… 318

小寓言 …… 320

陀螺 …… 321

最初的忧伤	322
饥饿艺术家	325
一条狗的研究	337
放弃吧	375
关于譬喻	376
一个矮小的女人	377
地洞	385
女歌手约瑟芬或耗子民族	422
墓中做客	441
犹太教堂里的"宠物"	444
误入荆棘丛	449

一次斗争的描述

人们身着服装
在沙砾上蹒跚地漫步
在巨大的苍穹下面。
它从远方的丘岗
直延伸到远方的丘岗。

一

近十二点的时候，一些人已经起身了，他们相互躬身致意，彼此握手，说道，"过得很愉快"，随后穿过巨大的门框进入前厅，穿起衣服。女主人站在房间中间，不断地躬身行礼，这使她衣裙上漂亮的褶裥摇晃不已。

我坐在一张小三脚桌子旁，这是一张三条细腿的桌子，绷得紧紧的。我正在品尝着第三杯果汁。在啜饮的同时，我忽略了我为自己挑选和叠放在一起的一小堆焙制的糕点。

这时我看到我的一个新认识的人有些沮丧和仓皇地出现在邻室的门框旁；我要走开，因为事情与我无关。但他却冲我而来，打消了我离去的念头,他笑着对我说:"请您原谅我来找您。但我直到现在同我的姑娘在隔壁房间里用餐,就两个人。从十点半开始。一个晚上就这么一次。我知道,我给您讲这件事是不对的,因为我们彼此还不大了解。不是吗?我们是今天晚上在楼梯上彼此相遇的,作为同一幢房子里的客人交谈了几句而已。可现在我必须请您原谅,这种幸福在我身上无法这么简单地继续下去,我自己无能为力。在这儿没有我信赖的熟人——"

我悲哀地望着他——我嘴里正含着一块糕点,它并不怎么可口——对着他赧颜得可爱的脸说道:"我当然高兴我值得您如此信赖,但不以为然的是您信任我。如果您不是如此惶惑的话,您必然感到,您对一个孤独地坐在这里饮酒的人讲述一个可爱少女的事情是多么不合适的。"当我说完这段话时,他一下子就坐在那里,向后仰去,并让他的两只胳膊垂了下来。随后他支起双肘把胳膊朝后背过去,用相当响亮的声音自言自语:"还在片刻之前,我们俩单独在房间里,我和小安娜。我吻了她,我吻了她的嘴唇,她的耳朵,她的肩膀。我的上帝,我的主哇!"

这儿有几个想是在进行一场活跃谈话的客人,打着哈欠靠近了我们。因此我站了起来,以使他们所有人都能听到的声音说道:"那好,如果您愿意的话,那我跟您走,但我仍然认为,现在在冬天夜里去洛伦茨山是毫无意义的。再说天已变冷了,又下了些雪,外边的路像冰场那样滑。喏,随您的便——"

他先是惊奇地望着我,张开了嘴,露出了湿润的嘴唇,但当随后看到了就在跟前的那些先生时,他笑了,站了起来并说道:"噢,真的,寒冷是件好事,我们的服装都热得冒烟了;再说我又有些醉意了,虽然喝得并不太多;是呀,我们将分手并各走各的路。"

于是我们到女主人那儿,当他吻她的手时,她说:"不,我很高兴,您今天看起来非常快乐。"这句话表现出的好意使他十分感动,他再次吻了她的手。我得把他拉走。在前厅里站着一个整理房间的姑娘,我们是第一次见到她。她帮助我们穿上上装,并拿着一个手电筒,以便穿过楼梯时给我们照亮。她的脖颈是赤裸的,只是颈部围着一条黑色的丝绒带,她衣着松散的身躯躬身向前,并且当她引导我们下楼时老是探着身子,打着手电。她的双颊泛红,因为她喝了酒。在微弱的、充溢整个楼梯的灯光里,她的双唇在颤抖。

到楼梯下面,她把手电放到一个台阶上,向我的这位熟人走近一步,搂抱他并吻他,一直搂住他。直到我把一张纸币放到她的手里时,她才慢吞吞地松开她的双臂,慢慢地打开了小门,放我们进入黑夜之中。

在空荡荡的、亮得匀称的马路上方是一轮巨大的明月,云汉浩渺,薄云点缀其间。在结冰的雪地上人们只能小步移动。

我们一到外面时,我就明显地兴致勃勃了。我抬起我的大腿,让关节咔咔作响,我朝街巷上方呼唤一个名字,好像一个朋友在街角避开了我似的,我跳起把帽子抛向高处,然后趾高气扬地把它接住。

但我这位认识的人却无动于衷地与我并排走在一起。他低着头,也不言语。

这使我惊奇,因为在我预料中,我把他从社交场合之中带了出来,他定会快乐得发疯起来的。现在我也只好安静下来了。我

3

正要在他背上捶上一掌，让他高兴起来，可我突然不明白他现在的处境，于是把手缩了回来。我不需要手了，就把它放进我外套的口袋里。

我们就这样沉默地走着。我注意到，我们脚步是怎样地响动，我不能理解，我为什么不能和我这位认识的人的步子保持一致。天气晴朗，我能清楚地看到他的腿。不时也有人倚在一扇窗户那里，观察我们。

当我们走到费迪南大街时，我注意到我的这位熟人开始哼哼《美元公主》里的一段旋律；哼得很轻，但我听得非常清楚。这是什么意思？他要污辱我？我马上准备好了，不去听这种音乐，还要放弃整个散步。对的，他为什么不同我交谈？如果他不需要我的话，为什么他不让我安静，让我待在那儿暖暖和和地喝果汁和吃甜点？我真的不该被扯进这场散步里来。再说我也能自己散步嘛。我是恰巧在这场社交活动里，从羞愧中挽救了一个忘恩负义的年轻人，并在月光中散步。事情也就是这样。整个白天办公，晚上社交活动，夜里徜徉在街巷，没有什么过分的。这是一种生活方式，就其本性来说已放荡不羁了。

可我认识的那个人还跟在我的身后，当他发现他落在后面时，就加快了脚步。没有什么可谈的，人们也不能说我们在奔跑。但我在考虑，是不是踅入一条侧巷会好些，因为我根本就没有义务与他做一次共同的散步。我可以独自回家，没有人能拦阻我。我会看到，我认识的这个人是如何没有察觉地从我居住的巷口走了过去。再见了，我亲爱的熟人！在我的房间里，我一到达就会感到暖烘烘的，我将点燃我桌子上的铁架子台灯。美好的景致！为什么不呢？但随后呢？没有随后。灯将会在温暖的房间里大放光亮，我把胸膛靠在扶手椅上，扶手椅立在破碎的东方地毯上。喏，随后我会感到凉意，独自一人空对着涂了色的四壁和地板，后墙上挂着一面金框的镜子，地板在镜子里是倾斜不平的。

我的双腿疲惫，我决定无论如何要回家，躺到床上。我在犹豫是否要在离开时向我这位熟人打招呼。但我太胆怯了，做不到不打招呼就离开；可也太软弱了，不能大声地去打招呼。因此我停了下来，倚在一面洒满月光的墙上并等候着。

我认识的这个人穿过人行道向我走来，走得很急，仿佛我要接住他似的。他用眼向我示意某种默许的约定，显然我已经把它忘在脑后了。

"什么事？什么事？"我问。

"没什么，"他说，"我只是要问问您对那个整理房间的姑娘的看法，就是我在过道吻过的那个。那个姑娘是什么人？难道您从前没有见到过？没有？我也没有。难道她根本不是整理房间的姑娘？在她引导我们下楼梯时，我该问问她。"

"她是一个整理房间的姑娘，绝对不会是第一次做房间整理的姑娘，这我从她红红的双手立刻就看出来了，当我把钱交到她的手上时，我感觉到皮肤粗糙。"

"但这只能证明她有一段时间一直在做工，我也是这样认为的。"

"您可能是对的。在那种光线里，人们无法把什么都分辨清楚，但她的脸也使我想起了我的一位熟人的大女儿，他是一位军官。"

"我没有这样想。"他说。

"这不应当妨碍我回家。天已经晚了，明早我要上班。在那儿觉睡得不好。"说话的同时我朝他伸过手去告别。

"呸，冷酷的手，"他喊了起来，"带着一只这样的手我可不想回家。我亲爱的，您也该让人吻一吻，这是一个疏忽，喏，您应该补上才对。睡觉？在这样的夜里？您哪来的这个念头？您想想看，有多少幸福的思想都在被窝里窒息而死，当一个人孤独地睡在床上时，有多少噩梦使他汗流浃背！"

"我没什么可窒息的，也不汗流浃背。"我说。

"您算了吧，您是一个滑稽演员。"他结束了谈话，随之他开始继续走下去。我跟着他，毫无察觉，因为我一直在想他的这番谈话。

起先我很高兴，因为看来这表明，我的朋友猜测我心有所想，虽然事情并非如此，但由于他的猜测，我已引起了他的注意。那好吧，我不回家了。谁知道，这个人——他现在与我并行在严寒中，想着整理房间的姑娘那张充满烟味的嘴——也许能够在人们面前赋予我价值，而不必我自己去赢得它。但愿这些姑娘不要把他忘掉！她们可以吻他和压着他，这是她们的义务和他的权利，但她们不应当把他从我这儿拐走。当她们吻他时，若是她们愿意的话，也应当吻我一小会儿，哪怕是用嘴角也行；若是她们把他拐走，那她们就是从我这儿把他偷走了。可他应当留在我身边，永远留在我身边，如果不是我，那有谁保护他？他是那么愚蠢。有人在二月告诉他：您到洛伦茨山去，他就跟去了。若是他现在跌倒了，怎么办？若是他受冻了，怎么办？若是从邮政巷冲出一个嫉妒人把他揍一顿，那怎么办？我会出什么事？我会从这个世界里被抛出来？这我是预计到的，不，他不会再把我甩掉。

明天他要与安娜小姐谈话,先谈些普通的事情,非常自然的,但突然他就不能再沉默下去了:"昨天,小安娜,在夜里,在我们的幽会之后,您知道我同一个人在一起,这个人肯定您还从来没看见过。他看起来——我怎么形容他好呢——像一个做来回摇晃动作的木棒,上面是长着黑头发的脑壳。他身上悬挂着许多小块深黄色的布料,它们把他全身遮盖住了,因为昨天一点风都没有,那些布块纹丝不动。怎么,小安娜,这使您倒胃口?是呀,这是我的过错,这整个事情我讲得糟透了。若是您看到他就好了,他跟我并排走在一起显得是那样害羞,看起来他是在竭力讨我的欢心,这可不是件容易的事,为了不至于妨碍我的好感,他一个人走在我前面,拉开一大段距离。我相信,小安娜,您一定会笑一笑的,还会感到一丝畏惧的,可我却喜欢他在我跟前。小安娜,您在哪儿?您在您的床上,非洲也没有您的床那么遥远。但有时我觉得是真的,布满繁星的天空随着它平坦的胸脯呼出的气息浮高起来了似的。您认为我在夸张?不,小安娜;用我的灵魂做证,不;用我属于您的灵魂做证,不。"

我认识的这个人在这番话中必定会感到羞愧,但我一点也没让这种情况发生。这时我们在弗兰岑滨海大街上刚走了最初的几步路。当时我的思想混杂不清,因为摩尔塔瓦河和对岸的市区都偃卧在一片黑暗之中。那儿只有几盏灯在闪亮,用观察的眸子在嬉戏。

我们穿过车行道,到了人行道上,在那儿我们停了下来。我找一棵树,好倚在上面。从水面上刮来一股寒气,于是我戴上我的手套,无端地叹起气来,夜里在一条河前人们怎可能感到惬意呢？但随后我要继续走下去。可我认识的这个人向水里望去，一动不动。随后他靠近栏杆，支起肘部，把额头埋在双手中间。还有什么？我感到冷，把衣领支立起来。我认识的这个人伸展下身子，把靠着胳膊的上身伸到栏杆外面。

"在回忆，不是吗？"我说，"是呀，回忆是可悲的，像它的对象一样！您对这类事情太热衷了，这对您没用处，对我也没用处。这样做只会——没什么比这更清楚的了——使他当前的境况变得软弱，不会使从前的境况加强，您真的相信，我没有回忆？噢，比您的要多十倍。比如现在我能回忆起我是怎样坐在L地的一把椅子上。那是傍晚时分，也是在河岸边。当然是在夏天了。在这样一个傍晚，我习惯腿抬起来绕在一起，把脑袋仰靠在椅子的木背上，凝视着彼岸云雾缭绕的群山。在海滨饭店里，一把小提琴在轻柔地演奏。两岸车辆熙来攘往，冒着烟光。"

我认识的这个人打断了我的话，他突然转过身来，看来好像是他看到我还在这儿，令他吃惊似的。"啊，我还有很多可讲的。"我说了一句，就不讲下去了。

"您只屑于想想吧，事情总是这样的，"他开始说，"当我今天走下楼梯，为了在晚间集会前还能散一小会儿步时，我感到奇怪，我的双手怎么在衬衫袖口来回摇晃不停，它们玩得是那么高兴。我当时立刻就想到了：等着吧，今天一定有什么事。事情确也就发生了。"他一边走一边说这番话，并瞪大一双眼睛微笑着凝视我。

我真是有出息透了。他居然可以跟我谈这类事情，这同时达微笑并瞪大眼睛看我。我呢，我必须有所矜持，我把搂着他肩膀的胳膊放了下来,吻了吻他的眼睛,作为他根本不需要我的一种酬报。但更恶劣的是,这样做什么也伤害不了,因为事情已无法改变,我必须离开,无论如何得离开。

我还试图尽快找到一种手段,至少在我认识的这个人身边可以待一小会儿。突然我想到了,也许是我的大个头使他感到不舒服,照他的看法站在我旁边他显得太小了。这种处境在折磨我——虽说已是深夜,几乎没有人遇到我们——折磨得那么厉害,以致我把背弯下来,直弯到走路时两手过膝。但我的这位熟人没有注意到我的意图,于是我非常缓慢地改变了我的姿势,试图把他的注意力从我身边移开,甚至一度把他的身子转到河那一边,伸出手指给他看安全岛上的树木和桥灯如何在河水中闪烁发亮。

但他突然转身凝视我——我还在指指点点——并说道:"是怎么回事?您完全佝偻了!您在搞什么名堂?"

"完全正确,"我说,把脑袋靠在他裤腿上,这样一来我也无法好好抬头仰视了,"您有一双好锐利的眼睛!"

"哎哟!您倒是站起来呀!真是愚蠢!"

"不,"我说并望着近处的地面,"我就这样。"

"但我必须说出来,您这会使一个人恼火的。这种毫无益处的逗留!您快点结束掉!"

"您怎么喊起来了!在这样宁静的夜晚!"我说。

"顺便说一句,这完全随您所愿。"他又加了一句并在少顷之后说道:"已经一点三刻了。"显然他是从磨坊塔楼上的钟看到这个时间的。

我像被拎着头发提起似的站立起来。有那么一会儿,我一直张着嘴,以便激动能通过这张嘴离我而去。我懂得他的意思,他要把我打发走。在他身边没有我的位置了,如果也许有一个位置,那也至少是找不到的。附带说一说,我为什么要热衷于留在他身边。不,我要离开,马上离开,到我的亲戚和朋友那儿去,他们早就在等候我呢。就是我没有亲戚和朋友,那我必须自己来帮助自己(诉苦有什么用处),只是我不可以稍显匆忙地离开这里。因为没有什么能帮我留在他那儿,我的身高不能,我的胃口不能,我冰凉的手不能。如果说我的看法是我必须留在他身边,那这是一种危险的看法。

"我不需要您的通知。"我说,这也符合事实。

"上帝保佑,您终于站直了。我只是说已经一点三刻了。"

"这很好,"我说并把两个指甲尖插进我的抖个不停的牙齿中间,"如果我需要您的通知,我就更加需要一种解释。除了您的恩宠,我是什么都不需要。请吧,请您收回您刚才说的话!"

"是指一点三刻了?这我很高兴,本来嘛,早就过了一点三刻。"

他抬起右臂,摇动手掌,听着腕链发出的响动声。

很显然,现在就要进行凶杀了。我若留在他的身边,他就会把刀子——他已经握住口袋里的刀把——从外套里抽出,然后朝我刺来。他根本就不会感到惊奇,事情会如此容易,但也许他会,谁能知道呢。我不会叫喊,我只会望着他,直到眼睛闭上为止。

"如何?"他说。

在远处一家装着黑色玻璃的咖啡馆门前,一个警察像滑冰的人那样在铺石路上滑动。他的腰刀妨碍他,于是他把它拿在手中,现在他溜了一段很长的路，在停下时他几乎转了一个弓形。最终他还微弱地欢叫了一声，脑子里装满旋律，他又开始滑动了。

只有这个警察从二百步开外看到了和听到了这次发生不久的谋杀，这使我感到一种恐惧。我确认，无论如何这件与我相关的事得结束，不管是我让人刺杀，还是让人赶走。但如果说被赶走不是更好的话，那就让我遭受麻烦的，也就是更痛苦的死亡方式好了。我手头时下并没有选择这种死亡恐惧的理由，但是我可以度过我剩下的最后时刻，不必去寻求理由。如果只是做决定的话，以后有时间，而且我已做出了决定。

我必须离开，这很容易。现在在朝左趸入卡尔大桥时我可以朝右奔入卡尔巷里。这条巷子弯弯曲曲，那都是些昏暗的大门和还在营业的小酒馆，我不能放弃希望。

当我来到码头尾端的拱门下边，踏上十字军广场上时，我跑进那条巷子。可是在神学院教堂前的一个小门前我跌倒了，因为我没有注意到那儿有一个台阶。这弄出来一点响声，这儿离下一盏路灯还比较远，我躺在黑暗中间。

从对面的小酒店里走出来一个胖女人，手里拿着一盏小灯笼，她来观察，看看巷子里出了什么事。里面的钢琴在继续演奏，琴声变得微弱了，只是用一只手在弹，因为演奏者把身子转向门这边，门现在半开着，一个将衣扣结得高高的男人把门完全打开了。他吐了一口痰，并把那个女人紧紧地搂在怀里，这使她不得不把小灯笼举起来以免弄坏它。"什么事都没有。"他朝里面喊了一声，随后两人转过身来朝里面走去，门又关上了。

我试图站起来，可又倒下了。"太滑了。"我说，觉得膝盖疼痛。但我很高兴,从小酒店里出来的人没有看到我,这样我就能在这儿安静地直躺到黎明。

我认识的那个人大概直走到大桥,没有发现我的离开,因为他在一段时间之后才走到我跟前。我没有发觉,当他朝我躬身时——他几乎只是垂下脖颈完全像条鬣狗——他显得惊讶并且用柔软的手抚摸我。他摸我。他从上到下摩挲我的面颊,然后把手掌放在我的额头上:"您弄痛了自己,不是吗?地太滑了,得小心哪——您自己没有对我讲过?您头痛吗?不痛?啊,是膝盖。噢。这是件坏事。"

但是他没有想到把我扶起来。我用我的右手撑起脑袋,胳膊放在一块铺路石上,并且说:"我们又一次在一起了。"这当儿那种恐惧又攫住我,我用两只手向他的胫骨推去,使他离开。"走开,走开。"我同时说道。

他把双手放进口袋里,向空荡荡的街巷望去,随后望向神学院的教堂,望向天际。终于,当在近处的一条街巷里响起一辆车驶来的声音时,他才想起来我的存在:"是呀,您为什么不讲话,我亲爱的?您感到不好?是呀,您究竟为什么不站起来?要我去找一辆车?如果您愿意的话,我给您从小酒店里弄杯酒。但您不能在严寒中躺在这里。随后我们还要到洛伦茨山去呢。"

"当然喽。"我说,并自己站了起来,但是我感到一阵剧烈的疼痛。我立刻摇晃起来,得死盯住卡尔四世的立像,好使自己的立足点能稳定下来。但这对我毫无帮助,若是我不想到我会被一个颈部围有黑色丝绒围巾的姑娘所爱的话,虽然不是热烈的,但却是忠实的。天空由于月亮显得可爱,它也在照着我;出于谦卑，我想要置身于大桥塔楼的拱洞下面，当我看到，月亮在照耀一切只是一种自然现象而已。因此我高兴地伸出胳膊，去完全享受月光。我用懒散的双臂做着游泳的动作，觉得很轻松，一点也不疼痛和费力就能前进。这我过去还从来没有尝试过！我的头部躺在寒冷的空气中，恰好我的右膝活动得特别好，我拍打它表示赞赏。我回想起我有一个认识的人——他可能还一直走在我下面——我相当受不了他，这整个事情使我感到高兴的只有一点，就是我的记忆是这样好，连这样一件事我都记住了。可我不能多想，因为我必须继续游动，我不愿沉在下面太深。但人们此后不可以告诉我，每个人都能在石头路上游泳，这没有可讲的价值，我加快了速度，升到栏杆上面，围着我碰到的每一尊圣徒雕像游了起来。

我认识的这个人在我转第五圈的时候——这时我恰好用不被觉察的动作停在人行道上方——抓住了我的手。于是我又站在石头路上，感到膝盖为之一痛。

"我总是，"我的这位熟人说——他用一只手抓紧我，用另一只手指着圣女卢德米拉雕像——"我总是十分羡慕左边这位天使的双手。您看好了，它们是多么温柔！真正的天使之手！您看见过类似的吗？您没有，但是我看见过，因为今天晚上我吻过手——"

但现在有了走向毁灭的第三种可能性，我决不让人刺死，我决不走开，我能简单地将自己抛向高空。他只去他的洛伦茨山好了，我不会妨碍他，不会由于我的走开而妨碍他。

我现在喊叫起来："别用那些故事缠我了！我不要再听七零八碎的东西了。您把一切都讲给我听，从头到尾！我不要就听您讲给我的那一点点。我对整个事情心急火燎！"当他看我时，我不再这样喊叫了。"您可以相信我守口如瓶！把一切讲给我，您心里的全部。像我这样一个守口如瓶的听众您还找不到呢。"

我贴近他的耳朵，轻轻地说："在我面前您不必害怕，这真的是多余的。"

我听见他在笑。

我说："是呀，是呀。我相信这件事。我不怀疑。"这同时我用被他松开的手指拧他的小腿肚。但是他没有感觉。我自言自语："为什么您同这个人打交道？您不爱他，您也不恨他，因为他的幸福只在一个姑娘身上，并且从来就不是那么肯定，她是否穿一件白色的衣服。这个人对您毫无所谓——重复一遍——毫无所谓。但他也没有什么危险，像已表明的那样。那么就与他一道继续前往洛伦茨山好了，因为在一个如此美好的夜里，您已行在途中，但让他讲并以您这种方式使您快活，借此——说得轻一点——您也能最好地使自己得到保护。"

二 快乐或者不可能生活的佐证

1. 骑行

我忽地就跳到我这位熟人的双肩上——兴致极高，好像不是第一次骑在他身上似的——并用我的两个拳头击打他的后背，使他进入小跑。但当他用跺脚表示不那么情愿，且有几次甚至停了下来时，我就加劲地用靴子蹬他的肚子，使他兴奋起来。我成功了，我们很快就进入一处巨大的，但尚未完工的场所。

我骑行在一条公路上，这是条石头路并且坡度很大，但这正中我下怀，我要让它更陡更硬。我的熟人，一旦他跌跌撞撞时，我就拎起他的领子，一旦他呻吟叫苦时，我就捶他的脑袋。这时我感觉到，在这样一种美好的空气中骑行是多么有益于我的健康，为了使这次骑行变得更加狂暴，我让一股强劲的逆风猛烈地吹向我们。

现在我还要在我这位熟人的宽大肩膀上做跳跃运动，我一面用双手牢牢地钩住他的脖子，一面把我的脑袋尽力向后仰去并观察变幻不定的白云，它比我还要柔软，慢腾腾地随风浮动。我为自己这种勇气而笑，而颤抖。我的外衣敞了开来并赋予我力量。这同时我使劲地合拢我的双手，当然我就掐紧了这位熟人的脖子。直到天空慢慢被树枝——这是我让它们生长在公路两旁的——遮住了时，我才想到自己。

"我不知道，"我喊叫起来，可没有声音，"我根本不知道。如果没有人来。那就是没有人来。我没有害过任何人，也没有任何人害过我，但无人愿意帮助我，纯粹是无人。但事情不是这样。只是无人帮助我，否则纯粹的无人是可爱的，我会非常高兴地（您对此意下如何？）与一个由纯粹的无人组成的群体做一次远游。当然是到山里去，不然去哪儿？这些无人是怎么拥在一起，这么多双交叉起来或者垂下的胳膊，这么多双脚如何通过碎步分离开来！懂吗？所有人都穿着燕尾服。我们走得慢吞吞的，一阵清风穿过我们和我们四肢之间的空隙。在群山之中喉咙是自由的。

我们居然没有唱歌,这真是件怪事。"

这时我的这位熟人跌倒了,当我探究他是怎么回事时,我发现他膝盖伤得很重。因为他对我已经不再有什么用处了,于是我不无高兴地把他放到石头上,并用口哨声从高空招来几只秃鹰,它们驯服地站在他身上,用利喙看守着他。

2. 散步

我无忧无虑地继续前进。但因为我这个徒步者对山路心存怯意,于是就让路变得越来越平坦些,并且在遥远的地方最终降入一条山谷。按照我的意愿石头都消逝了,风也消逝了。

我迈着匀称的步子,由于我是下山,于是就直起头部,挺起身体,把双臂交在头后。因为我爱冷杉林,于是就穿越这样的森林;因为我喜欢默默地仰望繁星,于是天空中群星就慢慢地朝我显现出来。我只看到几缕云彩,高处一阵风吹过,它曳住云彩,在空中穿行,这使我这个散步者惊奇。

在我所在这条公路的对过,也许还有一条河把我隔开,我让一座巍峨的高山矗立在那里,它的高地生长一片灌木丛,它把高地与天际分隔起来。我还能清清楚楚看到最高一些枝干上摇曳的小分杈。这种景象也许是平常的,但使我十分愉悦,使我这个立在这片远处蓬散杂乱的灌木丛中的小鸟都忘记了让月亮升上来,它已经在山后面了,大概是因为这种迟误而在恼火呢。

但现在冷峻的光华在山上散布开来,为月亮的升起做了先行,突然间月亮自己就从一片不宁的灌木丛后面升了起来。可这当儿我正朝另一方向张望,现在当我向前方望去并一下子就看到月亮时——它几乎用它圆圆的冰镜散发清辉——我两眼迷惘就停下了脚步,因为走的这条倾斜的道路恰恰直通向这轮令人惊讶的月亮那里。

但少顷之后,我就对月亮习惯了,并沉思地观察它升起来是那么困难,直到我们彼此面对面走了很长一段路之后,我才终于感觉到一阵强烈的睡意,我相信,这是不寻常散步引起的疲倦所导致的后果。有一小会儿,我闭着眼睛走路,这期间我只有通过响亮地和有规律地击拍双手才能保持清醒。

但随后,当我的双脚跌跌撞撞,要滑出路外,累得我开始晕头晕脑时,我着急了,用全身的力量登上道路右边的山坡,以便我能及时地在这个还剩下的夜里睡上一觉。

着急是必要的。繁星在无云的夜空里业已黯淡下去,我看到月亮在苍穹中澹淡地沉下,宛如在一片浮动的水中。山已经昏黑,公路破碎地在那里成为尽头,就在那儿我面向山坡,从森林的深处我听到倒下树木的越来越近的嘎嘎响声。我真想立即抛身到苔藓上睡一觉,但我害怕睡在林中,我爬到一棵树上——沿着树干手脚并用——这树没有风也摇曳不定,我躺在一个树枝上,脑袋靠着树干,很快就入睡,这当儿一只小松鼠竖起尾巴坐在颤动的枝尾,摇晃起来。

我睡得很深,没有做梦。不论是月亮的沉落,还是太阳的升起都没有使我醒来。甚至,当我已经醒来时,我又安静下来,并说道:"昨天您太累了,因此要好好地睡。"随后,我又进入梦乡。

但尽管我没有做梦,可我的觉却不是没有受到不断的轻微打搅。整夜里我都听到我身边有人在讲话。说些什么我没有听清,除了个别的如"河岸旁的椅子""云雾缭绕的群山""冒着烟光的车辆",就只有强调这些词的方式了。我想起来,我在睡眠中还揉搓双手,并由于我没有听清一些个别的话而感到高兴,因为我刚好是睡着了。

"您的生活是单调的,"我大声说道,以便说服自己,"您被引上另外的路这太有必要了。这儿很快乐,您该满意。太阳在照耀。"

太阳在照耀,蓝天中的雨云变白变淡变小。它们在发光,在翻腾。我在山谷看见一条河。

"是呀,生活是单调的,您该得到这种快乐,"我继续说道,像不得不说似的,"但这不也是危险的吗?"这时我听到近处有人发出可怕的呻吟声。

我要迅速地爬下山去,但是这个枝干就像我的手一样在颤抖,这样我就硬挺挺地从高处落了下来。我没有摔伤,也不感到疼痛,但是我觉得自己太虚弱太不幸了,我得把脸搁放在林中的地面上,我不能忍受如此费力地去环视我四周土地上的东西。我确信,每个动作和每种思想都是被迫的,因此人们在它们之前要保护自己才是。与此相反,在这儿躺在草丛中,把双臂靠在身上,把脸掩藏起来才是最自然的。我对自己说,我待在这个理所当然的地方应该高兴,否则我就得费九牛二虎之力才能进入这里。

这里河流宽阔,它的小而发出声音的波浪粼粼闪光。在彼岸也是草地,毗邻草地的是一片灌木丛,在灌木丛后就可远眺明亮的果树林荫大道,直通向绿色的山丘。

这个景象令我心旷神怡,我躺了下来在想,在我对极为可怖的哭声充耳不闻期间,我在这里是该满意的了。这儿是孤寂而美丽的。在这儿生活不需要太多的勇气。肯定的,人们在这儿和在其他地方一样也都要受到折磨，但是不必去做什么举动。不需要这样。这是山和一条大河，我还有足够的聪明，把它们看作是死的。是呀，当我晚上孤单一人踯躅在草地上时，那我将不会是一个被抛弃者，像这座山，我会有这样一种感觉的。但我相信，就是这也会消逝的。

我就这样用我未来的生活来进行赌博，并固执地力图去忘却。这期间我看到天空在闪闪发亮，它披上一层异乎寻常的幸运色彩。我已长时间没有这样去看它了，我被感动了，并忆起有那么几天，在那几天我也相信过我这样看过它。我从耳畔处抬起双手，伸开我的胳膊，并让其垂落到草上。

我听到远处有人在轻轻地抽泣。起风了，一大群我此前没有看到的干枯树叶呼啸地飞了起来。一些没有成熟的果实纷纷从果树上掉落到地面。从一座山后升起了一片可恶的乌云。河水的波浪在啪啪作响，在劲风面前退了回去。

我迅速站了起来。我的心在痛，因为现在我已不可能从我的痛苦中解脱出来。我正要转过身离开这个地方，并回到我从前的生活方式时，突然起了这样的念头："在我们的时代，居然还有高贵的人以这样困难的方式越过一条河，这太引人注目了。对此没有别的解释，这是一个老的习惯。"我摇了摇头，因为我感到奇怪。

3. 胖子

a. 向风景致辞

从彼岸草丛中劲步走出来四个裸体男人，他们肩扛一张木制的担架。担架上坐着一个巨胖的人,用东方的坐姿。虽然他被抬着在一条不成路的路上穿越灌木丛,可他并不把棘枝拨到两旁,而是让它们平静地刺向他那不动的身体。他那多褶的肥肉是那样周密地摊了开来,不仅遮住了整个担架,而且宛如一条黄色地毯的镶边沿着担架边垂了下来,就是这样也不妨碍他。他那无发的小脑壳闪着黄色。他的脸现出一个在思考并且不想费力加以掩饰的男人纯朴的表情。有时他闭上双眼;他睁开时,他的下颌扭曲起来。

"风景妨碍我思想,"他轻轻地说,"它使我的考虑摇摆不定,就像咆哮河流上架起的链桥一样。它是美的,并因此要引人观望。

"我闭上我的双眼并且说:您,河畔的青山,您有着对抗河水的滚动石头,您是美的。

"但是它并不满足,它要我朝它张开眼睛。

"但当我闭上眼睛说:山,我不爱您,因为您使我想起了云彩,想起了晚霞,想起了天穹,想起了几乎使我哭泣的那些景物。如果让人抬在一张小型的轿子上时,那他永远到达不了这些地方。但当您,诡计多端的山,在向我指明这点的同时,您就给我遮住了使我欣喜的远眺,因为在美好远眺中一切都尽收眼底。因此我不爱您,河水边的山峦,不,我不爱您。

"但是它对这番讲话无动于衷,像从前一样,每当我不是闭着眼睛讲话时就是如此。否则它是不满意的。

"我们不必强求它对我们如何友好,我们只要维持就行了,它脾性乖戾,喜欢把我们头脑弄成一团粥。它会把它参差不齐的阴影压到我身上,它会沉默可怕地把光秃秃的山壁朝我挤逼过来,我的轿夫会在细小的石头路上踉踉跄跄。

"但不只山是这样地虚荣,这样咄咄逼人,这样喜欢报复,其他的一切也都如此。这样我就要瞪圆眼睛——噢,它们在疼痛——一再地重复:是的,山,您是美丽的,在您西侧山坡上的森林使我高兴——花儿,我对您也满意,您的玫瑰使我的灵魂愉悦——您,青草,在草地上高耸,茁壮并且清凉——您,陌生的灌木丛,那么突如其来地刺人,使我们的思想一下子就跳了起来——河流,我对您感到极大的愉快,我将让人抬着渡过您那柔弱的河水。"

他稍许弯下谦恭的背,把这赞颂大声地喊了十遍,然后他让头部垂下,闭上眼睛说道:"但现在,我请求你们,山、花儿、青草、灌木丛和河流,给予我些许空间,我好呼吸。"

这时在四周的群山中产生了忙乱的移动,在雾霭的后面它们在相互撞击。林荫大道虽然很坚实并相当仔细地保持着大道的宽度,但它们过早地变得模糊不清了。天空中太阳前面有一片湿润润的云彩,它的边缘闪着微光,大地在它的黑阴里沉陷更深了,这期间一切景物都失去了它们美丽的轮廓。

轿夫们的脚步声已传到河的这一边,可我在他们昏暗的四方形脸上什么都无法分辨出来。我只看到,他们是怎样把他的脑袋倾到旁边,又是怎样弯下他们的背来,因为这负荷是异乎寻常的。因他们之故我感到忧虑,我注意到他们都十分疲惫。因此,当他们踏入岸边的草丛,随后还以匀称的脚步穿行潮湿的沙地直到他们最终陷进泥泞的芦苇荡,后面的两个轿夫为了保持担架的平衡把腰弯得更低时,我一直紧张地望着他们。我攥紧了双手。现在他们每走一步都得把他们的腿高高地抬起来。在这么多变的下午的冰凉空气里，他们都汗流浃背，身体也闪闪发亮。

胖子安静地坐着，双手放在大腿上。芦苇的长长尾梢，每当被前面轿夫拨到后面时，它们都弹动起来去抚摩他。

轿夫们越靠近河水时，他们的动作就变得更不规整了。担架有时摇晃起来，仿佛是在波浪上一样。芦苇荡里的小水洼必须得跳过去或绕开，因为也许它们都很深呢。

突然一群野鸭呼唤着从芦苇中飞起直冲向乌云。这时我看到胖子脸上瞬间动了一下，变得不安起来。我站了起来，匆匆地连蹦带跳越过把我与河水隔开的多石的山坡。我没有注意到这很危险，而是只想去帮助胖子，若是他的仆人没法再抬动他的话。我毫不思索地跑去，连到了水里也不能停下来，而不得不冲进好长一段，河水喷溅起来，直到没过膝盖我才站住。

但在那边仆人们扭着身子把担架抬进水里，他们用一只手在动荡的水面上稳住身体的同时，用四只毛茸茸的胳膊把担架举到高处，这使人看到他们异乎寻常绷起来的肌肉。河水先是拍打着下颌，随之就升到嘴部，轿夫们把头向后仰，木制的抬杆就落到肩上。河水业已在戏弄着他们的鼻梁，可他们依然不放弃努力，尽管他们连河的中间还没有到。这时一道不高的波浪向前面两个人的脑袋拍打过来，四个人默默地没入水中，同时他们用粗糙的手把担架一道扯了下去。河水在下沉的地方旋了下去。

这时夕阳从巨大乌云的边缘中射出了平缓的亮光，它们使丘陵和群山的轮廓秀丽多彩，这期间乌云下面的河流和附近地带一片朦胧。

胖子朝着奔腾的河水慢慢地转过身来，像一尊用亮木雕成的神像，他变得多余了，因此人们把他丢到了河里。他在水中乌云的镜像中行进。长长的乌云拖他，小片的乌云躬身推他，这于是引起了巨大的骚动，这骚动就是在河水拍击我的双膝和岸边的石头时都能看得到。

我又迅速爬上堤坡，以便能在路上陪他，我真的爱上他了。也许我能知道些关于这个表面安全的土地上的危险性。于是我行走在一片狭长的沙砾地带，人们首先得习惯它的狭小，把双手放进口袋，把脸扭向河的一边的右角，这样一来下颌几乎就倚靠到了肩上。

一群燕子停落在岸边的石头上。

胖子说："岸边的亲爱的先生，您不必想法救我了。这是河水和风的复仇，我已经失败了。是呀，这是复仇，因为我和我的朋友，祈祷者，在我们的刀锋歌唱时，在钹的光亮，在长号的光华和大鼓的跳动的光芒下，我们经常攻击它们。"

一只小蚊子张开翅膀飞越过他的肚子，一点也没有减缓它的速度。

胖子继续叙说：

b. 与祈祷者开始的谈话

有那么一个时期，我天天都到一座教堂去，因为我爱上的一个少女每天傍晚都要去那里跪着做半个小时的祈祷，这期间我能安静地观察她。

有一次少女没有来，我不耐烦地向那些祈祷者望去，一个年轻人引起了我的注意,他把整个瘦长的身体都匍匐在地上。有时他用全身的力量抓住他的脑袋,把它放到摊在石头上的双掌上,呻吟地摇晃不止。

在教堂里只有几个老年的妇女,她们不时地侧转过她们裹着头巾的脑袋,向这个祈祷者望来。引起她们的注意好像使他快乐,因为在他每做一次虔诚的叩拜时,他却用眼睛睃巡下四周,是不是有不少人在注视他。

我觉得这不得体,并决定等他离开教堂时跟他谈谈,径直地问他,为什么以这种方式祈祷。因为自从我到这座城市以来,对我来说弄清一切是至为重要的,即使现在我也只是对此感到恼火:我的那个少女没有来。

但直到一个小时之后他才站起来,扑打他裤子上的灰尘,可弄了那么长的时间,我都想喊叫起来:"够了,够了。我们大家都看到了您穿有一条裤子。"他十分谨慎地画了个十字,随后向圣水盆走去,沉着得像一个水手。

我站在圣水盆和大门之间的路上并且知道得很清楚,我得不到解释就不会放他过去的。我咬紧嘴唇,这是为一番讲话所做的最好准备工作,我伸出右脚支撑住自己,同时用左脚尖点地,因为这样做会赋予我一种坚定性,这是我常有的经验。

这个人可能责骂我,他向脸上洒了圣水,也许我的目光早就使他感到担心,现在意想不到的是他奔向大门冲了出去。玻璃大门关上了。我紧随其后跑出大门,可是我再也找不到他了。因为那儿有好几条狭小的巷子,交通繁忙。人们熙来攘往。

在随后几天他没有露面,但那个少女来了并又在旁侧的祈祷室的一隅里祈祷。她身穿一件黑色的衣服，它的肩部和背部是透孔的，垂下的衬衣边是半月形状——它们下边的边缘悬挂着的是剪裁得体的丝绸底托。因为这个少女来了，我很高兴，便忘掉了那个男人。我开始关心起自己，当他稍后又定时前来并按自己的习惯进行祈祷时，我再也不理睬他了。

但他路过我身边时总是突然加速匆匆而过，并转过脸去。可相反的是他在祈祷时更多的是望着我。看来好像是他对我很生气，因为那时我没有跟他谈话，他认为，通过那次我跟他交谈的企图，我就是自己承担了义务，这终归是要实现的。在一次布道之后，当我总是在晦暝之中跟着那个少女与他相遇时，我相信我看到了他在微笑。

这样一项与他交谈的义务当然不存在，但我几乎不再有一种跟他谈话的渴求了。甚至，当我有一次跑着到教堂广场时，那当儿钟已敲响七点，少女早已不在教堂，那个男人还在神龛前的栏杆边，我仍在迟疑不决。

终于我用脚尖蹑行到门廊，给了坐在那里的乞丐一枚铸币，紧挨着他候在敞开大门的后面。我在那儿坐了大约有半个小时，这个祈祷者感到惊讶，这使我感到高兴。但这并没有持续下去。不久，一些爬上我衣服的蜘蛛令我感到十分别扭。而且从教堂的昏黑中每走出一个大声喘气的人，我都得躬身，这太讨厌了。

他也来了，我注意到，片刻之前大钟响起的声音，令他感到不安。在他走出来之前，他必定要用脚尖先漫不经心地蹭蹭地面。

我站了起来，走上前去，拦住了他。

"晚安。"我说，并用手捅了捅他的衣领，走下台阶，到了灯光通明的广场。

当我到了下面时,他转过身来,这时我还一直在他的后面,于是现在我们就肚皮碰着肚皮,面对面站着。

"您就不能放过我?!"他说,"我根本不知道,您怀疑我什么,但我是无辜的。"随后他又重复了一遍:"我当然不知道,您怀疑我什么。"

"既谈不到怀疑也说不上无辜。我请您不要再谈这类事情。我们彼此陌生,我们的相识绝不会比教堂台阶更老,如果马上开始谈什么我们的无辜,那我们会走到什么地步呢?"

"这完全合乎我的意思,"他说,"再说,您说到'我们的无辜',就是说,如果我证明了我的无辜,同样不是您也必须说您的无辜吗?您指的是此吗?"

"非此即彼,"我说,"但我只是因此才跟您谈,因为我有话要问您,您没注意到这点!"

"我想回家。"他说,并稍微转了转身。

"我相信。不然我早就跟您交谈了嘛,您不会相信,我是因为您有一双漂亮的眼睛才跟您谈话的。"

"您是否太坦率了?怎么?"

"难道要再次对您说,这儿不谈这类事情吗?坦率或者不坦率在这儿有什么相干?我问,您回答,然后分别。之后我认为您可以回家,随您想多快好了。"

"我们下一次会面不是更好吗?找个适当的时候?也许在一家咖啡馆里?再说您的未婚妻小姐在一两个小时前才离开,您还能追上她,她等您很长时间了。"

"不,"我叫了起来,这声音混杂在从旁驶过的有轨电车的喧嚣之中,"您逃脱不了我的。您使我越来越感到满意。您是一个幸福的猎物。我为自己感到庆幸。"

这时他说:"啊,上帝,像人们通常说的,您有一颗健康的心和石头脑袋。您把我叫作一个幸福的猎物,您多么幸运哪!因为我的不幸是一种摇晃不定的不幸,人们能触摸到它,于是它就激起了好奇者的兴趣。因此呢,夜安,再见。"

"好的,"我说道,抓住他,揪住他的右手,"如果您不自愿回答,那我就强迫您。我会跟着您,左边和右边,不管您到哪儿,就是通向您的房间的楼梯我也要上去,并且坐在您的房间里,有个地方就行。您只稍看看我就好了,这是笃定的。我一定坚持下去的。但您怎么会——"我靠近他,因为他比我高出一头,我是对着他的脖颈说这番话的,"但您怎么会有勇气来阻止我?"

他朝后退去,轮番吻着我的双手,并用泪水把它们弄湿。"没有什么能拒绝您。正如您所知道的我想回家,我事前就已经知道了我无法拒绝您。我只是请求,我们最好到那边的小巷子里去。"我点了点头,我们两人就向那里走去。这时一辆车把我们分开来,我停下了,他用双手向我示意,我急忙赶了过去。

但到了那里他并不满意巷子的昏暗,这里边的路灯彼此相隔很远并且几乎都安装到第二层楼那么高,于是他把我带到一幢旧房子的低矮门廊里,上面有一盏小灯,垂挂在木头台阶的前面。

他把他的手帕铺放在一个台阶的平台上并请我坐下:"您坐着能更好地问,我站着能更好地回答。但不要纠缠!"

我坐了下来,因为他把事情看得如此认真,但我必须要说:

"您把我带到这样一个洞里,仿佛我们是密谋造反的人,但是我对您只是好奇,您对我只是恐惧,我们俩是因此而连在一起的。基本上我只是要问您,您为什么在教堂里这样祈祷。您在那里怎么是这样的举止!像一个完完全全的傻瓜!这多么可笑,对旁观者和虔诚的人来说这太不愉快了,无法忍受!"

他把身体靠在墙上,只有脑袋可以自由活动。"不过是误会,因为虔诚的人把我的举止看作是自然的,而其他的人把我的举止看作是虔诚的。"

"我的恼火是对此的一种反驳。"

"您的恼火——太高兴了,有一个真正恼火的人——只是证明了,您既非属于虔诚人又非属于其他人之列。"

"您是对的,这有一些夸张,如果我说您的举止使我恼火;不,这只是使我感到有些好奇,我一开头说得很准确嘛。但是您,属于哪一种呢?"

"啊,被人注视,我只是觉得开心,就这么说吧,不时把一个阴影投到神龛上。"

"开心?"我问,我的脸绷紧了。

"不,如果您想知道的话。您不要对我发火,我的表达有误。不是开心,对我来说这是一种需要;让人用这样的目光捶打我一个小时是种需要,而与此同时,整个城市围着我来转——"

"您在说什么,"对这个小小的说明和下作的做法我过于大声地喊叫起来,我怕沉默下来或者声音微弱无力,"您说的是真的。现在我看到了,上帝做证,我从一开始就猜想到您是什么样的状态。难道这不是狂热的陆上晕船症和一种麻风病?如果它们不是这个样子，您由于纯粹的高烧对事情的这样名副其实的名字感到不高兴，对此不满足，那现在您就赶忙给它们冠上个随便想出的名称好了。只是要快，只是要快！怕您还没有摆脱它们时，您就又忘记了它们的名字。田野里的白杨树，您称之为'巴别塔'，因为您不想知道那是一棵白杨树，它又摇曳起来，没有名字，于是您就称它是'挪亚'，他喝醉了就是这样。"

他打断了我："我很高兴，您说的这些我都不懂。"

我激动起来，快速地说："您对此感到高兴，正因此您表明了您是懂的。"

"我不是说了吗？人们对您是没有什么可拒绝的。"我把双手放在高一层的台阶上，向后靠去，并用这种几乎不可理解的姿势发问，这种姿势是摔跤运动员挽救自己的最后一招了，"请原谅，但当您把给您的一种解释又重新抛回给我时，这是不公平的。"

他变得勇敢起来。他把双手交叉在一起，使他的身体协调一致，有些勉强地说："您在一开始就排除了关于公平性的争论。真的，除了使您对我的祈祷方式加以理解之外，我对其他的都不在意。这么说您知道我为什么这样祈祷了？"

他在试探我。我不知道，我也不想知道。我也不是为此而来这里，我当时就对自己说过，但这个人却正因此而逼迫我去听他说。于是我只需摇摇头，一切就完满了，但我恰恰在这一瞬间做不到。

这个人面对我微笑。随之他跪倒下来，脸上是一副懒洋洋的怪相，他说："现在我终于也能透露给您了，我为什么要让您同我交谈。是出于好奇，出于希望。您的目光好长一段时间在安慰我。

我希望从您那里知道,该如何对待那些像雪崩一样吞没我的事情,而在其他人面前立在桌上的一小杯烧酒像座纪念碑一样的牢靠。"

由于我沉默不语且脸部不由自主地抽搐了一下,他就问道:"您不相信其他人是这样?真的不相信?那您听我说!当我还是一个孩子时,在一次短暂的中午睡眠之后我睁开了眼睛,我听到——毕生我都弄不清楚——我的母亲用十分自然的语调从阳台上向下问道:'您在做什么,我亲爱的?天可是太热呀!'一个女人从庭院里回答说:'我在树荫下吃点心呢。'她们随意交谈,说得也不怎么清楚,好像那个女人有什么要问,我母亲在等着回答。"

我相信我是在被问,因此我把手伸进裤后兜里做出像要找什么东西似的。但我什么也不找,而只是要变化一下我的目光,以表现出我对谈话感兴趣。与此同时我说,这件事非常引人注意并且我根本就不理解。我也补充说,我不相信它的真实性并且它必然要达到一个固有的目的,而我恰恰看不透它。随后我闭上双眼,摆脱恶劣的灯光。

"看看吧,鼓起勇气,比如说您有一次同意我的观点,为了告诉我此事,您提醒过我,而且不是出于私利。我丢失了一个希望,我得到了另一个希望。

"不是吗,我为什么应该羞愧——或者说为什么我们羞愧?因为我走得不正,走得困难,不是用手杖敲打着地上的石路并且不去触摸在身旁路过人的衣服?难道我不该理由十足地支起领子,端起肩膀沿着房屋蹦跳而过,有时就消逝在广告窗的玻璃里?

"我度过的这都是什么样的日子!为什么这一切都建造得这么恶劣,致使有些高楼时而倒塌,人们却没法找出任何一种表面上的原因。我爬上垃圾堆,问那个我碰到的人:'怎么能发生这样的事!在我们的城市里——一幢新房子——今天这是第五幢了——您想一想。'没有人能回答我。

"人们经常跌倒在巷子里并且躺在那里死去。所有的商人打开了他们的门,挂出商品,敏捷地走过来,把死者抬进一所房子里,随后返回,嘴和眼睛露出微笑,开始讲话:'日安——天空是苍白的——我卖出了许多头巾——是呀,战争。'我跑进房里,在我多次胆怯地举高弯起手指的手之后,我终于敲响了房东的小窗户。'早上好,'我说,'我觉得好像不久前有个死人被带到您这儿了。您不愿友好地指给我看吗?'他摇了摇头,好像他不能决定似的,我补充说:'您要注意!我是秘密警察,要立刻看看死者。'现在他不再犹豫不决了:'出去!'他喊了起来。'这个流氓习惯了每天都到这儿转悠!这儿没有死人,也许旁边那家有。'我打了招呼就走了出来。

"但随后,当我穿越一个大广场时,这一切我都忘掉了。当人们出于傲慢建造了这样一个巨大的广场时,为什么也不在广场上围起栏杆呢?今天刮的是西南风。议会塔楼上尖顶描绘出个小圈。所有的玻璃都在发出响声,路灯杆像竹子似的弯了下来。柱子上的圣马利亚的大衣刮了起来,空气在撕扯它。难道没有看见吗?在石头上行走的先生们、女士们飘了起来。一旦风停下来时,他们就站住了,相互间说了些话,彼此躬身致意,但风又吹了起来,他们无法抗拒它,所有人同时都抬起了双足。虽然他们都紧紧地捂住他们的帽子,但他们却大饱眼福,扫视四周,什么都不放过。只是我感到害怕。"

对此我说:"您早先讲的您母亲和庭园里女人的故事,我一点也不觉得有趣。不仅仅是因为我听过,我也经历过许许多多这类故事,甚至我本人有些时候也参与过。这种事是完全自然的。难道您真的认为,如果夏天我在那座阳台上不会问同样的问题和从庭园里能做同样的回答?一件太平常的事了!"

当我说完时,他好像终于安静下来了。他说,我的穿着很可爱,他非常喜欢我的围巾。我有着怎样一身细嫩的皮肤。这番表白太清楚不过了,无法加以收回。

c. 祈祷者的故事

随后他在我身旁坐下,因为我变得羞怯起来,我侧着点了点头,给他腾了个地方。尽管我没有避开,他坐在那里还是感到某种尴尬,总是试图与我保持一小段距离并费力地说道:"我度过的都是些什么样的日子!

"在昨天晚上我参加了一次社交活动。在煤气灯下我在一位小姐面前躬身并说道:'我真的很高兴,我们已接近冬天了。'——正当我躬身说这番话时,我不满地觉察到,我右大腿从关节里脱出来。膝盖骨也有一丝松动了。

"因此我坐着并说道:'因为风太轻了!人们的举止更轻松了,人们说话不需那么费劲了。不是吗?亲爱的小姐,希望我在这件事上是正确的。'这同时我的右腿使我恼火。因为开头时好像它要完全分离开来似的,我通过挤压和有效的推拿慢慢差不多恢复了正常。

"这时我听到少女——她出于同情也坐了下来——轻声说:'不,您根本不值得我尊敬,因为——''您等等,'我满意地说并

充满了期待,'亲爱的小姐,同我谈话您都用不了五分钟的时间。您边说边吃好了,您请吧。'

"我伸出胳膊,从一个古铜色侍童托高的盘子里拿出一串密密匝匝的葡萄,就在空中摘出少许,放在一个小小的蓝边碟子里,我把它递给这个也许不妩媚的少女。

"'您根本不值得我尊敬,'她说,'您所说的一切都是无聊的和不可理解的,因此还不是真的。我同样认为,我的先生——您为什么总是称我为亲爱的小姐——我认为,真是太费劲了,因此您才不同真实打交道。'

"上帝,我来了兴致了!'是呀,小姐,小姐,'我几乎是在喊叫,'您说得多正确呀!亲爱的小姐,您懂得它,这是一种惊人的喜悦,当人们得到了他意想不到的理解的话。'

"'对于您来说真是太费力了,我的先生,您看起来像什么呀!您是按着您的身长用薄棉纸剪成的,用黄色的薄棉纸,像个剪影,您一走路,人们就听您在沙沙作响。因此去理解您的态度、您的看法也是没道理的,因为您随风而弯倒下来,而房间里现在正好有风。'

"'我不懂。这房间有几个人在转悠。他们用他们的胳膊围着椅子的靠背,或者倚在钢琴上,或者迟疑地把一杯酒举到嘴边,或者小心翼翼地走到邻室。他们在昏暗里碰到一个箱子伤了他们的右肩,之后,他们在敞开的窗户旁呼吸着空气沉思:那是金星。但我现在在一场社交活动之中。如果这有什么关联的话,那我就不懂它了。但我从来不知道,是否这有一种关联——您看,亲爱的小姐,所有这些人虽然各式各样,但都是懵懵懂懂,举止可笑,而只有我一个人显得尊贵,剔透清澈。并且它还充满了温馨,您说话带有嘲笑的味道，可毕竟还明显地剩下了些什么，就如同穿过一幢内部焚烧一空的房屋的厚厚墙壁时发生的情况一样。目光现在变得几乎不受妨碍，人们白天透过巨大的窗户洞看见天空中的白云，夜晚看见繁星。但白云经常被灰色的石头遮断，繁星组成不自然的图画。所有要生活下去的人一下子都看起来像我一样，用黄色的薄棉纸剪成的，剪影般的，如果为此我向您表示感谢的话，该会如何？——如您所看到的——当他们走路时，人们也能听到沙沙声。他们不会是另外的样子，只能是现在的样子，但他们看起来就是这样。甚至您本人，亲爱的小姐。'

"这时我发觉，少女已不再坐在我身旁了。她一定是说完她最后一句话不久就离开了，因为她现在站在远离我的一扇窗户的旁边，有三个青年人围着她，他们的衣领高耸洁白，谈笑风生。

"我快活地喝了一杯酒，走到钢琴师那里，他正好挑选出一首哀伤的曲子，低头弹了起来。我小心地俯下身来贴近他的耳朵，为了不使他受惊，我在乐曲的旋律中轻轻地说：'尊敬的先生，您不介意让我现在弹一曲吧？因为现在我很幸福。'他没有听见我说的话，我尴尬地站在那里一段时间，但随后我走开了，我克制住我的羞怯，从一个客人那儿走到另一个客人那儿并顺便提道：'今天我要弹钢琴。是的。'

"大家好像都知道我不会弹，他们的谈话被愉快地打断了，因此都友好地笑了起来。当我大声地对钢琴师说道：'尊敬的先生，您不介意吧，现在让我弹弹吧。我现在很幸福。这关系着一次胜利。'这时大家才都变得完全注意起来。

"钢琴师虽然停了下来，但他并没有离开他褐色的凳子，似乎也没有听懂我。他叹着气并用他长长的手指遮住他的脸。

"我对此感到一丝怜悯,当女主人带来一群人时,我鼓励他再弹下去。

"'这是一次滑稽的偶然事件。'他们说并大声笑了起来,好像我要做某种不得体的事情似的。

"那个少女也凑了过来,她蔑视地看着我并说:'求求您,尊敬的夫人,您让他弹。也许他能带来某种快乐呢。这值得称赞。求求您,尊敬的夫人。'

"大家兴高采烈起来,因为他们显然认为,和我一样,这是在寻开心。只有钢琴师一声不响。他垂下脑袋,用左手食指抚摸着琴凳上的木板,像是在沙子上画画似的。我颤抖起来,并把我的双手放在裤兜里,藏了起来。我也再无法口齿清楚地说出来,因为我的整个脸一副哭相。因此我必须挑选字句说明,使听众觉得我要哭这个念头是多么可笑。

"'尊敬的夫人,'我说,'我现在必须弹一曲,因为——'这时我忘记了是什么理由了,于是我意想不到地面朝钢琴坐了下来。突然我又明白了我的处境。钢琴师站了起来并体谅地跨过琴凳,因为我挡住了他的路。'请您把灯熄灭,我只能在暗中弹琴。'我立起身来。

"这时两位先生抓住了琴凳并把我抬到离钢琴远远的餐桌旁,用口哨吹出一首歌曲并把我稍许摇晃起来。

"所有人看来都表示赞同,那位小姐说:'您看,尊敬的夫人,他表演得多么可爱。我知道不会错的。您却这么担心。'

"我明白了,十分得体地躬一下身,表示感谢。

"人们给我倒橘子水,一位红嘴唇的小姐在喝酒时朝我举起了酒杯。女主人递给我放在一只银盘子上的蛋白甜点,一个一袭白衣的少女把它放进我的嘴里。一位长着金黄色毛发的丰盈的姑娘拿起一串葡萄,擎在我头上,我只需摘就行了,这同时她望着我畏缩的眼睛。

"因为大家对我这样好,我当然对此感到惊奇,他们是一致要我留下,我又向钢琴走去。

"'够了。'男主人说,直到现在我没有发现他。他走了出去,又立刻返了回来,拿着一顶巨大的礼帽和一件饰有花朵的古铜色外套:'这是您的东西。'

"这虽然不是我的东西,但我不想给他添麻烦再次去查看了。男主人亲自给我穿上外套——它非常合身,裹住我瘦削的身体恰到好处。一位面色慈祥的太太,慢慢地弯下腰来,给我逐个扣上外套上长长的一排扣子。

"'再见吧,'女主人说,'不久再来。您总是受欢迎的,这您是知道的。'这时在场的所有人都躬下身来,好像这是必须似的。我也试图这样做,但我的大衣紧贴在身上。于是我拿起帽子,大概是非常笨拙地走出门去。

"但当我迈着碎步走出这幢房屋的大门时,扑面而来的是悬挂月轮布满繁星和浮有巨大云彩的天空,四周环列有市议会大厦、马利亚石柱[①]和教堂的环形广场。

[①] 位于德国慕尼黑马利亚广场的中心,顶端屹立着金色圣母马利亚的雕像。(本文脚注均为译注)

"我安静地走出阴影进入月光之中,解开外衣的扣子,缓和下身体,举起双手让夜的喧闹声静下来并开始考虑:'这是什么呀,他们这样做,好像他们是真实的。难道你们要我相信,我站在绿色的铺石路上是不真实的,是滑稽的。但是你,天空,你真正存在的时候早已过去。而你,环形广场,你从来也没有真正地存在过。'

"'你们还一直比我优越,这是真的,但只是在我让你们安静的时候。'

"感谢上帝,月亮,您不再是月亮,但也许是我疏忽了。我还一直把您月亮的叫法称为月亮。当我称您是被遗忘的有着奇怪颜色的纸灯笼时,您为什么就不再这样傲慢了?当我称您是'马利亚石柱'时,您为什么就退缩了?当我称您是'投下黄光的月亮'时,我再认不出您那咄咄逼人的态度?

"'我好像真的认为,一旦人们考虑到你们时,你们做得并不好;你们的勇气和健康都在减弱。'

"'上帝,若是思考者向醉酒者学习,那必定是十分有益的!'

"'为什么一切都变得静悄悄的。我相信已经不再有风了。那些经常安装着小轮子在广场上滚动的小房子都非常牢靠地固定下来——静悄悄——静悄悄——人们根本看不见细的黑线,通常它把轮子和地面分离开来。'

"我在空气中坐着。我围着巨大的广场丝毫不受阻碍地跑了三大圈,可我一个醉酒者也没有遇到,我无须中途迅速停住,也没有感到吃力就奔向卡尔巷。我的影子奔跑起来经常变得比我靠在墙壁上时要矮小,犹如处在墙和路基之间的一条狭路上一样。

"当我经过消防队住房时,从小环行路那边听到喧哗声,当我趔入那里时,我看见一个醉酒者站在水井的围栏旁边,双手水平地抬起,并用穿着木拖鞋的双脚蹬踏着地面。

"我先是停了下来,以便让我的呼吸更加平静些,然后我向他走去,从头上摘下帽子并自我介绍说:'……晚安,可爱的高贵人,我二十三岁,可我还没有名字。但您肯定来自大城市巴黎,有着令人惊奇的,甚至是可吟唱的名字。从法兰西堕落的宫廷发出一股完全不自然的味道,它把您围了起来。'

"'……您肯定用您那带有颜色的眼睛看到了站在高处和光亮平台上的那些高贵的太太,她们在上面嘲弄地扭转她们纤细的腰身,可她们在台阶上摊了开来的彩色拖裙的尾端还留在花园中的沙地上——不是吗,一些身穿灰白色、剪裁得粗俗的燕尾服和白色裤子的仆人爬上分散在四周到处都有的长杆,把双脚盘在杆子上,但上半身向后仰并弯向侧面,因为他们必须从地上拾起拴在粗粗绳子上的巨幅的灰白色亚麻布,并把它们在高处绷紧,这是由于高贵的夫人们希望有一个多雾的早晨之故。'

"因为他在打嗝,我几乎吃惊地说:'真的,您,先生,果真是来自我们的巴黎,来自疾风迅雨的巴黎,啊,来自这种狂热的下雹子的天气?'

"当他又在打嗝时,我窘迫地说:'我知道,这是我遇到的一种巨大的荣誉。'

"我用敏捷的手指把我的外衣扣上,然后我热情而又羞怯地说:'我知道,您认为我不值得您做出回答,但是我必定过一种含泪的生活,若是今天我不问您的话。'

"'我请求您,服饰高贵的先生,人们讲给我听的难道不是真的？在巴黎只有穿华丽的衣服的人吗？只有有大门的房屋吗？夏日城市上方的天空是淡淡的蓝色，只有通过形状随心意变幻的团团白云加以美化，难道是真的吗？那儿有一个陈列品非常多的蜡像馆，里面只有一些竖立在那上面排着的小牌儿，写有最著名的英雄、罪犯和情人的名字，是吗？'

"'还有这样的新闻！这种显然是欺骗性的新闻！不是吗，说巴黎的街道上突然都长出杈来了，它们变得不安宁了，不是吗？一切都老是混乱不堪，怎么能这样呢！有次发生一起车祸，人们集聚一起，来自邻近的街道，迈着大都市有的很少能触碰铺石路的步子；虽然所有的人都很好奇，但也害怕失望；他们的呼吸急促，伸出他们的小脑袋。但一旦他们相互碰撞了，那就深深地鞠躬并请求原谅：我很抱歉——这不是有意的——太拥挤了，请原谅，我承认，我太笨拙了——是我的过错。我的名字是——我的名字是热洛姆·法洛歇，我是卡波丁大街上卖香料的小商贩——请允许我明天请您吃中饭——我的妻子也会感到十分高兴的。他们就这样谈话，其间街巷一片喧嚣，从房屋之间的烟囱冒出的黑烟落了下来。就是这个样子。难道两辆车停在上等人居住区的一条繁华的林荫大街上是可能的吗？仆人们庄重地打开门，八条高贵的西伯利亚狼狗蹿了下来，狂吠起来蹦跳着越过东道，这时有人说，是伪装的，都是些打扮入时的年轻的巴黎人。'

"他几乎是闭上了眼睛。我沉默下来了，他把双手塞进嘴里并扯动下颌。他的衣服污秽不堪，或许人们是把他从一个小酒馆里扔出来的，他对此也是糊里糊涂。

"这也许是白昼和黑夜之间的一次短暂的、完全恬静的间歇，这时我们把脑袋吊在脖子上，这并非我们所期待的，并且这时一切都静悄悄地立在那里，我们对此丝毫没有觉察，因为我们没有观察它，于是它随后就消失了。我们弯下了腰，这儿只剩下了我们，这期间我们环视四周，但再也看不见什么了，就是空气的阻力也感觉不到了；但在内心我们却滞留在回忆之中，在与我们有一段距离的地方有一些房屋，它们有着屋顶和方形的烟囱。黑暗从烟囱中流进房屋，从阁楼流入各式各样的房间。很幸运，明天是什么都能看到的一天，这真是不可相信。

"醉酒者高高地耸起眉毛，这使眉毛和眼睛之间产生出一道光亮。他断断续续地解释说：'这就是说——我很困，因此我要去睡觉——我在温采尔广场有一个表兄弟——我要到那儿去，因为住在那儿，因为那儿有我的床——现在就走——我只是不知道，他叫什么，他住在哪儿——我好像是忘了——但这没关系，因为我从来不知道，我是不是真的有一个表兄弟——现在我要走了——您相信我会找到他吗？'

"对此我不假思索地说道：'肯定会找到，但是您来自陌生的地方，恰巧您的仆人不在身旁。请允许我带您去。'他没有回答。于是我把我的胳膊伸给他，他挽住了它。"

d. 胖子和祈祷者之间谈话的继续

有一段时间我设法使自己兴奋起来。我摩擦我的身体并对自己说："是您说话的时候了。您已经够难为情的了。您觉得苦恼吗？等着吧！您清楚这种处境。考虑考虑，不要着急！就是周围环境也能等待。"

"这就像在上个星期的聚会里一样。每个人都从一个抄本里朗诵点什么。应他的请求我本人还抄写了一页。我感到吃惊,我是怎样读他抄写的那些页中的文字。那是站不住脚的。人们俯身在铺有三页纸的木桌子上。我哭着发誓说,这不是我写的字。"

"但为什么这与今天相似。这确是只与您有关,引发了一场范围限定了的谈话。一切都是友好的。但您得努力,我亲爱的!……您定会找到个借口……您能说:'我太困了。我头痛。再见。快些,快些。'您得让人注意!——这是什么?又是障碍和障碍?您在回忆什么?——我回忆起一片高原,它耸立起来面向浩瀚的苍穹像是地球的一个盾牌。我从一座高山上看它并做好准备去穿越。我开始唱了起来。"

我说:"难道人们不能换个样子生活!"这时我唇干舌燥,一点不听使唤。

"不能。"他说,怀着疑问并面带微笑。

"但您为什么晚间在教堂里祈祷。"我问道,这同时迄今我像睡觉般地赖以支撑的我和他之间的一切都坍塌了。

"不,我们为什么要谈这件事。在晚间一个单独生活的人不承担什么责任。人们害怕某些东西。或许是身体的消失,人真的就像在朦胧中所显出的那样。人没有手杖就不能走路,或许这样更好:去教堂,叫喊着祈祷,让别人注意和得到身体。"

他讲了这些,随即沉默不语,我从衣兜里抽出我的红手帕并弯下腰哭了起来。

他立起身来,吻了我并说:"您为什么哭?您是高大的,我喜爱高大,您有着长长的双手,几乎可以随心所欲地使用;您为什么不因此而高兴？我劝您，总是穿有深色镶边袖子的衣服——不——我向您讨好，您还要哭？您要完全理智地承受生活的困难。"

"我们真的是在制造没用的战争机器、塔楼、高墙、丝绸幕帷，如果我们有时间的话，能更多地对此感到惊奇。即使我们比蝙蝠更可憎，我们要保持浮动，我们不掉下来，我们飞舞。几乎没有人在一个美好的日子里能阻止我们说：'啊，上帝，今天是一个美好的日子。'因为我们在我们的地球上做好了安排，并在互相谅解的基础上生活。"

"那么说我们像雪中的树干。表面上它们只是平躺在那里，人们只需稍稍碰一下，就能把它们推开。但不是这样，人们做不到这点，因为它们紧紧地与地连在一起。您看，甚至这也仅是表面的。"

思考阻止了我的哭泣："已经深夜了，没有人明天会责备我，这是我现在所能说的，因为可能是在睡梦中说出来的。"

随后我说："是的，是这样，但我们谈论了什么。我们确是不能谈论天空的明亮，因为我们是站在一道房廊的深处哇。不——我们确是能够谈论此事，因为我们在我们的谈话中并不完全是独立的吗？鉴于我们既不想达到目的也不想得到真理，而只是玩笑和消遣。但您还能再次向我讲述庭园中那个女人的故事呀。这个女人多么值得羡慕，多么聪明！我们必须以她为榜样。我多么喜欢她呀！这也不错，我遇见了您并截住了您。同您谈话，对我是一种极大的快乐。我听到了一些对我说来迄今完全是陌生的东西，我很高兴。"

他看起来很满意。尽管我对与一个人身体接触向来感到厌恶，可我必须同他拥抱。

随后我们走出通道，置身苍穹之下，我的朋友吹跑几片碎裂的薄云，这样繁星连绵的平野现在就显现在我们面前。我的朋友吃力地走了。

4.胖子的没落

一切都被速度攫住并落到远处。河水在一处峭壁直泻而下，它要遏制住自己，还在破碎的岩角处摇摆，但随后就下落，摔成一团，溅起水雾。

胖子不能继续讲下去，他得转动身子并消失在咆哮的急泻的瀑布之中。

体验到如此之多快乐的我站在岸边并看到了这一切。"我们的肺该怎么办，"我喊叫，呼喊，"它们急速呼吸，它们窒息自己，由于内部的毒素；它们慢慢呼吸，它们窒息，由于不可呼吸的空气，由于令人愤怒的东西。但如果它们要寻求速度，那它们早就由于寻求而完蛋了。"

这条河岸毫无节制地延伸下去，可我用我的手掌抚摸到远处小型指路牌上的那块铁。这使我感到不能完全理解。我这样小，几乎比平时还要小，一片灌木丛上，长有白色野蔷薇果，它在快速地摇晃，高出我好多。我看得清楚，因为灌木丛就在我眼前，离我很近。

但即使如此，我还是错了，因为我的胳膊是这样长，像一场连绵细雨的乌云，只是这片乌云，飘得快了些。我不知道，为什么它要挤压我那可怜的脑袋。

我的头确是这样小，像一个蚂蚁蛋，只是它受了稍许的伤害，因此不再是滚圆的了。我把它转动过来,因为我眼睛的表情没有能注意到,它们太小了。

但我的双腿,我的徒唤奈何的双腿卧在长满森林的山上,遮住了坐落有乡村的山谷。它们在长大,它们在长大!它们业已耸立在没有景色的空间,它们的长度早已超出我眼睛能看到的范围了。

但是不,不是这样——我确实很小,暂时是很小——我滚动——我滚动——我是群山的一次雪崩!求求你们,过客们,行行好,告诉我,我有多大,只量量这双胳臂、这两条腿。

三

"这究竟是怎么回事,"我认识的那个人说,他与我一道从聚会中出来并静静地与我同行在洛伦茨山的一条路上,"停一小会儿吧,我要弄清楚——您知道,有一件事我得办完。这太吃力了——这个很冷也很亮的夜,但这般令人不快的风,它甚至时而能改变每一棵洋槐树的位置呢。"

月亮照耀着园丁的房屋,阴影罩住一条稍许有些隆起并点缀着雪花的道路。当我看到门边放着的椅子时,我抬起手指向它;因为我没有勇气等着责备,于是我把左手放到我的胸前。

他怏怏不乐地坐了下来,毫不在意他漂亮的衣服,当他把他的双肘支撑在大腿上并把额头放在完全弯曲的手指尖上时,我感到惊奇。

"好的,现在我要说这件事。您知道,我生活得有规律,没有什么可指摘的，所有发生的一切都是必要和被承认的。在我所交往的聚会中出现的不幸，人们对此已经习惯了，这种不幸也没有饶过我。如同我四周的人和我满意地看到的一样，一般的幸福也并不趑趄不前，我本人可以在小范围里谈谈。好的，我还从没有真正地爱过。我有时感到遗憾，但如果必要的话，我会用那些客套话的。可现在我只能说：是的，我爱过并且也许因为爱而激动。我是一个热烈的情人，像少女所希望的那样。但是我不应当考虑，恰恰是这种从前的缺陷会给我的爱情关系一个例外的和快乐的、特别快乐的转向吗？"

"安静，安静，"我无动于衷地说，并且只在想我自己，"您的情人很漂亮，我听说了。"

"是的，她很漂亮。当我坐在她身旁时，我总是只想到：这次冒险之举——我是如此的勇敢——我进行一次海上之旅——我喝了成加仑的酒。但当她笑起来时，她不露出她的牙齿，像人们所该期待的那样，只能看到她张开深色的、狭小的、弯曲的嘴。若是她在笑时把头向后仰的话，那看起来狡黠和显得老态。"

"我不能否认这点，"我叹气说，"我好像也看到了，因为这很惹人注意。但不只是如此。少女的美那才是真的！经常，每当我看到一些带有各式各样的褶裥、花边、饰物的服装穿在迷人的身体上显出妩媚时，我就在想，它们不会长时间保持这样的，而是起了皱褶，再也不能弄平，有了紧沾在饰物上的灰尘，再也不能清除。我就在想，没有人会如此可悲和如此可笑，每天从早到晚穿上同一件贵重的衣服。我确是看到一些少女，她们也许很美，展示十分迷人的肌肉、可爱的踝骨、圆滑的皮肤和一头秀发，她们白天就身着这样一套自然的假面衣服出现,总是把同一张面孔搁放在她们相同的手掌上,并让它们在她们的镜子里再现出来。只是有时在晚上,当她们很迟从宴会上回来时,在镜子里这些衣服才显得破旧和臃肿,所有人都看过了,几乎没法再穿了。"

"我在路上经常问起您,您是否找到了这个少女,但您总是顾左右而言他,转开话题不回答我。您说,您做了什么坏事?您为什么不安慰我?"

我把双脚伸进暗影中,聚精会神地说:"您不需要得到安慰。您是被爱上了。"同时,我把印有蓝葡萄的手帕放在嘴上,以免感冒。

现在他转身面向我,并把他那张厚脸倚在椅子的低一点的靠背上:"您知道,总的说来我还有时间,我还总是能立即结束这刚开始的爱情,通过一次丑行,或者通过不忠,或者通过一次外地远游。真的,我非常怀疑,我是否该投入到这次激动之中去。没有什么是安全的,没有人能规定方向和持续的时间。如果我到一个酒馆里去,有意灌醉自己,那我知道,我将在这天晚上喝醉,但这是我的事!在一周内我要与一个要好的家庭去做一次远游,这不会在心里激起两个星期之久的风暴。晚间的吻使我昏昏欲睡,这是为给那些不着边际的梦以空间。我对此加以抗拒,于是做了一次夜间散步,事情就这样发生了,我不断地活动,我的脸由于风吹时冷时暖,我不得不老是摸摸我衣兜里的一条玫瑰色带子,我高度恐惧,怕不能跟着您,甚至忍受您,我的先生,在此期间我通常肯定是不会与您谈这么长的话的。"

我觉得很冷,天空已经泛出一些鱼肚白:"可没有丑行,没有不忠,没有外地远游的帮忙,您必须自杀。"我说,此外还微笑起来。

在林荫大道的另一边上,面对我们有两处灌木丛,在它们后面,往下就是这座城市。它还有些许灯光。

"好的,"他喊了起来,并用他那握紧的小拳头击向椅子,但这拳头随即停放在那儿了,"可您活着,您不杀死自己,没有人爱您,您什么都得不到。您不能把握下一个瞬间。您这样对我说,您是平常人。您不能爱,除了恐惧,什么都不能使您激动起来。您看看吧,我的胸膛。"

于是他迅速解开他的上衣,他的背心和他的衬衣。他的胸膛确实是宽阔和漂亮的。

我开始讲述:"是呀,我们有时陷入这样别扭的处境里。这个夏天我曾住在一个村子里,它旁边有一条河。我记得很清楚。我经常姿势歪扭地坐在岸边的一把椅子上。那边还有一家海滨饭店。一些年富力强的人在花园里喝着啤酒,谈论打猎和冒险。在另一岸是云雾缭绕的群山。"

我站了起来,嘴显得稍许扭曲,踏进椅后的草坪,还折断了挂雪的树枝并冲着我这位熟人的耳朵说:"我订婚了,我承认。"

我这位熟人并不对我站了起来感到惊讶:"您订婚了?"他完全是悬着身坐在那里,只是用椅背支撑住自己。随后他摘下帽子,我看到了他的头发,它散发一种好闻的味道,梳得很规整,头部多肉,上面是一颗圆圆的脑袋,整体上显示出一道清晰的圆线,人们在冬天都喜欢这个样子。

我很高兴我这样聪明地回答他。"是的,"我对自己说,"可他就有着这么一个灵活的脖子和无拘束的胳膊在社交场合中四下转动来转动去。他能用一番动听的谈话把一位夫人领着穿越一座大厅,若是房外下起了雨,或者那里站着一个羞答答的人,或者通常发生某些苦恼的事情,这根本不会使他感到不安。不,他在夫人们面前同样彬彬有礼地躬身。但他现在坐在这儿。"

我的这位熟人用一块麻纱布擦擦额头。"请您,"他说,"请您把您的手稍微放在额头上些。我求您。"当我没有立即照做时,他把双手交叉起来。

好像是我们的忧虑使一切都黯淡下来似的,我们坐在高处的山上,像在一个小房间里,尽管我们早已觉察到了最初的亮光和晨风。我们靠得近些,尽管我们彼此并不喜欢,但我们不能相互远离,因为墙壁在僵直而坚定地移动过来。我们的举动可笑并不顾人的尊严,因为我们不必面对我们的枝丫和树木感到羞愧。

这时我的熟人毫不困难地从他的衣兜里掏出一把刀子,沉思着打开它,然后像玩耍似的刺到他的左臂上并停在那儿不动。血立即流了出来。他圆润的面颊变得苍白。我抽出了这刀子,割掉冬季大衣和上装的袖子,扯下衬衣的衣袖。随之朝下跑了一小段路,再朝上看看是否有人在那儿,以便能帮助我。所有的枝条几乎是刺眼般的清清楚楚并一丝不动。然后我稍微吮吸了深深的伤口。这时我想起了那座园丁房屋。我沿着小路向上奔去,小路通向这座房子左侧高处的草坪,我焦急地查看窗户和门,我愤怒地按铃,连连跺脚,尽管我立刻就看出来了,这座房子没有人住,随后我看看伤口,它在汩汩流血。我在雪里把布弄湿,笨拙地包扎住他的胳膊。

"您,亲爱的,亲爱的,"我说,"您是为我才伤害了自己。您的处境如此之好，周围都是朋友，在晴朗的日子里您能散步，看到衣着讲究的众人在餐桌之间或在丘陵的路上。只消想一想，在春天，我们将去果树园，不，不是我们去，这的确令人遗憾，但您同小安娜会兴高采烈地前往。噢，是呀，相信我，我求您，最美的太阳将把所有人指点给你们。噢，这是音乐，人们听到远处的马群声，无须操心，这是林荫大道里的喧哗和手摇风琴在演奏。"

"啊，上帝，"他说并站了起来，靠在我身上，我们走动起来，"这儿没人帮助。这使我不高兴。请您原谅。已经很晚了吧？也许明早我该做点什么。啊，上帝。"

靠近墙边上方的一盏灯在发亮，它把树干的阴影投到路上和白皑皑的雪上，这同时多彩多姿的枝丫的阴影曲曲弯弯，像折断了似的落到路坡上。

高中甫　译

（这篇小说是卡夫卡的第一部作品，马克斯·勃罗德认为它写于1902年或1903年。）

公路上的孩子们

我听到车子在花园栅栏旁经过,有时我也能从微微摇动着的树叶隙缝中看到它们。在炎热的夏日里车辐和车辕的木料发出多么强烈的噼啪声!干活的从田间回来,扬起阵阵笑声,使车子发出的声音简直有些可恶。

我坐在我们家的小秋千上,正在我双亲的花园树荫下休息。

栅栏前一直没有安静下来。此刻孩子们奔跑过去;粮车上的男男女女坐在禾把上,花坛周围逐渐暗淡下来;傍晚时分,我看见一位拿着手杖的绅士悠然地散步,有几个姑娘手臂挽着手臂迎着他走来,问候了一声走进路边的草地里。

然后有几只鸟儿像喷射出一般向天空飞去,我的目光紧盯着它们,看它们怎样一股劲地向上飞去,直到我不再相信,这不是它们在向上飞,而是我在向下坠落。我有些头晕,紧紧抓住秋千绳子,开始悠悠地荡起来。很快我就越荡越高,微风越吹越凉,天空中飞鸟消失了,出现了闪烁的星星。

我在烛光下吃晚饭。我常常把双臂放在台板上,已经很累,大口咬着黄油面包。褶裥的窗帘被热风吹得鼓起来了,有时外面走过的人想要看清楚我或者要同我说话,就得用双手牢牢地抓住窗帘。多数情况下蜡烛很快就被吹灭,在这昏暗的烛烟中,聚在一起的蚊子还要遨游一会儿工夫,这时如果有人从窗外向我打听事情,我看他,就像看着一堆东西,或者什么也看不见,他也并不指望得到什么回答。

然后有人越过窗户跳进来,通报说,其余的人都已经在房前了,这样我就叹着气站起来。

"不,你为什么要叹气?发生了什么事?是不是有什么特别不顺心的倒霉事?难道我们再也无法补救了吗?真的一切都完了吗?"

没有什么了不得的事。我们很快跑到房前。"谢天谢地,你们终于来了!"——"你总是迟到!"——"怎么就是我呢?"——"正是你,如果你不想参加,那就待在家里。"——"别那么高傲!"——"什么?别那么高傲?你怎么这样说?"

我们这些小孩在晚上走着。没有什么白天和黑夜。一会儿我们衣服上的纽扣相互摩擦着就像牙齿一样排列在一起,一会儿我们又相互保持等同的距离奔跑,口中冒着热气,像热带动物一样。我们像古代战争中穿胸铠的骑士,踏着沉重的步伐,一个接一个地往下穿过小巷,两腿一使劲又冲上公路。个别几个走进了公路边的壕沟里,他们几乎还没有在黑暗的斜坡前消失,就已经像陌生人一样站在田间小路上,往下看着。

"快下来!"——"先上来!"——"好让你们把我们推下来,以为我们想不到,我们还不至于那么傻。"——"你们都那么胆小,可以这么说,来吧,来吧!"——"真要我们这样做?像你们一样?要是这样,你们就能将我们推下来?瞧你们那样子?"

我们开始进攻,前面受到阻挡,于是我们躺在路边壕沟的草地里,晕晕乎乎,自由自在。一切是那么舒坦、和谐,我们在草地上既不感到热,也不感到冷,只是感到疲乏。

我们把身体侧向右边,把手放在耳朵下面,这时都想要入睡。尽管大家想再次抬起下巴站起来,但是却跌入一条更深的壕沟里。于是我们想把手臂横伸开去,向斜侧蹬动双腿,一跃而起,但肯定又会跌入更深的壕沟。就这样我们并不想停止下来。

怎样才能在最后这条壕沟里伸开四肢好好睡一觉,特别是双膝伸平?我们几乎还没有想过。人们像病人似的仰面躺着,有点想哭。当有个男孩两肘贴着臀部,那黑色的鞋底越过我们头顶,从斜坡跃上公路时,大家便眨一下眼睛。

我们看到月亮已经升高,一辆邮车在月光下驶过。微风四处吹拂,即使在壕沟中我们也已感觉到了,附近的森林开始簌簌作响。这时,对一个人来说不再希望孑然一身独自待着了。

"你们在哪儿?"——"上这儿来!"——"大家都到一起吧!"——"你躲藏什么,别胡闹啦!"——"你们难道不知道,邮车已经过去了?"——"不知道!已经过去了吗?"——"当然,你睡着时,邮车过去了。"——"我睡着了?会有这样的事!"——"别说了,大家都看你睡着了。"——"我可没有睡着。"——"快上这儿来!"

我们紧挨在一起,向前跑着,有的相互手拉着手,可是头抬得都不高,因为现在是下坡路。有人喊出一种印第安人的战争呼号,我们的双腿从未这样快地奔跑,在跳跃时风儿托着我们的臀部。没有什么能够阻止我们;我们一直这样飞跑,以至我们在超越别人时,甚至还能交叉着双臂,从容不迫地环顾周围。

在山溪的小桥上我们停了下来,跑在前面的人又跑了回来。桥下的流水拍打着石头和树根,好像还不到深夜。我们中间谁都没有理由，为什么不跳到桥栏杆上。

在远处树丛后面驶出一列火车，所有的车厢都亮着灯，玻璃窗一定是放下来的。我们中有一人开始唱流行曲，我们大家也都想唱。我们唱得比火车开得更快。因为声音还不够响亮，我们便挥动起手臂。我们唱着歌挤到一起，感到非常愉快。当有人把他的声音混入别人的声音里，那这人就像给鱼钩钓住了一样。

我们就这样唱着，身后就是森林，唱入远处的旅行者的耳中。村里的大人们还没有睡，母亲们为夜晚的来临铺好了床。

我们的时间到了。我吻了吻站在我身旁的人，向后面的三位只是伸过手去，然后开始往回跑，没有人叫住我。在第一个他们不再能够看见我的十字路口，我拐了弯，在田间小路上又跑进了森林。我向南方的城市奋力奔去，这城市在我们的村子里有这样的传说。

"那儿的人哪！你们想想，他们从不睡觉！"

"那为什么不睡觉呢？"

"因为他们从不疲倦。"

"那为什么不疲倦呢？"

"因为他们都是傻瓜。"

"难道傻瓜就不疲倦吗？"

"傻瓜怎么能疲倦呢！"

孙坤荣　译

（马克斯·勃罗德认为此篇写于1903/1904年。首次发表于1913年。）

过路人

当你夜晚在小巷中散步时,很远就看到有一个男人——因为前方的街道是上坡,且皓月当空——向你跑过来,你可不能拦住他,即使他身体虚弱,衣衫褴褛;即使有人在他身后追赶,并喊叫他,而是让他继续向前奔跑吧。

因为这是夜晚,虽是满月的夜晚,可你前面的街道是上坡,你对此也没有办法。而这两个匆忙追跑的人也许是为了娱乐消遣;也许他们后面跟着第三个人;也许第一个人是个被迫害的无罪的人,第二个人想要谋杀他,那么你将成为这次谋杀的帮凶;也许他们互不相识,只是要各自跑回家睡觉;也许他们是夜游者;也许第一个人身上有武器。

终于,喝了许多酒,你难道不应该困倦吗?你感到很高兴,他们跑远了,你看不到两个人了。

晓辉 译

(本篇约写于1907年,首次发表于1908年,没有标题,1910年3月刊在《波希米亚》杂志上,题为《在夜里》。)

倚窗眺望

我们要在此刻这个迅速到来的春天的日子里做些什么呢？今天早些时候天是灰色的，你走向窗户，是这样的吃惊并把面颊贴在窗闩上。

你低头看到，那无疑已经下沉的太阳的光芒照在一个正边走路边四处张望的小姑娘的脸上，你同时抬头看到小姑娘后面紧跟来的一个男子的阴影。

然后男子已经走过去，少女的脸庞又完全明亮了。

晓辉　译

（本篇约写于1907年，首次发表于1908年，原题为《窗旁》。）

乡间婚事筹备

一

爱德华·拉班穿过门廊来到门口，他看到天在下雨。雨并不大。

他面前的人行道上行人很多，迈着各种各样的步子。时而有人走到路口，横穿过马路。一个小姑娘伸着双臂，捧着一只疲倦的小狗。两位先生在相互交换着什么消息。其中一位手心向上，有节奏地上下摆动着双手，好像托着什么悬空的重物。这时，可以看到一位太太，她的帽子上饰满了缎带、别针和花朵。一个年轻人拄着细细的手杖匆匆走过，他的左手像瘫痪似的平放在胸前。时而走来一些抽着烟的男人，一缕缕直而长的烟雾在他们面前袅袅升起。有三位先生——其中两人把轻便外衣搭在屈伸的下臂上——不断地从房屋墙根走到人行道边看看发生了什么情况，随后又边说边退回到原处。

透过行人间的空隙，可以看到马路的排列整齐的石子路面。马匹伸长着脖子，拉着架在细巧高大的轮子上的车子。车上的那些靠在软垫座位上的人，默默地望着步行的人、商店、阳台和天空。每当一辆马车超越前面一辆时，马匹就挤在一起，缰绳也因松弛而来回晃动。牲口拉着辕杆，马车飞驰向前，急速摇晃着，直至完成超车所需的弧度。马又重新分开了，只是它们瘦长宁静的头还挨在一起。

有几个人匆匆向门口走去，站在干燥的拼花石子路面上，慢慢转过身来，凝望着被挤迫进狭窄巷子里纷乱落下的雨水。

拉班感到疲乏，他嘴唇苍白，就像他那条宽宽的摩尔人[①]纹样褪了色的领带的红色。马路对面一家门前，站着一位女子，此时正瞧着他。在这以前，她一直盯着自己那双由于裹紧了裙子而显露在外的鞋子。她漫不经心地瞧着拉班，也许她看的只不过是他前面的雨水，要不，是他头顶上那块钉在门口的小小商店招牌。拉班相信她正在吃惊地看着自己。"是呀，"他想，"要是我能把情况告诉她，她就一点也不觉惊奇了。人们在机关里拼了命工作，结果劳累过度，连自己的假期也不能好好享受了。但是，不管人们怎样卖力工作，还是无望得到所有人的以爱相待，反倒愈加孤独，形同陌生人，成了大家好奇的对象。只要你讲的时候不用'我'而用'人们'，那就无关紧要了，你只管把故事讲完，可是，只要你承认这里讲的就是你自己，人家马上就会瞪着眼睛像要把你看穿似的，使你感到惊惧。"

他放下缝有格子布套的手提箱，同时弯了弯膝盖。雨水已经

[①] 多指在中世纪时期居住在伊比利亚半岛、西西里岛、马耳他、马格里布和西非的穆斯林。

在马路边汇成一条水流，向低处的下水道奔去。

"但是，如果我自己把'人们'和'我'区分开来，那我又怎能去埋怨别人呢。也许他们是公正的，不过，我现在太累了，没有精力去弄清楚这一切。我甚至累到要费点劲才能走完到火车站那段路，虽说这段路并不长。为什么我不留在城里度过这个短短的假期，休养下身心呢？我真愚蠢——我明知道这趟旅行会把我累出病的。我将去住的房间不会很舒适的，在乡下也只能如此。现在正值六月上旬，乡下的空气往往还很凉。我虽然会注意多穿点衣服，可是，当大家晚间外出散步，我总得跟他们一起去。那里有不少池塘，届时大家会沿着池塘散步。那时我肯定会着凉的。不过，大家聊天时，我将尽量少说，不想出风头了。我不会把这里的池塘跟另一个在遥远地方的池塘做比较，因为我从未出过远门。至于谈月亮，感受幸福，甚至心血来潮去登瓦砾堆，对这类事我已没有兴致。毕竟我太老了，不想让人笑话。"

行人略微低着头走过，头顶的深色雨伞摇摇晃晃。一辆载货马车驶了过去，垫着干草的马车夫座位上坐着一个男人，大大咧咧地伸着两条腿，一只脚几乎快要着地，另一只脚则规矩地搁在干草和碎布片堆上。看上去，仿佛他在一个晴朗的日子，坐在田野上。不过，他还是聚精会神地握着缰绳，所以这辆马车——它上面的铁杆相互碰撞着——能平安无事地穿过拥挤的马路。在潮湿的路面上，可以看到铁杆的倒影，弯弯扭扭的，慢慢地由一排铺路石滑向另一排铺路石。马路对面那个站在妇女身旁的小男孩，穿戴得活像个种葡萄的老农。他那皱巴巴的衣服系着一根皮带，皮带的下方，几乎就在两腋下面，衣服鼓成了一个大圆圈。他那半球形的帽子一直压到他的眉毛上,一个绒球从帽尖一直挂到左耳朵旁。下雨使他很快活。他从大门里跑出来,睁大眼睛望着天空,想接住更多的雨水。他时而跳蹦起来,溅起许多水,惹得行人狠狠地责备他。这时那位妇女喊住了他,拉着他的手走了,他倒没有哭。

突然拉班惊惶起来,是不是太晚了?他的大衣和上装都敞着,他赶忙伸手去掏表,表已停了。他懊恼地向身旁的人打听时间,那人站在过道稍靠里的地方,正在跟人说话,边谈边笑,他应了一声:"刚过四点。"又转过头去。

拉班赶忙撑开雨伞,提起箱子,正当他要跨到马路上去时,却被几个匆匆赶路的女人挡住了去路,他只得让她们先过去。这时,他低头看见一个小姑娘的帽子,帽子是用染成红色的麦秆编成的,在波形的帽檐上系着一个小小的绿色花环。

他走上了马路,但刚才见到的还在他脑海里盘旋。他去的方向,马路有点陡,这才把刚才的印象忘却,因为他得用点气力爬坡;他的箱子虽小,现在对他却是不轻的,况且又是逆风而行,外衣都被吹拂起来,风顶压着他雨伞的伞骨。

他累得大口喘着气,不远处广场的时钟刚敲过四点一刻,声音低沉。他从伞下看到迎面过来的行人,步履轻快。一辆被刹住的马车轮子吱吱作响,还缓慢转动着,马匹伸出瘦骨嶙峋的前腿,像羚羊在山间那样做了一个冒险的动作。

此时拉班觉得自己还是能熬过未来十四天漫长又令人难受的日子,因为毕竟只有十四天,一段有限的时间,虽说心中的烦恼会与日俱增,但必须忍受的日子却一天天减少,勇气无疑也会随着增添。"所有想要折磨我,并且现在已经把我包围住的人,将随着时光的流逝而被逐步退却,无须我帮他们一点忙。我只能处于软弱、孤立无援的地位,听凭别人摆布,但是仅仅由于这些日子会过去,一切也定会好转起来,产生这样的结果是很自然的。

"再说,我不能像在幼年遇到危险时那样做了。我压根儿用不着亲自到乡下去,这是不必要的。我打发穿着衣服的躯体去那儿就行了。当我的躯体跟跟跄跄走出我的房门时,这跟跄并非表示恐惧,而是表示这躯体的虚无。当这躯体跌跌撞撞地走下了楼梯,呜咽着乘车去乡下,啜泣着在乡下吃晚饭,这一切并非表示我心灵的激动。因为在此时此刻我正躺在自己的床上,盖着棕黄色的被子,任凭从微开的房门进来的风吹着。巷子里干净的地面上,车辆在缓缓行驶,路人在徘徊,因为我还在做梦。马车夫和行人全都一副畏缩的样子,每欲往前一步,都要看我一眼,求得我的同意。我鼓励他们,他们没有遇到障碍。

"在我躺在床上时,我相信自己具有一只大甲虫、一只鹿角虫或者一只金龟子的形态。"

在一家橱窗前他停住了脚步,噘着嘴往里瞧。湿漉漉的橱窗玻璃后面,小棍上挂着一顶男士帽子。"还好,我的帽子可以戴到假期结束,"他边想边往前走,"假如没人因我的帽子而喜欢我,岂不更好。"

"一只硕大的甲虫的形态,没错的。于是我做出正在冬眠的样子,把我的细腿贴在我鼓起的肚子上。接着,我低声说了几句,这是对我悲哀的躯体发出的指示,它弯着腰,紧挨着我。我很快把一切安排完毕——它鞠了一躬,匆匆离去,在我安静休息期间,它会出色地完成任务。"

他来到一个空无一人的圆拱门洞前，这门洞在一条坡度很大的巷子的高处，通向一个小小的广场，广场的周围有许多亮着灯的商店，由于四周有灯光，广场的中央显得有点昏暗。一座低矮的纪念碑矗立其间，上面是一个坐着正在沉思的男人塑像。行人像细长的遮光板在灯光前移动，地上的积水把所有的亮光反射到远处，使广场的景象不停地变化着。

拉班在广场上径直往前走，小心翼翼地躲避奔跑着的马车，他从一块干的铺路石跳到另一块干的铺路石上，高举着手里撑开的雨伞，好让自己看清四周的一切。他终于在一根竖立在一块矩形石墩上的路灯柱前停住，这是一个电车站。

"在乡下的人一定在等我，他们是不是在为我担心？她到乡下已有一个星期，可我一直没给她写信，今早才发了一封，人们一定把我想象成另一种模样了。他们或许以为我向谁打招呼时，就会向谁冲过去，这可不是我的习惯。他们以为我到达时就会跟人拥抱，这种事我也不会干。如果我试着给她说几句好话，来消除她对我的不快，那更会惹起她对我的恼怒，倘若我这样做真能使她勃然大怒，那倒也不错。"

这时候一辆敞篷马车徐徐驶过，在两盏亮着的车灯后面，可以看到两位太太坐在深色的皮椅子上，一个往后靠着，面纱和她帽子的影子遮住了她的脸。另一个直着身子端坐着，她的帽子小巧玲珑，帽檐上饰有细羽毛。谁都能清楚看到她，她微微抿着下嘴唇。

正当这辆马车从拉班身边驶过时，一根什么杆子挡住了这辆车右边的马,随即坐在高得出奇的驾驶座位的车夫——他头戴一顶大礼帽——被推到了两位太太的前面——这时,马车已经向前跑了好长一段路——然后马车绕过一幢小房子的屋角,当这幢小房子现在呈现在眼前时,那辆马车已消失不见了。

拉班目送着那辆马车,歪着脑袋,把伞柄靠在肩上,以便看得清楚些。他把右手的拇指塞进嘴里擦擦牙齿,身边的箱子横倒在地上。

马车一辆接一辆从一条巷子出来,穿过广场又驶进另一条巷子。马的身子像被抛掷出去似的沿水平方向飞去,但头部和颈部却上下摆动着,表明马在费力地向前奔跑。

在三条马路会合的人行道周围,站着许多无所事事的人,他们用细细的手杖敲着石子路面。在一伙伙人之间有几个塔形的售货亭,姑娘们把柠檬水卖给顾客;接着是挂在细杆上的笨重的街钟;接着是一些胸前背后挂着牌子的男人,牌子上是用不同颜色的字母写成的各种娱乐广告;接着搬运工人……(此处缺两页)有一小伙人聚在这儿。两辆华丽的马车横穿广场驶入下坡的巷子,挡住了这伙人中的几位先生,第二辆马车过后——其实,就在第一辆马车过后,这几位先生就胆怯地想这样做——他们又同自己的一伙人聚在一起。随后他们排成一行走上了人行道,拥进一家咖啡馆的大门,悬挂在大门口的电灯的光线倾泻在他们身上。

附近,长长的电车驶过,在远处的街上模模糊糊还能看到几辆电车静悄悄地停在那里。

"她的背驼得多厉害,"拉班这时看着一张照片,心里这么想着,"她一辈子也直不起来,她的背也许是圆的。我可得多留神。

是呀，我想起来了，她的嘴很宽，下嘴唇绝对是向外噘的。瞧她这身衣服，当然对服装我也不懂行，但是袖子缝得这样窄，肯定很难看，看上去像绷带似的。再说，那顶帽子的帽檐，从脸部看，向上的弯度都不一样。但她的眼睛很美，假若我没记错，她眼睛是棕色的。大家都说她的眼睛漂亮。"

这时候一辆电车停在拉班面前，他周围许多乘客向电车的台阶拥去。他们把稍许撑开的雨伞，竖着提在紧靠肩膀的手里。挟着箱子的拉班被挤下了人行道，重重踩进了一个看不见的水洼里。电车厢里，有个孩子跪在凳子上，把双手的指尖按在嘴唇上，似乎在同刚下车的人告别。有几个乘客下车后不得不贴着电车厢走几步才能从拥挤的人群中脱身，接着一位女士登上第一级踏板，她双手抓住的裙裾刚好提过膝盖。一位先生抓着一根铜杆，抬头对那位女士说了几句话。想上车的人争先恐后，售票员在大声嚷嚷。

这时，站在等着上车人群边上的拉班转过身去，因为听到有人在叫他的名字。

"啊，是你，雷蒙特。"他慢声慢气地说，并向走过来的年轻人伸出握伞那只手的小指头。

"原来是去会见新娘的新郎啊！一眼就能看出正坠入爱河之中。"雷蒙特说，然后闭上嘴微微一笑。

"是的，我今天就走，还得请你原谅。"拉班说，"我下午给你去了封信。当然我很乐意明天和你一起走，可明天是星期六，到处都很挤，再说旅途又长。"

"没关系，尽管你答应过我。如果人家还在热恋之中——我本该一人走的。"雷蒙特一只脚踏在人行道上，另一只脚踩在石板上,上身的重心一会儿在这条腿上,一会儿又在另一条腿上,"你现在想上电车吧?可刚开走一辆。来,我们走着去吧,我陪你,时间还足够。"

"请老实告诉我,现在还来得及吗?"

"看你这么着急的样子,这也并不奇怪。不过,你真的还来得及。我就没那么着急,所以刚才吉赖曼没碰上面。"

"吉赖曼?他不是也将住到郊区去吗?"

"没错,他和妻子下星期就乘车去那里。所以我才和吉赖曼约定,今天他下班后同他会面,他有些关于他们住所设备的事要关照,所以要我今天跟他碰头。不知怎的,我买了点东西给耽误了。我正在考虑是否该去他们家一趟,一抬头就看见了你,首先是你的箱子使我吃了一惊,然后才跟你打招呼。不过,现在去拜访人家太晚了,再到吉赖曼那儿去几乎不可能了。"

"那好哇,这么说我在郊区也有熟人了。不过,我还没见过吉赖曼太太呢。"

"她长得很漂亮,头发是金黄色的,可是一场病后她显得苍白多了。她的眼睛真美,我从未见过这样好看的眼睛。"

"请给我讲讲,她的眼睛美在什么地方?是指她的目光吗?我从来没觉得眼睛是美的。"

"你说得对,我也许有点夸张。不过,她可是个美人。"

马路边有一家咖啡馆,透过平房的玻璃窗,可以看到紧挨窗户的一张桌子,桌子的三面围坐着几位先生,边看报,边吃东西;其中一位把报纸放在桌上,手里举着个小杯子,眼睛却向巷子里瞅着。这张桌子后面,整个大厅被客人占满,座无虚席。他们围成一个个小圈子，相互挨着坐在那里。……（此处缺两页）"碰巧这不是一家让人腻味的店，是不是这样？我想很多人是心甘情愿被人敲竹杠的。"

他俩步入一个暗膛膛的广场，其实这广场从他们刚才站的街道的一侧就开始了，因为另一侧的地势逐渐升高。他们沿着广场的一侧继续往前走，一幢幢房子鳞次栉比。在这一长列房屋的两端又是一排房屋，一直伸展到不可辨认的远方，原先相隔较远的房屋在远处仿佛合在了一起。大多数小房子前的人行道都很窄，看不到商店，也没有车辆从那儿经过。离他们走出来的巷子口不远，有根铁杆，上面有几盏灯，固定在两对平行又上下重叠的铁环上。在一片黑暗的笼罩下，那在连接的两块玻璃板间燃着的梯形火苗，就像一间小房间里的亮光，只能让人看到几步之远的景物。

"你瞧，现在肯定已经晚了，你没有告诉我实情，让我误了火车，你干吗这样做呢？"（此处缺四页）

"是的，很可能是皮克斯荷夫，八成就是他。"

"我想，在贝蒂的信里出现过这个名字。他是个铁路上的候补职员，是不是这样？"

"是的，铁路上的候补职员，是个令人讨厌的家伙。只要你看到他那小肉鼻子，你就会同意我说得没错。我告诉你，要是你和他一起走过荒凉的原野的话……不过他已经调走了。我相信也希望，他下星期离开那儿。"

"等等，刚才你说，劝我今夜留在这里。我考虑了一下，这恐怕不妥当。我已经写信告诉他们，我今晚到，他们会等我的。"

"这很简单，你打个电报不就行了。"

"是呀，这行是行——不过要是我今天不走的话，总不太合适——再说我也累了，还是走的好——他们收到我的电报，没准会吓一跳——这又何必呢？再说我们上哪儿去呢？"

"要是你乘车走的话，这倒是较合适的。我只不过想——我今天也不能和你一起走，因为我昨晚没睡好，有点乏。刚才忘了告诉你这点了。那么现在就向你告辞，我不能陪你走过这座潮湿的公园了，因为我还是想到吉赖曼夫妇那儿去一下。现在是五点三刻，到老朋友家里串个门不算晚。再见！祝你一路平安，替我问候大家！"

雷蒙特转身向右，伸出右手向他握手告别，有那么一瞬间，他迈步时碰着了自己的胳膊。

"再见！"拉班说。

走不远，雷蒙特又回过头来喊道："喂，爱德华，听我说，把雨伞收起来吧，雨停了好长时间了。我刚才没有和你说。"

拉班没有回答，他收起了雨伞，灰暗的天空笼罩在他头上。

拉班自忖着："要是我今天乘错了车，那倒也好，似乎表明我开始实现自己的计划。当我发现错了，再回到原来的车站，那时的心情反而会轻松许多。如果那儿真像雷蒙特所说的那样单调乏味，这倒并不是一个缺憾，这样人们反倒有更多的时间待在自己的房间里，也用不着知道别人都在哪儿。倘若附近有一个遗址，大家可能会一起去那里游览散步。去之前就已约好。因为大家对这种活动都乐意参加，因此不会错过机会的。如果那儿根本没有这样的名胜古迹，当然也不会事先相约了。其实大家已明白，在那儿要把所有的人召集在一起并不难。假如有一个人一反惯常，突然觉得长途远足挺有意思，他只需派个女仆到各家各户去，他们那时可能正在写信或者看着报纸，对这一邀请肯定欣喜若狂。若是拒绝这样的邀请，也并非难事。可是我不知道自己是否也能做到。因为真要拒绝，对我就不那么容易了。这绝非我想的那样，以为在那儿我孤身一人，自由自在，想干什么就干什么，想回去就回去。因为在那里，我就没有一个可以随时拜访的人，也没有人可以和我一起做一次劳累远足。他会指给我看那儿的庄稼，或者让我参观他经营的采石场。连有没有一个老相识我也吃不准，雷蒙特今天不是对我很友好吗？他给我讲了一些情况，绘声绘色，如同展现在我面前一样，尽管他没有什么事要问我，而且他自己还有事要办，但他还是向我打招呼，又陪我走了一段路。现在他急着走了，我也不能由此责怪他什么。我虽然拒绝他在城里过夜的建议，但这是合情合理的，他一定不会介意，他是个明白人。"

　　车站的钟响了，已是五点三刻，拉班停住了脚，因为他感到心跳得厉害，随后他才匆匆地沿着公园的水池往前走，穿过高大灌木丛间一条照明很差的小道，来到一个不大的广场，在那儿，小树旁安放着许多空着的长凳，然后他放慢了脚步，通过栏杆的出入口，走到一条大街上，再横穿马路，一步跨进车站的大门。不多久就找到了售票口，他敲了几下售票口的铁皮窗。这时，有一个职员探出头来说，马上就要到点了，他接过钞票，把车票和找的零钱砰的一声扔在窗台上。拉班本想数一下找回的钱，他觉得可能多找了。可是一位车站服务员把他推进玻璃门，上了站台，他一边对服务员连声道谢，一边四处张望，却没找到检票员，只好独自登上最近一节车厢。他上车时总是先把箱子放在高一级踏板上,然后自己跟着上去,一只手拄在雨伞上,一只手提着箱子的把手。他上的这节车厢被他刚出来的候车室灯光照得通明。所有的车窗玻璃都推到最高处,关得严严实实。有些车窗前显眼地挂着一盏咝咝作响的弧光灯①。在灯光的照耀下,倾落在车窗玻璃上的雨水泛着白光,不断有一滴滴的雨水往下流。尽管车门已经关上,拉班还是能听到从月台传来的嘈杂声。他在一条浅棕色的长木板凳上坐了下来,这已是最后一个空位了。他坐在那里,眼前晃动着许多乘客的背脊和后脑勺,从它们之间的缝隙可窥见对面板凳上向后仰着的脸。烟斗和香烟的烟雾在好几个座位的上方缭绕,有时还缓缓飘过一个女孩子的脸。旅客不时调换座位,为了调换,彼此还得商量;有的还互换行李架,把蓝色网兜里的行李搬到另一个行李架的网兜里,要是有根棍子或箱子的包角凸在外面,就有人提醒物主注意。于是他就把东西重新放好。拉班考虑了一下,干脆把他的箱子放在自己的座位底下。

在他左边靠窗的位置,面对面坐着两位先生,他们在谈论商品的价格。"这是旅行推销员,"拉班想,平静地望着他们,"商家老板派他们到乡下去,他们就乘火车到各个村子。从一家商店走到另一家,有时他们要坐马车走巷串户推销商品,任何地方他们都待不长,因为做买卖就得快。他们总是在商言商,何等敬业,何等愉快!"

那位年轻一点的推销员猛地从裤子后兜里掏出一个笔记本,用食指蘸点唾沫快速翻着笔记本,翻到一页,一边用指甲摁着,

---

① 用碳质电极产生的电弧做光源的照明用具。能发出极强的光。

一边念着。他抬头瞧了瞧拉班,在谈缝衣线时,他的目光也没有从拉班的脸上移开,好像为了不忘记要说的事就需要盯住某个地方看。他边谈边皱眉头,左手拿着那本半合的笔记本,大拇指夹在刚念过的那页上,这样,再想看时就容易了,笔记本在手里不停地抖动,因为手臂是悬空着的,而正在行驶的车厢像锤子在敲打铁轨似的。

另一个往后靠着,聚精会神听年轻推销员讲,不断地有节奏地点着头。可以看得出,他对那人所说的一切,并不完全同意,待他说完后,肯定要发表他自己的看法。

拉班把半握的双手放在膝盖上,稍弯着腰,从这两位旅行推销员脑袋间的缝隙望着窗户,望着窗外的灯光一闪而过,向后飞向远方。他一点也听不懂那位年轻的推销员的话,另一位的回答也不想弄明白。要听懂他们之间的谈话,需要做充分的准备,因为他们这些人从年轻时就开始和各种商品打交道。要是一个人手里经常拿着线团,并常常把它递给顾客,那他一定会知道它的价格,而且对它的行情有发言权。火车在向前飞奔,一个个村子迎面扑来,又匆匆掠过,倏忽转向大地的深处,随后从我们的视线中消失了。这些村子里肯定有人居住,也许还有外来的推销员在挨家挨户做生意呢。

车厢另一头的角落里,一个身材魁梧的男子站起来,手里拿着纸牌大声喊道:"喂,玛丽,你把我的棉布衬衫带来没有?""带来啦!"坐在拉班对面的女人说。她正在打盹儿,所以当那问话把她唤醒时,她的回答就像冲着拉班说的。"您是到荣布茨劳赶集的吧?"那位活泼的推销员问她。"对,到荣布茨劳去。""今年集市的规模很大,是吗?""没错,一个大的集市。"她昏昏欲睡,左胳膊靠着蓝色行李卷,她的脑袋沉重地压在手上,手顶着脸上的肉直碰到颧骨。"她多么年轻!"那位推销员说。

拉班把售票员找给他的钱,从背心的口袋里掏出来。他数着钱,把一枚硬币夹在拇指和食指之间,并用食指尖使钱币在拇指内侧来回翻转。他久久注视着那上面皇帝的头像,接着把目光落在那顶桂冠上,琢磨它是如何用丝带打成结和飘带一起系在皇帝的后脑勺上的。末了,他觉得钱数没错,便把钱放进一个大钱包里。正当他抬头对商人说"那是一对夫妇吧,你说是不是?"的时候,火车停了,火车行驶时的噪声也消失了,乘务员报着站名,拉班没再吭声。

火车又缓慢开动了,乘客几乎能想象出车轮是如何转动的。可是紧接着火车就疾驶起来,向下坡开去。一座大桥的栏杆突然从车窗前闪过,好像猝不及防地被撕开,随即又重新合拢似的。

现在火车开得特别快,拉班很满意,他本不愿在前一站停留。"要是那儿天已经黑了,一个熟人也没有,离家又很远,那么,白天那儿肯定也是令人难受的。下一站,或者前一站,或者再下一站,还有我现在乘车要去的那个村子,会是另一番景象吗?"

那个推销员突然提高了嗓门。"路还远着呢。"拉班心里想。"先生,您一定跟我一样明白,那些生产厂家派人到穷乡僻壤,让他们低三下四地跟那些穷酸的小商贩做生意。难道您会相信,他们给这些小商贩报的价钱,会同报给我们这种大商人的不一样吗?先生,让我告诉您吧,其实,价钱完全一样,昨天我还白纸黑字看得清清楚楚呢。我把这叫作无赖行为。这帮人是在欺诈我们,在目前这种情况下,我们简直无法做生意了,这帮人要压垮我们。"他又看了拉班一眼,眼里噙满泪水,但并不为此感到难为情,他把左手的一根指头压在嘴上,因为嘴在发抖。拉班往后靠了靠,左手轻轻地捋着他的小胡子。

坐在对面的女商贩醒了,微笑着用双手抚摸着前额。那位商人说话压低了嗓门。女商贩挪了挪身子,像要继续睡觉,她半躺在自己小小的行李卷上,叹了口气。她的裙子在右臀部上绷得紧紧的。

她后面坐着个男人,头戴一顶旅行帽,正在看一张大开本的报纸。坐在他对面的姑娘,可能是他的亲戚,请他把车窗打开,因为车厢里太闷热了,她说话时,把脑袋向右肩歪着。他头也不抬地对她说,他马上就开窗,不过得让他先把报上的一段文章看完,他指给她看他正在看的那一段。

那个女商贩不再睡觉了,她坐直了身子望着窗外,然后久久地注视着挂在车厢顶上的煤气灯黄色的火苗。拉班闭了一会儿眼睛。

当他睁开眼,正巧看见那女商贩在咬一块涂满棕色果酱的点心,身旁的小行李卷敞开着。那位商人沉默不语地抽着香烟,不时地抖掉烟头上的灰。另一位旅客用刀尖在怀表的齿轮上刮来刮去,周围的人都能听到刺耳的声音。

拉班几乎又快合上眼,可是还能模糊地看见那个戴旅行帽的男人怎样拉着车窗的皮带,把窗打开的。一阵凉风吹进来,把一顶草帽从挂钩上吹了下来。拉班相信自己还醒着,他感到双颊很凉,要不,有人打开门,把他拖进一间房里。他懵懵懂懂,很快就入睡了。

二

拉班现在下车了,他踩着的车厢踏板颤动了几下。雨点扑打着他那张刚从车厢里钻出来的脸,他闭了闭眼睛。——雨点落在车站大楼前的铁皮棚顶上,发出阵阵噪声。但雨点落在广阔的田野上时,让人以为自己听到阵阵吹来的清风。这时,一个赤着脚的男孩跑了过来——拉班没看见他从哪儿跑来的——气喘吁吁地要求帮拉班扛箱子,说是天正下着雨,可是,拉班对他说:是在下雨,他得乘公共马车,他不需要他。男孩向他做了一个鬼脸,仿佛认为,在雨中行路,有人给提着箱子,比乘马车更显得有气派,随即便转身跑了。拉班想喊住他时,已太晚了。

那里亮着两盏路灯,一位车站职员从一扇门里走出来。他毫不迟疑地冒雨走到机车跟前,双手交叉,静静地站在那里,直到火车司机从驾驶室栏杆上弯下腰来和他说话。一个车站的勤杂工被唤来,随即又被打发走了。列车的一些窗子后面站着旅客,大概是因为他们眼前看到的只不过是幢普普通通的车站大楼的缘故吧,所以显得没精打采,他们的眼皮都快要耷下来了,就像列车行驶时那样子。从马路那边走来了一个女孩子,打着一把花雨伞,匆匆走进月台,把撑开着的雨伞放在地上,坐了下来,双腿劈开,好让裙子干得快点,一面用指尖拇去绷紧的裙子上的雨水。只有两盏灯亮着,所以她的脸看不清楚。从她跟前走过的车站勤杂工抱怨雨伞底下的积水,一面用双臂合成一圆圈,表示积水面积有多大,一面又把手伸开,在空中比画着,像鱼要沉入深水的样子,来表明雨伞也阻碍了交通。

火车开动了,像一扇长长的滑门消失在黑暗之中。轨道那侧白杨树后的景物令人感到呼吸不畅,那是茫茫夜色,还是一片树林?是一个池塘,还是一幢住着熟睡的人的房子?是教堂的塔顶,还是山丘之间的深谷?没有人敢到那儿去,但谁也无法克制住自己。

当拉班见到那位铁路局职员时,他已走到办公室的台阶前,拉班赶紧跑过去拉住他说:"对不起,请问这里离村子还远吗?我要上那儿去。"

"不远,一刻钟时间,天正在下雨,乘马车去吧,只要五分钟,请吧。"

"天下着雨,这可不是个美妙的春天。"拉班接着说了一句。

那位职员把右手叉在腰间,胳膊和身子构成一个三角形。从三角形的空当里,拉班又看见那个女孩子,她还坐在长凳上,雨伞已收起来了。

"要是现在乘车到避暑地去,并在那儿待上些日子,那肯定会令人遗憾的。原先我以为他们可能会来接我的。"他环顾四周,以显得他说的是可信的。

"我担心您会误了那趟车,车在那儿等的时间不会长,不用谢。——灌木丛间那条路通向那儿。"

车站前的马路上没有路灯,只有一座大楼底层三个窗户里射出昏暗的灯光,但照不了多远。拉班踮着脚走在泥泞的马路上,不停地喊着:"车夫!""喂!""出租马车!""我在这儿!"他一边喊一边却不断地踩进黑黝黝马路边上的水洼里,后来也只得用整个脚蹚水了,直到前额触到一个湿漉漉的马鼻子。

这是一辆公共马车,他迅速跳进空无一人的车厢,在车夫座位后面靠玻璃窗的位置坐了下来。他蜷曲身子背靠角落,这样他才觉得安稳踏实。要是车夫睡过了头,那么明天快天亮时他才会醒来;要是他死了,那么另一个车夫或者老板自己会来;要是他们都不来的话,那么搭早班火车的乘客会来的;这些匆匆忙忙的人,总是吵吵闹闹。不管怎样,他现在可以安静休息了,他可以把窗帘拉上,等着车子开动时那一下抖动。

"是呀,我费了不少周折后,明天肯定能见到贝蒂和妈妈了。这是无人可阻挡的。可是有件事是明摆着的,就是我的信明天才能到,不过,这事先已预料到。这样,我还不如留在城里,在埃尔维尔那里舒舒服服地过上一夜呢。用不着为明天的事去操心,这每每败坏我的兴致。瞧,我的两只脚全湿了。"

他从背心兜里掏出一个蜡烛头,点着后放在对面的长凳上。在外面茫茫黑暗的笼罩下,这点烛光只能让人看到没有玻璃窗的、刷成黑色的出租马车车厢四壁,而不会使人立即想到底下还有轮子,前面还要套上一匹马。

拉班仔细地把搁在长凳上的双脚擦干净,换了一双干净的袜子;然后把身子坐正。这时,他听到有人从车站那边朝这儿喊:"嘿!"又说,要是车里有旅客的话,就答应一声。

"有人,有人,请快开车。"拉班把身子探出打开着的车门,右手紧抓住车栓,左手张开靠近嘴边,高声回答。雨水顷刻灌进他的领子里。

车夫裹在两片破麻袋布里走来了，手里马灯的反光在他脚下的水洼里跳跃。他闷闷不乐地解释说，当时他在和勒贝达玩纸牌，火车到的时候，他们正玩得起劲，所以那阵子他根本不会出来瞧瞧。不过，他也不想把不理解这一点的人骂一顿。再说，这儿是个没有规矩的穷地方，谁会想到有这么一位先生光临呢？更何况这位先生及时钻进了车子，所以他没有什么可埋怨的。皮克斯荷夫——对不起，他是助理先生——刚才进屋说，好像有位金黄头发的矮个子先生想要乘车。他马上就追问这件事，还是没及时追问，记不清了。

马灯已挂在辕杆顶上，在车夫低沉的吆喝声中，马拉着车开始跑了起来。车顶上被晃动的积水，顺着车顶的裂缝慢慢地流进了车里。

这里的道路崎岖不平，泥浆不断溅到轮辐里。路上水洼里的积水不时溅起成片的扇形水珠，在滚动的车轮后面发出哗哗的响声。车夫手中的缰绳松松的，驾着满身湿淋淋的马。——难道这一切不能作为口实来责备拉班吗？辕杆上摇摇晃晃的马灯突如其来地把路上无数的水洼照得闪闪发光，在车轮碾轧下，掀起阵阵水浪。这一切之所以发生，就因为拉班要到他的新娘贝蒂——一位有点老气却漂亮的姑娘——那儿去。要是有人提起这些事情，谁会承认拉班在此做出的功劳呢？他得到的只会是谴责，当然，没有人会当面这样做。不过，他的所作所为是心甘情愿的，因为贝蒂是他的新娘，他爱她。要是她为这些事而感谢他，那会使他产生反感，可是贝蒂还是会对他怀有感激之情的。

他无意识地不时用头敲着他倚靠的那面车壁，然后抬头又望了望车顶。有一次,他的右手从大腿上滑了下来,原先是扶着大腿的;但胳膊肘还留在肚子和大腿之间。

公共马车在两排房屋间行驶,偶尔车厢里射来某间屋子的灯光。长长的台阶一直通到一座教堂,拉班须站起来,才能看到台阶的最初几级。公园的大门口,点着一盏火苗很旺的灯。一座圣像凭借一家杂货店的一点灯光在黑暗中若隐若现。这时拉班才发现蜡烛已烧完,流下来的蜡凝固了,垂挂在长凳边。

当马车停在一家客栈前时,可以听出雨下得更大了。可能有一扇窗是开着的,所以能听到客栈里客人说话的声音。这时拉班问自己,是立即下车呢,还是等客栈老板到车跟前再下。这个小镇的习俗他一无所知,不过,可以肯定,贝蒂已跟别人谈到她的新郎了。他在这里的举止风度,将会影响她的身份,同时也影响他自己在这里的名望。可是,现在他既不知道别人怎么看待她,也不清楚她对别人说了他哪些话,所以他愈加心烦和困惑。美丽的城镇,美好的归途!要是城里下雨,就乘电车经过潮湿的石板路回家。可是在这儿,只得坐这辆破车,驶过一段沼泽地来到一酒店。"这儿离城里远着呢,就算我想家想得快死了,今天也不会有人送我到城里去的。——眼下我还没死呢。——在那里将有人把专为今晚准备的饭菜端上我的餐桌,右边,盘子后面放着一份报纸,左边是一盏灯,而在这儿,人家将给我端来会令人害怕的油腻饭菜——人家不知道我胃很弱,就算知道又会怎样。——一份陌生的报纸,有许多我已听说过的人也将在场,还有一盏共用的灯。那会是盏什么样的灯呢?玩纸牌时还行,但读报时用它还够亮吗?"

"店主没有来，他跟客人素不来往，可能是个待人冷淡的人。或者他知道我是贝蒂的新郎，为这缘故他没来迎接我。这同在车站时马车夫让我久等的情形也许不谋而合。贝蒂以前常讲，她多次受到一些好色男人的纠缠，又如何拒绝了他们的无理要求，也许在这儿也发生过这种事。……"（文章到此中断）

黄湘舲　译

（本篇写于 1907/1908 年，未完成，首次发表于 1953 年。）

归　途

　　在暴风雨之后，人们就看到了空气的令人信服的力量。如果我也对此不加以抗拒时，我的成就会向我显示出来并令我陶醉。

　　我向前行进，我的速度就是街巷一面的速度，是这条街巷、这个街区的速度。我有理由为所有大门的敲击，为桌上盘子的击打，为所有的祝酒词，为在床榻上、在新建筑物的脚手架上、在黑暗街巷里靠在房墙上紧紧挤压在一起的、在妓院沙发上的情侣们负责。

　　我用我的未来衡量我的过去，但发现两者都是出色的，彼此不相伯仲，只是我必须谴责天意的不公，它是那样善待我。

　　当我踏入我的房间时，我陷入稍许的思考，但在我踏上楼梯的这段时间里，我没发现什么值得思考的东西。我完全敞开窗户，在一个花园里，音乐还在演奏，这对我都无济于事。

高中甫　译

（本篇写于1908年，同年首次发表于《徐培里昂》杂志。）

揭开一个骗子的面具

直到将近晚上十点钟,我才跟那个人一起来到我应邀参加聚会的豪宅的门口。我跟这个人很久以前有一面之交,这回他突然跟我结伴同行,并且缠着我在街上逛了两个小时之久。

"好了!"我说,拍了拍手,表示现在必须告别了。我已经试过几次了,用不那么明确的方式甩掉他。我已经累极了。

"您这就走上去吗?"他问。我听到他嘴里发出一种咬牙切齿的声音。

"是的。"

我受到了别人的邀请,这个我已经告诉过他了。可我应邀而来,是为了走上去,走进我渴望进去的房子,而不是站在下面的大门口,从我对面这个人的耳旁望过去。而我现在还得跟他一起默不作声,好像我们非得在这块小地方待上半天。这时,周围的房子马上加入了我们的沉默,就连它们上空的黑暗,直至点点星辰,都沉默不语。还有看不见的散步者的脚步——人们没有兴趣猜测他的路线——还有一再拍打着对面街道的风,还有冲着某个房间紧闭的窗户高歌的留声机——在这份静谧中,它们的声音都可听到,似乎这是它们的财富,从过去,到将来,永远如此。

而我的同伴以他的名义——在他微笑了一下之后——也以我

的名义接受了这一切,他把右臂放在墙上,向上伸着,闭上眼睛,把脸靠在手臂上。

　　然而,还没等到他的微笑完全收敛,羞耻感突然在我周身翻腾。正是这个微笑令我恍然大悟,这人是个手法拙劣的骗子,而不是别的什么。我已经在这个城市里生活了好几个月了,还以为早已把这些骗子认得清清楚楚,他们怎样趁着夜色从小巷里走出来,像小酒店老板一样向我们伸出双手,他们怎样在我们旁边的广告牌四周荡来荡去,仿佛在玩捉迷藏,同时在柱子后面至少用一只眼睛窥探着我们,在十字街头,他们怎样在我们小心防备时,突然如鬼魅般出现在人行道边上!我非常了解他们,他们是我在小酒馆里结识的第一批这个城市的熟人,我还得感谢他们,让我初步领略了什么叫百折不挠,我原以为这东西在这世界上根本不存在,而我现在感觉到它存在于我的内心。他们怎样阴魂不散地出现在我们面前,即使我们已躲开他们好久,即使他们从我们身上再也捕捉不到什么的时候!他们怎样也不肯坐下来,也不会摔倒,而是直瞪瞪地盯着某个人,那眼光即使从远处也能明白无误地感觉到!而且他们总是使用同样的伎俩:他们往我们面前一站,挡住我们的去路,能挡多宽就挡多宽;他们千方百计地阻止我们去我们想去的地方,搞得我们没法走进一座房子,而是一头撞在他们胸前。当我们心中聚集的感觉终于爆发而奋起抵抗时,他们却像接受一次拥抱一样,扑向我们,脸对着我们。

　　而这一次,我和这个人在一起这么久,才明白过来他这老一套的把戏。我打着响指,装得若无其事,好掩饰我的羞臊。

　　我的这位先生仍然靠在那里,仍然相信自己成功地骗了我,扬扬自得，这使得他放肆的面孔泛起了红潮。

"认出你了！"我说，还轻轻拍了拍他的肩膀。然后我快步走上台阶，在上面的门厅里，几个仆人无比诚挚的脸令我欢欣，如同给了我一个美丽的惊喜。当他们为我脱下大衣、擦净靴子的时候，我挨个儿看着他们。然后我舒了一口气，挺直身子，走进了大厅。

杜新华　译

（本篇写于1911年，首次发表于1913年，收入《观察集》中。）

单身汉的不幸

成为一个单身汉，作为一个老人，每当要与人们共度一个晚上而不顾尊严地去请求接纳时；生病了并从他床铺的一角整周地去观望空荡荡的房间时；一再地在家门前告别，可却从没有与他妻子并排上楼梯；有一扇通向别人住宅的侧门，把他的那份放在一只手上的晚餐带回家里；不得不去夸奖别人的孩子却不能一再地重复"我没有孩子"；在外表和举止上以忆起的青年时代的一两个单身汉为榜样去训练自己；这看起来太令人不愉快了。

事情就是如此，今天或者以后，单身汉真的会这样茕茕孑立，有一个躯体和一个实实在在的脑袋，也有一个额头，为的是可以用手去拍打它。

高中甫　译

（本篇写于1911年11月，标题为《在入睡前》，1913年首次发表。）

决　心

为了从一种可悲的处境中解脱出来，用意愿的力量可以轻易办到。我把自己从扶手椅上扯离开来，围着桌子转圈，使脑袋和脖子活动起来，眼睛冒出火花，使双眼四周的肌肉绷紧。要遏制每种情感，热烈地欢迎A，如果他现在到来的话，在我的房间里友好地容忍B，在C那里听取被告知的一切，尽管痛苦和厌烦是那么厉害地折磨我。

但即使如此，也会不可避免地出现种种差错，使整个事情——容易的困难的——陷入停顿，而我不得不转圈子倒回来。

因此，最好的办法是把一切都承受下来，作为沉重的一团东西加以对待，人们就会自己感到轻松自如，不采取任何不必要的步骤，用动物的目光去看其他人，不感到有任何后悔。简而言之，凡是生活中如幽灵一样的残余都要亲手把它加以扼杀。这就是说，还要增加最后的坟墓般的安静，并且除此之外，什么也不要再存留下来。

处于这样一种境况，一种特有的动作就是用小手指捋捋眉毛。

高中甫　译

（本篇写于1912年2月，首次发表于1913年。）

判　决

献给费丽丝·鲍小姐的故事

　　在最美好的春季里的一个星期天的上午，年轻的商人格奥尔格·本德曼正坐在二层楼自己的房间里。他的住所是沿河一长溜构造简易的低矮的房屋中的一座，这些房屋几乎只是在高度和颜色上有所区别。他刚给居住在国外的青年时代的朋友写完一封信，漫不经心地将信装进信封，然后双肘撑在书桌上，凝望窗外的小河、桥梁和对岸淡绿的小山冈。

　　他寻思着他的这位朋友如何由于不满自己在国内的前程，几年前当真逃到俄国去了。现在他在彼得堡经营一家商店，开始时买卖兴旺，但长久以来生意显然清淡，他归国的次数越来越少，而每逢归国来访时总要这样抱怨一番。他就这样在国外徒劳无益地苦心经营着，外国式的络腮胡子并不能完全遮盖住他那张从孩提时代起我就很熟悉的脸庞，他的皮肤蜡黄，看来好像得了什么病，而且病情正在发展。据他自己说，他从来不和那儿的本国侨民来往，同俄国人的家庭也几乎没有什么社交联系，并且准备独身一辈子了。

对于这样一个显然误入歧途、只能替他惋惜而不能给予帮助的人，在信里该写些什么呢？或许应该劝他回国，在家乡定居，恢复同所有旧日好友的关系——这不会有什么障碍的——此外还要信赖朋友们的帮助？但是这样做不就等于告诉他，他迄今为止的努力都已经成为泡影，他最终必须放弃这一切努力，回到祖国，让人们瞪大着眼睛瞧他这个回头的浪子；这不就等于告诉他，只有他的朋友才明白事理，而他只是个大孩子，必须听从那些留在国内并已经取得成就的朋友的话去行事。你愈是爱护他，却愈会伤害他的感情。更何况使他蒙受这一切痛苦烦恼，是否就一定有什么意义呢？也许，要他回国是根本不可能办到的——他自己说过，他已经不了解家乡的情况。这样的话，他将不顾一切地继续留在异乡客地，而朋友们的规劝又伤了他的心，使他和朋友们更加疏远一层。如果他真的听从了朋友的劝告回归祖国，而在国内又感到抑郁——当然不是故意这样，而是由于事实所造成的——既不能和朋友相处，又不能没有他们，他会抱愧终日，而且当真觉得不再有自己的祖国和朋友了，那倒不如听凭他继续留在外国，岂不更好吗？考虑到这些情况，怎能设想他回来后一定会前程似锦呢？

鉴于这些原因，如果还想要和他继续保持通信联系的话，就不能像对一个泛泛之交那样毫无顾忌地把什么话都原原本本地告诉他。这位朋友已经有三年多没有回国了，他的解释完全是敷衍文章，说是俄国的政治局势不稳，容不得一个小商人离开，哪怕是短暂的几天都不行。然而，就在这段时间内，成百上千的俄国人却安闲地在世界各地旅行。但是，恰恰对于格奥尔格自己来说，在这三年间发生了许多变化。格奥尔格的母亲去世——那是大约两年前的事，从那时起，他就和父亲一起生活——他这位朋友可能得悉了噩耗，在一封来信中表示了哀悼，但是毫不动情，其原因只能是，对这种不幸事件的悲痛是身居异国的人所完全无法想象的。不过格奥尔格从那时起，以全副精力从事他的商业以及所有别的事情。也许是他的母亲在世时，他的父亲在经营上独断独行，阻碍了他真正按自己的主意行事；也许是他的母亲过世后，他的父亲虽然还在商行里工作，但已经比较淡泊，不再事必躬亲；也许是红运高照，意外侥幸——很可能就是如此——不管怎么说，这两年来商行有了意想不到的发展，职工人数不得不增加一倍，营业额增加了五倍，往后的买卖无疑会更加兴隆。

可是格奥尔格的这位朋友对这种变化却一无所知。先前，最后一次也许就在那封吊唁信里，他曾劝说格奥尔格移居俄国，并且详述了格奥尔格家若在彼得堡设分号，前景将如何如何。他所列的数字同格奥尔格现在所经营的范围相比，简直是微不足道的。可是格奥尔格一直不愿意把自己商业上的成就写信告诉这位朋友，假如他现在再回过头来告诉他，那当真会令人惊讶的。

所以格奥尔格在给这位朋友的信中，始终仅限于写些无关紧要的，一如人们在安闲的星期天独自遐想时杂乱地堆积在记忆中的琐事。他所希望的只是不要打扰他的朋友，让他保持自己在出国后的长时期里所形成的对于故乡的看法，并以此来安慰自己。于是发生了这样的情形，格奥尔格在三封隔开相当长时间的信中，接连三次把一个无关紧要的男人和一个同样无关紧要的女人订婚的事告诉了他的朋友，结果完全违背了格奥尔格的意图，这位朋友竟开始对这件不寻常的事情发生了兴趣。

格奥尔格却宁可在信中同他谈这类事情，而不愿承认他自己在一个月前已经同一位富家小姐名叫弗丽达·勃兰登菲尔德的订了婚。他常常和未婚妻谈起这位朋友，以及他们在通信中这种特殊的情形。"那么他不会来参加我们的婚礼了，"她说，"然而，我是有权利认识你所有的朋友的。""我不想打扰他，"格奥尔格回答说，"不要误会我的意思，他可能会来的，至少我认为他要来的，但他会感到非常勉强，自尊心受到损害，也许他会嫉妒我，而且一定会不满意，可是又没有能力消除这种不满，于是只好孤独地再次出国。孤独——你知道这是什么意思？""是的，难道他不会通过另外的途径获悉我们结婚的消息吗？""这个我当然不能阻止，但是由于他的生活方式，这是不太可能的。""既然你的朋友都是这个样子，格奥尔格，你就根本不应该订婚。""是的，这是我们俩的过错，不过我现在不愿意再改变主意了。"她在他的亲吻下尽管气喘吁吁，却还说道："不管怎样，我总觉得挺生气的。"这时，他真的认为，如果他把这一切写信告诉他的朋友，也不会有什么麻烦。"我就是这样的人，他也正应该这样来认识我，"他自言自语，"我无法把自己变成另外一种人，这种人也许比我更适宜于承当同他的友谊。"

事实上，他在这个星期天上午写的这封长信中，已经把他订婚的事告诉了他的朋友，信里这样写道："我把最好的消息留到最后才写。我已经和一位名叫弗丽达·勃兰登菲尔德的小姐订婚了，她出身富家，是你出国以后很久才迁居到我们这里来的，所以你可能不会认识。将来反正还有机会告诉你，关于我未婚妻的详细情况，今天我只想说，我非常幸福；你我之间的相互关系只在这一点上起了变化：你现在有了我这样一个幸福的朋友，而不再是一个普普通通的朋友了。此外，我的未婚妻——她嘱我向你致以亲切的问候，不久还会自己写信给你的——也将成为你的真诚的朋友，这对于一个单身汉来说，不会是无所谓的吧。我知道，以往你由于种种原因而不能来看我们，难道我的婚礼不正是一次可以扫除一切障碍的极好的机会吗？但是，不管怎样，你还是不要考虑太多，而只是按照你自己的愿望去做吧。"

格奥尔格手里拿着这封信在书桌前坐了很久，把脸转向窗户。有一个过路的熟人从小巷里跟他打招呼，他正想得出神而在微笑，刚好作为对人家的回礼。

他终于把信放入口袋，走出房间，穿过狭小的过道来到对面他父亲的房间里，他已经有好几个月没有来过了。事实上，他也没有必要到他父亲的房间里去，因为他在商行里经常同父亲见面，他们又同时在一个餐厅用午餐，晚上虽然各干各的，可是除非格奥尔格出去会朋友——这倒是常事，或者如现在这样去看望未婚妻，他们总要在共同的起居室里坐上一会儿，各人看自己的报纸。

格奥尔格感到非常惊讶，甚至在这个晴朗的上午，他父亲的房间还是那样阴暗。矗立在狭窄庭院另一边的高墙投下了这般的阴影。父亲坐在靠窗的一个角落里，这个角落装饰着格奥尔格亡母的各种各样纪念物；他正在看报，把报纸举在眼前的一侧，以弥补一只眼睛视力的不足。桌子上放着剩下的早餐，看来他并没有吃多少。

"啊，格奥尔格！"父亲说着就站起来迎上去。走动时他的厚厚的睡衣敞开了，下摆在身体的周围飘动。"我的父亲仍然是一个魁伟的人。"格奥尔格心里说。

"这里黑得真受不了。"他接下去说。

"是的，确实是很黑。"父亲回答。

"那你还把窗户关着？"

"我喜欢这样。"

"外面已经很暖和了。"格奥尔格说，好像是接着前面那句话，随后坐了下来。

他父亲把早餐的杯盘收拾起来，放进一个柜子里去。

"我只是要告诉你，"格奥尔格接着说，他茫然地望着老人的动作，"我写了一封寄彼得堡的信，宣布我订婚的事。"他把信从口袋中抽出一点，然后又放了回去。

"为什么要写信到彼得堡去？"父亲问。

"告诉我在那儿的朋友。"格奥尔格说着，用目光追寻他父亲的眼睛。"在商行里他可完全是另外一种样子，"他想，"瞧，现在他劈开两腿坐在这里，双臂在胸前交叉着。"

"哦，告诉你的朋友了？"父亲以特别强调的口吻说道。

"父亲，你知道，我一开始并不想把订婚的事告诉他。这主要是考虑到他的情况，并不是由于别的原因。你自己也知道，他是一个很难相处的人。我寻思，他也许会从别处获悉我订婚的消息——这我可无法阻止——虽然他离群索居，几乎没有这种可能，但是他反正绝不会从我自己这里知道这件事情。"

"这么说你现在已经改变了主意？"父亲问道，一面把大张的报纸放到窗台上,把眼镜放在报纸上,并用一只手捂住了眼镜。

"是的,现在我已经仔细考虑过了。我想,如果他是我的好朋友,那么我的幸福的婚约对他来讲,也是一件高兴的事。因此我不再犹豫,一定要把这事通知他。可是在我发信之前,我先要把这件事告诉你。"

"格奥尔格,"父亲说,撇了一下牙齿都已脱落了的嘴,"听我说!你是为这件事到我这里来想要同我商量,毫无疑问你这样做是值得赞许的。但是,如果你现在不把全部事情的真相告诉我,这等于什么也没说,甚至比不说更令人恼火。我不愿意提到与此无关的事情。自从你亲爱的母亲去世后,已经出现了好几起很不得体的事情。也许谈这些事情的时候到了,也许比我们想象的要来得早一些。商行里有些事情我不太清楚,这些事情也许并不是背着我做的——现在我可不是说这是背着我做的——我已经精力不济了,记忆力也在逐渐衰退,有许多事情我已无法顾全。这首先是自然规律,其次是你母亲的去世对我的打击比对你的要大得多。但是既然我们正在谈论这件事,谈论这封信,我求你,格奥尔格,不要欺骗我。这是一件小事情,可以说是微不足道的,所以你千万不要欺骗我。难道你在彼得堡真有这样一个朋友?"

格奥尔格非常困惑地站起来。"别去管我的朋友了。一千个朋友也抵不上我的父亲。你知道,我是怎样想的?你太不注意保重你自己了。年岁可不饶人。商行里的事没有你我是不行的,这你知道得很清楚,但是如果因为做生意而损坏了你的健康,那么我明天就把它永远关门。这样可不行。我们必须改变一下你的生活方式。并且要彻底改变。你坐在这黑暗里,如果待在起居室里就有充足的阳光。你每顿早餐都吃得很少,不好好增加营养。你坐在紧闭着的窗户旁,而新鲜空气对你来说是多么需要哇。不行,父亲!我要请个医生来,我们都遵照医嘱行事。我们要把房间换一换,你搬到我前面那个房间去,我搬到这儿来。你不会有什么不习惯的,你的全部东西都将一起搬过去。但是办这些事要有时间,现在你要上床睡一会儿,你非常需要休息。来吧,我帮助你脱衣服,你可以看到,我会做得很好的。或者你现在就愿意到前面房间去,你可以暂时睡在我的床上。这是再合适不过的了。"

格奥尔格紧挨着他父亲站着,他父亲白发蓬乱的头低垂到胸前。

"格奥尔格。"父亲轻声地说,身子一动也不动。

格奥尔格立刻在父亲身旁跪了下来,在父亲疲惫的脸上,他看到一对瞳孔从眼角定定地望着他。

"你没有朋友在彼得堡。你总是一个爱开玩笑的人,连我也想愚弄。在那儿你怎么会有一个朋友呢!我根本就无法相信。"

"你再好好想一想,父亲,"格奥尔格说,一面将他父亲从椅子上扶起来,一面乘他父亲虚弱地站着的时候替他脱掉了睡衣,"自从上次我的朋友来看我们,到现在已快三年了。我还记得,你不是很喜欢他。至少有两次我避免让你看到他,虽然他那时正坐在我的房间里。我非常清楚你为什么对他反感,我的朋友有些怪癖。可是后来你和他就相处得很好了。你听他谈话,点着头,还提问,当时我还感到很自豪呢。如果你想一想,你一定会回忆得起来的。他当时谈了一些关于俄国革命的令人难以置信的故事。譬如有一次,他为了营业上的事到基辅,遇上群众骚动。他看到一个教士站在阳台上,往自己的手心里刻了一个粗粗的血淋淋的十字,还举起手来,向人群呼唤。后来你自己在某些场合还讲过这个故事呢。"

说话中间格奥尔格已经扶他父亲坐下,并且小心地替他脱掉穿在亚麻布衬裤外面的针织卫生裤,又脱掉了袜子。当看到父亲的不太清洁的内衣时,他责怪自己,对父亲照顾不够。经常替父亲更换洁净的内衣,这是他应尽的责任。他还没有开口同未婚妻商量过,将来他们准备怎样安置父亲,因为他们心里早已有了这样的想法,父亲会独自留在老宅子里的。可是他现在迅速而明确地决定,要把父亲接进未来的新居。如果仔细考虑一下,搬进新居后再去照顾父亲,看来可能为时已晚了。

他把父亲抱到床上。在他向床前走这几步路的同时,他注意到父亲正在他怀里玩弄他的表链,于是他产生了一种惊恐的感觉。他一时无法把父亲放到床上,因为父亲紧紧地抓住表链不放。

但是等到父亲刚在床上躺好时,一切看来又恢复了正常。老人自己盖上被子,还把被子盖过了肩膀,他用并非不亲切的眼光仰望着格奥尔格。

"你已经想起他了,是不是?"格奥尔格问道,并愉快地向他点点头。

"我现在已经盖严实了吗?"他父亲问,好像他自己无法看到,两只脚是否也盖住了。

"你躺在床上感到舒服些了吧。"格奥尔格一边说,一边把被子盖好。

"我已经盖严实了吗?"父亲又一次问道,似乎特别急于要得到回答。

"你放心好了,你盖得很严实。"

"不!"他父亲打断了他的答话喊道,并用力将被子掀开,一刹那被子全飞开了,接着他又直挺挺地站在床上。他只用一只手轻轻地撑在天花板上。"你想把我盖上,这我知道,我的好小子,不过我可还没有被完全盖上。即使这只是最后一点力气,但对付你是绰绰有余的。我当然认识你的朋友。他要是我的儿子倒合我的心意。因此这些年来你一直在欺骗他。难道不是这样吗?你以为我没有为他哭泣过吗?因为你把自己关在办公室里——经理有事,不得打扰——就是为了你可以往俄国写那些说谎的信件。但是幸亏父亲用不着别人教他,就可以看透儿子的为人。现在你以为,你已经把他征服了,可以一屁股坐在他的身上,而他则无法动弹,因为我的儿子大人已经决定结婚了!"

格奥尔格抬头望着他父亲这一副骇人的模样。父亲突然之间如此了解这位身居彼得堡的朋友,而这位朋友的景况还从来没有像现在这样打动过格奥尔格。他看见他落魄在辽阔的俄国。他看见他站在被抢劫一空的商店门前。他正站在破损的货架、捣碎的货品和坍塌的煤气管中间。他为什么非要到那么遥远的地方去呢!

"你看着我!"父亲喊道。几乎是心不在焉的格奥尔格奔向床前,准备忍受一切,但是在中途他又站住了。

"因为她撩起了裙子,"父亲开始用甜丝丝的声音说道,"因为她这样地撩起了裙子,这个讨厌的蠢丫头。"为了做出那种样子,他高高地撩起了他的衬衣,让人看到了战争年代留在他大腿上的伤疤,"因为她这样地、这样地、这样地撩起了裙子,你就和她接近,就这样你毫无妨碍地在她身上得到了满足,你可耻地糟蹋了我们对你母亲的怀念,你出卖了朋友,你把你父亲按倒在床上,不叫他动弹。可是他到底能动还是不能动呢?"

说完他放下撑着天花板的手站着,两只脚还踢来踢去。他由于自己能洞察一切而面露喜色。

格奥尔格站在一个角上,尽可能地离他父亲远一点。长久以来,他就已下定决心,要非常仔细地观察一切,以免被任何一个从后面来的,或从上面来的迂回的打击而弄得惊慌失措。现在,他又记起了这个早就忘记了的决定,随后他又忘记了它,就像一个人把一根很短的线穿过一个针眼似的。

"但是,你的朋友毕竟没有被你出卖!"他的父亲喊道,一面摆动食指以加强语气,"我是他在这里的代表。"

"你真是个滑稽演员!"格奥尔格忍不住也喊了起来,但立刻认识到他闯下了祸,并咬住舌头。不过已经太晚了,他两眼发直,由于咬疼了舌头而弯下身来。

"是的,我当然是在演滑稽戏!滑稽戏!多好的说法!一个老鳏夫还能有什么别的安慰呢?你说——你只要马上回答我,你还是我的活着的儿子——除此以外,我还剩下什么呢?我住在背阴的房间里,已经老朽不堪,周围的一批职工又是那样的不忠实。而我的儿子却欢乐地走遍全世界,因为我已经做了准备,他就很容易把生意做成,兴高采烈,忘乎所以,俨然摆出一个高尚的人那种冰冷的面孔,走过他父亲的跟前!你以为我不曾爱过你这个我亲生的儿子吗?"

"现在他的身子将往前弯曲了,"格奥尔格想道,"要是他倒下来摔坏了怎么办!"这句话在他的头脑中一闪而过。

他父亲向前弯曲身子,不曾摔倒。他又伸直了身子,因为格奥尔格没有如他希望的走近他。

"站在你那里别动,我不需要你!你在想,你还有力量走到我这里来,只因为你不愿意过来才站在那里不动。你别搞错了!我还是要比你强得多。如果单靠我一个人,也许我不得不退缩,但是你的母亲把她的力量给了我,我已经和你的朋友建立了良好的关系,你的顾客的名单也都在我的口袋里!"

"他甚至连衬衣也有口袋!"格奥尔格寻思道,并且相信,他如果把这些谈话公之于世,就会使父亲不再受人尊敬。他也只是在一刹那想到这些,因为他不断地又把一切都忘记了。

"挽着你的未婚妻走到我的跟前来吧!我会让你还不知道是怎么一回事,就将她从你的身边赶走的!"

格奥尔格做了一个鬼脸,仿佛他不相信这些。他父亲只是朝格奥尔格待着的角落点点头,表示他一定会说到做到的。

"今天你真使我非常快活,你跑来问我,要不要把你订婚的消息写信告诉你的朋友。他什么都知道了,你这个傻小子,他什么都知道了!我一直在给他写信,因为你忘了拿走我的笔。因此,他这几年就一直没有来我们这里,他什么都知道,比你自己还清楚一百倍呢,他左手拿着你的信,连读也不读就揉成了一团,右手则拿着我的信,读了又读!"

他兴奋得把手臂举过头顶来回挥动。"他什么都知道,比你清楚一千倍!"他喊道。

"一万倍!"格奥尔格说这话本来是想嘲笑他父亲的,但是这话在他嘴里还没说出来时就变了语调,变得非常严肃认真。

"这些年来我一直注意着,等你来问这个问题!你以为,我关心的是其他的事吗?你以为,我在看报纸吗?你瞧!"说着,他扔给格奥尔格一张报纸,这张报纸是他随便带上床的。这是一张旧报,它的名字格奥尔格完全没有听说过。

"你打定主意之前,犹豫的时间可真不短哪!先得等你母亲死了,不让她经历你的大喜日子;你的朋友在俄国快要完了,早在三年以前他就已经十分潦倒;至于我呢,也到了你现在眼见的这副样子。你不是有眼无珠,我是怎么个状况,你是看得见的嘛!"

"这样说来,你一直在暗中监视我!"格奥尔格喊道。

他父亲替他遗憾地随口说道:"这句话你可能早就想说了。现在说可就完全不合适了。"

接着,他又大声地说:"现在你才明白,世界上除了你以外还有什么,直到如今你只知道你自己!你本来是一个无辜的孩子,可是说到底,你是一个魔鬼般的人!——所以你听着:我现在判你去投河淹死!"

格奥尔格觉得自己被赶出了房间,父亲在他身后倒在床上的声音还一直在他耳中回响。他急忙冲下楼梯,仿佛那不是一级级而是一块倾斜的平面。他出其不意地撞上了正走上楼来预备收拾房间的女佣。"我主耶稣!"女佣喊道,并用围裙遮住自己的脸,可是,格奥尔格已经走远了。他快步跃出大门,穿过马路,向河边跑去。他已经像饿极了的人抓住食物一样紧紧地抓住了桥上的栏杆。他悬空吊着,就像一个优秀体操运动员;在他年轻的时候,他父母曾因他有此特长而引为自豪。他那双越来越无力的手还抓着栏杆不放,他从栏杆中间看到驶来了一辆公共汽车,它的噪声可以很容易盖过他落水的声音。于是，他低声喊道："亲爱的父母亲，我可一直是爱着你们的。"说完他就松手让自己落下水去。

这时候，正好有一长串车辆从桥上驶过。

孙坤荣　译

（这篇小说写于 1912 年 9 月，献给他不久前刚结识的女友费丽丝·鲍威尔。这是卡夫卡本人最喜爱的作品。1913 年，首次发表在莱比锡库尔特·沃尔夫出版的文艺年鉴上。）

变形记

一

一天早晨，格里高尔·萨姆沙从不安的睡梦中醒来，发现自己躺在床上变成了一只巨大的甲虫。他仰卧着，那坚硬得像铁甲一般的背贴着床，他稍稍抬了抬头，便看见自己那穹顶似的棕色肚子分成了好多块弧形的硬片，被子几乎盖不住肚子尖，都快滑下来了。比起偌大的身躯来，他那许多只腿真是细得可怜，都在他眼前无可奈何地舞动着。

"我出了什么事啦？"他想，这可不是梦。他的房间，虽是嫌小了些，的确是普普通通人住的房间，仍然安静地躺在四堵熟悉的墙壁当中。在摊放着打开的衣料样品——萨姆沙是个旅行推销员——的桌子上面，还是挂着那幅画，这是他最近从一本画报上剪下来装在漂亮的金色镜框里的。画的是一位戴皮帽子围皮围巾的贵妇人，她挺直身子坐着，把一只套没了整个前臂的厚重的皮手筒递给看画的人。

格里高尔的眼睛接着又朝窗口望去，天空很阴暗——可以听到雨点敲打在窗槛上的声音——他的心情也变得忧郁了。"要是再睡一会儿,把这一切晦气事统统忘掉那该多好。"他想。但是完全办不到,平时他习惯于侧向右边睡,可是在目前的情况下,再也不能采取那样的姿势了。无论怎样用力向右转,他仍旧滚了回来,肚子朝天。他试了至少一百次,还闭上眼睛免得看到那些拼命挣扎的腿,到后来他的腰部感到一种从未体味过的隐痛,才不得不罢休。

"啊,天哪。"他想,"我怎么单单挑上这么一个累人的差使呢!长年累月到处奔波,比坐办公室辛苦多了。再加上还有经常出门的烦恼,担心各次火车的倒换,不定时而且低劣的饮食,而萍水相逢的人也总是些泛泛之交,不可能有深厚的交情,永远不会变成知己朋友。让这一切都见鬼去吧!"他觉得肚子上有点痒,就慢慢地背贴床挪动身子,靠近床头,好让自己头抬起来更容易些。他看清了发痒的地方,那儿布满着白色的小斑点,他不明白这是怎么回事,想用一条腿去搔一搔,可是马上又缩了回来,因为这一碰使他浑身起了一阵寒战。

他又滑下来恢复到原来的姿势。"起床这么早,"他想,"会使人变傻的。人是需要睡觉的。别的推销员生活得像后宫贵妇。比如,我有一天上午赶回旅馆登记取回的订货单时,别的人才坐下来吃早餐。我若是跟我的老板也来这一手,准定当场就给开除。也许开除了倒更好一些,谁说得准呢。如果不是为了父母亲而总是谨小慎微,我早就辞职不干了,我早就会跑到老板面前,把肚子里的气出个痛快。那个家伙准会从写字桌上摔下来!他的工作方式也真奇怪,总是那样居高临下坐在桌子上面对职员发号施令,再加上他的耳朵又偏偏重听，大家不得不走到他跟前去。但是事情也未必毫无转机，只要等我攒够了钱，还清父母欠他的债——也许还得五六年——我一定要做这件事。到那时我就会时来运转了。不过眼下我还是起床为妙，因为火车五点钟就要开了。"

他看了看柜子上嘀嘀嗒嗒响着的闹钟。"天哪！"他想。已经六点半了，而时针还在悠悠然向前移动，连六点半也过了，马上就要七点差一刻了。闹钟难道没有响过吗？从床上可以看到闹钟明明是拨到四点钟的，显然它已经响过了。是的。不过在那震耳欲聋的响声里，难道真的能安宁地睡着吗？嗯，他睡得并不安宁，可也许因此睡得更实呢。那么他现在该干什么呢？下一班车七点钟开，要搭这一班车他得发疯似的赶才行，可是样品都还没有包好，他也觉得自己不甚有精神，不太想动。而且即使他赶上这班车，还是逃不过上司的一顿训斥，因为公司的听差等的是五点钟那班火车，这时早已回去报告他误车的消息了，那听差是老板的心腹，既无骨气又愚蠢不堪。那么，说自己病了行不行呢？不过这将是最不愉快的事，而且也显得很可疑，因为他服务五年以来没有害过一次病。老板一定会亲自带了医保签约医生一起来，一定会责怪他的父母，怎么养出这样懒惰的儿子，他还会引证医保签约医生的话，把所有的理由都驳掉，在那个医生看来，世界上完全有健康之至逃避工作的假病号。再说今天这种情况，医生的话是不是真的不对呢？格里高尔觉得身体挺不错，只除了有些困乏，这在如此长久的一次睡眠以后实在有些多余，另外，他甚至觉得特别饿。

这一切都飞快地在他脑子里闪过，他还是没有下决心起床——闹钟敲六点三刻了——这时,他床头后面的门外传来了轻轻的一下叩门声。"格里高尔,"一个声音说——这是他母亲的声音——"已经七点差一刻了。你不是还要赶火车吗?"好温和的声音!格里高尔听到自己的回答声时,不免大吃一惊。没错,这分明是他自己的声音,可是却有另一种可怕的不可抑制的叽叽喳喳的尖叫声发了出来,仿佛是伴音似的,使他的话只有最初几个字才是清楚的,接着马上就受到了干扰,弄得意义含混,使人家说不上到底听清楚没有。格里高尔本想回答得详细些,好把一切解释清楚,可是在这样的情形下,他只得简单地说:"是的,是的,谢谢你,妈妈,我这就起床。"隔着木门,外面想必听不到格里高尔声音的变化。因为他母亲听到这些话也放心了,就拖着步子走开了。然而,这场简短的对话使家里人都知道格里高尔还在屋子里,这是他们意料之外的,于是在侧边的一扇门上立刻就响起了他父亲的叩门声,很轻,不过用的却是拳头。"格里高尔,格里高尔,"他喊道,"你怎么啦?"过了一小会儿,他又用更低沉的声音催促道:"格里高尔!格里高尔!"在另一侧的门上,他的妹妹也用轻轻的悲哀的声音问:"格里高尔,你不舒服吗?要不要什么东西?"他同时回答了他们两个人:"我马上就好了。"他把声音发得更清晰,说完一个字过一会儿才说另一个字,竭力使他的声音显得正常。于是,他父亲走回去吃早饭了,他妹妹却低声地说:"格里高尔,开开门吧,求求你。"可是他并不想开门,所以暗自庆幸自己由于时常旅行,养成了晚上锁住所有门的习惯,即使回到家里也是这样。

　　首先,他要静悄悄地不受打扰地起床,穿好衣服,最要紧的是吃饱早饭,再考虑下一步该怎么办,因为他非常明白,躺在床上瞎想一气是想不出什么名堂来的。他还记得过去也许是因为睡觉姿势不好,躺在床上时往往会觉得这儿那儿隐隐作痛,及至起来,就知道纯属心理作用,所以他殷切地盼望今天早晨的幻觉会逐渐消逝。他也深信,他之所以变声音不是因为别的,而仅仅是重感冒的征兆,这是旅行推销员的职业病。

要掀掉被子很容易,他只需把身子稍稍一抬被子就自己滑下来了。可是下一个动作就非常之困难,特别是因为他的身子宽得出奇。他得要有手和胳臂才能让自己坐起来;可是他有的只是无数细小的腿,它们一刻不停地向四面八方挥动,而他自己却完全无法控制。他想屈起其中的一条腿,可是它偏偏伸得笔直;等他终于让它听从自己的指挥时,所有别的腿却如获释放般痛苦地乱动不已。"总是待在床上有什么意思呢。"格里高尔自言自语。

他想,下半身先下去一定可以使自己离床,可是他还没有见过自己的下半身,脑子里根本没有概念,不知道要移动下半身真是难上加难,挪动起来是那样的迟缓;所以到最后,他烦死了,就用尽全力鲁莽地把身子往前一甩,不料方向算错,重重地撞在床尾的柱子上,一阵彻骨的痛楚使他明白,如今他身上最敏感的地方也许正是他的下半身。

于是,他就打算先让上身离床,他小心翼翼地把头部一点点挪向床沿。这却毫不困难,他的身躯虽然又宽又大,也终于跟着头部移动了。可是,等头部终于悬在床边上,他又害怕起来,不敢再前进了,因为,老实说,如果他就这样让自己掉下去,不摔坏脑袋才怪呢。他现在最要紧的是保持清醒,特别是现在,他宁愿继续待在床上。

可是重复了几遍同样的努力以后，他深深地叹了一口气，还是恢复了原来的姿势躺着，一面瞧他那些细腿在难以置信地更疯狂地挣扎；格里高尔不知道如何才能摆脱这种荒唐的混乱处境，他就再一次告诉自己，待在床上是不行的，最合理的做法还是冒一切危险来实现离床这个极渺茫的希望。可是同时他也没有忘记提醒自己，冷静地、极其冷静地考虑到最微小的可能性，还是比不顾一切地蛮干强得多。这时候，他竭力集中眼光望向窗外，可是不幸得很，早晨的浓雾把狭街对面的房子也都裹上了，不能给人一点信心与活力。"已经七点钟了，"闹钟再度敲响时，他对自己说，"已经七点钟了，可是雾还这么重。"有片刻工夫，他静静地躺着，轻轻地呼吸着，仿佛这样一养神什么都会恢复正常似的。

可是接着他又对自己说："七点一刻前我无论如何非得离开床不可。到那时一定会有人从公司里来找我，问我的情况因为不到七点公司就开门了。"于是他开始有节奏地来回晃动自己的整个身子，想把自己甩出床去。倘若他这样翻下床去，可以昂起脑袋，头部不致受伤。他的背似乎很硬，看来跌在地毯上并不打紧。他最担心的还是自己控制不了的巨大响声，这声音一定会在所有的房间里引起焦虑，即使不是恐惧。可是，他还是得冒这个险。

当他已经半个身子探到床外的时候——这个新方法与其说是苦事，不如说是游戏，因为他只需来回晃动，逐渐挪过去就行了——他忽然想起如果有人帮忙，这件事该是多么简单。两个身强力壮的人——他想到了他的父亲和那个使女——就足够了。他们只需把胳臂伸到他那圆鼓鼓的背后，抬他下床，放下他们的负担，然后耐心地等他在地板上翻过身来就行了，一碰到地板他的腿自然会发挥作用的。那么，姑且不管所有的门都是锁着的，他是否真的应该叫人帮忙呢？尽管处境非常困难，想到这一层，他却禁不住透出一丝微笑。

他使劲地摇动着，身子已经探出不少，快要失去平衡了，他非得鼓足勇气采取决定性的步骤了，因为再过五分钟就是七点一刻——正在这时，前门的门铃响了起来。"是公司里派什么人来了。"他这么想，身子就随之而发僵，可是那些细小的腿却动弹得更快了。一时之间周围一片静默。"他们不愿开门。"格里高尔怀着不合常情的希望自言自语。可是使女当然还是跟往常一样踏着有力的步子去开门了。格里高尔听到客人的第一声招呼就马上知道这是谁——是秘书主任亲自出马了。真不知自己生就什么命，竟落到给这样一家公司当差，只要有一点小小的差池，马上就会招来最大的怀疑！难道公司职员人人都是无赖，没有一个人忠心耿耿吗？他早晨只占用公司两三个小时。不是就给良心折磨得几乎要发疯吗？他难道不是，真的下不了床吗？如果确有必要来打听他出了什么事，派个学徒来不也够了吗——难道秘书主任非得亲自出马，以便向全家人——完全无辜的一家人表示，这个可疑的情况只有他自己那样的内行来调查才行吗？与其说格里高尔下了决心，倒不如说他因为想到这些事非常激动，因而用尽全力把自己甩出了床外。呼的一声很响，但总算没有响得吓人。地毯把他坠落的声音减弱了几分，他的背也不如他所想象的那么毫无弹性，所以声音很闷，不惊动人。只是他不够小心，头翘得不够高，还是在地板上撞了一下。他扭了扭脑袋，痛苦而愤懑地把头挨在地毯上磨蹭着。

"那里有什么东西掉下来了。"秘书主任在左边房间里说。格里高尔试图设想，今天他身上发生的事有一天也让秘书主任碰上了，谁也不敢担保不会出这样的事。可是仿佛给他的设想一个粗暴的回答似的，秘书主任在隔壁房间里坚定地走了几步，他那漆皮鞋子发出了嘎吱嘎吱的声音。从右边的房间里，他妹妹用耳语向他通报消息："格里高尔，秘书主任来了。""我知道了。"格里高尔低声嘟哝道，但是没有勇气提高嗓门让妹妹听到他的声音。

"格里高尔，"这时候，父亲在左边房间里说话了，"秘书主任来了，他要知道为什么你没能搭早晨的火车走。我们也不知道怎么跟他说。另外，他还要亲自和你谈话。所以，请你开门吧。他度量大，对你房间里的凌乱不会见怪的。""早上好，萨姆沙先生。"与此同时，秘书主任和蔼地招呼道。"他不舒服呢。"母亲对客人说。这时他父亲继续隔着门在说话："他不舒服，先生，相信我吧。格里高尔还能为了什么原因误车呢！这孩子只知道操心公事。他晚上从来不出去，连我瞧着都要生气了。这八天来他待在城里没有出差，可他天天晚上都守在家里。他只是安安静静地坐在桌子旁边，看看报，或是把火车时刻表翻来覆去地看。他唯一的消遣就是做木工活。比如说，他花了两三个晚上刻了一个小镜框，您看到它那么漂亮一定会感到惊奇，这镜框挂在他房间里，再过一分钟等格里高尔打开门，您就会看到了。您的光临真叫我高兴，先生，我们怎么也没法让他开门，他真是固执。我敢说他一定是病了，虽然他早晨硬说没病。"——"我马上来了。"格里高尔慢吞吞地小心翼翼地说，可是却寸步也没有移动，生怕漏过他们谈话中的每一个字。"我也想不出有什么别的原因,太太,"秘书主任说,"我希望不是什么大病。虽然另一方面我不得不说,不知该算福气呢,还是晦气,我们这些做买卖的往往就得不把这些小毛病当回事,因为买卖嘛总是要做的。"——"喂,秘书主任现在能进来了吗?"格里高尔的父亲不耐烦地问,又敲起门来了。"不行。"格里高尔回答。这声拒绝以后,在左边房间里是一阵令人痛苦的寂静;右边房间里,他妹妹啜泣起来了。

他妹妹为什么不和别的人在一起呢?她也许是刚刚起床,还没有穿衣服吧。那么,她为什么哭呢?是因为他不起床让秘书主任进来吗?是因为他有丢掉差使的危险吗?是因为老板又要开口向他的父母讨还旧债吗?这些显然都是眼前不用担心的事情。格里高尔仍旧在家里,丝毫没有弃家出走的念头。的确,他现在暂时还躺在地毯上,知道他的处境的人当然不会盼望他让秘书主任走进来。可是这点小小的失礼以后,尽可以用几句漂亮的辞令解释过去,格里高尔不见得会马上就被辞退。格里高尔觉得,就目前来说,他们与其对他抹鼻子流泪苦苦哀求,还不如别打扰他的好。可是,当然啦,他们的不明情况使他们大惑不解,也说明了他们为什么有这样的举动。

"萨姆沙先生,"秘书主任现在提高了嗓门说,"您这是怎么回事?您这样把自己关在房间里,光是回答'是'和'不是',毫无必要地引起您父母极大的忧虑,又不像话地疏忽了——这我只不过顺便提一句——公事方面的职责。我现在以您父母和您经理的名义和您说话,我正式要求您立刻给我一个明确的解释。我真没想到,我真没想到。我原来还认为您是个安分守己、明理懂事的人,可您现在却突然决心想让自己丢丑。经理今天早晨还对我暗示您不露面的原因可能是什么——他提到了最近交给您管的现款收账——我还几乎要以自己的名誉向他担保这根本不可能呢。可是现在我才知道您真是执拗得可以,从现在起,我丝毫也不想袒护您了。您在公司里的地位并不是那么稳固的。这些话我本来想私下里对您说的,可是既然您这样白白糟蹋我的时间,我就不懂为什么您的父母不应该听到这些话了。近来您的业绩叫人很不满意。当然,目前买卖并不是旺季,这我们也承认,可是一年里整整一个季度一点买卖也不做,这是不行的,萨姆沙先生,这是完全不应该的。"

"可是,先生,"格里高尔喊道,他控制不住了,激动得忘记了一切,"我马上,立刻来开门。一点小小的不舒服,一阵头晕使我起不了床。我现在还躺在床上呢。不过我已经好了。我现在正要下床。请再稍等片刻!我不像自己所想的那样健康。不过我已经好了,真的。真不知道一个人怎么突然变成这样!我昨天晚上还好好儿的,这我父亲母亲也清楚,不,应该说我昨天晚上就感觉到了一些预兆。我的样子想必已经不对劲了。您要问为什么我不向办公室报告!可是人总以为一点点不舒服一定能顶过去,用不着请假在家休息。哦,先生,别伤我父母的心吧!您刚才怪罪于我的事都是没有根据的,从来没有谁这样说过我。也许您还没有看到我最近兜揽来的订单吧。至少,我还能赶上八点钟的火车呢,休息了这几个钟点我已经好多了。千万不要因为我而把您耽搁在这儿,先生!我马上就会开始工作的,这有劳您转告经理,在他面前还得请您多替我美言几句呢!"

格里高尔一口气地说着,自己也搞不清楚自己说了些什么,也许是因为有了床上的那些锻炼,格里高尔没费多大气力就来到柜子旁边,打算依靠柜子使自己直立起来。他的确是想开门,的确是想出去和秘书主任谈话的。他渴望知道,大家这么坚持以后,看到了他又会说些什么。要是他们都大吃一惊,那么责任就再也不在他身上,他可以得到安静了。如果他们完全不在意,那么他也根本不必不安,只要真的赶紧上车站去搭八点钟的车就行了。起先,他好几次从光滑的柜面上滑下来,可是最后,在一使劲之后,他终于站直了,现在他也不管下身疼得像火烧一般了。接着他让自己靠向附近一把椅子的背部,用他那些细小的腿抓住了椅背的边。这使他得以控制自己的身体,他不再说话,因为这时候他听见秘书主任又开口了。

"你们听得懂哪个字吗?"秘书主任问,"他不见得在开我们的玩笑吧?""哦,天哪。"他母亲声泪俱下地喊道。"也许他病害得不轻,倒是我们在折磨他呢。葛蕾特!葛蕾特!"接着她嚷道。"什么事,妈妈?"他妹妹打那一边的房间里喊道。她们就这样隔着格里高尔的房间对嚷起来。"你得马上去请医生。格里高尔病了。去请医生,快点。你没听见他说话的声音吗?""这是一种动物的声音。"秘书主任说,跟母亲的尖叫声一比他的嗓音显得格外低沉。"安娜!安娜!"他父亲从客厅向厨房里喊道,一面还拍着手,"马上去找个锁匠来!"于是两个姑娘奔跑着穿过了客厅——他妹妹怎能这么快就穿好衣服呢?——接着又猛然打开了前门。没有听见门重新关上的声音,她们显然听任它洞开着,不管什么人家出了不幸的事情总是这样的。

格里高尔现在倒镇静多了。显然,他发出来的声音人家再也听不懂了,虽然他自己听来很清楚,甚至比以前更清楚,这也许是因为他的耳朵变得能适应这种声音了。不过至少现在大家相信他有什么地方不太妙,都准备来帮助他了。这些初步措施带来的信心和安全感使他感到舒适。他觉得自己又重新进入人类的圈子,对大夫和锁匠都寄予了莫大的希望,却没有分清两者之间的区别。为了使自己在即将到来的重要谈话中声音尽可能清晰些,他稍微嗽了嗽嗓子,他当然尽量压低声音,因为就连他自己也不敢确定,这声音可能听起来也已不像人的咳嗽。这时候,隔壁房间里一片寂静。也许他的父母正陪了秘书主任坐在桌旁,在低声商谈,也许他们都靠在门上细细谛听呢。

格里高尔慢慢地把椅子推向门边,接着便放开椅子,扑向了门来支撑自己——他那些细腿的脚底上倒是颇有黏性的——他在门上靠了一会儿,喘过一口气来。接着他开始用嘴巴来转动插在锁孔里的钥匙。不幸的是,他并没有什么牙齿——他得用什么来咬住钥匙呢?——不过他的下颚倒好像非常结实,靠着这下颚他总算转动了钥匙,他准是不小心弄伤了什么地方,因为有一股棕色的液体从他嘴里流出来,淌过钥匙,滴到地上。"你们听,"门后的秘书主任说,"他在转动钥匙了。"这对格里高尔是个很大的鼓励,不过他们应该都来给他打气,包括他的父亲母亲:"加油,格里高尔。"他们应该大声喊道:"坚持下去,咬紧钥匙!"他相信他们都在全神贯注地关心自己的努力,就集中全力死命咬住钥匙。钥匙需要转动时,他便用嘴巴衔着它,自己也绕着锁孔转了一圈,根据需要,他要么贴挂在钥匙上,要么用全身力量将它压下去。

终于屈服的锁发出响亮的咔嗒一声，使格里高尔清醒过来。他深深地舒了一口气，对自己说："这样一来，我就不用锁匠了。"接着就把头搁在门柄上，想把门整个打开。

门是向他自己这边拉的，所以虽然已经打开，人家还是瞧不见他。他得慢慢地从对开的那半扇门后面把身子挪出来，而且得非常小心，以免背脊直挺挺地跌倒在房间里。他正在困难地挪动自己，顾不上做任何观察，却听到秘书主任"哦！"的一声大叫——发出来的声音像一股猛风——现在他可以看见那个人了，他站得最靠近门口，一只手遮在张大的嘴上，慢慢地往后退去，仿佛有什么无形的匀速前进的压力在驱逐他似的。格里高尔的母亲——虽然秘书主任在场，她起床后的头发还没有梳好，乱七八糟地竖着——她先是双手合掌瞧瞧他父亲，接着向格里高尔走了两步，随即倒在地上，裙子摊了开来，脸垂到胸前，完全看不见了。他父亲握紧拳头，一副恶狠狠的样子，仿佛要把格里高尔打回到房间里去，接着他又犹豫不定地向起居室扫了一眼，然后用双手遮住眼睛，哭泣起来，连他那宽阔的胸膛都在起伏不定。

格里高尔没有接着往起居室走去，却靠在那半扇关紧的门的后面，所以他只有半个身子露在外面，还侧着探在外面的头去看别人。这时候天更亮了，可以清清楚楚地看到街对面一幢长得没有尽头的深灰色的建筑——这是一所医院——临街的一面开着一排排呆板的窗子。雨还在下，不过已成为一滴滴看得清的大颗粒了。大大小小的早餐盆碟摆了一桌子，对于格里高尔的父亲，早餐是一天里最重要的一顿饭，他一边看各式各样的报纸，一边吃，要吃上好几个钟头。正对面的墙上挂着一幅格里高尔服兵役时的照片，当时他是少尉，他的手按在剑上，脸上挂着无忧无虑的笑容，分明要人家尊敬他的军人风度和制服。前厅的门开着，大门也开着，可以一直看到住宅前的院子和向下的几级楼梯。

"好吧，"格里高尔说，他大概明白自己是唯一多少保持着镇静的人，"我立刻穿上衣服，等包好样品就动身。您是否还容许我去呢？您瞧，先生，我并不是冥顽不化的人，我很愿意工作。出差是很辛苦的，但我不出差就活不下去。您上哪儿去，先生？去办公室？是吗？我这些情形您能如实地反映上去吗？人总有暂时不能胜任工作的时候，不过这时正需要想起他过去的成绩，而且还要想到以后他又恢复了工作能力的时候，他一定会干得更勤恳更用心。我一心想忠诚地为老板做事，这您也很清楚。何况，我还要供养我的父母和妹妹。我现在景况十分困难，不过我会重新挣脱出来的。请您千万不要火上加油。在公司里请一定帮我说几句好话。旅行推销员在公司里不讨人喜欢，这我知道。大家以为他们赚的是大钱，过的是逍遥自在的日子。这种成见也犯不着特地去纠正。可是您呢，先生，比公司里所有的人看得都全面，是的，让我私下里告诉您，您比老板本人还全面，他是东家，当然可以凭自己的好恶随便不喜欢哪个职员。您知道得最清楚，旅行推销员几乎长年不在办公室，他们自然很容易成为闲话、怪罪和飞短流长的目标，可他自己却完全不知道，所以防不胜防。直待他精疲力竭地转完一个圈子回到家里，这才亲身体验到连原因都无法找寻的恶果落到了自己的身上。先生，您不能不说一句话就走哇，请表明您觉得我至少还有几分是对的呀！"

可是格里高尔才说头几个字，秘书主任就已经转过身去，只是张着嘴，侧过颤抖的肩膀直勾勾地瞪着他。格里高尔说话时，他片刻也没有站定，而是偷偷地向门口踅去，眼睛始终盯紧了格里高尔，只是每次只移动一寸，仿佛存在某项不准离开房间的禁令一般。好不容易退入了前厅，他最后一步跨出起居室时动作好猛，真像是他的脚跟刚给火烧着了一样。他一到前厅就伸出右手向楼梯跑去，好似那边有什么天上的救星在等待他。

格里高尔明白，如果要保住他在公司里的职位，不想砸掉饭碗，那就绝不能让秘书主任抱着这样的心情回去。他的父母对这一点还不太了然；多年以来，他们已经深信格里高尔在这家公司里要待上一辈子的，再说，他们的心思已经完全放在当前的不幸事件上，根本无法考虑将来的事。可是格里高尔却考虑到了。一定得留住秘书主任，安慰他，劝告他，最后还要说服他。格里高尔和他一家人的前途全系在这上面呢！只要妹妹在场就好了！她很聪明：当格里高尔还安静地仰在床上的时候她就已经哭了。总是那么偏袒女性的秘书主任一定会乖乖地听她的话；她会关上大门，在前厅里把他说得不再惧怕。可是她偏偏不在，格里高尔只得自己来应付当前的局面。他没有想到自己的身体究竟有什么活动能力，也没有想一想他的话人家仍旧很可能听不懂，而且简直根本听不懂，就放开了那扇门，挤过门口，迈步向秘书主任走去，而后者正可笑地用两只手抱住楼梯的栏杆；格里高尔刚要摸索可以支撑的东西，忽然轻轻喊了一声，身子趴了下来，他那许多只腿着了地。还没等全部落地，他的身子已经获得了安稳的感觉，从早晨以来，这还是第一次。他脚底下现在是结结实实的地板了，他高兴地注意到，他的腿完全听从指挥，它们甚至努力地把他朝他心里所想的任何方向带去，他简直要相信，他所有的痛苦总解脱的时候终于快来了。可是就在这一刹那，当他摇摇摆摆一心想动弹的时候，当他离他母亲不远，躺在她对面地板上的时候，本来似乎已经完全瘫痪的母亲，这时却霍地跳了起来，伸直两臂，张开了所有的手指，喊道："救命啊，老天爷，救命啊！"一面又低下头来，仿佛想把格里高尔看得更清楚些，同时又偏偏身不由己地一直往后退，根本没顾到她后面有张摆满了食物的桌子；她撞上桌子，又糊里糊涂傻地坐了上去，似乎全然没有注意她旁边那把大咖啡壶已经打翻，咖啡也汩汩地流到了地毯上。

"妈妈，妈妈。"格里高尔低声地说道，抬起头来看着她。这时他已经完全把秘书主任撇在脑后；他的嘴却忍不住咂巴起来，因为他看到了淌出来的咖啡。这使他母亲再一次尖叫起来。她从桌子旁边逃开，倒在急忙来扶她的父亲的怀抱里。可是格里高尔现在顾不得他的父母，秘书主任已经在走下楼梯了。他的下巴探在栏杆上扭过头来最后回顾了一眼。格里高尔急走几步，想尽可能追上他；可是秘书主任一定是看出了他的意图，因为他往下蹦了几级，随即消失了；可是还在不断地叫喊："噢！"回声传遍了整个楼梯间。不幸得很，秘书主任的逃走仿佛使一直比较镇定的父亲也慌乱万分，因为他非但自己不去追赶那人，或者至少别去阻拦格里高尔去追逐，反而右手操起秘书主任连同帽子和大衣一起留在一把椅子上的手杖，左手从桌子上抓起一张大报纸，一面顿脚，一面挥动手杖和报纸，要把格里高尔赶回到房间里去。格里高尔的恳求全然无效，事实上别人根本不理解；不管他怎样谦恭地低下头去，他父亲反而把脚顿得更响。另一边，他母亲不顾天气寒冷,打开了一扇窗子,双手掩住脸,尽量把身子往外探。一阵劲风从街上刮到楼梯间,窗帘掀了起来,桌上的报纸吹得啪嗒啪嗒乱响,有几张吹落在地板上。格里高尔的父亲无情地把他往后赶,一面嘘嘘叫着,简直像个野人。可是格里高尔还不熟悉怎么往后退,所以走得很慢。如果有机会掉过头,他能很快回到房间的,但是他怕转身的迟缓会使他父亲更加生气,他父亲手中的手杖随时会照准他的背上或头上给以致命的一击的。到后来,他竟不知怎么办才好,因为他绝望地注意到,倒退着走连方向都掌握不了;因此,他一面始终不安地侧过头瞅着父亲,一面开始掉转身子,他想尽量快些,事实上却非常迟缓。也许父亲发觉了他的良好意图,因此并不干涉他,甚至在他挪动时远远地用手杖尖这儿那儿地指点他。要是父亲不再发出那种无法忍受的嘘嘘声就好了。这简直要使格里高尔发狂。他已经完全转过去了,只是因为给嘘声弄得心烦意乱,甚至转得过了头。最后他总算对准了门口,可是他的身体又偏巧宽得过不去。但是在目前精神状态下的父亲,当然不会想到去打开另外半扇门好让格里高尔得以通过。他父亲脑子里只有一件事,尽快把格里高尔赶回房间。让格里高尔直立起来,侧身进入房间,就要做许多麻烦的准备,父亲是绝不会答应的。他现在发出的声音更加响亮,他拼命催促格里高尔往前走,好像他前面没有什么障碍似的;格里高尔听来他后面响着的声音不再像是父亲一个人的了;现在更不是闹着玩的了,所以格里高尔不顾一切狠命向门口挤去。他身子的一边拱了起来,倾斜地卡在门口,腰部挤伤了,在洁白的门上留下了可憎的斑点,不一会儿他就给夹住了,不管怎么挣扎,还是丝毫动弹不得,他一边的腿在空中颤抖地舞动,另一边的腿却在地上给压得十分疼痛——这时,他父亲从后面使劲地推了他一把,实际上这倒是支援,使他一直跌进了房间中央,汩汩地流着血。在他后面,门砰的一声被手杖关上了,屋子里终于恢复了寂静。

二

直到薄暮时分,格里高尔才从沉睡中苏醒过来,这与其说是沉睡还不如说是昏厥。其实再过一会儿他自己也会醒的,因为他觉得睡得很长久,已经睡够了,可是他仍觉得仿佛有一阵疾走的脚步声和轻轻关上通向前厅房门的声音惊醒了他。街上的电灯,在天花板和家具的上半部投下一重淡淡的光晕,可是在低处他躺着的地方,却是一片漆黑。他缓慢而笨拙地试了试他的触觉,只是到了这时,他才初次学会器重这个器官,接着便向门口爬去,想知道那儿发生了什么事。他觉得左侧有一条长长的、绷得紧紧的、不舒服的伤疤,他的两排腿事实上只能瘸着走了。而且有一条细小的腿在早晨的事件里受了重伤,现在是毫无生气地曳在身后——仅仅坏了一条腿,这倒真是个奇迹。

他来到门边,这才发现把他吸引过来的事实上是什么:食物的香味。因为那儿放了一只盆子,盛满了甜牛奶,上面还浮着切碎的白面包。他险些要高兴得笑出声来,因为他现在比早晨更加饿了,他立刻把头浸到牛奶里去,几乎把眼睛也浸没了。可是很快他又失望地缩了回来;他发现不仅吃东西很困难,因为柔软的左侧受了伤——他要全身气喘吁吁地配合着才能把食物吃到口中——而且他也不喜欢牛奶了，虽然牛奶一直是他喜爱的饮料，他妹妹准是因此才给他准备的；事实上，他几乎是怀着厌恶的心情把头从盆子边上扭开，爬回到房间中央去的。

他从门缝里看到起居室的煤气灯已经点亮了，在平日，到这时候，他父亲总要大声地把晚报读给母亲听，有时也读给妹妹听，可是现在却没有丝毫声息。也许是父亲新近抛弃大声读报的习惯了吧，他妹妹在谈话和写信中经常提到这件事。可是到处都那么寂静，虽然家里显然不是没有人。"我们这一家日子过得多么平静啊。"格里高尔自言自语，他一动不动地瞪视着黑暗，心里感到很自豪，因为他能够让他的父母和妹妹在这样一套挺好的房间里过着不错的日子。可是如果这一切的平静、优裕与满足都要恐怖地告一段落，那可怎么办呢？为了使自己不致陷入这样的思想，格里高尔活动起来了，他在房间里不断地爬来爬去。

在这个漫长的夜晚，有一次一边的门打开了一道缝，但马上又关上了，后来另一边的门上也发生了这样的事；显然是有人打算进来，但是又犹豫不决。格里高尔现在紧紧地伏在起居室的门边，打算劝那个踌躇的人进来，或者至少也要弄清那人是谁；可是门再也没有开过，他白白地等待着。清晨那会儿，门锁着，他们全都想进来；可是如今他打开了一扇门，另一扇门显然白天也是开着的，却又谁都不进来了，而且连钥匙都插到外面去了。

一直到深夜，起居室的煤气灯才熄灭，格里高尔很容易就推想到，他的父母和妹妹久久清醒地守在那儿，因为他清晰地听见他们蹑手蹑脚走开的声音。没有人会来看他了，至少天亮以前是不会了，这是肯定的，因此他有充裕的时间从容不迫地考虑他该怎样重新安排生活。可是他匍匐在地板上的这间高大空旷的房间使他充满了一种不可言喻的恐惧，虽然这就是他自己住了五年的房间——他自己还不大清楚是怎么回事，就已经不无害臊地急急钻到沙发底下去了，他马上就感到这儿非常舒服，虽然他的背稍有点被压住，他的头也抬不起来。他唯一感到遗憾的是身子太宽，不能整个藏进沙发底下。

他在那里待了整整一夜，一部分的时间消磨在假寐上，腹中的饥饿时时刻刻使他惊醒；而另一部分时间里，他一直浸沉在担忧和渺茫的希望中，但他想来想去，总是只有一个结论：那就是目前他必须静静地躺着，用忍耐和极度的体谅来协助家庭克服他在目前的情况下必然会给他们造成的不便。

拂晓时分，其实还简直是夜里，格里高尔就有机会考验他的新决心是否坚定了，因为他的妹妹衣服还没有完全穿好就打开了通往客厅的门，表情紧张地向里面张望。她没有立刻看见他，可是一等她看到他躲在沙发底下——说到究竟，他总得待在什么地方，他又不能飞走，是不是？——她大吃一惊，不由自主就把门砰的一下重新关上。可是仿佛是后悔自己方才的举动似的，她马上又打开了门，踮起脚走了进来，似乎她来看望的是一个重病人，甚至是陌生人。格里高尔把头探出沙发的边缘看着她。她会不会注意到他并非因为不饿而留着牛奶没喝，她会不会拿别的更合他的口味的东西来呢？除非她自动注意到这一层，他情愿挨饿也不愿唤起她的注意，虽然他有一股强烈的愿望，想从沙发底下冲出来，伏在她脚下，求她拿点食物来。可是妹妹马上就注意到了。她很惊讶，发现除了泼了些出来以外，盆子还是满满的，她立即把盆子端了起来，不是直接用手，而是用手里拿着的布，她把盆子端走了。格里高尔好奇得要命，想知道她会换些什么来，而且还做了种种猜测。然而心地善良的妹妹实际上所做的却是他怎么也想象不到的。为了弄清楚他的嗜好，她给他带来了许多种食物，全都放在一张旧报纸上。这里有不新鲜的一半腐烂的蔬菜；有昨天晚饭剩下来的肉骨头，上面还蒙着已经变稠硬结的白酱汁；还有些葡萄干和杏仁；一块两天前格里高尔已说过吃不得的乳酪；一块陈面包，一块抹了黄油的面包，一块撒了盐的黄油面包。除了这一切，她又放下了那只盆子，往里倒了些清水，这盆子显然算是他专用的了。她考虑得非常周到，知道格里高尔不愿当她的面吃东西，所以马上就退了出去，甚至还锁上了门，让他明白他可以安心地随意进食。格里高尔所有的腿都嗖地向食物奔过去。而他的伤口也准是已经完全愈合了，因为他并没有感到不方便，这使他颇为吃惊，也令他回忆起，一个月以前，他用刀稍稍割伤了一只手指，直到前天还觉得疼痛。"难道现在我感觉迟钝些了？"他想，紧接着便对着乳酪狼吞虎咽起来，在所有的食物里，这一种立刻强烈地吸引了他。他眼中含着满意的泪水，逐一地把乳酪、蔬菜和酱汁都吃掉；可是新鲜的食物他反倒不喜欢吃，他甚至都忍受不了那种气味，事实上他是把可吃的东西叼到远一点的地方去吃的。他吃饱了，正懒洋洋地躺在原处，这时他妹妹慢慢地转动钥匙，仿佛是给他一个暗示，让他退走。他立刻惊醒了过来，虽然他差不多睡着了，就急急地重新钻到沙发底下去。可是藏在沙发底下需要相当的自我克制力量，即使只是妹妹在房间里这短短的片刻，因为这顿饱餐使他的身子有些膨胀，他只觉得地方狭仄，连呼吸也很困难。他因为透不过气，眼珠也略略鼓了起来，他望着没有察觉任何情况的妹妹在用扫帚扫去不光是他吃剩的食物，甚至也包括他根本没碰的那些，仿佛这些东西现在根本没人要了，扫完后又急匆匆地全都倒进了一只桶里，把木盖盖上就提走了。她刚扭过身去，格里高尔就打沙发底下爬出来舒展身子，呼哧呼哧喘了几口气。

格里高尔每天就是这样得到他的食物，一次在清晨他父母和使女还睡着的时候，另一次是在他们吃过午饭，他父母睡午觉而妹妹把使女打发出去随便干点杂事的时候。他们当然不会存心叫他挨饿，不过也许是他们除了听妹妹说一声以外，对于他吃东西的情形根本不忍心知道吧，也许是他妹妹也想让他们尽量少伤心吧，因为眼下他们心里已经够受的了。

至于第一天上午大夫和锁匠是被什么借口打发走的，格里高尔就永远不得而知了，因为他说的话人家既然听不懂，他们——甚至连妹妹在内——就不会想到他能听懂大家的话，所以每逢妹妹来到他的房间里，他听到她不时发出的几声叹息，和向圣者做的喁喁祈祷，也就满足了。后来，她对这种情形略为有点习惯了——当然，完全习惯是绝对不可能的——这时，她间或也会让格里高尔听到这样好心的或者可以做这样理解的话。"嘿，他喜欢今天的饭食。"要是格里高尔把东西吃得一干二净，她会这样说。但是遇到相反的情形，并且这种情形越来越多了，她总是有点忧郁地说："又是什么都没有吃。"

虽然格里高尔无法直接得到任何消息，他却从隔壁房间里偷听到一些，只要听到一点点声音，他就急忙跑到那个房间的门后，把整个身子贴在门上。特别是在头几天，几乎没有什么谈话不牵涉到他，即使是悄悄话。整整两天，一到吃饭时候，全家人就商量该怎么办；就是不在吃饭时候，也老是谈这个话题。那阵子家里至少总有两个人，因为谁也不愿孤单单地留在家里，至于全都出去那更是不可想象的事。就在第一天，女仆——她对这件事到底知道几分还弄不太清楚——来到母亲跟前，跪下来哀求让她辞退工作，当她一刻钟之后离开时，居然眼泪盈眶感激不尽，仿佛得到了什么大恩典似的，而且谁也没有逼她，她就立下重誓，说这件事她永远也不会对外人说一个字。

女仆一走，妹妹就得帮着母亲做饭了；其实这事也并不太麻烦，因为事实上大家都简直不吃什么。格里高尔常常听到家里一个人白费力气地劝另一个人多吃一些，可是回答总不外是："谢谢，我吃不下了。"或是诸如此类的话。现在似乎连酒也不喝了。他妹妹总是一次又一次地问父亲要不要喝啤酒，并且好心好意地说要亲自去买，她见父亲没有回答，便建议让看门的女人去买，免得父亲觉得过意不去，这时父亲断然地说一个"不"字，大家就再也不提这事了。

在头几天里，格里高尔的父亲便向母亲和妹妹解释了家庭的经济现状和远景。他常常从桌子旁边站起来，去取某个单据和账目，这都放在一只小小的保险箱里，这是五年前他的公司破产时保存下来的。他打开那把复杂的锁、窸窸窣窣取出纸张又重新锁上的声音都被听得清清楚楚。他父亲的叙述是格里高尔被幽禁以来所听到的第一个愉快的消息。他本来还以为父亲的买卖什么也没有留下呢，至少父亲没有说过相反的话；当然，他也没有直接问过。那时，格里高尔唯一的愿望就是竭尽全力，让家里人尽快忘掉父亲事业崩溃使全家沦于绝望的那场大灾难。所以，他以不寻常的热情投入工作，很快就不再是个小办事员，而成为一个旅行推销员，赚钱的机会当然更多，他的成功马上就转化为亮晃晃圆滚滚的银币，好让他当着惊诧而又快乐的一家人的面放在桌子上。那真是美好的时刻呀，这种时刻以后就没有再出现过，至少是再也没有那种荣光了，尽管后来格里高尔挣的钱不少，已经够维持一家的生活，事实上家庭也的确是他在负担。大家都习惯了，不论是家里人还是格里高尔，收钱的人固然很感激，给的人也很乐意，可是再也没有那种特殊的温暖感觉了。只有妹妹和格里高尔最亲近，他心里有个秘密的计划，想让她明年进音乐学院，她跟他不一样，妹妹爱好音乐，小提琴拉得很动人。进音乐学院费用当然不会小，这笔钱一定得另行设法筹措。格里高尔逗留在家的短暂期间，音乐学院这一话题在他和妹妹之间经常提起，不过总把它当作一个永远无法实现的美梦；只要听到关于这件事的天真议论，他的父母就感到沮丧；然而格里高尔已经痛下决心，准备在圣诞节之夜隆重地宣布这件事。

　　这就是他贴紧门直立着倾听时涌进脑海的一些想法，这在目前当然都是毫无意义的空想了。有时他实在疲倦了，不能再倾听，脑袋在不经意间下垂碰到了门上，立即又得抬起来，因为他弄出的最轻微的声音隔壁都听得见，谈话也因此完全停顿下来。"他现在又在干什么呢？"片刻之后，他父亲会这样问，而且显然把头转向了门，这以后，被打断的谈话才会逐渐恢复。

由于他父亲很久没有接触经济方面的事，他母亲也总是不能一下子就弄清楚，所以他父亲老是一遍又一遍地反复解释，使格里高尔了解得非常详细：他的家庭虽然破产，却有一笔财产保存了下来——款子当然很小——而且因为红利没有动用，钱数还有些增加。另外，格里高尔每个月给的家用——他自己只留下几个零用钱——没有完全花掉，所以到如今也积成了一笔小数目。格里高尔在门背后拼命点头，为这种他没料到的节约和谨慎而高兴。当然，本来他也可以用这些多余的款子把父亲欠老板的债再还掉些，使自己可以少替老板卖几天命，可是无疑还是父亲的做法更为妥当。

不过，如果光是靠利息维持家用，这笔钱还远远不够；这项款子可以使他们生活一年，至多两年，不能再多了。这笔钱根本就不能动用，要留着以备不时之需；日常的生活费用得另行想办法。他父亲身体虽然还算健壮，但已经老了，他已有五年没做事，也很难期望他能有什么作为了；在他劳累却从未成功过的一生里，他还是第一次过安逸的日子，在这五年里，他发胖了，连行动都不方便了。而格里高尔的老母亲患有气喘病，在家里走动都很困难，隔一天就得躺在打开的窗户边的沙发上喘得气都透不过来，又怎能叫她去挣钱养家呢？妹妹还只是个十七岁的孩子，她的生活直到现在为止还是一片欢乐，关心的只是怎样穿得漂亮些，睡个懒觉，在家务上帮帮忙，出去找些不太花钱的娱乐，此外最重要的就是拉小提琴，又怎能叫她去给自己挣面包呢？只要话题转到挣钱养家的问题，最初格里高尔总是放开了门，扑倒在门旁冰凉的皮沙发上，羞愧痛心得面红耳赤。

他往往躺在沙发上，通夜不眠，一连好几个小时在皮面子上蹭来蹭去。他有时也集中全身力量，将扶手椅推到窗前，然后爬上窗台，身体靠着椅子，把头贴到玻璃窗上，他显然是企图回忆过去临窗眺望时所感到的那种自由。因为事实上，随着日子一天天过去，稍稍远一些的东西他就看不清了；从前，他常常诅咒街对面的医院，因为它老是逼近在他眼前，可是如今他却看不见了，倘若他不知道自己住在虽然僻静，却完全是市区的夏洛蒂街，他真要以为自己的窗子外面是灰色的天空与灰色的土地浑然成为一体的荒漠世界了。他那细心的妹妹只看见扶手椅两回都靠在窗前，就明白了；此后她每次打扫房间总把椅子推回到窗前，甚至还让里面那层窗子开着。

如果格里高尔能开口说话，感激妹妹为他所做的一切，他也许还能多少接受她的服侍，可现在他却受不住。整个局面中的尴尬难堪之处，她显然想尽量避免；日子一天天过去，她的确逐渐达到了目的，可是格里高尔也越来越明白了。她走进房间的样子就使他心惊肉跳。她一进房间就冲到窗前，连房门也顾不上关，虽然她往常总是小心翼翼不让旁人看到格里高尔的房间。她仿佛快要窒息了，用双手匆匆推开窗子，甚至在严寒中也要当风站着做深呼吸。她这种吵闹急促的步子一天总有两次吓到格里高尔；在这整段时间里，他都得蹲在沙发底下，打着哆嗦。他很清楚，她和他待在一起时，若是不打开窗子也还能忍受，她是绝对不会如此打扰他的。

有一次，大概在格里高尔变形一个月以后，其实这时她已经没有理由见到他再吃惊了，她比平时进来得早了一些，发现他正在一动不动地直着身子向窗外眺望,模样吓人。要是她光是不进来,格里高尔倒也不会感到意外,因为既然他在窗口,她当然不能立刻开窗了,可是她不仅退出去,而且仿佛是大吃一惊似的跳了回去,并且还砰地关上了门;陌生人还以为他是故意等在那儿要扑过去咬她呢。格里高尔当然立刻就躲到了沙发底下,可是他一直等到中午,她才重新进来,看上去比平时更显得惴惴不安。这使他明白,妹妹依旧不敢看他,而且以后也势必一直如此。她看到他身体的一小部分露出在沙发底下而不逃走,该是做出了多大的努力呀。为了使她不致如此,有一天他花了四个小时去劳动,用背把一张被单拖到沙发上,铺得使它可以完全遮住自己的身体,这样,即使她弯下身子也不会看到他了。如果她认为被单放在那儿根本没有必要,她当然会把它拿走,因为格里高尔这样把自己遮住又蒙上自然不会舒服。可是她并没有拿走被单,当格里高尔小心翼翼地用头把被单拱起一些看她怎样对待新情况的时候,他甚至仿佛看到妹妹眼睛里闪出了一丝感激的光辉。

在最初的两个星期里,他的父母亲鼓不起勇气进他的房间,他常常听到他们对妹妹的行为表示感激,而以前他们是常常骂她,说她是个不中用的女儿。可是现在呢,在妹妹替他收拾房间的时候,老两口往往在门外等着,她一出来就问她房间里的情形,格里高尔吃了什么,他这一次行为怎么样,是否有些好转的迹象。过了不多久,母亲想要来看他了,起先父亲和妹妹都用种种理由劝阻她,格里高尔留神地听着,心里也都同意。后来,他们不得不用强力拖住她了,而她却拼命嚷道:"让我进去瞧瞧格里高尔,他是我可怜的儿子!你们就不明白我非进去不可吗?"听到这里,格里高尔想也许还是让她进来的好,当然不是每天都来,每星期一次也就差不多了;她毕竟比妹妹更周到些,妹妹虽然勇敢,总还是个孩子,再说她之所以担当这件苦差事恐怕还是因为年轻稚气,少不更事罢了。

格里高尔想见见他母亲的愿望很快就实现了。在大白天,考虑到父母的脸面,他不愿趴在窗子上让人家看见,可是他在几平方米的地板上没什么好爬的,漫漫的长夜里他也不能始终安静地躺着不动,此外他很快就失去了对于食物的任何兴趣,因此,为了锻炼身体,他养成了在墙壁和天花板上纵横交错地爬来爬去的习惯。他特别喜欢倒挂在天花板上,这比躺在地板上强多了,呼吸起来也轻松多了,而且身体也可以轻轻地晃来晃去;倒悬的滋味使他乐而忘形,他忘乎所以地松了腿,直挺挺地掉在地板上。可是,如今他对自己身体的控制能力比以前大有进步,所以即使摔得这么重,也没有受到损害。他的妹妹马上就注意到了格里高尔新发现的娱乐——他的脚总要在爬过的地方留下一种黏液——于是她想到应该让他有更多地方可以活动,得把碍路的家具搬出去,首先要搬的是五斗橱和写字台。可是一个人干不了;她不敢叫父亲来帮忙;家里的用人又只有一个十六岁的使女,女仆走后她虽说有勇气留下来,但是她求主人赐给她一个特殊的恩惠,让她把厨房门锁着,只有在人家特意叫她时才打开,所以她也是不能帮忙的;这样,除了趁父亲出去时求母亲帮忙之外,也没有别的法子可想了。老太太真的来了,一边还兴奋地叫喊着,可是这股劲头没等她来到格里高尔房门口就烟消云散了。妹妹当然先进房间,她来看看是否一切都很稳妥,然后再招呼母亲。格里高尔赶紧把被单拉低些,并且把它弄得皱褶更多些,让人看了以为这是随随便便扔在沙发上的。这一回他也不打床单底下往外张望了;他放弃了这一次见到母亲的想法,她终于来了,这就已经使他喜出望外了。"进来吧,他躲起来了。"妹妹说,显然是搀着母亲的手在领她进来。此后,格里高尔听到了两个荏弱的女人使劲把那口旧橱从原来的地方拖出来的声音,他妹妹只管挑重活干,根本不听母亲叫她当心累坏身子的劝告。她们搬了很久。在拖了至少一刻钟之后,母亲提出相反的意见,说这口橱还是放在原处的好,因为首先它太重了,在父亲回来之前是绝对搬不走的;而这样立在房间的中央当然只会更加妨碍格里高尔的行动,况且把家具搬出去是否就合格里高尔的意,这可谁也说不上来。她甚至还觉得恰恰相反呢;她看到墙壁光秃秃,只觉得心里堵得慌,为什么格里高尔就没有同感呢?既然好久以来他就用惯了这些家具,一旦没有,当然会觉得很凄凉。最后她又压低了声音说——事实上自始至终她都几乎是用耳语在说话,她仿佛连声音都不想让格里高尔听到——他到底藏在哪儿,她并不清楚——因为她相信他已经听不懂她的话了——"再说,我们搬走家具,岂不等于向他表示,我们放弃了他好转的希望,硬着心肠由他去了吗?我想还是让他房间保持原状的好,这样,等格里高尔回到我们中间,他就会发现一切如故,也就能更容易忘掉其间发生的事了。"

听到了母亲这番话,格里高尔明白两个月不与人交谈以及单调的家庭生活,已经把他的头脑弄糊涂了,否则他就无法解释,他怎么会真希望把房间里的家具清出去。难道他真的要把那么舒适的放满祖传家具的温暖的房间变成光秃秃的洞窟,好让自己不受阻碍地往四面八方乱爬，同时还要把做人的时候的回忆忘得干干净净作为代价吗？他的确已经濒于忘却一切，只是靠了好久没有听到的母亲的声音，才把他拉了回来。什么都不能从他房间里搬出去，一切都得保持原状，他不能丧失这些家具对他精神状态的良好影响；即使在他无意识地到处乱爬的时候家具的确挡住他的路，这也绝不是什么妨碍，而是大大的好事。

不幸的是，妹妹却有不同的看法。她已经惯于把自己看成是格里高尔事务的专家了，自然认为自己要比父母高明，这当然也有点道理，所以母亲的劝说只能使她决心不仅仅搬走五斗橱和写字台，这只是她的初步计划，而且还要搬走一切，只剩那张不可缺少的沙发。她做出这个决定当然不仅仅是出于孩子气的倔强，还有她近来自己也没料到的花了艰苦代价而获得的自信心；她的确觉得格里高尔需要许多地方爬动，另一方面，他又根本用不着这些家具，这也是不言而喻的。另一个原因也可能是她这种年龄的少女的热烈气质，她们无论做什么事总要迷在里面，这诱使葛蕾特，想把格里高尔的环境弄得更加可怕，这样，她就能给他做更多的事了。对于一间由格里高尔一个人主宰的光有四堵空墙的房间，除了葛蕾特是不会有别人敢进去的。

因此，她不因为母亲的一番话而动摇自己的决心，母亲在这间房间里心神不宁，所以也拿不定主意，旋即不作声了，只是竭力帮她女儿把橱子推出去。如果不得已，格里高尔也可以不要橱子，可是写字台是非留下不可的。这两个女人哼哼着刚把橱子推出房间，格里高尔就从沙发底下探出头来，想看看该怎样尽可能温和妥善地干预一下。可是真倒霉，是他母亲先回房间来的，她让葛蕾特独自在隔壁房间攥住橱子摇晃着往外拖,橱子当然是一动也不动。母亲没有看惯他的模样,为了避免吓坏母亲,格里高尔马上退到沙发另一头去,可是还是使被单在前面晃动了一下。这就已经足够引起母亲的注意了。她愣住了,静静地站了一会儿,这才往葛蕾特那儿跑去。

虽然格里高尔不断地安慰自己,说根本没有出什么大不了的事,只是挪动了几件家具,但他很快就不得不承认,这两个女人跑过来跑过去,她们的轻声叫喊以及家具在地板上的拖动,这一切给他造成了很大的影响,仿佛动乱从四面八方同时袭来,尽管他拼命把头和腿都蜷成一团贴紧在地板上,他也不得不承认他忍受不了多久了。她们在搬清他房间里的东西,把他所喜欢的一切都拿走;安放他的钢丝锯和各种工具的橱子已经给拖走了;她们这会儿正在把几乎陷进地板去的写字台抬起来,他在商学院念书时所有的作业就是在这张桌子上做的,更早的还有中学的作业,还有,对了,小学的作业——他再也顾不上体会这两个女人的良好动机了,他几乎已经忘了她们的存在,因为她们太累了,干活时连声音也发不出来,除了她们沉重的脚步声以外,旁的什么也听不见。

因此他冲出去了——两个女人在隔壁房间正靠着写字台稍事休息——他换了四次方向,因为他真的不知道应该先拯救什么;接着,他看见了对面的那面墙,靠墙的东西已给搬空了,墙上那幅穿皮大衣的女士的像吸引了他,格里高尔急忙爬上去,紧紧地贴在镜面玻璃上,这地方倒挺不错,他那火热的肚子顿时觉得惬意多了。至少,这张完全藏在他身子底下的画是谁也不许搬走的。

他把头转向起居室,以便两个女人重新进来的时候可以看到她们。

她们休息了没多久,就已经往里走来了;葛蕾特用胳膊围住她母亲,简直是在抱着她。"那么,我们现在再搬什么呢?"葛蕾特说,向周围扫了一眼,她的眼睛遇上了格里高尔从墙上射来的眼光。大概因为母亲也在场的缘故,她保持住了镇静,她向母亲低下头去,免得母亲四处张望,并颤抖着不假思索地说道:"走吧,我们要不要再回起居室去待一会儿?"她的意图格里高尔非常清楚,她是想把母亲安置到安全的地方,然后再来把他从墙上赶下来。好吧,让她来试试看吧!他抓紧了他的图片决不退让。否则他宁愿对准葛蕾特的脸飞扑过去。

可是葛蕾特的话却已经使母亲感到不安了,母亲向旁边跨了一步,看到了印花墙纸上那一大团棕色的东西,她还没有真的理会到她看见的正是格里高尔,就用嘶哑的声音大叫起来:"啊,上帝,啊,上帝!"接着就双手一摊倒在沙发上,仿佛听天由命似的,一动也不动了。"唉,格里高尔!"他妹妹喊道,对他又是挥拳又是瞪眼。自从变形以来,这还是她第一次直接对他说话。她跑到隔壁房间去拿什么香精来使母亲从昏厥中苏醒过来。格里高尔也想帮忙——要救那张图片,以后还有时间——可是他已经紧紧地粘在玻璃上,不得不使点劲才能够让身子移动;接着他就跟在妹妹后面奔进隔壁房间,好像他与过去一样,真能给她什么帮助似的;可是他马上就发现,自己只能无可奈何地站在她后面;妹妹正在许许多多小瓶子堆里找来找去,等她回过身来一看到他,真的又吃了一惊;一只瓶子掉到地板上,打碎了;一块玻璃片划破了格里高尔的脸,不知什么腐蚀性的药水溅到了他身上;葛蕾特才愣住一小会儿，就马上抱起所有拿得了的瓶子跑到母亲那儿去了；她用脚砰地把门关上。格里高尔如今和母亲隔开了，她就是因为他，也许快要死了；他不敢开门，生怕吓跑了不得不留下来照顾母亲的妹妹；目前，除了等待，他没有别的事可做；他被自我谴责和忧虑折磨着，就在墙壁、家具和天花板上到处乱爬起来，最后，在绝望中，他觉得整个房间竟在他四周旋转，就掉了下来，跌落在大桌子的正中央。

过了一小会儿，格里高尔依旧软弱无力地躺着，周围寂静无声，这也许是个吉兆吧。接着门铃响了，使女当然是锁在她的厨房里的，只能由葛蕾特去开门。进来的是他的父亲。"出了什么事？"他一开口就问，准是葛蕾特的神色把一切都告诉他了。葛蕾特显然把头埋在父亲胸口上，因为她的回答听上去闷声闷气的："妈妈刚才晕过去了，不过这会儿已经好点了。格里高尔逃了出来。"——"果然不出我的所料，"他父亲说，"我不是告诉过你们吗，可是你们这些女人根本不听。"格里高尔清楚地感觉到他父亲把葛蕾特过于简单的解释想到最坏的方面去了，他大概以为格里高尔做了什么凶狠的事呢。格里高尔现在必须设法使父亲息怒，因为他既来不及也无法替自己解释。因此，他赶忙爬到自己房间的门口，蹲在门前，好让父亲从客厅里一进来便可以看见自己的儿子乖得很，一心想立即回自己房间，根本不需要赶，要是门开着，他马上就会进去的。

可是父亲目前的情绪完全无法体会他那细腻的感情。"啊！"他一进门就喊道，声音听起来既愤怒又喜悦。格里高尔把头从门上缩回来，抬起来瞧他的父亲。啊，这简直不是他想象中的父亲了；显然，最近他太热衷于爬天花板这一新的消遣，对家里别的房间里的情形就不像以前那样感兴趣了，他真应该预料到某些新的变化才行。不过，不过，这难道真是他父亲吗？从前，每逢格里高尔动身出差，他父亲总是疲惫不堪地躺在床上；格里高尔回来过夜，总看见他穿着睡衣靠在一张长椅子里，他连站都站不起来。把手举一举就算是欢迎。一年里有那么一两个星期天，还得是盛大的节日，他也偶尔和家里人一起出去，总是走在格里高尔和母亲的当中，他们走得已经够慢的了，可是他还要慢，他裹在那件旧大衣里，靠了那把弯柄的手杖的帮助艰难地向前移动，每走一步都先要把手杖小心翼翼地支好，逢到他想说句话，往往要停下脚步，让陪伴他的人靠拢来。他与从前还是同一个人吗？现在他身子笔直地站着，穿一件有金色纽扣的漂亮的蓝制服，这通常是银行的杂役穿的；他那厚实的双下巴鼓出在上衣坚硬的高领子外面；从他浓密的睫毛下面，那双黑眼睛射出了神气十足、咄咄逼人的光芒；他那头本来乱蓬蓬的头发，如今从当中整整齐齐、一丝不苟地分了开来，两边都梳得又光又平。他把那顶绣有金字——肯定是哪家银行的标记——的帽子远远地往房间那头的沙发上一扔，把大衣的下摆往后一甩，双手插在裤袋里，板着严峻的脸朝格里高尔冲来。他大概自己也不清楚要干什么，但是他却把脚举得老高，格里高尔一看到他那大得惊人的鞋后跟简直吓呆了。不过格里高尔不敢冒险听任父亲摆弄，他知道从自己新生活的第一天起，父亲就是主张对他采取严厉措施的。因此，他就在父亲的前头跑了起来，父亲停住，他也停住，父亲稍稍一动，他又急急地奔跑。就这样，他们绕着房间转了好几圈，并没有真出什么事；事实上这简直都不太像是追逐，因为他们都走得很慢。所以格里高尔也没有离开地板，生怕父亲把他的爬墙和上天花板看成是一种特别恶劣的行为。可是，格里高尔不得不告诉自己，即使就这样跑他也支持不了多久，因为他父亲迈一步，他就得动好多下。他已经感到气喘不过来了，他从前做人的时候肺也不太强。他跌跌撞撞地向前冲，因为要把精力全部集中在奔走上，连眼睛都几乎不睁了；在浑浑噩噩的状态中，除了向前冲以外，他根本没有想到还有别的出路；他几乎忘记自己是可以随便上墙的，但是在这个房间里放着凸凸凹凹精雕细镂的家具，把墙挡住了——正在这时，突然有一样扔得不太有力的东西飞了过来，落在他后面，又滚到他前面去。这是一个苹果，紧接着第二个苹果又扔了过来，格里高尔惊慌地站住了，再跑也没有用了，因为他父亲决心要轰炸他了。他把碗橱上盘子里的苹果装满了衣袋，也没有好好地瞄准，只是一个接一个地扔出来。这些小小的红苹果在地板上滚来滚去，仿佛受了电击似的，都在互相碰撞。一个扔得不太用力的苹果轻轻擦过格里高尔的背，没有带给他什么损害就飞走了。可是紧跟着马上飞来了另一个，正好打中了他的背并且还嵌了进去。格里高尔挣扎着往前爬，仿佛能把这种突如其来的剧痛留在身后似的。可是他觉得自己好像被钉住在原处，就六神无主地瘫倒在地上。在清醒的最后一刹那，他瞥见他的房门猛然打开，母亲抢在尖叫着的妹妹前头跑了过来，身上只穿着内衣，她女儿为了让她呼吸舒畅好缓过气来，已经把她衣服都解开了，格里高尔看见母亲向父亲扑过去，解松了的裙子一条接着一条都掉在地板上，她绊着裙子径直向父亲奔去，抱住他，紧紧地搂住

132

他，双手围在父亲的脖子上，求他别伤害儿子的生命——可是这时，格里高尔的眼光已经逐渐暗淡了。

三

格里高尔所受的重创使他有一个月不能行动——那只苹果还一直留在他身上，没人敢去取下来，仿佛这是一个公开的纪念品似的——他的受伤好像使父亲也想起了他是家庭的一员，尽管他现在很不幸，外形使人看了恶心，但是也不应把他看成是敌人，相反，家庭的责任正需要大家把厌恶的心情压下去，而用耐心来对待，只能是耐心，别的都无济于事。

虽然他的创伤损害了，而且也许是永久地损害了他行动的能力，目前，他从房间的一端爬到另一端也得花很长很长时间，活像个老弱的病人——说到上墙在目前更是谈也不用谈——可是，在他自己看来，他的受伤还是得到了足够的补偿，因为每到晚上——他早在一两个小时以前就一心一意等待着这个时刻了，起居室的门总是大大地打开，这样他就可以躺在自己房间的暗处，家里人看不见他，他却可以看到三个人坐在点上灯的桌子旁边，可以听到他们的谈话，这大概是他们全都同意的。比起早先的偷听，这可要强多了。

诚然，过去的日子里那种气氛活跃的谈话已不再有。以前，当他投宿在客栈狭小的寝室里，疲惫不堪，要往潮乎乎的床铺上倒下去的时候，他总是以一种渴望的心情怀念这种谈话的。他们现在往往很沉默。晚饭吃完不久，父亲就在扶手椅里打起瞌睡来；母亲和妹妹就互相提醒谁都别说话；母亲把头低低地俯在灯下，在给一家时装店做精细的针线活；妹妹已经当了售货员，为了将来找更好的工作，在利用晚上的时间学习速记和法语。有时父亲醒了过来，仿佛根本不知道自己已经睡了一觉，还对母亲说："你今天干了这么多针线活呀！"话才说完又睡着了，于是娘儿俩又交换一下疲倦的笑容。

父亲脾气真执拗，在家里也一定要穿上那件制服，他的睡衣一无用处地挂在钩子上，他穿得整整齐齐，坐着坐着就睡着了，好像随时要去应差，即使在家里也要对上司唯命是从似的。这样下来，虽则有母亲和妹妹的悉心保护，他那件本来就不是簇新的制服已经开始显得脏了，格里高尔常常整夜整夜地望着纽扣老是擦得金光闪闪的外套上的一摊摊油迹，老人就穿着这件外套极不舒服却又是极安宁地坐在那里沉入了梦乡。

一等钟敲十下，母亲就设法用款语温言把父亲唤醒，劝他上床去睡，因为坐着睡休息不好，可他最需要的就是休息，因为他六点钟就得去上班。可是自从他在银行里当了杂役以来，不知怎的得了犟脾气，他总想在桌子旁边再坐上一会儿，可是又总是重新睡着，到后来得花九牛二虎之力才能把他从扶手椅弄到床上去。不管格里高尔的母亲和妹妹怎样不断用温和的话一个劲地催促他，他总要闭着眼睛，慢慢地摇头，摇上一刻钟，就是不肯站起来。母亲拉着他的袖管，对着他的耳朵轻声说些甜蜜的话，他妹妹也扔下了功课跑来帮助母亲。可是格里高尔的父亲还是不上钩。他一味往椅子深处退去。直到两个女人抓住他的胳肢窝把他拉了起来，他才睁开眼睛，看看这个，又看看那个，而且总要说："我过的是什么日子呀。这就算是我安宁、平静的晚年了吗？"于是就由两个人搀扶着挣扎站起来，好不费力，仿佛自己对自己都是一个沉重的负担，还要她们一直扶到门口，这才挥挥手叫她们回去，独自往前走，可是母亲还是放下了针线活，妹妹也放下笔，追上去再搀他一把。

在这个操劳过度疲倦不堪的家庭里，除了做绝对必须做的事情以外，谁还有时间替格里高尔操心呢？家计日益窘迫，使女也给辞退了，一个蓬着满头白发高大瘦削的老妈子一早一晚来替他们做些粗活，其他的一切家务事就落在格里高尔母亲的身上。此外，她还得做一大堆的针线活。连母亲和妹妹以往每逢参加晚会和喜庆日子总要骄傲地戴上的那些首饰，也不得不变卖了，一天晚上，家里人都在讨论卖得的价钱，格里高尔才发现了这件事。可是最使他们悲哀的就是没法从与目前的景况不相称的住所里迁出去，因为他们想不出有什么法子搬动格里高尔。可是格里高尔很明白，对他的考虑并不是妨碍搬家的主要原因，因为他们满可以把他装在一只大小合适的盒子里，只要留几个通气的孔眼就行了；他们彻底绝望了，认定他们交上这种所有亲友都没交过的厄运。这才是他们没有迁往他处的真正原因。世界上要求穷人的一切，他们都已尽力做了：父亲在银行里给小职员买早点，母亲把自己的精力耗费在替陌生人缝内衣上，妹妹听顾客的命令在柜台后面奔来跑去，超过这个界限就是他们力所不及的了。把父亲送上了床，母亲和妹妹就重新回到房间，她们总是放下手头的工作，紧挨着坐在一起，接着母亲指指格里高尔的房门说："把这扇门关上吧,葛蕾特。"于是格里高尔重新被关入黑暗中,而隔壁的两个女人就涕泗交流起来,或是眼眶干枯地瞪着桌子;逢到这样的时候,格里高尔背上的创伤总要又一次地使他感到疼痛难忍。

不管是夜晚还是白天,格里高尔都几乎不睡觉。他时不时地冒出这种想法:下一次门再打开时,他就要像过去那样重新挑起一家的担子了;隔了这么久以后,他脑子里又出现了老板、秘书主任、那些旅行推销员和练习生的影子,他仿佛还看见了那个奇蠢无比的听差、两三个在别的公司里做事的朋友、一个乡村客栈里的侍女,这是个一闪即逝的甜蜜的回忆;还有一个女帽店里的出纳,格里高尔殷勤地向她求过爱,但是让人家捷足先登了——他们都出现了,另外还有些陌生的或他几乎已经忘却的人,他们非但不帮他和他家庭的忙,还一个个都那么冷冰冰,格里高尔看到他们从眼前消失,心里感到高兴。不过有的时候,他没有心思为家庭担忧,却因为家人那样忽视自己而积了一肚子的火,他自己也弄不清楚到底爱吃什么,却打算闯进食物储藏室去把本该属于他分内的食物叼走。他妹妹再也不考虑拿什么他可能最爱吃的东西来喂他了,只是在早晨和中午上班以前匆匆忙忙地用脚把食物拨进来,手头有什么就给他吃什么,到了晚上只是用扫帚一下子再把东西扫出去,也不管他是尝了几口呢,还是——这是常态——连动也没有动。她现在总是在晚上给他打扫房间,她的打扫太草率了。墙上尽是一缕缕灰尘,到处都是成团的尘土和脏东西。起初,格里高尔在妹妹要来的时候,总待在特别肮脏的角落里,他的用意也算是以此责难她。可是,即使他再蹲上几个星期,也无法使她有所改进;她跟他一样完全看得见这些尘土,可就是决心不管。不但如此，她新近还特别敏感，这也不知怎的传染给了全家人，这种敏感使她认定自己是格里高尔房间唯一的管理人。他的母亲有一回把他的房间彻底扫除了一番，其实不过是用了几桶水罢了——房间的潮湿当然使得格里高尔大为狼狈，他摊开身子阴郁地一动不动地躺在沙发上——可是，母亲为这事也受了罪。那天晚上，妹妹刚察觉到他房间所发生的变化，就怒不可遏地冲进起居室，而且不顾母亲举起双手苦苦哀求，竟号啕大哭起来，她的父母——父亲当然早就从椅子里惊醒站立起来了——最初只是无可奈何地愕然看着，接着也卷了进来；父亲先是责怪右边的母亲，说打扫格里高尔的房间本来是女儿的事，她真是多管闲事；接着又尖声地对左边的女儿嚷叫，说以后再也不让她去打扫格里高尔的房间了；而母亲呢，却想把父亲拖到卧室里去，因为他已经激动得不能控制自己了；妹妹哭得浑身发抖，只管用她那小拳头擂打桌子；格里高尔也气得发出很响的咻咻声，因为没有人想起关上门，省得他看到这一场好戏，听到这么些吵闹。

可是，即使妹妹因为一天工作下来疲惫不堪，已经懒得像先前那样去照顾格里高尔了，母亲也没有自己去管的必要，而格里高尔倒也根本不会给忽视，因为现在有那个老妈子了。这个老寡妇的结实精瘦的身体使她经受了漫长的一生中所有最厉害的打击，她并不真的厌恶格里高尔。她有一次完全不是因为好奇，而纯粹是出于偶然打开了他的房门，看到了格里高尔，格里高尔吃了一惊，便四处奔跑起来，其实老妈子根本没有追他，只是叉着手吃惊地站在那儿罢了。从那时起，一早一晚，她总不忘记花上几分钟把他的房门打开一些来看看他。起先她还用自以为亲热的话来招呼他，比如："来呀，嘿，你这只老屎壳郎！"或者是："瞧这老屎壳郎啊，吓！"对于这样的攀谈格里高尔置之不理，只是一动不动地待在原处，就当那扇门根本没有开。与其容许她兴致一来就这样无聊地滋扰自己，还不如命令她天天打扫他的房间呢，这粗老妈子！有一次，是在清晨——急骤的雨点敲打着玻璃窗，这大概是春天快来临的征兆吧——她又来啰唆了，格里高尔好不恼怒，就向她冲去，仿佛要咬她似的，只是他的行动既缓慢又软弱无力。可是那个老妈子非但不害怕，反而把刚好放在门旁的一把椅子高高举起，她的嘴张得老大，显然是要等椅子往格里高尔的背上砸下去才会闭上。"你又不过来了吗？"看到格里高尔掉过头去，她一面问，一面镇静地把椅子放回墙角。

  格里高尔现在简直不吃东西了。只有在他正好经过食物时才会咬上一口，作为消遣，每次都在嘴里嚼上几个小时，然后又重新吐掉。起初，他还以为他不想吃是因为房间里凌乱不堪，使他心烦，可是他很快也就习惯了房间里的种种变化。家里人已经养成习惯，把别处放不下的东西都塞到这儿来，这些东西现在多得很，因为家里有一个房间租给了三个房客。这些一本正经的先生——他们三个全都蓄着大胡子，这是格里高尔有一次从门缝里看到的——什么都要井井有条，不光是他们的房间里得整齐，因为他们既然已经是这个家庭的一员了，他们就要求整个屋子所有的一切都得如此，特别是厨房。他们无法容忍多余的东西，更不要说脏东西了。此外，他们自己用得着的东西几乎都带来了。因此就有许多东西多了出来，卖出去既不值钱，扔掉也舍不得。这一切都流归大海，来到了格里高尔的房间。连煤灰箱和垃圾箱也来了。凡是暂时不用的东西都干脆给那老妈子扔了进来,她做什么事都那么毛手毛脚;幸好格里高尔往往只看见一只手扔进来一样什么东西。她也许是想等到什么时机再把东西拿走吧,也许是想先堆起来再一起扔掉吧,可是实际上东西都是她扔在哪儿就在哪儿,除非格里高尔有时嫌碍路,把它推开一些,这样做最初是出于必须,因为他无处可爬了,可是后来却从中得到越来越多的乐趣,虽则在这样的长途跋涉之后,由于悒郁和极度疲劳,他总要一动不动地一连躺上好几个小时。

由于房客们常常要在家里公用的起居室里吃晚饭,有许多个夜晚房门都得关上,不过格里高尔很容易也就习惯了,因为晚上即使门开着他也根本不感兴趣,只是躺在自己房间最黑暗的地方,家里人谁也不注意他。不过有一次老妈子把门留了一道缝,门始终微开着,连房客们进来吃饭点亮了灯的时候也是如此。他们大模大样地坐在桌子的上首,在过去,这是父亲、母亲和格里高尔吃饭时坐的地方,三个人摊开餐巾,拿起了刀叉。立刻,母亲出现在对面的门口,手里端了一盘肉,紧跟着她的是妹妹,拿的是一盘堆得高高的土豆。食物散发着浓密的水蒸气。房客们把头俯在他们前面的盘子上,仿佛在就餐之前要细细察看一番似的,真的,坐在当中像是权威人士的那一位,等肉放到碟子里就割了一块下来,显然是想看看够不够嫩,是否应该退给厨房。他做出满意的样子,焦急地在一旁看着的母亲和妹妹这才舒畅地松了口气,笑了起来。

家里的人现在都到厨房去吃饭了。尽管如此,格里高尔的父亲到厨房去以前总要先到起居室来,手里拿着帽子,深深地鞠一躬，绕着桌子转上一圈。房客们都站起来，胡子里含含糊糊地哼出一些声音。父亲走后，他们就简直不发一声地吃他们的饭。格里高尔自己也觉得奇怪，他竟能从饭桌上各种不同的声音中分辨出他们牙齿的咀嚼声，这声音仿佛在向格里高尔展示：吃东西需要牙齿，没有牙齿，再好的嘴巴也无能为力。"我确实有食欲，"格里高尔忧心忡忡地自言自语，"可是又不想吃这种东西。这些房客拼命往自己肚子里塞，可是我却快要饿死了！"

就在这天晚上，厨房里传来了小提琴的声音——格里高尔蛰居以来，就不记得听到过这种声音。房客们已经用完晚餐了，坐在当中的那个拿出一份报纸，给另外那两个人一人一页，这时他们都舒舒服服往后一靠，一面看报一面抽烟。小提琴一响他们就竖起耳朵，站起身来，蹑手蹑脚地走到前厅的门口，三个人挤成一堆，厨房里准是听到了他们的声响，因为格里高尔的父亲喊道："拉小提琴妨碍你们吗，先生们？可以马上不拉的。""没有的事，"当中那个房客说，"能不能请小姐到我们这儿来，在这个房间里拉，这儿不是方便得多舒服得多吗？""噢，当然可以。"格里高尔的父亲喊道，仿佛拉小提琴的是他似的。于是，房客们就回到起居室去等了。很快，格里高尔的父亲端了琴架，母亲拿了乐谱，妹妹挟着小提琴进来了。妹妹静静地做着一切准备，他的父母从来没有出租过房间，因此过分看重了对房客的礼貌，都不敢在自己的椅子上坐下来了。父亲靠在门上，右手插在外衣两颗纽扣之间，纽扣全扣得整整齐齐的；有一位房客端了一把椅子请母亲坐，他正好把椅子放在墙角边，她也没敢挪动椅子，就在墙角边坐了下来。

妹妹开始拉琴了，在她两边的父亲和母亲用心地瞧着她双手的动作。格里高尔受到吸引，也大胆地向前爬了几步，他的头实际上都已探进了起居室。他对自己越来越不为别人着想几乎已经习以为常了，有一度他是很以自己的知趣而自豪的。这样的时候，他实在更应该把自己藏起来才是，因为他房间里灰尘积得老厚，稍稍一动就会飞扬起来，所以他身上也蒙满灰尘，背部和两侧都沾满了绒毛、发丝和食物的残渣，走到哪里就带到哪里；他现在对一切都无动于衷，已经不屑于像过去有个时期那样，一天翻过身来在地毯上擦上几次了。尽管现在这么邋遢，他却厚着脸皮往前走了几步，来到起居室一尘不染的地板上。

显然，谁也没有注意到他。家里人完全沉浸在小提琴的音乐声中；房客们呢，他们起先双手插在口袋里，站得离乐谱那么近，以至都能看清乐谱了，这显然对他妹妹是有所妨碍的，可是过不了多久他们就退到窗子旁边，低着头窃窃私语起来，使父亲向他们投来不安的眼光。的确，他们表示得不能再露骨了，他们对于原以为是优美悦耳的小提琴演奏已经失望，他们已经听够了，只是出于礼貌才让自己的宁静受到打扰。从他们不断把烟从鼻子和嘴里喷向空中的模样，就可以看出他们的不耐烦。可是格里高尔的妹妹琴拉得真美。她的脸侧向一边，眼睛专注而悲哀地追寻着乐谱上的音符。格里高尔又往前爬了几步，而且把头低垂到地板上，希望自己的眼光也许能遇上妹妹的视线。音乐对他有这么大的魔力，难道因为他是动物吗？他觉得自己一直渴望着某种营养，而现在他已经找到这种营养了。他决心再往前爬，一直来到妹妹的跟前，好拉拉她的裙子让她知道，她应该带了小提琴到他房间里去，因为这儿谁也不像他那样欣赏她的演奏。他永远也不让她离开他的房间，至少，只要他还活着；他那可怕的形状将第一次对自己有用；他要同时守望着房间里所有的门，谁闯进来就啐谁一口；他妹妹当然不受任何约束，她愿不愿和他待在一起那要随她的便；她将和他并排坐在沙发上，俯下头来听他吐露他早就下定的要送她进音乐学院的决心，要不是他遭到不幸，去年圣诞节——圣诞节准是早就过了吧？——他就要向所有人宣布了，而且他是完全不容许任何反对意见的。在听了这样的倾诉以后，妹妹一定会感动得热泪纵横，这时格里高尔就要趴上她的肩膀去吻她的脖子，由于出去做事，她脖子上现在已经不系丝带，也没有高领子了。

"萨姆沙先生！"当中的那个房客向格里高尔的父亲喊道，一面不多说一句话地指着正在慢慢往前爬的格里高尔。小提琴声戛然而止，当中的那个房客先是摇着头对他的朋友笑了笑，接着又瞧起格里高尔来。父亲并没有来赶格里高尔，却认为更要紧的是安慰房客，虽然他们根本没有激动，而且显然觉得格里高尔比小提琴演奏更为有趣。他急忙向他们走去，张开胳膊，想劝他们回到自己房间去，同时也是挡住他们，不让他们看见格里高尔。他们现在倒真的有点恼火了，也说不上来到底是因为老人的行为呢，还是因为他们如今才发现住在他们隔壁的竟是格里高尔这样的邻居。他们要求父亲解释清楚，也跟他一样挥动着胳膊，不安地拉着自己的胡子，万般不情愿地向自己的房间退去。妹妹从演奏给突然打断后就呆若木鸡，她拿了小提琴和弓垂着手茫然地站着，眼睛瞪着乐谱，这时也清醒了过来。她立刻打起精神，把小提琴往坐在椅子上喘得透不过气来的母亲的怀里一塞,就冲进了房客们的房间,这时,父亲像赶羊似的把他们赶得更急了。可以看见被褥和枕头在妹妹熟练的手底下在床上飞来飞去,不一会儿就铺得整整齐齐。三个房客尚未进门她就铺好了床溜出来了。父亲好像又一次让自己的犟脾气占了上风,竟完全忘了对房客应该尊敬。他不断地赶他们,最后来到卧室门口,那个当中的房客都用脚重重地顿地板了,这才使他停下来。那个房客举起一只手,一边也对格里高尔的母亲和妹妹扫了一眼,他说:"我要求宣布,由于这个住所和这家人家的可憎的状况,"——说到这里他斩钉截铁地往地板上啐了一口——"我当场通知退租。我住进来这些天的房钱当然一个也不给;不但如此,我还打算向您提出某些要求,所依据的理由——请您放心好了——也是证据确凿的。"他停了下来,瞪着前面,仿佛在等待什么似的。这时,他的两个朋友也就立刻冲上来助威,说道:"我们也当场通知退租。"说完为首的那个就抓住门把手砰的一声带上了门。

格里高尔的父亲用双手摸索着踉踉跄跄地往前走了几步,跌进了他的椅子里;看上去仿佛打算摊开身子像平时晚间那样打个瞌睡,可是他的头分明在颤抖,好像自己也控制不了,这证明他根本没有睡着。在这些事情发生前后,格里高尔还是一直安静地待在房客发现他的原处。计划失败带来的失望,也许还有极度饥饿造成的衰弱,使他无法动弹。他很害怕,心里算准这样极度紧张的局势随时都会导致对他发起总攻击,于是他就躺在那儿等待着。就连听到小提琴从母亲膝上、从颤抖的手指里掉到地上,发出了共鸣的声音,他还是毫无反应。

"亲爱的爸爸妈妈,"妹妹说话了,一面用手在桌子上拍了拍,算是引子,"事情不能再这样拖下去了。你们也许不明白,我可明白。对着这个怪物,我没法开口叫哥哥的名字,所以我的意思是:我们一定得把他弄走。我们照顾过忍受过他,对他也算是仁至义尽了,我想谁也不能责怪我们有半分不是了。"

"她说得对极了。"格里高尔的父亲自言自语。母亲仍旧因为喘不过气来憋得难受,这时候又一手捂着嘴干咳起来,眼睛里露出疯狂的神色。

他妹妹奔到母亲跟前,抱住了她的头。父亲似乎因为葛蕾特的话而若有所思;他直挺挺地坐着,手指抚弄着他那顶放在房客吃过饭还未撤下去的盆碟之间的制服帽,还不时看看格里高尔一动不动的身影。

"我们一定要把他弄走,"妹妹又一次明确地对父亲说,因为母亲正咳得厉害,根本连一个字也听不见,"他会把你们拖垮的,我知道准会这样。咱们三个人都已经拼了命工作,再也受不了家里这样的折磨了。至少我是再也无法忍受了。"说到这里她痛哭起来,眼泪都落在母亲脸上,于是她又机械地替母亲把泪水擦干。

"我的孩子,"父亲同情地说,心里显然非常明白,"不过我们该怎么办呢?"

妹妹只是耸耸肩膀,表示虽然她刚才很有自信心,可是哭过一场以后,又觉得无可奈何了。

"如果他能懂得我们的意思。"父亲半带疑问地说。还在哭泣的妹妹猛烈地挥了一下手,表示这是不可思议的。

"如果他能懂得我们的意思,"父亲重复说,一面闭上眼睛,考虑女儿的反面意见,"我们倒也许可以和他谈妥。不过事实上——"

"他一定得走,"妹妹喊道,"这是唯一的办法,父亲。你们一定要抛开这个念头,认为这就是格里高尔。我们好久以来都这样相信,这就是我们一切不幸的根源。这怎么会是格里高尔呢?如果这是格里高尔,他早就会明白人是不能跟这样的动物一起生活的,他就会自动地走开。这样,我虽然没有了哥哥,可是我们就能生活下去,并且会尊敬地纪念着他。可现在呢,这个东西把我们害得好苦,赶走我们的房客,显然想独霸所有的房间,让我们都睡到巷子里去。瞧哇,父亲,"她立刻又尖声叫起来,"他又来了!"在格里高尔所不能理解的惊慌失措中,她竟抛弃了自己的母亲,从母亲坐着的椅子旁跳开,仿佛是为了离格里高尔远些,她情愿牺牲母亲似的。接着她又跑到父亲背后,父亲被她的激动弄得不知如何是好,也站了起来张开手臂仿佛要保护她似的。

可是格里高尔根本没有想吓唬任何人,更不要说自己的妹妹了。他只不过是开始转身,好爬回自己的房间去,不过他的动作瞧着一定很可怕,因为在身体不灵活的情况下,他只有昂起头来一次又一次地支着地板,才能完成困难的向后转的动作。他的良好的意图似乎给看出来了,他们的惊慌只是暂时性的。现在他们都阴郁而默不作声地望着他。母亲躺在椅子里,两条腿僵僵地伸直着,并紧在一起,她的眼睛因为疲惫已经几乎闭上了;父亲和妹妹彼此紧靠地坐着,妹妹的胳膊还围在父亲的脖子上。

"也许我现在可以转过身去了吧。"格里高尔想,接着开始使劲起来,他不得不时时停下来喘口气。谁也没有催他,他们完全听任他自己活动。一等他掉转了身子，他马上就径直爬回去。房间和他之间的距离之长使他惊讶不已，他不明白自己身体这么衰弱，刚才是怎么不知不觉就爬过来的。他一心一意地拼命快爬，几乎没有注意家里人连一句话或是一下喊声都没有发出，以免妨碍他的前进。只是在爬到门口时他才扭过头来，也没有完全扭过来，因为他颈部的肌肉越来越发僵了，可是也足以看到谁也没有动，只有妹妹站了起来。他最后的一瞥是落在母亲身上的，她已经完全睡着了。

还不等他完全进入房间，门就给仓促地推上，闩了起来，还上了锁。后面突如其来的响声使他大吃一惊，身子下面那些细小的腿都吓得发软了。这么急急忙忙的是他的妹妹。她早已站起身来等着，而且还轻快地往前跳了几步，格里高尔甚至都没有听见她走近的声音，她拧了拧钥匙把门锁上以后，就对父母亲喊道："总算锁上了！"

"现在又该怎么办呢？"格里高尔自言自语，向四周围的黑暗扫了一眼。他很快就发现自己已经完全不能动弹了。这并没有使他吃惊，相反，他依靠这些又细又弱的腿爬了这么多路，这倒真是不可思议。其他也没有什么不舒服的地方了。的确，他整个身子都觉得酸疼，不过也好像正在逐渐减轻，以后一定会完全不疼的。他背上的烂苹果和周围发炎的地方都蒙上了柔软的尘土，早就不太难过了。他怀着温柔和爱意想着自己的一家人。他消灭自己的决心大概比妹妹还强烈呢。他陷在这样空虚而安谧的沉思中，一直到钟楼上打响了半夜三点的钟声。从窗外的世界透进来的第一道光线又一次地唤醒了他的知觉。接着他的头无力地颓然垂下，他的鼻孔里也呼出了最后一丝摇曳不定的气息。

清晨,老妈子来了——一半因为力气大,一半因为性子急躁,她总把所有的门都弄得乒乒乓乓,也不管别人怎么经常求她声音轻些,别让整个屋子的人在她一来以后就睡不成觉——她照例向格里高尔的房间张望一下,起初并没发现什么异常之处。她以为他故意一动不动地躺着装模作样,她对他做了种种不同的猜测。她手里正好有一把长柄扫帚,所以就从门口用它来撩拨格里高尔。这还不起作用,她恼火了,就更使劲地捅,但是只能把他从地板上推开去,却没有遇到任何抵抗,到了这时她才起了疑窦。很快她就明白了事情的真相,于是睁大眼睛,吹了一下口哨,她不多逗留,马上就去拉开萨姆沙夫妇卧室的门,用足气力向黑暗中嚷道:"你们快去瞧,它死了;它躺在那蹽腿儿了。一点气儿也没有了!"

萨姆沙先生和太太从双人床上坐起来,呆若木鸡,直到问清楚老妈子的消息到底是什么意思,才慢慢地镇定下来。接着他们很快就爬下了床,一个人爬一边,萨姆沙先生拉过一条毯子往肩膀上一披,萨姆沙太太光穿着睡衣;他们就这么打扮着进入了格里高尔的房间。同时,起居室的房门也打开了,自从收了房客以后,葛蕾特就睡在这里;她衣服穿得整整齐齐,仿佛根本没有上过床,她那苍白的脸色更是证明了这一点。"死了吗?"萨姆沙太太说,怀疑地望着老妈子,其实她满可以自己去看个明白的,但是这件事即使不看也是明摆着的。"当然是死了。"老妈子说,一面用扫帚柄把格里高尔的尸体远远地拨到一边去,以此证明自己的话没错。萨姆沙太太动了一动,仿佛要阻止她,可是又忍住了。"那么,"萨姆沙先生说,"让我们感谢上帝吧。"他在身上画了个十字,那三个女人也照样做了。葛蕾特的眼睛始终没离开那个尸体,她说:"瞧他多瘦哇。他已经有很久什么也不吃了。东西放进去,出来还是原封不动。"的确,格里高尔的身体已经完全干瘪了,现在他的身体再也不由那些腿脚支撑着,所以可以不受妨碍地看得一清二楚了。

"葛蕾特,到我们房里来一下。"萨姆沙太太带着忧伤的笑容说道,于是葛蕾特回过头来看看尸体,就跟着父母到他们的卧室里去了。老妈子关上门,把窗户大大地打开。虽然时间还很早,但新鲜的空气里也可以察觉一丝暖意。毕竟已经是三月底了。

三个房客走出他们的房间,看到早餐还没有摆出来觉得很惊讶;人家把他们忘了。"我们的早饭呢?"当中的那个房客恼怒地对老妈子说。可是她把手指放在嘴唇上,一言不发很快地做了个手势,叫他们上格里高尔的房间去看看。他们照做了,双手插在有些磨损的上衣口袋里,围住格里高尔的尸体站着,这时房间里已经大亮了。

卧室的门打开了。萨姆沙先生穿着制服走出来,一只手搀着太太,另一只手搀着女儿。他们看上去有点像哭过似的,葛蕾特时时把她的脸偎在父亲的怀里。

"马上离开我的屋子!"萨姆沙先生说,一面指着门口,却没有放开两边的妇女。"您这是什么意思?"当中的房客惊愕地说,脸上挂着谄媚的笑容。另外那两个把手放在背后,不断地搓着,仿佛在愉快地期待着一场必操胜券的恶狠狠的殴斗。"我的意思刚才已经说得很明白了。"萨姆沙先生答道,同时挽着两个妇女笔直地向房客走去。那个房客起先静静地坚守着自己的位置,低了头望着地板，好像他脑子里正在重新整理事情的顺序。"那么我们就一定走。"他终于说道，同时抬起头来看看萨姆沙先生，仿佛他既然这么谦卑，对方也应对自己的决定做出新的许可才是。但是萨姆沙先生仅仅睁大眼睛很快地点点头。这样一来，那个房客真的跨着大步走到门厅里去了，好几分钟以来，那两个朋友就一直在旁边听着，也不再摩拳擦掌，这时就赶紧跟着他小跑出去，仿佛害怕萨姆沙先生会赶在他们前面进入门厅，把他们和他们的领袖截断似的。在门厅里他们三人从衣钩上拿起帽子，从伞架上拿起手杖，默不作声地鞠了个躬，就离开了这套房子。萨姆沙先生和两个女人因为不相信——但这种怀疑马上就被证明是多余的——便跟着他们走到楼梯口，靠在栏杆上瞧着这三个人慢慢地然而确实地走下长长的楼梯，每一层楼梯一拐弯他们就消失了，但是过了一会儿又出现了；他们越走越远，萨姆沙一家人对他们的兴趣也越来越小，当一个头上顶着一盘东西的昂首挺胸的肉铺小伙计在楼梯上碰到他们，随之又走过他们身旁以后，萨姆沙先生和两个女人立刻离开楼梯口，回到自己的家，仿佛卸掉了一个负担似的。

他们决定这一天完全用来休息和散步；他们干活干得这么辛苦，本来就应该有些调剂，再说他们现在也完全有这样的需要。于是他们在桌子旁边坐了下来，写三封请假信，萨姆沙先生写给银行的管理处，萨姆沙太太给她的东家，葛蕾特给她公司的老板。他们正写到一半，老妈子走进来说她要走了，因为早上的活都干完了。起先他们只是点点头，并没有抬起眼睛，可是她老在旁边转来转去，于是他们不耐烦地瞅起她来了。"怎么啦？"萨姆沙先生说。老妈子站在门口笑个不停，仿佛有什么好消息要告诉他们，但是人家不寻根究底地问，她就一个字也不说。她帽子上那根笔直竖着的小小的鸵鸟毛，此刻居然轻浮地四面摇摆着，自从雇了她，萨姆沙先生看见这根羽毛就心烦。"那么，到底是怎么回事？"萨姆沙太太问了，只有她在老妈子的眼里还有几分威望。"哦，"老妈子说，简直乐不可支，都没法把话顺顺当当地说下去，"这么回事，你们不必操心怎么弄走隔壁房里的东西了。我已收拾好了。"萨姆沙太太和葛蕾特重新低下头去，仿佛是在专心地写信；萨姆沙先生看到她一心想一五一十地说个明白，就果断地举起一只手阻住了她。既然不让说，老妈子就想起自己也忙得紧呢，她满肚子不高兴地嚷道："回头见，东家。"急急地转身就走，临走又把一扇扇的门弄得乒乒乓乓直响。

"今天晚上就告诉她以后不用来了。"萨姆沙先生说，可是妻子和女儿都没有理他，因为那个老妈子似乎重新驱走了她们刚刚获得的安宁。她们站起身来，走到窗户前，站在那儿，紧紧地抱在一起。萨姆沙先生坐在椅子里转过身来瞧着她们，静静地把她们观察了好一会儿。接着他嚷道："来吧，喂，让过去的都过去吧，你们也想想我好不好。"两个女人马上答应了，她们赶紧走到他跟前，安慰他，而且很快就写完了信。

于是他们三个一起离开公寓，已有好几个月没有这样的情形了，他们乘电车出城到郊外去。车厢里充满温暖的阳光，只有他们这几个乘客。他们舒服地靠在椅背上谈起了将来的前途，仔细一研究，前途也并不太坏，因为他们过去从未真正谈过彼此的工作，现在一看，工作都蛮不错，而且还很有发展前途。目前最能改善他们情况的当然是搬一个家，他们想找一所小一些、便宜一些、地点更合适，也更实用的公寓，而不是格里高尔选的目前这所。正当他们这样聊着，萨姆沙先生和他的太太在逐渐注意到女儿的心情越来越快活以后，老两口几乎同时突然发现，虽然最近女儿经历了那么多的忧患，脸色苍白，但是她已经成长为一个身材丰满的美丽的少女了。他们变得沉默起来，而且不自觉地交换了个互相会意的眼光，他们心里打定主意，快该给她找个好女婿了。仿佛要证实他们新的梦想和美好的打算似的，在旅途终结时，他们的女儿第一个跳起来，舒展了几下她那充满青春活力的身体。

李文俊　译

（这篇小说完成于1912年12月，1915年首次发表在月刊《白色书页》10月号上。）

在流放地

"这是一架不寻常的机器。"那军官对旅行家说,同时用赞赏的眼光瞧了瞧那架其实他早就非常熟悉的机器。旅行家似乎仅仅因为礼貌关系,才接受司令官的邀请,来参观一个不服从上级、侮辱上级,因而被判处死刑的士兵的处决。流放地当地的人对这次处决并没有表示什么兴趣。反正,在这个四周都是光秃秃峻崖的沙砾的小深山坳里,除了军官、旅行家、罪犯和一个兵士以外,就没有别人了。罪犯现出一副蠢相,张着大嘴,头发蓬松,脸上显出迷惘的神情;兵士手里拿着一根沉重的铁链,大链子控制了犯人脚踝、手腕和脖子上的小链子,小链子之间又都有链条连接着。不论从哪方面看,这个罪犯都很像一条听话的狗,使人简直以为尽可以放他在周围山上乱跑,只要临刑前吹个口哨就召回来了。

旅行家对这架机器兴趣不大,在军官最后一遍检查的时候,他只是在犯人后面踱来踱去,几乎掩饰不住自己的冷淡;那军官一会儿钻到深深陷在地里的机器的底部,一会儿爬上梯子去看上面的部件。这本应是机械工人的事,可是军官却干得非常起劲,不知是他特别欣赏这架机器呢,还是别有原因,所以不能托给别人。"成了!"他终于喊道,并从梯子上爬了下来,他显得格外有气无力,呼吸时得张大嘴巴,还把两条精致的女用手绢塞在军服的领口里。"在赤道地区，这样的制服实在太厚了。"旅行家说，却没有像军官希望的那样，问问机器方面的事。"当然是的，"军官说，一面在预先倒好的一桶水里洗他那双油腻腻的手，"不过这对我们来说就是祖国，我们不愿意忘记祖国。现在请你看看这架机器。"他随即又说，同时在毛巾上擦干手，又指指机器："这以前，还有几个动作需要人来操作，可是从现在起就完全是自动的了。"旅行家点点头，走在他的后面。军官为了怕发生什么偶然事件使自己下不了台，又加了几句："当然，机器有时不免要出些毛病；我希望今天不致如此，不过我们也不能不估计到这种可能性。这架机器应该连续工作十二小时。不过要是真的出了事，也一定是小毛病，马上就可以修好的。"

"您不坐下吗？"最后他问道，一面从一大堆藤椅里抽出一张，端给旅行家。这是旅行家无法拒绝的；他现在坐在坑边上，眼光向坑里快快地投了一眼。坑不太深。在坑的一边，挖出的土堆成了一堵墙，在另一边就耸立着那架机器。军官说："我不知道司令官有没有对您解释过这架机器。"旅行家含混地挥了挥手。军官正好求之不得，因为这样他就可以亲自解释了。他拉住一个曲柄，把身子靠在上面，说道："这架机器是我们前任司令官发明的。我从最初开始试验时就参与这事，一直到最后完成都有份。不过发明的荣誉还是应该归他一个人。您听说过我们的前任司令官吗？没有？那么，如果我说整个流放地的组织机构都是他一手缔造的，这并不算夸大其词。我们这些他的朋友甚至在他死以前就相信，流放地的机构已经十全十美，即使继任者脑子里有一千套新计划也会发现，至少在好多年里，他连一个小地方也无法改变。我们的预言果然完全应验了；新的司令官不得不承认这是事实。您没有见到过老司令官，这真可惜！不过——"军官打断了自己的话，"我只管乱扯，却忘了眼前他的这架机器。您可以看到，它包括三个部分。随着岁月的过去，每个部分都有了通用的小名。底下的部分叫作'床'，最高的部分叫'设计师'，在中间能上下移动的这个部分叫作'耙子'。""耙子？"旅行家问。他听得不很用心，在这全无阴影的山谷里阳光那么强烈，叫人思想很难集中。他更加佩服那个军官了，军官虽然一本正经地穿着紧腰身的军服外套，满身都是一道道的绦带，外加沉甸甸的肩章，可还是那样热忱地往下说着，此外，还拿了一只扳子走来走去拧紧螺丝帽。至于小兵，他的情形和旅行家差不多。他把犯人的铁链绕在自己两只手腕上，身子支着步枪，耷拉着头，对什么都不注意。旅行家并没有感到惊异，因为军官说的是法语，无论兵士还是犯人当然是一句法国话也不懂。但囚犯却仍然努力地谛听军官的解释，这倒是很有意思的。他一面发困，一面还是死死地盯着军官手指指向的地方，每逢旅行家提出问题打断了军官的话，他也和军官一样向四处张望。

"是的，就叫'耙子'，"军官说，"这是个很恰当的名称。它上面安着针，就跟耙齿似的，整个部分的作用也和耙子差不多，虽然它只局限在一个地方操作，也正因如此，设计起来就需要更高明的技巧。不过，您反正很快就会懂得的。犯人就躺在这儿的'床'上——我想在发动机器以前先解释一下，这样您就能更好地了解它的工作程序了。而且，'设计师'上有个钝齿轮快磨损了；机器一开动吱吱嘎嘎地吵个不休，您说话连自己都听不见；不幸的是，这儿很难配到零件。——嗯，我刚才说过了，这是'床'。它上面铺满了粗棉花，以后您会知道这有什么用。犯人就躺在粗棉花上，脸朝下，当然，衣服差不多都得脱光；这是绑住他双手的皮带，这是绑脚的，这是绑脖子的，这就可以把他紧紧地捆住。这儿，在床头上，有个毛毡的小口衔，我刚才说过，犯人先是脸朝下地躺在这儿，所以口衔正好塞到他嘴里。这是为了不让他叫，不让他咬舌头。犯人当然不得不把毛毡衔在口中，不然他的脖子就会给皮带勒断。""这是粗棉花吗？"旅行家问道，身子向前弯了弯。"是的，当然是的，"军官微笑着说，"您自己摸摸看。"他握住旅行家的手向"床"伸去。"这是特制的粗棉花，所以看上去和普通的不一样；我马上就告诉您它有什么作用。"旅行家已经开始对这架机器有些感兴趣了；他一只手放在眼睛上挡住阳光，抬起头来仔细看着机器。这是个庞然大物。"床"和"设计师"大小相同，看上去像两只黑黢黢的箱子。"设计师"悬在"床"上两米高的地方；这两个部件四角绑在四根铜棍子上，棍子在太阳光下熠熠发亮。在这两个箱子之间，"耙子"就顺着一根钢条上下移动。

那军官方才几乎没有注意到旅行家的冷淡，现在却非常清楚地察觉到对方开始出现的兴趣；所以他停住解释，让人家有时间静静地观察。那罪犯在模仿旅行家；他无法将手放在眼睛上，只得在阳光下抬头凝望。

"那么，人先躺下来。"旅行家说，往椅背上一靠，叉起了腿。

"对，"军官说，把帽子往后推了推，用手摸摸他那发烫的脸庞，"请您注意！'床'和'设计师'上都安了电池；安在'床'上是因为它本身有需要，'设计师'上的那个是为了'耙子'。一等犯人拴紧在皮带上,'床'就开始行动。它立刻颤动起来,震动得非常快,左右上下都移动。您在医院里一定见过类似的机器;只是我们'床'的动作都是精确地计算好的。您明白吗?它们得和'耙子'的动作完全一致。'耙子'才是真正处决的工具。"

"对这个人是怎么判决的呢?"旅行家问。

"您连这个也不知道?"军官惊愕地问,咬了咬嘴唇,"请原谅,我的解释真是太零乱了。我真的要请您原谅。您明白吗,一向都是司令官亲自解释的,可是新的司令官逃避了这个责任,可是对您这样一位重要的参观者——"旅行家想用两只手来谢却这种光荣,然而军官还是坚持地说——"这样一位重要的参观者,却连我们的判决是什么都没有说,这倒是一个新的发展,这真叫——"他正想用火气更大的话,可是又抑制住了,仅仅说:"人家没有把这一点通知我,这不是我的错。不过从各方面说,我当然是最适宜给您解释审判过程的人,因为我这里有"——他拍了拍自己胸前的口袋——"我们前任司令官亲笔绘制的草图。"

"司令官自己制的图?"旅行家问,"那他不是一身什么都兼了吗?他难道既是军人,又是法官,又是工程师、化学师和制图师?"

"他的确是的。"军官说,同意地点点头,脸上泛出一种蒙眬迷惘的神色。接着他细细察看自己的手,手好像不够干净,不能就这样接触图纸;所以他又到水桶那儿去重新洗过。接着他抽出一只小皮夹子,说:"我们判得并不算太重。不管犯人触犯的是什么戒律,我们就用'耙子'把这条戒律写在他的身上。这个犯人,比方说吧,"——军官指了指那个人——"他的背上将要写上:尊敬上级!"

旅行家瞥了犯人一眼；军官指着他的时候，他垂着头站着，分明是在用心谛听别人的话。然而他那闭紧的厚墩墩的嘴唇在不住翕动，这就完全表明他一个字也听不懂。旅行家头脑里涌出了许多疑问，可是看到犯人，他仅仅问："他知道自己的判决是什么吗？""不知道。"军官说，急于要往下解释，可是旅行家打断了他："他不知道对他所做的判决？""不知道。"军官重复道，他停住了片刻，仿佛是让旅行家再想想自己的问题，然后说："根本没有必要告诉他，他会从自己的身上得知的。"旅行家不想再问什么了，可是他发觉犯人的目光转向了他，仿佛在问他是否赞同这样荒唐的行为。本来他已经靠在椅背上了，这一来，他又把身子往前探探，提出了另一个问题："不过他一定知道自己被判决了吧？""这他也不知道。"军官说道，朝旅行家笑笑，似乎在等待他再说一些不可思议的话。"不知道，"旅行家说，一面揩揩前额，"那么他也无从知道他的辩护是否有用了？""他根本没有机会提出辩护。"军官说，他把眼光转向远方，免得旅行家听到对理所当然的事情的解释觉得不好意思。"可是他总得有机会给自己辩护吧。"旅行家说道，并且从椅子上站起身来。

军官明白他对机器的解说有长期被打断的危险；因此他走到旅行家前面，拉住他的手臂，另一只手向犯人指指，犯人感到自己分明成了注意的中心，就马上站得笔直——而小兵也把链条扯了扯——军官说："事情是这样的，我被任命为流放地的法官，虽然我还年轻。因为我是前任司令官在一切流放事务上的助手，对这架机器知道得也最多。我的指导原则是：对犯罪无须加以怀疑。别的法庭不能遵照这个原则，因为他们那里意见不一致，而且还有高级法庭的监督。这里就不同了,至少,在前任司令官的时代可以这样说。新上任的那位当然露出想干涉我的判决的意思,可是到目前为止我还是把他顶了回去,今后一定还顶得住。您要我解释一下这个案子吗?这非常简单,跟所有的案子一样。有个上尉今天早上向我报告,派给他做勤务兵睡在他门口的这个人值勤时睡着了。您知道吗,他的责任是每小时打钟的时候起来向上尉的门口敬礼?这个工作不算重,但是很有必要,因为他既是哨兵又是勤务兵,两方面都必须机灵。昨天晚上那个上尉想考查这个人有没有偷懒。两点钟打响的时候他推开房门,发现这个人蜷成一团睡着了。他拿起马鞭抽他的脸。这个人非但不起来求饶,反而抱住主子的腿,摇他,还嚷道:'把鞭子丢开,不然我要活活把你吃了。'——这就是罪证。上尉一小时前来找我,我写下了他的报告,添上判决词。然后下令把这个人锁起来。这一切都很简单。要是我先把这个人叫来审问,事情就要乱得不可开交。他就会说谎,倘若我揭穿他的谎话,他就会撒更多的谎来圆谎,就这样没完没了。可现在呢,我抓住了他,不让他抵赖。您现在清楚了吧?不过我们是在浪费时间,应该开始执行了,可是机器我还没有解释完呢。"他把旅行家按回到椅子里,又走到机器前说:"您可以看到,'耙子'的形状是和人的身体相符的;这是对付躯体的'耙子',这是对付腿的'耙子'。对于头部只有这个小小的长钉子。这清楚了吧?"他和颜悦色地向旅行家俯着身子,急于提供最详尽的说明。

旅行家想起"耙子"不由得眉头一皱。司法程序方面的解释并没有使他满意。他只好提醒自己说,这儿不过是流放地,采取非常措施是必要的，而且军纪也是必须坚决遵守的。他还觉得对于新司令官可以寄予一定的希望，他显然主张采用——虽然是逐步地———一种新的司法程序，而这是这个军官狭隘的思想所不能理解的。这一系列的思想又促使他提出另一个问题："司令官亲自参加处决吗？""不一定。"军官说，这个直愣愣的问题触到了他的痛处，他那和善的神色暗淡下去了。"正因如此我们必须抓紧时间。虽然我很不情愿，但我还是得把说明缩短些。不过当然，到明天，当机器收拾干净以后——它容易脏是它的一个缺点——我可以补述所有的细节。现在我们只能拣重要的说。当犯人躺在'床'上，'床'开始震动的时候，'耙子'向他的身体降落下来。它是自动调节的，所以针尖刚刚能触到他的皮肤；一接触以后，钢带就立刻硬起来，成为一根坚硬的钢条。接着工作就开始了。一个外行的旁观者根本分不清各种刑罚之间的区别。'耙子'操作时看起来都是一样的。它颤动时，针尖刺破了随着'床'而震动的身体上的皮肤。为了便于观察处决的具体过程，'耙子'是用玻璃做的。把针安到玻璃上去在技术上是个问题，可是经过多次试验之后我们克服了这个困难。对我们来说，根本没有什么困难是克服不了的，您明白吗？现在，谁都可以透过玻璃观察身体上刺出来的字了。您愿意走近一些看看这些针吗？"

旅行家慢慢地站起来，走过去，俯身在"耙子"的上面。"您瞧，"军官说，"有两种排列成各种形式的针。每根长针旁边搭配了一根短针。长针管刺字，短针喷出一泡水来把血洗掉，使刺的字清清楚楚。接着，血和水就通过小沟流进大沟，最后又从排水管流到坑里去。"军官的手指一直沿着血和水的路线转了一遍。为了尽量逼真,他还把双手凑在排水管的出口上,仿佛在接流出来的东西,在他这样比画的时候,旅行家把头缩了回来,一只手在背后摸索,想坐回到椅子上去。使他恐惧的是,他看到犯人跟在他后面也接受军官的邀请,到近处去观看"耙子"了。那犯人攥着链子把昏昏欲睡的兵士拖向前来,自己俯身在玻璃上。可以看到,他那狐疑不定的眼睛想看明白那两个上等人瞧的是什么,可是因为听不懂解释,根本摸不着头脑。他东张张西望望,眼光不住在玻璃上溜来溜去。旅行家想把他赶走,因为他这种做法似乎是不被许可的。可是军官用一只手坚定地阻住他,另一只手从土堆上抄起一块土朝兵士身上扔去。兵士吓了一跳,睁开了眼睛,看到犯人竟如此大胆,就扔下步枪,脚跟使劲地抵住地面,把犯人往后拖,犯人一趔趄,立刻倒了下来。兵士接着站在那儿低下头来。瞧这个套着锁链的人怎样挣扎得发出铿啷铿啷的声音。"把他拉起来!"军官嚷道,因为他发现旅行家的注意力大大地分散到犯人身上去了。事实上旅行家不知不觉中竟把整个身子靠在"耙子"上,专心致志地在观察犯人的遭遇。"对他当心点!"军官又喊道。他绕过机器跑了过来,亲自抓住犯人的胳肢窝,由兵士帮着把他拖了起来,犯人的两只脚还不住地往下滑溜。

"现在我全明白了。"旅行家在军官回到身边时说。"只除了最重要的部分,"军官答道,抓住旅行家的手臂朝上面指点着,"在'设计师'里全是些控制'耙子'的动作的齿轮,判决规定刺什么字,机关就怎么调节。我仍然沿用前任司令官所拟订的指导计划。就在这儿。"——说着,他从皮夹里抽出几张纸来——"不过我很抱歉,不能让您拿在手里看,这些就是我最珍贵的财产了。请您坐下，我拿在您面前给您看，这样您就可以把什么都看个一清二楚。"他摊开了第一张纸。旅行家本想说几句夸奖的话，可是他看到的只不过是许许多多线乱七八糟地交叉在一起，像迷宫一样，纸上布得密密麻麻，简直看不到还有空白。"您看哪。"军官说。"我看不清。"旅行家说。"这不是很清楚的吗？"军官说。"这很巧妙，"旅行家模棱两可地说，"可是我看不明白。""对了，"军官笑着说，又重新拿走图纸，"这可不是给小学生临摹的习字本。得好好研究才行。我相信您最后也会弄明白的。当然，不是马马虎虎刺几个字就算了；我们不打算把人一下子就杀死，而是一般地说，在十二个小时之后；转折点预定在第六个小时上。因此，在真正的字的周围得雕上许许多多的花；字本身只不过在身体周围绕上窄窄的一圈；身体其他地方都用来刻装饰性的图案。您现在能够欣赏'耙子'和整部机器的工作了吧？——您瞧瞧！"他奔上梯子，转动了一个轮子，向下面喊道："注意，靠边上站！"接着一切都发动了。倘若不是轮子发出吱吱嘎嘎的声音，一切倒都很美妙。轮子的吵声似乎使军官吃惊，他对它挥了挥拳头，又向旅行家摊了摊手，表示抱歉，接着又迅速地爬下来，从底下注视机器的操作。有些只有他一个人看得见的部件依旧不大对头；他又爬上去，两只手在"设计师"里拨弄了一阵，然后不走梯子，却从杆子上滑下来，为的是快一些；他放开嗓子，对着旅行家的耳朵大嚷，以便压过一切嘈杂的声音："你看明白了吗？'耙子'开始写字了；等它在人的背上刻下草稿以后，那层粗棉花就转动，慢慢地把人的身体翻过来，好让'耙子'有新的地方刻字。这时写上了字的那一部分鲜肉就裹在粗棉花里，粗棉花专门用来止血，使得'耙子'可以把刺上的字再加深。接着身子继续旋转，'耙子'边上的这些牙齿把粗棉花从伤口上撕下来，扔进坑里，让'耙子'继续工作。就这样，整整十二个小时，字刻得越来越深。头六个小时里，犯人依旧生气勃勃的，只是觉得很痛苦。两个小时以后，毡口衔拿掉了，因为犯人再也叫不动了。而在这里，在床头用电烤热的盆子里，将倒下一些热腾腾的米粥，犯人如果想吃，可以用舌头爱舔多少就舔多少。从来没有人错过这个机会。我经验也算丰富了，可就不记得有一个错过的。只是大约在第六个小时上，犯人才失去了任何食欲。这时，我往往跪在这里观察事情的发展。犯人很少有把最后一口粥吞下去的，他只是让它在嘴里滚来滚去，然后吐在坑里。这时我就得闪开，不然他就会啐在我的脸上。可是一到第六个小时他就变得多么安静！连最愚蠢的人也感到茅塞顿开。这个过程是从眼睛开始，从那儿扩张出去的。在这个时刻连我都禁不住想投身到'耙子'底下去呢。这时没有别的情况，只是犯人开始理会身上所刺的字了，他噘起了嘴仿佛是在谛听。您也看到，就算用眼睛来辨认所刺的字也很困难；可是我们这儿的人是凭自己的伤口来辨认的。这当然是件难事，他花六个小时才做到这一点。到这时，'耙子'已经几乎把他刺穿了，他会被扔到坑里，掉在血、水和粗棉花当中。这时，判决算是执行了，于是我们，那小兵和我，就把他埋了。"

旅行家一直让自己的耳朵朝着军官，双手插在背心口袋里，观察机器的操作。犯人也在瞧，只是一点也不明白。他身子微微前俯，在专心地看活动着的针，这时军官向小兵做了个手势，小兵从背后一刀划破了犯人的衬衫和裤子，衣服掉了下来。他想抓住往下掉的衣服把自己赤裸裸的身子遮住，可是兵士把他举起来，抖落了他身上剩下的一丝丝破片。军官关上机器，犯人就在这突然的寂静中给放在"耙子"底下。铁链子松开了，皮带却绑紧了；起先，犯人几乎还觉得松了一口气呢。可是紧接着"耙子"往下降了降，因为这个人瘦得很。针尖碰到他的时候，他皮肤上滑过一阵冷战；兵士忙着拴紧他的右手，他把左手也盲目地伸了出来，手正好指向旅行家所站的地方。军官不断斜过眼睛瞟瞟旅行家，好像要从他脸上看出他对这次处决有什么印象，至少，这件事是对他解释得非常草率的。

　　系手腕的皮带断了，也许是兵士把它抽得太紧了吧。军官只得亲自来过问，兵士把断了的皮带拿起来给他看。军官向他走过去，说话了，脸仍旧朝着旅行家："这是一架很复杂的机器，所以总免不了这儿那儿要出些毛病；不过这不应该影响对它的总的看法。不管怎么说，换根皮带是最容易不过的事，我干脆用链条吧，这样，右手上微弱的震动当然会受到一些影响。"在捆铁链时，他又说："维修机器的经费现在大大地削减了。在前任司令官的时代，我可以随意支配一笔特别为这架机器规定的费用。另外，还有一家商店专门出售种种修配的零件。我得承认我用这些零件时简直太浪费了，我指的是过去，而不是现在，新司令官正是这样血口喷人的，他随时都在找碴儿攻击我们传统的做法。如今他亲自掌管机器的费用了，倘若我派人去领根新皮带，他们就要把断了的旧皮带拿去做证，而新皮带呢，要过十天才发下来，而且东西很次，根本不是什么好货色。可是机器没有皮带我又怎能工作呢，这件事就没人管了。"

旅行家私自盘算道：明白地干涉别人的事总是凶多吉少。他既非流放地的官员，又不是统辖这个地方的国家的公民。要是他公开谴责这种死刑，甚至真的设法阻止，人家可以对他说：你是外国人，请少管闲事。那他只有目瞪口呆的份，除非赶紧打圆场，说自己对此亦甚为惊讶，因为他旅行的目的仅仅是考察，绝对无意干涉别人伸张正义的做法。可是如今他的内心却跃跃欲试。审判程序的不公正和处决的不人道是明摆着的。也没有人能说他在这件事里有什么个人的利害关系，他与犯人素昧平生，既非同胞，他甚至也根本不同情这人。旅行家持有最高总部的介绍信，在这里受到礼遇，人家请他来参观处决，这件事本身似乎就说明他的意见一定会受到欢迎。更何况他听得再清楚不过，司令官并不支持这种处分，而且对军官抱着几乎是敌对的态度。

这时，旅行家听到军官狂怒地大吼一声。他刚刚好不容易把毡口衔塞进犯人的嘴里，犯人却禁不住一阵恶心，闭上眼睛呕吐起来。军官急忙把他从口衔那儿拖开，想把他的头按在坑里；可是已经太迟了，呕出来的东西已经流满了机器。"全是司令官的错！"军官喊道，毫无意识地摇着面前的铜杆子，"机器给弄得像猪圈一样了。"他用颤抖的手把发生的事指给旅行家看："我不是每回都一连几小时地向司令官解释，犯人在行刑之前必须饿一整天吗？可是我们的温和的新方针却不以为然。司令官周围的太太小姐总要让犯人塞饱甜腻腻的糖果才放他走。他从小就是靠臭鱼长大的，现在倒要吃糖果！不过这也罢了，我可以不管这种闲事，可是他们为什么不发新的口衔呢，我已经申请了三个月了。犯人衔着百把个人临死前淌过口水啃啮过的口衔，又怎能不恶心呢？"

犯人垂着头，显得很平静；小兵正忙着用犯人的衬衫在擦机器。军官向旅行家逼近，旅行家朦胧地感到不安，退后了一步，可是军官捉住他的手，把他拉到一边去。"我想和您推心置腹地谈几句话，"他说，"行吗？""当然啦。"旅行家说，接着就垂下眼光来恭听。

"您正在欣赏的审判和处决的方式在我们这儿已经没有人公开支持了。我是唯一的拥护者，同时，也是老司令官传统唯一的信徒。我也再不指望进一步推广这样的做法了，维持现状就已经耗尽了我所有的精力。老司令官生前，流放地到处都是他的信徒；他的信仰力量我还保持了几分，可是他的权力我手里一星星也没有；这就难怪那些信徒都悄悄地溜走了，他们人数倒还不少，可是谁也不敢承认。要是在今天这个行刑的日子里您到茶馆去听他们聊天，您听到的也许尽是些闪烁其词的话。这就是那些信徒说的，可是在现任司令官和他的新方针的统治下，他们对我毫无用处。现在我请问：难道因为这个司令官和那些影响着他的女士，这样一个杰作，一个毕生的杰作，"——他指指机器——"就该消灭不成？难道应该听任这样的事发生吗？即使是一个只到我们岛上来几天的陌生人，难道也应该听之任之吗？可是时间已经紧迫了，人家对我当法官这件事快要发动攻击了；司令官的办公室里已经开过会，我是被排斥在外的；连您今天的来临在我看来也是一个意味深长的步骤；他们都是胆小鬼，把您这个陌生人当作挡箭牌——要是在以前，逢到行刑，那是什么气势！早一天，这儿就满坑满谷都挤满了人，都是来看热闹的；一清早，司令官就和女眷们来了；军乐队吹吹打打惊醒了整个兵营；我向上级报告一切都已准备就绪；集合起来的军官——高级军官没有一个敢缺席的——排列在机器周围，这堆藤椅就是那个时代的可怜的遗迹。那时候，机器擦得锃光瓦亮，几乎每一次行刑，我在零件方面都得到新的补充。司令官就在千百个观众——他们一直站在那边山岗上，全都踮起了脚——面前亲自把犯人带到'耙子'底下。今天让一个小兵做的事当时是我的工作，是一个审判长的工作，可这在我还是一个光荣。接着行刑开始了！哪里有什么影响机器操作的噪音。有许多人根本不瞧，他们闭上眼睛躺在沙地上；他们都知道：现在正义得到了伸张。在一片阒寂中，人们听到的只有犯人给口衔塞得发闷的呻吟声。如今机器使人发出的呻吟也不够劲，一经口衔的抑止更是什么都听不见了。可是当年从刺字的针上会流出一种酸液，这在今天已经不许用了。嗯，第六个小时终于来到了！人人都希望在近处看，我们可没法答应所有的请求。司令官英明得很，他规定儿童可以享受特殊权利；我呢，当然，因为公务在身，有特权一直留在前面；我往往蹲在这儿，一只手抱着一个小娃娃。我们是多么心醉神迷地观察受刑的人脸上的变化呀，我们的脸颊又是如何地沐浴在终于出现但又马上消逝的正义的光辉之中啊！那是多么美好的时代呀，我的同志！"军官显然忘了他在跟谁说话，他抱住旅行家，把头压在他肩膀上。旅行家大为狼狈，不耐烦地越过军官的头向别处望去。小兵已经打扫完了，现在正把钵子里的粥倒入盆子。犯人这时好像完全恢复过来了，一看见倒粥就用舌头去舔。小兵不断把他推开，因为这粥显然要到以后才能吃，可是他自己却不按规定，一双脏手伸进了盆子，对着犯人贪婪的脸捧起粥吃了起来。

军官很快就镇定了下来。"我本来不想使您不愉快，"他说，"我知道如今人家听了也无法相信真有过那样的时代了。不过，至少机器还在运转，它本身还是有用的。虽然它孤零零地矗立在这个山沟里，它本身还是起作用的。最后，尸首还会以令人难以置信的轻飘飘的姿态掉进土坑，虽然不像以前，有千百个人苍蝇似的簇拥在四周。那会儿，我们不得不在土坑边上竖起一道坚固的栏杆。"

旅行家不想与军官面对面，他转过身去漫无目标地四处乱望。军官还以为他在观看山沟荒凉到何种田地呢；因此他握住旅行家的双手，使他转过脸来，盯住他的眼睛，问道："您明白这是多么不像话了吧？"

可是旅行家什么也没有说。军官让他独自沉默了一会儿；自己又开了腿，双手搁在屁股上，一动不动地站着，眼睛凝望着地上。然后他向旅行家鼓励地笑了笑，说道："昨天司令官邀请您的时候我离您很近。我听见他对您说的话。我知道司令官的为人，马上就看穿了他的动机。虽然他大权在握，完全可以采取措施来反对我，可是他还不敢，不过他一定是打算利用您的看法，一个声名显赫的外国人的看法来反对我。他都掂斤播两地算计过了：今天是您来到岛上的第二天，您根本不了解前任司令官和他的做法，您一向受到欧洲的思想方法的拘囿，也许您一般地在原则上反对死刑，对这种杀人机器更是不以为然，而且您又会看到公众对这种处决并不拥护，仪式是那么的简陋——处决的机器又是破败不堪——那么，看到这一切以后，（司令官想）您岂不是很可能不赞同我的做法吗？倘若您不赞同，您是不会隐瞒自己看法的（我仍然站在司令官的立场上说）；因为您这个人是相信自己经过反复推敲而做出的结论的。是的，您见识过也知道尊重各个民族的种种奇风异俗，因此不会像在自己国内那样，用激烈的方式反对我们的做法。不过司令官也不需要这样。随随便便地甚至漫不经心地提上一句也就够了。其实，只要能让他冠冕堂皇地达到目的，您的话根本无须代表您真正的意思。他会用一些刁滑的问题来挑拨您，这我敢打包票。而他那些女眷就会坐在您四周，竖起了耳朵听。于是您就会说'在我们国家里审判程序不是这样的'，或者是'在我们国家里，对犯人做出判决以前总要先经过审问的'，或者是'我们从中世纪以来就不用酷刑了'。这些话全都很对，在您看来都很自然，对我的做法没有表示您的意见，也没有一点点贬义。可是司令官的反应又是如何呢？我可以清清楚楚地看到，我们的好司令如何立即推开椅子，冲向阳台，我也可以看见那些女士怎样跟着簇拥在他后面，我还可以听见他的声音呢——女士们称之为雷霆的声音——嗯，他的话准是这样的：'一位有名的西方旅行家，他是派出来考察世界各国刑事审判程序的，他刚才说我们执行法律的传统做法是不人道的。出诸这样一位人物的这样的意见使我再也无法支持过去的做法了。因此，我命令，从今天起……'等等。您也许会提出异议，说您从来没有说过这样的话，您也没有说我的做法不人道；相反，您的丰富经验使您相信，这是最人道、最符合人类尊严的，而且您非常欣赏这架机器——可是已经太晚了。您连阳台都挤不进去，因为那儿都给女士们塞满了。您想引起人们的注意，您想大叫，可是一位女士的纤手会来掩住您的嘴——于是，我的以及老司令的心血就这样完蛋了。"

旅行家只好忍住了笑。如此说来，他原来设想中那样困难的事竟这么轻而易举就能解决了。他支吾其词地说："您把我的影响估计得过高了；司令官看过我的介绍信，他知道我不是什么刑事审判的专家。如果我要发表意见，这不过是我个人的看法而已，不会比任何普通人的重要，更谈不上压过司令官，而且，据我了解，司令官在这个流放地掌有至高无上的权力。如果他对您的做法真如您所想的这么不赞同，那么我怕即使没有我的微不足道的推动，您的传统怕也维持不了多久了。"

军官是不是终于明白了呢？不，他还没有领悟。他强调地摇摇头，急促地向犯人和小兵扫了一眼，他们都赶忙从粥盆旁闪开，军官走到旅行家跟前，不看他的脸，却把眼睛盯在他大衣上的某个地方，声音比以前更低地说："您不了解司令官，您还是感到——请原谅这种说法——自己在我们所有人面前是局外人；不过，请原谅我，您的影响是怎样估计也不为高。当我听说您一个人来参观行刑时，我真是高兴极了。司令官这样安排的目的是要给我一个打击，我却要把它变得对自己有利。要是有一大群人来参观行刑，那就不免会有许多窃窃私语和鄙夷的眼光——这会分散您的注意力，现在呢，您能专心听到我的解释，看到机器，这会儿又在观察处决。您无疑已经做出了自己的判断；如果您还有些小地方不够明确，一看行刑就都会解决的。现在我向您提出一个请求：帮助我反对司令官！"

旅行家不让他说下去："这我怎么做得到呢？"他嚷道："这是根本不可能的。我既不能帮助您也无法阻止您。"

"不，您能的。"军官说。旅行家有些不安地看到军官把拳头握了起来。"不，您能的，"军官重复地说，更加坚决了，"我有个一定会成功的计划。您以为您的影响微不足道。我却知道这是举足轻重的。不过即使假定您是对的，那么为了保存这个传统，不也应该试一试您那也许真是微不足道的影响吗？那么，就请您听听我的计划吧。您得做的第一件事就是对您今天参观后的观感尽量保持沉默。您什么都不要说，除非人家直接问到您；即使说也应该尽量简短，让人家感到您不愿谈这个问题，您对这事很不耐烦，要是控制不住谈起来，一定很激烈。我并不是要您说谎，我绝无此意；您只需敷衍了事地答上两句，例如'是的，我看过行刑了'，或者是'是的，人家对我解说过了'。这就行了，不用再多。您自然有理由流露出不耐烦的情绪，但和司令官不一样。当然，他会误解您的意思，把它解释得合乎自己的脾胃。这正是我的计划的关键。明天，司令官的办公室里将要举行一次高级军官的大会，由司令官主持。司令官这种人当然最喜欢把这样的会弄得很招摇。他授意盖了一个楼座，上面旁观者总挤得水泄不通。我虽然万分厌恶，但还是不得不参加这个会。嗯，不管情形怎样，您反正会接到邀请的；要是您今天照我的话做，人家一定会更迫切地请您出席。不过倘若因为什么神秘的原因，您没有接到邀请，您必须跟他们提一声；这样一来，您就准能参加了。到明天，您就会和女士们一起坐在司令官的包厢里。他不时抬起头来，看看您的确在那儿。在讨论了一些琐碎可笑的事情以后——这大抵是港口方面的事务，除了港口就没有别的！——这完全是摆摆样子，让听众感到我们的司法程序也仅仅是议程中的一项而已。如果司令官不提这件事,或是把它搁在后面,我就设法把它提出来。我要站起来报告今天的处决已经执行了。我话不会多,只不过是个声明。这样的声明是不寻常的,可是我还是要做。司令官会跟往常一样,温和地笑笑,向我表示感谢,接着他无法抑制自己了,他要抓住这个大好时机。'刚才我们听到报告说,'他会说这样的或是类似的话,'执行了一次死刑。我只想补充一点,这次行刑是在一位客人的目击之下举行的。这是一位有名的旅行家,大家知道,他的访问给我们的流放地带来了光荣。他的出席也增加了我们今天会议的重要性。我们现在是否应该请这位大名鼎鼎的旅行家给我们谈谈,他对我们传统的行刑方式以及审判程序有什么看法呢?'这当然会引起一片喝彩,大家一致同意,其中最热烈的就是鄙人。接着司令官向您鞠了一个躬,说道:'那么让我以在座同人的名义,向您提出请求。'于是您走到包厢的前面。您得把手放在大家都看得见的地方,不然女士们会捉住您的手,握紧您的手指的。这时您终于能够当众说出您的看法了。我不知道自己在等待这个时刻到来的紧张心情中是怎样度过的。您演说时,根本不用抑制自己的感情,把真理大声地宣扬出来好了,您从包厢里探出身子,把您的看法、您的不可动摇的信念,向司令官叫嚷出来好了,是的,就是叫嚷。不过也许您不愿这样做,这不合您的脾气,在你们国家里也许人们不是这样干的,不过,这也不要紧,这也一样能博得效果,您连站都不用站起来,只要说很少几句话,甚至声音低得像耳语,只让您下面那些军官听得见,这就够了,您甚至不用提处决缺乏公众的支持、齿轮嘎吱作响、皮带断了、口衔污秽不堪。不用,这一切都由我来负责。哈,您相信我好了,如果我的控诉不把他赶出会场,也会迫使他跪下来承认道:老司令官哪,我对你甘拜下风了。这就是我的计划。您能帮助我实现吗?您当然是愿意的啰,不仅愿意,您简直是非帮助不可呀。"于是军官抓住旅行家两只胳膊,重重地喷着气,盯紧了他的脸。他最后那句话嚷得那么响,连小兵和犯人都注意起来了;虽然他们一句话也听不懂,却中止了吃粥,一面咀嚼本来塞了一嘴的东西,一面瞧着旅行家。

一开始,旅行家就很清楚他该怎么回答,他一生中已有太多的经验,根本不需在这里犹豫不决了,他基本上是正直无畏的。然而现在,面对着小兵和犯人,他倒迟疑了足足有抽一口气的时间。最后,他终于按照必然的说法回答了:"不行。"军官眨了好几次眼,却没有把眼光转开。"您愿意听我解释吗?"旅行家问。军官不吭一声地点点头。"我不赞成您的审判方式,"于是旅行家说道,"即使在您对我表示信任之前——当然任何情况之下,我也绝对不会辜负您的信任——我就已经在考虑:干预是不是我的责任,我的干预有没有一丝成功的希望。我明白我该向谁去说:当然是向司令官。您让我把事情看得更清楚了,不过倒没有使我加强决心;相反,您真诚的信念倒使我有些感动,不过当然还是影响不了我的看法。"

军官沉默了片刻,他转向机器,抓住一根铜杆子,接着,他稍稍后仰,凝视着"设计师",似乎要使自己相信一切都很正常。小兵和犯人似乎领悟了什么,犯人向兵士做了一个表示,虽然他被皮带紧紧地勒住,行动很困难,小兵向他弯下身去,犯人轻声说了几句话,小兵点了点头。

旅行家又走到军官跟前，说："您还不知道我打算怎么办呢。我当然要把自己对审判方式的看法告诉司令官，不过不在公开的会议上，而是在私底下。我也不打算在这里久待和参加什么会议，我明天一清早就走，至少是要上船。"

军官仿佛并没在听。"那么您觉得这样的审判方式不能使人信服了。"他自言自语，又微微一笑，仿佛是老人在笑孩子气的无聊似的，笑完了他又径自继续沉思起来。

"那么说时候到了。"最后，他说，突然用明亮的眼睛瞧着旅行家，眼睛里一半是挑衅，一半是呼吁。"什么时候到了？"旅行家不安地问道，可是得不到回答。

"你自由了。"军官用当地的话对犯人说。那人起先还不相信。"是的，你被释放了。"军官说。犯人的面容第一次真正地活泼起来。这难道是真的吗？这会不会仅仅是军官忽发奇想，马上又会反悔呢？是不是外国人向他求情成功了呢？是怎么回事呢？他脸上表露出这种种疑问。不过这样的时间并不长。不管到底是怎么回事，只要做得到，他当然希望真的得到自由，他开始在"耙子"容许的范围内挣扎起来了。

"你要把我的皮带挣断了，"军官喊道，"安静地躺着！我们很快就会把皮带解松的。"于是他做了个手势叫小兵帮忙，就动手解起来。犯人不作声地暗自笑着，他一会儿把脸转到左边向着军官，一会儿又转向右面小兵那边，同时也没有忘记旅行家。

"把他拖出来。"军官命令道。因为有"耙子"，这得多加小心才行。犯人沉不住气，背上已经擦破了几处。

从这时起，军官就几乎不注意犯人了。他走到旅行家跟前，重新掏出小皮包，把里面的那些纸翻来翻去，找到了他要的那张，展开来给旅行家看。"您念念看。"他说。"我没法念，"旅行家说，"我刚才就跟您说我看不清这些字。""仔细些看看怎么样。"军官说，他和旅行家挨得很近，这样他们就可以一块儿念了。可是这样还是不行，于是他就用小手指把字划出来，好让旅行家顺着念下去，他的手指凌空悬在纸上，仿佛怕把纸面玷污了。旅行家也真的努力地尝试了一番，想至少在这方面讨讨军官的喜欢，可是他还是没法念下去。于是军官一个字母一个字母地拼出来，接着把词儿念了出来。"'要公正！'这儿这样写着，"他说，"您现在当然能往下念了。"旅行家向纸凑得那么近，军官怕他碰上，就把纸抽开一些。旅行家没吭声，不过显然他仍旧没法辨认。"'要公正！'这儿是这么写的。"军官又说了一遍。"也许是吧！"旅行家说，"我可以相信您。""那么，好吧。"军官说，至少在一定程度上满意了，于是他拿了纸爬上梯子。他非常小心地把纸放进"设计师"的内部，仿佛在调整所有齿轮的位置；这是一个很棘手的工作，而且一定牵动了非常小的齿轮，因为有一阵子军官的脑袋完全埋到"设计师"里面去了，这说明他需要非常精细地调整这架机器。

旅行家在下面目不转睛地望着他，连脖子都发僵了，眼睛也因天上炫目的太阳而酸疼不堪。小兵和犯人这时在一块儿忙着什么。那个人的衬衣和裤子本来都扔在坑里了，小兵用刺刀尖把它们挑了出来。衬衣脏得叫人作呕，犯人在水桶里把它浸了洗。等他把衬衣和裤子穿上，他和小兵都忍不住哈哈大笑起来，因为那件上衣当然已经从后面割开了。也许犯人觉得自己有义务要引兵士发笑,所以在小兵面前把自己那穿了破上衣的身子转了又转,兵士乐不可支,蹲在地上直打自己的膝盖。可是他们为了对上等人表示尊敬,很快就控制住自己的快乐。

军官终于结束了高处的工作,他带着微笑重新检查了机器的每一个小小的部件,"设计师"的盖子本来一直是敞着的,可是现在他却把它关上了,接着,他爬下梯子,先看看坑,然后又瞧瞧犯人,满意地注意到衣服已经给拿了出来,接着他到水桶跟前去洗手,可是等他看到桶里的水脏得叫人恶心,已经为时太晚,他因为无法洗手,感到很不愉快,最后只得把手插到沙土里去——这个权宜之计并不使他高兴,可是也别无他法了——然后,他站起身来开始解制服上衣的扣子。解到一半,他塞在领子里的两条女用手绢掉进了自己的手里。"两条手绢还给你。"他说,把它们扔给了犯人。然后又向旅行家解释道:"是女士们送的。"

他先是扔下制服上衣,接着一件件扔下所有的衣服,尽管分明很急躁,但是每一件衣服拿在手里时都是恋恋不舍的,他甚至还用手指爱抚地摸摸外衣上的银绦带,把一个穗子抖抖整齐。这种爱抚的动作显得很突兀,因为他每脱下一件衣服就马上不情愿地急急地往坑里一扔。他身上最后一件东西是他的短剑和挂剑的皮带。他从鞘里抽出剑,折断了它,把碎片、剑鞘和皮带捧在一起,扔进了坑里,他扔得那么猛,使坑里发出挺响的铿啷铿啷声。

现在,他一丝不挂地站着。旅行家咬住嘴唇,一声不吭。他非常清楚下一步将发生什么事,可是他毫无权力阻止军官。如果军官这么珍惜的司法方式真的快完了——也许这还是他干涉的结果呢,他感到自己对这件事不无关系——那么,军官这样做是对的。如果易地而处,旅行家也不会走别的路。

小兵和犯人起先不明白出了什么事,最初,他们甚至没有往这边看。犯人能把手绢拿回来,觉得很高兴,可是他也没能高兴多久,因为小兵突然出人意料地把手绢一把抢走了。现在犯人想从兵士的皮带底下把手绢抢回去,可是小兵看得很紧。因此他们两人就半开玩笑地扭打起来。直到军官脱光衣服站着,这才引起他们的注意。那犯人察觉什么重大的变化快要发生了,他似乎特别吃惊。刚才发生在他身上的事马上要发生在军官身上了。也许还会进行到底呢。显然是外国旅行家下的命令。这真是报应。虽然他自己受刑没有受到头,可是他报仇却要报个彻底。他脸上漾出一股心满意足的无声的笑容,久久都没有消散。

军官终于向着机器走去了。大家早就知道他对机器了解得一清二楚,可是现在看到他怎么操纵机器,机器又怎样服从指挥,仍然不免大吃一惊。他的手只需摸摸"耙子",让它起落几次,就把高度调整得对自己正合适了。他仅仅碰了碰"床"的边缘,它就已经颤动起来了。口衔也抬高来迎合他的嘴,可以看得出军官对这口衔还是有些勉强,可是他只是躲闪了一小会儿,很快就屈服了,把口衔纳进了嘴里。一切都准备好了,只有皮带垂在两边,可是这显然没有用,军官是根本不用捆的。可是犯人注意到了松弛的皮带,在他看来不把皮带扣上,处决就不够完满,于是他急切地向小兵打了个招呼,他们一起奔过去把军官拴紧。军官已经伸出一只脚要去踢操纵杆,好发动"设计师"。他看见两人走来,就缩回脚让人家把他系紧。可是现在他够不着操纵杆了,小兵和犯人都不知道在哪儿，旅行家则是下定决心连一个手指都不动的。然而这也根本没有必要，皮带刚一拴紧，机器就动起来了；"床"颤动着，针在皮肤上面闪烁着，"耙子"在一起一落。旅行家凝目看了好一会儿才想起"设计师"里有个轮子本该发出嘎吱声的；可是一切都很安静，连一点点轻微的噪声也听不见。

正因为机器操作起来那么静，人们都几乎不去注意机器了。旅行家观察起小兵和犯人来。在这两人里，犯人精力更旺盛些，机器上的一切都引起他的兴趣，他一会儿弯下腰来，一会儿踮起了脚，他的食指一直伸出在前面，把种种细节指给兵士看。这使旅行家很烦恼。他本来是决心在这儿留到最后一刻的，可是看到这两个人的模样他受不住了。"回去吧。"他说。小兵倒很情愿，可是犯人把这个命令看成了惩罚。他合起双手央求让他留下来，看到旅行家摇摇头不肯让步，他甚至跪了下来。旅行家看到光是下命令已然无效，正想走过去把他们撵走。这时他听到头上"设计师"里发出一种声音。他抬起头来看看。莫非那个齿轮真要出事不成？可是完全不是那么回事，"设计师"的盖子缓缓升起，接着又啪嗒一声地打了开来。一只齿轮的牙齿露了出来，逐渐升高，很快整个齿轮都看得见了；仿佛有一个巨大的力量在挤那"设计师"，所以齿轮也无处容身了。齿轮升高，升高，来到了"设计师"的边缘，掉了下来，在沙子上滚了一会儿，然后就躺平了。可是紧跟着又有第二个齿轮升了起来，后面又随着升起了许许多多大大小小的齿轮，一刹那，它们也都走上第一个齿轮的老路，大家随时都以为"设计师"准是的的确确出空了，可是另一套大大小小的齿轮又升起在眼前，它们跌落下来，在沙土上往前滚，最后又躺平下来。这现象使犯人把旅行家的命令完全抛诸脑后，齿轮把他迷住了，他一次次地想抓住齿轮，同时也叫小兵来帮忙，可是又一次次惊慌地把手缩回去，因为总有另一只齿轮蹦蹦跳跳地滚过来，吓跑了他。至少在刚开始滚的时候是这样。

在另一面，旅行家感到忧心忡忡，机器显然快要粉身碎骨了，它那静悄悄的操作只是一种假象，他总感到自己该帮帮军官的忙，因为军官再也管不了自己了。可是滚动着的齿轮吸引了他全部的注意力，他都忘了瞧瞧机器别的部分了。这时，最后一个齿轮总算离开了"设计师"，他就赶快弯身到"耙子"上去，却不料看到了一件新的、更糟心的、没有料到的事。原来"耙子"并没有在写字，却只是在乱戳乱刺，"床"也没有把身体翻过来转过去，却只是颤巍巍地把身体送到针尖上去。旅行家想，如果可能，他打算让整个机器停下来，因为现在已经不是军官所希望的那种精巧的受刑了，这根本就是谋杀。他伸出双手，可是这时"耙子"叉住军官的身体升了起来，转向一边，这本来是第十二个小时上才应该发生的事。血流成了一百道小河，并没有混杂着水，喷水的水泵也失去了效用。如今，最后一个动作也不能完成了，身子没有从长长的针上落下来，它悬在土坑的上空，不断地流血，却不掉下来。"耙子"也想恢复原位，可是好像自己也注意到没能摆脱负担，所以还是停在土坑的上空。"来帮帮忙！"旅行家向那两个人喊道，他自己已经抓住了军官的脚。他想，他这边拉脚，那两个人在对面抱头，这就可以慢慢地把军官从针上卸下来。可是那两人下不了决心过来，犯人甚至把身子转了过去，旅行家不得不走上前去强迫他们站到军官头部那儿去。在这里，他几乎违背自己的意志看了看死者的脸。面容一如生前,也没有什么所谓罪恶得到赦免的痕迹。别人从机器中所得到的,军官可没有得到。他的嘴唇紧闭,眼睛大睁,神情与生前一模一样,他的脸色是镇定而自信的,一根大铁钉的尖端穿进了他的前额。

旅行家,后面跟着小兵和犯人,来到了流放地最早的建筑物的前面,小兵指着其中的一所房子,说道:"这就是茶馆。"

这所房子的底层是个又深又低的洞窟似的房间,四壁和天花板都给烟熏得乌黑。它的整个门面全向大路敞开着。流放地的房屋都颓败不堪,连司令官的宫殿式的总部也不例外,这家茶馆虽然没什么不同,却给了旅行家一个印象,仿佛这是一个古迹,他感到了历史的力量。他向它走近,后面跟着两个伙伴,穿过了门前街上的空桌子,吸到了屋子里流来的凉爽阴冷的空气。"那老头儿就葬在这儿,"小兵说,"神父不肯让他躺到公墓里去。有一段时间,大家都想不出该葬在哪里,到后来,他们就把他埋在这儿。那个军官绝对不会告诉你的,因为这自然是他平生最丢脸的事。有好几回,他甚至想在晚上把老头儿挖出来呢,可是每一回都给人撵走了。""坟墓在哪儿?"旅行家问,他觉得很难相信小兵的话。可是小兵和犯人都立刻同时跑到他前面,伸出手朝坟墓所在地指去。他们把旅行家一直带到里面的墙根,有些顾客在那儿的几张桌子旁坐着。他们看来都是码头工人,身强力壮,留着短短的又亮又黑的浓胡子。他们谁也没穿外衣,衬衫也是破破烂烂的,都是些贫贱穷苦的汉子。旅行家走近时,有几个人站了起来,贴紧墙壁,瞪着眼瞧他。"是个外国人。"这句话轻轻地在他周围传来传去。"他想看看坟墓。"他们把一张桌子推向一边,桌子底下真的有一块墓碑。这是块很简陋的碑石,很低,所以完全可以藏在桌子底下。碑上有些很小的铭文,旅行家得跪下来才能看清。上面写的是:"老司令官长眠于此。他的信徒迫于时势只得匿名建坟立碑。有预言云:若干年后,司令官必将复活,率领信徒由此出发,收复流放地。要保持信心,等待时机!"旅行家读完了就站起身来,他看见周围所有站在一旁的人都在微笑,仿佛也都念过了铭文,觉得非常可笑,正期待着他也抱同感。旅行家不睬这件事,只是散发了一些小钱给他们。等桌子推好,重新盖住了坟,他也就离开茶馆向港口走去。

小兵和犯人在茶馆里碰上些熟人,给留了下来。可是他们准是很快就摆脱了,因为旅行家才走到通向小船的长石级的半路上,他们就从后面追来了。他们大概想在最后一分钟逼他把他们带走。当他在水边和一个摆渡的争论送他上轮船得多少钱时,这两个人直从石级上冲下来,一声不吭,因为他们不敢声张。可是等他们来到水边,旅行家已经上了小船,船夫也刚刚把船从岸边撑了开去。他们本来可以跳到船上来的,可是旅行家从船板上拿起一根打了个大结的绳子,威胁他们,这才阻住了他们。

李文俊　译

(这篇小说写于1914年10月,1919年5月莱比锡库尔特·沃尔夫出版社首次发行。)

乡村教师（巨鼹）

那些像我这样见了一只普普通通的小鼹鼠都感到讨厌的人，倘若见到那只大鼹鼠，一定会厌恶至死的。几年前曾有人在一个小村子的附近见到过那只大鼹鼠，而那个小村子也就此一度出了名。现在那个村子当然早已又为人们所遗忘，和那整个现象一样湮没无闻了。那个现象根本就没有弄清楚，而人们也没有怎么费劲去搞清楚它。当初那些本应过问这件事的人却令人不解地疏忽了它，没有人比较透彻地研究过它，因此它也就被人们忘却了。可是，那些人对无足轻重得多的事情倒是非常操心的。那个村子离铁路线很远，但这无论如何也不能成为它们可以被疏忽的理由。许多人出于好奇心远道而来，甚至从外国来到这里，而那些不应该只有好奇心的人反倒不来。是呀，要不是个别的普通老百姓，即那些忙于日常工作而没有喘息机会的人，要不是那些人无私地关心这件事情的话，有关那个现象的传闻很可能就不会传播开去。必须承认，大凡传闻，平常几乎是不胫而走的，这一次却简直是凝滞不动了，若不是人们使劲推动了一下，它是不会传播开来的。但是，这肯定也不是不去探索这件事情的理由，相反，恰恰是这个现象不也需要加以研究吗？可是人们不去研究它，却让那位上了年纪的乡村教师写了仅有的那么一篇论述那件事情的文章，他作为乡村教师固然是个很称职的人，但毕竟学识有限，根基浅薄，无法对那个现象做出彻底而又适当的描述，更不用说提供说明了。那篇小文章印了出来，大批出售给了当初来参观那个村子的人，并且获得了某些好评，但是那位教员心中有数，他知道自己在没有得到任何人支持的情况下所做出的一星半点的努力终究是毫无价值的。如果说他仍然不懈努力，并把这件按其性质看一年比一年更难有结果的工作当作他毕生的事业，那么，这一方面证明了那个现象产生的影响有多么巨大，另一方面也证明了一个不起眼的乡村老教师是多么有毅力，多么忠实于他的信念。但是他却曾遭到过权威人士的非难。他给自己的那篇文章所做的一个小小的增补便是这方面的一个证明。当然，那个增补是几年以后才做的，那时候几乎谁也记不得文中涉及的事情的始末根由了。在那个增补里，乡村教师也许不是用巧妙的言辞，而是用诚实的态度，令人信服地控诉了他在那些最不应该不明事理的人身上所见到的那种懵懂无知。他一语中的地数落那些人道："不是我，而是他们说话像乡村老教师。"他曾专程登门拜访过一位学者，在增补中他援引了那位学者的话。他没有写明那位学者的姓名，但有种种蛛丝马迹，让别人能猜得着那位学者是谁。几个星期前教师就提出要拜会那位学者，并克服了很大的困难，总算可以同那位学者见面了。可是刚一见面他就发现，在他这件事情上，学者囿于一种无法克服的成见。乡村教师按照文章的内容提要做长篇报告，可是，那位学者听的时候却是那么心不在焉。这表现在他假装思索片刻后所说的那番话里："您那个地方，泥土黑油油的特别肥。嗯，所以那泥土也就给鼹鼠提供了特别丰富的养料，于是鼹鼠就长得出奇地大。""但总不至于有这么大呀！"教师大声说道，一边用手在墙上比画了两米长；他出于愤慨未免有点夸张。"哦，有这么大呀！"学者答道，显然他也觉得这件事整个都非常滑稽。教师带回家去的就是这样一个答复。他讲道，晚上他的妻子以及六个孩子怎样冒着雪在公路上等候他，他怎样不得不向他们承认，他的希望已经彻底成了泡影。

我读到有关学者对教师的态度的消息时，还根本没有读过教师的那篇主要文章。但是我马上决定自己动手去收集、整理我能查明的有关那件事情的全部资料。我不能拿拳头去威吓那个学者，我至少可以用我的文章为教师辩护吧，说得更确切些，我将不过分强调教师是一个正直的人，但要突出教师是个无权无势的人，怀着善良的意愿。我承认，后来我为这个决定而后悔了，因为随后不久我便感觉到，实施这个决定必然会使我陷入一种特殊的境地。一方面，我的影响力也不大，远不足以促使学者改变看法，甚或扭转公众舆论，使之有利于教师。而另一方面，教师准保会看出，我关心的不是他的那个主要的意图，即证实那只大鼹鼠确曾出现过，我关心的是为他的正直的品性辩护，而他却又觉得，他为人正直，这是不言而喻的，不需要任何辩护。到头来，我这个本想声援教师的人便会为他所不解，很可能非但帮不了他的忙，自己反倒需要一个新的帮助者，而这样的帮助者多半是不会有的。此外，我下的这个决心，是自告奋勇写一篇有分量的文章。我要让人心服口服，那我就不能援引教师的文章，因为教师本人都未能让人信服嘛。他那篇文章只会使我受到迷惑，所以在我自己的文章未完成以前我避免去读它。甚至，我连一次招呼都没跟教师打过。不过，通过中间人他对我所从事的研究也有所耳闻，可是他不知道，我是在顺着他的思路干，还是在和他对着干。是呀，他甚至多半还以为是后者呢，尽管后来他矢口否认，我却有证据，证明他曾给我设置过种种障碍。他设置起障碍来很容易，因为我是被迫去重复他已经进行过的研究，因此他总是可以先我一着。不过，这却是对我的研究方法所能做出的唯一公正的指责了，而且是一种不可避免的指责。但是由于我立论严谨，敢于自我否认，那种指责也就显得非常软弱无力了。除此以外，我的文章却没有受到过教师的任何影响，在这一点上我也许甚至过于吹毛求疵，简直就好像迄今为止还没有人研究过这件事情似的，似乎我是第一个听目击者做证的人，是第一个整理那些材料的人，是第一个从中得出结论来的人。后来我在读教师的那篇文章时——那文章的标题冗长：《一只鼹鼠，其身体之大，前所未见》——我果真发现，在一些关键问题上我们的意见并不一致，尽管我们两人都自以为已经证明了那件主要的事情，即证明了那只鼹鼠的存在。不管怎么说，因为那些意见分歧，我未能建立起我曾竭力希望建立的那种同教师的友好关系。从他那方面几乎产生了某种敌意。他虽然始终对我谦逊而恭顺，但是人们却可以越发明显地觉察出他的真实的心情。因为他认为，我已经完全损害了他和那件事情的利益，我自以为帮了他的忙或者可能帮了他的忙，这说得好听点是天真，其实多半还是自负或诡计呢。尤其是，他不时地指出，迄今为止他所有的反对者不是根本不表示反对，就是仅仅在私下或者至少也只是在口头上表示反对，而我竟认为有必要将我全部的反对意见立刻付印。此外，那些尽管只是粗略地，但却是真正研究过那件事情的为数不多的反对者倒是起码先听了听他的,也就是教师的意见,即在这个问题上的权威意见,然后才发表自己的看法,而我却从毫无系统地收集起来的、部分是以讹传讹的资料里引出了结论,这些结论即便基本上是正确的,但必然是既不能令民众信服,也不能令有教养的人信服。可是,在这方面,只要有那么一点不能令人信服的地方,就会带来最严重的后果。

虽然他的这种指责遮遮掩掩,但我很容易就能对此做出答复——譬如我可以说,他的那篇文章才是不可靠到了顶点——但要消除他在其他方面提出的怀疑,这就不容易了,这也就是为什么我一般对他采取克制态度的原因。这就是说,他在心底里认为,我是想毁坏他的名誉,使他当不成第一个公开宣布存在大鼹鼠的人。现在就他个人来说根本没有什么荣誉可言,人家只觉得他可笑罢了,而且这种觉得可笑的人也越来越少了,我当然是不想去争当那种可笑的人。可是另外我曾在我那篇文章的序言里明确宣称过,任何时候教师都应该被认为是那只鼹鼠的发现者——其实他才不是那个发现鼹鼠的人呢——我还声明,只是因那种对教师命运的同情心理才促使我撰写了那篇文章。"这篇文章的目的是"——我就是这样过于激昂慷慨地结束我的文章的,但这符合我当时的激动心情——"设法使教师的文章得到应有的传播。这个目的一经达到,我的名字便应该立刻从这件事情中抹掉,因为我只是短暂地,而且仅仅表面地被卷入到这件事情中去的。"所以说,我是直截了当地拒绝更多地参与此事的,仿佛我有什么本事,预先料到了教师的那个令人难以置信的责难似的。尽管如此,他却恰巧在这段文字里找到了非难我的把柄;我不否认,在他所说的话里，说得更确切一点，在他所做的暗示里，似乎有那么一点根据，这是我好几次都已经注意到了的。我也不否认，在有些方面他对我比在他的文章里表现出了更为敏锐的洞察力。他声称，我的序言口是心非。如果我果真旨在传播他的文章，那我为什么不一心一意去研究他和他的文章？为什么我不指出那篇文章的长处，即它的雄辩的说服力？为什么我不局限于强调指出这个发现的意义并加以阐述？为什么我完全置那篇文章于不顾，硬是自己要去发现什么新东西？不是都已经发现过了吗？难道在这方面还有什么需要发现的吗？可是如果我果真以为必须再做一次发现，那么为什么我在序言里那么郑重其事地宣布我不曾做过什么发现呢？本来把这说成是假谦虚也就可以了，可是不行，这件事性质更为恶劣。他说我贬低这一发现，我让人注意它，目的只是为了贬低它，我研究过它以后便将它搁在一边了。围绕着这件事的纷争也许已经稍稍平静一点了，如今我又在兴风作浪，但同时使教师的处境变得比任何时候都更加困难。为他正直的品性辩护，这对教师有什么意义呢！他关心的是那件事情，仅仅是那件事情而已。可是那件事情却让我给出卖了，因为我不理解它，因为我对它估计得不对，因为我不懂得它。它远远超出我的理解力。他坐在我面前望着我，那张年老有皱纹的脸上现出安详的神色，然而只有上述那些意见才是他的真实想法。不过，说他只关心那件事情，这不对，他甚至相当贪图虚荣而且也想捞钱。考虑到他家里人口众多，这也是很可以理解的。尽管如此，他觉得我对那件事情相对来说兴趣极其微小，因此他相信，他不用说什么过分离奇的假话便可以把自己说成是毫无私心的人。果不其然，我在心里对自己说，这个人的这些指责根本上只能归因于他在某种程度上是用双手紧紧抱住他那只鼹鼠，将每一个只是伸着手指头想挨近他的人都说成是叛徒。我这么想的时候，内心一点自我满足的感觉也没有。不是那么回事，他的态度不是用悭吝，至少不是单单用悭吝所能解释得了的，倒不如说那是一种愤慨，是他所做出的巨大努力以及那些努力的毫无成效在他心中激起的那种愤慨。但是也不能一切都用愤慨来解释。也许我对这件事情的兴趣确实太小了。一般人不感兴趣，对此教员已经习以为常，一般来说他对此是感到难过的，但已不再事事都往心里去了。但这里却终于出现了一个用不寻常的方式关心这件事情的人，而居然连这个人也不了解那件事。这一点我根本就不想否认，我这是赶鸭子上架的嘛。我不是动物学家，如果是我自己发现了那只鼹鼠，那么也许我会从内心深处感到振奋，可是那只鼹鼠不是我发现的。一只那么大的鼹鼠肯定是件稀罕事，不过人们也不能要求全世界的人老是把注意力集中在它上面，更何况鼹鼠的存在未曾用确凿的证据加以证实过，人们无法把那只鼹鼠拿出来给人看。我也承认，即使我是那个发现鼹鼠的人，我也决不会像我这样心甘情愿为教师效劳似的去为那只鼹鼠奔走呼喊的。

假如我的文章取得成功，那么我和教师之间的不一致可能很快就消除了。但是文章偏偏又没有获得成功。也许文章写得不够好，说服力不够，我是个商人，撰写这样一篇文章，我力不从心，比教师写一篇文章还感到吃力，尽管就掌握这个领域全部必要的知识而言我远比教师强。对于文章的不成功也还可以另做解释，也许文章发表的时机不利。发现那只鼹鼠这件事，当时都未能引起广泛的重视，如今这件事一方面时间还不算离得太远，人们还不至于完全忘记，所以也不会对我的文章感到十分惊异，可是另一方面，时间却又隔得够久的了，原先曾有过的那种淡漠的兴趣已经全然消失了。那些压根儿就对我的文章感到担心的人，怀着几年前就曾支配过这场讨论的那种绝望心情，心想现在大概又该开始为这件枯燥乏味的事情枉费唇舌了，而有些人甚至把我的文章误看成是教师的文章。在一份有分量的农业杂志上登了如下一段话，幸而这一段话登在杂志的末尾并且是用小号字刊印的："又给我们寄来了关于那只大鼹鼠的那篇文章。我们记得，几年前我们就曾对它捧腹大笑过。自那以后，文章的作者没有变聪明，我们也没有变愚蠢。不过，要我们第二回笑，我们可是笑不出来了。我们倒是要问一问我们的教师联合会，一个乡村教师除了追求大鼹鼠以外，是否就没有更有益的事可做的了。"一场不可原谅的误会！人们既没有读过第一篇，也没有读过这第二篇文章，那些先生只是匆忙间偶然看到大鼹鼠和乡村教师这两个可怜巴巴的词儿，便站出来俨然以公众利益代表的身份讲话了。按理说，有许多事情本来是完全可以办好的，但是由于和教师互相缺乏了解，我竟没有办成。我反而试图尽量对他隐瞒那份杂志的事。但是那件事他很快就发现了，他给我寄来了一封信，表示愿意在圣诞节期间来看望我，我从那封信的一段话里就看出了苗头。信中他写道："世界上的人品质恶劣，而有人却在推波助澜。"他的意思是说，我属于这个品质恶劣的世界，但是我不安于我身上固有的恶劣品质，竟还去给这个世界推波助澜，这就是说，从事活动，把那种普遍的恶劣品质诱发出来，使其得逞于一时。好吧，既然已经做出了必要的决定，现在我就可以心平气和地等待，心平气和地看着他怎样到来，看他怎样比平素更不讲礼貌地默不作声地坐在我的对面，小心翼翼地从他那件古里古怪的棉袄胸袋里掏出那份杂志，翻开它，推到我面前。"我读过了。"我说，一边将那份杂志原封未动推了回去。"您读过了！"他叹口气说道，他有教师的重复别人答话的这个老习惯。"我当然不会甘愿忍受这种事情的。"他继续说道，愤激地用指头敲敲那份杂志，一边直愣愣望着我，仿佛我持着相反的意见似的。我想说什么话，对此他大概有所预感；我以为，没有他这话，从其他的迹象上我也一样会看出，他对我的意图常常有一种非常正确的感觉，但不对它让步、不受它迷惑。当时我对他说的话，现在我几乎可以逐字逐句复述出来，因为谈话完毕后我曾马上把谈话内容记了下来。"您请便吧，"我说，"从今天起我们分道扬镳。我相信，对此您既不会感到意外，也不会感到不合时宜。眼前这份杂志上的这段评论不是我做出这个决定的原因，它只不过是最终坚定了我的这个决心罢了；真正的原因在于，我本来以为我出面会对您有利，可是现在我认识到我在各方面都使您受到了损失。为什么会变成这样，这我不知道，对于成功和失败的原因总是可以做多种解释的，不要只寻找那些于我不利的解释。想想您自己吧，把这件事情通盘地细细观察一下，您也是怀着一片好心，但却遭到了失败。这话我不是说着玩的，我说可惜您与我的联系也可算作是您的一个失败，我这话是针对我自己说的。我现在退出这件事，这既不是怯懦也不是背叛。甚至可以说，这样做不是没有内心斗争的；我非常尊敬您的人格，这从我的文章中就可以看出，在某些方面您已经成了我的教师，我都快要喜欢上那只鼹鼠了。尽管如此，我还是往旁边靠靠，您是发现者嘛，不管我怎么做，我都是在妨碍您获得可能获得的荣誉，我在吸引失败并将失败转嫁到您的身上。至少您是这样认为的吧。够啦。我可以接受的唯一处罚，就是我请求您原谅，我在这里向您做的这一番自白，我也可以在公开的场合，譬如说在这份杂志上再做一遍，如果您要求这样做的话。"

这就是我当时所说的话，这些话并不完全诚恳，但是别人却不难从中听出诚恳的心意来。我的这个声明对他所产生的影响与我所预料的大致相同。大凡老年长者对小辈们来说性格上都有某种迷惑性、欺骗性，别人在他们身边过着平静的生活，以为彼此的关系毫无问题，别人也了解那些盛行的意见，并且一再得到证实，这种平和的关系是可靠的，认为这一切都是不言而喻的，可是，如果突然间发生了某种决定性的事件，而那长期存在的平静应该发挥作用的时候，那些年老长者却像陌生人一样挺身而出，他们持有更加深邃、更加强烈的意见，现在才算正式亮出了他们的旗帜，于是人们怀着惊恐在那旗帜上读到了新的至理名言。这种惊恐主要由于老人现在所说的话确实合理得多，意义更加深远，更加合乎情理，仿佛其不言而喻的程度会增长似的。在这件事情上的极大的欺骗性恰恰在于，从根本上看来，他们现在所说的话正是他们以前一向所说的，而且一般人事先还就是料想不到会是这样。我十之八九已经把他的性情脾气摸透了，所以他现在说的话并不完全出乎我的意料。"孩子，"他说，一边将他的手放在我的手上友好地搓着，"您怎么会想到要去参与这件事情的呢？——我头一次听说这件事，马上就和我的妻子谈了。"他挪动椅子，坐得离开桌子一点，张开双臂，眼睛望着地上，就好像他的妻子身材十分矮小，在那儿下面站着，他则正在和她说话。"'这么多年了，'我对她说道，'我们都是孤军作战，可是现在城里似乎有一个有地位的赞助者在为我们辩护，城里的一个名叫某某的商人。现在我们该感到非常高兴了吧，嗯？城里的一个商人非同一般；如果是一个卑微的农民相信我们，说出他的看法，这对我们不会有什么用处的，因为农民干的事总是不正派不体面的，农民说乡村老教师说得对也罢，农民不合体统地啐一口也罢，二者所产生的效果是相同的。如果不是一个而是一万个农民站出来说话，那么，效果可能更坏。城里的一个商人则不然。这样的一个人有着广泛的社会联系，即使只不过是他随便说说的话，也会广为流传，新的赞助者便会来关心这件事，譬如有一个人会说：我们也可以向乡村教师学习学习的嘛，第二天就会有一大批人交头接耳窃窃私语开了，看那些人的外表，决计料想不到他们会这样的。现在有了资助这件事的资金了，一个人筹款，别人把钱交到他手里，人们认为，必须把乡村教师从村里请出来。他们来了，并不计较我的相貌，把我接走，由于妻子和孩子们舍不得我，人家便把他们也一同接走了。你观察过城里人吗？不停地叽叽喳喳。如果他们在一起排成一行，这叽叽喳喳声便从右到左，从左到右，此起彼伏，不绝于耳。就这样，他们叽叽喳喳地将我们抬上了马车，他们简直连向我们大家点点头打个招呼的时间都没有。坐在车夫座上的那位先生扶了扶夹鼻眼镜，挥动马鞭，我们便乘车走了。大家向那村子挥手告别，那样子就好像我们还在那儿，就好像我们不是坐在他们中间似的。从城里有几辆马车向我们迎面驶来，车上的人心情特别焦急。当我们相互靠近的时候,他们从座位上站起来,伸长脖子,想看我们。那个筹款的人总管一切,提醒大家保持冷静。我们进城的时候,已是一支浩浩荡荡的车队了。我们曾以为欢迎仪式已经过去,却没料到旅馆前面欢迎仪式才刚刚开始。在城里,一人振臂高呼,响应者顿时云集。一人有了忧愁,众人立刻前来相帮。他们互相商量,互相取长补短。并非所有这些人都能乘马车,他们等候在旅馆前面,另外有些人虽然本来是可以乘马车的,但是他们自觉不乘。这些人也在等候。真是不可思议,那个筹款的人多么有魄力。'"

我平心静气地听他说话,是的,在听他说话的时候,我内心变得越来越平静。我把所有我尚还拥有的我那篇文章的文本堆在桌上。只缺了很少几本,因为最近我发出了一封信,要求收回所有寄出去的文本,大多数文本我都收到了。顺便提及,许多方面的人士彬彬有礼地给我来信说,他们完全记不得曾收到过这样一篇文章,万一果真曾寄来过,那么很遗憾,他们准是把它给弄丢了。这样倒也好,归根到底,我图的也不是别的嘛。只有一个人请求我,允许他把那篇文章当作稀世珍品留在自己身边,保证遵照我信中的意愿,在今后二十年内不给任何人看。那封信乡村教师根本还没有见过。我感到高兴,有他这一席话,我便可以无所挂虑地把信给他看了。不过,即使没有他这一席话,我也大可不必为此担忧,因为我在信中措辞十分谨慎,丝毫没有忽视乡村教师以及那件事情的利益。信中几句关键的话是这样写的:"我请求收回那篇文章,并不是因为我放弃我在该文中陈述的意见,或者也许认为其中有些看法错误,或者哪怕只是认为那些看法无法加以证明。我的请求有着仅仅是个人的、然而却是无可辩驳的理由；可是我的这个请求绝不能说明我对这件事情的态度。我特请注意这一点，方便的话，也请将此意代为传播。"

我眼下还用双手捂住了那封信，说道："因为没有出现这样的结果，您就要责怪我吗？您为什么要这样干呢？我们不要互相怀着怨恨分手。要看到，您虽然有了一个发现，但是这个发现并不是盖世无双的，因此您所遭的不公正的对待也并不是无可比拟的。我不了解学术界的章程，但是我相信，即便在最顺利的情况下，您也不会受到哪怕只是稍稍近似于您向您那位可怜的妻子所描述的那种接待。如果说我期望这篇文章会有什么效果的话，那么我是以为，也许有一个教授会注意我们，他会委托某一个年轻大学生去调查那件事，这位大学生会去找您并用他自己的方法复查一遍您和我所做的调查结果，末了他会，如果他觉得复查结果值得一提的话——这里应该指出，所有的年轻大学生都疑心很重——那么他就会自己写出一篇文章，对您所写过的内容进行科学论述。然而，即便实现了这个希望，也还是没有取得多大成绩。大学生的那篇文章，为这样一件奇特的事件做了辩护，也许因此就会遭到大家的嘲笑。您从这份农业杂志的这个例子上可以看出，这种事很容易发生，而且科学杂志在这方面更显得无情。这也可以理解，教授们对自己、对科学、对后世肩负着重大责任，他们不能对每个新发现都欣喜若狂。我们这种人在这方面比他们优越。可是我现在不谈这些，我愿意设想，大学生的文章取得成功了。那又会发生什么事呢？人们也许会怀着尊敬，几次提及您的名字，这多半也会有利于提高您的地位，人们会说：'我们的乡村教师有眼力.'这份杂志如果有记忆力和良心的话,就得向您公开道歉,也就会有一个好心的教授设法给您弄到一份奖金,人们也确实可能会试图调您进城,给您在一所市立国民小学安排一个工作,以便给您提供利用市里拥有的科学资料来进修的机会。但是如果要我直言不讳的话,那么我必须说明,我以为,人们仅仅是试试看而已。人们把您召唤到这里来,您也来了,以一个普通申请者的身份,这样的申请者多着呢,不会有什么隆重的接待,人们和您交谈,赞赏您真诚的努力,可是同时却也看到,您是一个上了年纪的人了,在您这个年龄开始搞科学研究,是毫无希望的。人们看出,您与其说是按计划,还不如说是偶然有了您的那个发现,您根本无意于超出这个个别事件的范围去做什么进一步的研究。那么,出于这些原因,人们也许会让您留在村里。您的发现当然会有人去继续加以研究的。因为您那个发现并不是那样微不足道,一经重视便不会轻易被人忘掉。但是您再也不会听到多少有关那个发现的情况了,您听到的,您几乎都理解不了。每一个新发现将立刻被纳入科学宝库的总体之中,因此在某种程度上也就不再是一种发现了,它便整个地升华了,消失了,人们得有一种经过科学训练的眼力才能将其辨认。有人会将一个新发现同一些我们从未听说过的原理联系在一起,在学术争论中,同这些原理联系在一起的新发现又会被抛到九霄云外去。我们怎么会理解这种事呢?譬如,我们在旁听一次学术讨论会时,以为是在讨论那个发现,而其实讨论的完全是别的事情,下一回我们以为是讨论别的事,不是讨论那个发现,可是讨论的却恰巧正是那个发现。

"您明白这个道理吗?您会留在村里,可以用您拿到的钱稍稍改善一下您家里的伙食和衣着，但是您的发现者的权利就会被剥夺，而且您还没有任何理由对此进行反抗，因为那个发现是到了城里才发挥出真正的效力来的。人们也许绝不会对您忘恩负义，人们大概会在那个发现地盖一个小小的纪念馆，它会成为村子里的一处名胜，您则是掌管钥匙的人，一如科学工业的仆人们惯于佩戴奖章，人们也会授给您一枚佩戴在胸前的小奖章，这样，您连荣誉勋章也有了。这一切都有可能，可是这一切是您所希望的吗？"

他没有正面回答，而是完全正确地反问道："这么说，您曾力图为我谋求过这些东西的啰？"

"也许是的。"我说，"我当时采取的行动是没有经过认真考虑的，所以现在我也无法明确地回答您。我想帮助您，但是事情失败了，甚至是我所干的事情中失败得最惨的一次，因此现在我想退出，并尽力设法把我所干的事情一笔勾销，就好像我从未插手过那样。"

"那么好吧。"乡村教师说道，一边掏出烟斗装上了一袋烟，他身上所有的衣袋里都装着烟叶子，"您自愿关心过这件吃力不讨好的事情，现在也是自愿退出。这一切都做得完全正确！""我不是个顽固不化的人。"我说，"您觉得我的建议有什么不妥当的地方吗？""没有，一点也没有。"乡村教师说道，这时他的烟斗已经冒起烟来。我受不了烟叶的那股气味，便站起来，在房间里走来走去。从以前的几次商谈中，我已经习惯了乡村教师对我沉默寡言，他一旦来了便不想挪动身子离开我的房间。有时候这曾使我感到十分惊愕；他还想要点什么东西吧，我总是这样认为，并且给他钱，而他通常也都接受。但是他总要待够了才走。通常是在抽完那袋烟以后,他便晃晃悠悠绕着圈手椅转,随后又规规矩矩、毕恭毕敬将那把圈手椅挪到桌子旁边,从墙角拿起他的那根结节拐杖,热烈地握握我的手,走了。可是今天,他坐在那儿一声不吭,我简直讨厌极了。如果一个人,如同我已经所做的那样,一旦向另一方表示了彻底分手的意向,而且对方认为这样完全正确,那么那个人就得尽快处理完那尚需共同一起解决的不多的事务,不要漫无目的一声不吭坐在人家面前,惹人生厌。如果有人从背后看一眼这个固执的小老头儿,看他怎样坐在我的桌子旁边,他一定会认为简直没有任何办法能把这个小老头儿从房间里弄走。

张荣昌　译

（这篇小说写于1914年12月,没有写完。1935年马克斯·勃罗德加了个《巨鼹》的标题,首次把它发表在卡夫卡短篇遗著集《一次斗争的描述》中。）

一个梦

约瑟夫·K.做了一个梦:

这是一个天气不错的日子,K.想散散步。可他还没走出两步,就到了墓地。那里有许多条铺设得异常蜿蜒且不太实用的小径。但他在一条小径上滑过,如同在一条流淌的水面上稳稳地漂过似的。他从远处就看到一个新堆的坟丘。他想停在那里。这个坟丘对他就像施了魔法,他想他根本不可能很快地靠近它。有时他甚至看不到坟丘,它被几面旗子遮住了,旗帜飘动着,并猛烈地互相拍打着,看不到举旗的人,但好像那里在举行一场热闹的庆祝会。

当他还注视着远处时,他突然发现靠近他的路边,有一座一模一样的坟丘,他几乎要错过了。他急忙跳到草地上,因为那条小径在他跳离的脚下还在继续运动,他踉跄地摔倒在路边,刚好跪在那座坟丘前。两个男人站在坟后面,手中抬着一座墓碑,K.还没走过,他们就已经把墓碑牢固地插在地上,立刻第三个男人从灌木丛中出来,K.马上认出这是一个画家。他只穿着条长裤和一件马马虎虎扣着的衬衫,头上戴着顶天鹅绒帽,手里拿着一支普通的铅笔,已经在空中画着些图形。

此刻,他拿着笔在石碑的顶端写着什么,石碑特别高,他虽然不需要弯腰，但他要向前探着身子，因为坟丘把他和石碑隔开，他又不想踩到坟丘上，于是就踮着脚，用左手扶着墓碑，撑着身体。他技艺超群，用那支普通的画笔写下几个金色的大字："这里安息着……"每个字都干净漂亮，用赤金深深地刻在石碑上。当他写下面的字时，回头看了看K.；K.因为迫切期待着碑文的下文，几乎没有注意那个男人，而是只盯着石碑。事实上，那个男人要继续写下去，但他写不下去了，有什么在阻碍着他。他放下笔，又转过身望着K.，现在K.也看着这个画家，注意到他的窘态；但是他又无法解释。他以前所有的活泼都不见了。K.也因此局促不安；他们交换着无可奈何的眼神，他们中间有很深的、不能解释的误会。就在这个时候，墓地教堂的小钟不合时宜地响了起来。但画家挥动了一下抬起的手臂，钟声就停止了。过了一会儿，钟声又响了起来；这一次响得非常轻柔，没有被要求，它马上又停止了，就好像是在试试它的声音似的。对于画家的处境，K.感到难过，他开始流泪，并用手捂着嘴抽噎着。画家等到K.停止了哭泣，因为没有别的选择，然后决定继续写下去。他开始写第一笔，这对K.是一种解脱，但画家可是明显地、极不情愿地完成这一笔；字体不再那么秀美，尤其是字上看来没有金箔，黯然失色，笔画拖拉，只是字母被写得特别大。在他快要写完字母J时，画家恼怒地用脚跺着坟丘，四周的尘土飞扬了起来。终于K.理解了他，可现在道歉已太晚了，他用十指挖着地上的泥土，轻而易举，所有的都好像是已准备好的；薄薄的地壳只是做个样子被放在那儿，它的下面立刻出现一个四壁向下倾斜的大洞穴，K.被一阵轻柔的气流，仰面朝天地吹到洞穴中，在他落到深不可测的洞穴中时，他还把头颈向上仰起，刚好看到他的名字已经以巨大的花体字被写在石碑上。他为眼前景象所陶醉，便醒了过来。

晓辉 译

（本篇约写于 1914 / 1915 年，首次发表于 1917 年。）

法的门前

法的门前站着一个守门人。一个从乡下来的人走到这个守门人跟前，请求让他进法的门里去。可是，守门人说，现在不能让他进去。乡下人想了一想，然后又问道，那么以后可不可以让他进去。"有可能，"守门人说，"但现在不行。"因为通向法的大门始终是敞开着的，守门人又走到一边去了，乡下人便弯腰探身，往门里张望。守门人发现他这样做，笑着说："如果你很想进去，那就不妨试试，暂且不管我是否许可。不过你得注意：我是有权的。我只是一个最低级的守门人。从一个大厅到另一个大厅都有守门人，而且一个比一个更有权。就是那第三个守门人的模样，我甚至都不敢正视一眼。"乡下人没有料到会有这么多的困难；他本来想，法的大门应该是每个人随时都可以通过的，但是，他现在仔细地看了一眼穿着皮大衣的守门人，看着他那又大又尖的鼻子和又长又稀又黑的鞑靼胡子，他便决定，还是等一等，得到允许后再进去。守门人给了他一只小矮凳，让他在门旁坐下。他就这样，长年累月地坐在那里等着。他做了多次尝试，请求让他进去，守门人也被弄得厌烦不堪。守门人时不时地也和他简短地聊上几句，问问他家里的情况和其他一些事情，不过，提问题的口气是非常冷漠的,就好像那些大人物提问一样;临到最后,守门人总是对他说,现在还不能放他进去。乡下人为这次旅行随身带了许多东西;为了能买通守门人,他把所有的东西都送掉了,这总还是非常值得的。守门人虽然把礼物都收下了,但每次总是说:"我收下来,只是为了免得让你认为,还有什么事情办得不周。"在这漫长的年月里,乡下人几乎一刻不停地观察着这个守门人。他忘记了还有其他的守门人。似乎这第一个守门人就是他进入法的大门的唯一障碍。最初几年,他还大声地咒骂自己的不幸遭遇,后来,他渐渐老了,只能独自嘟嘟哝哝几句。他变得稚气起来了,因为对守门人的长年观察,甚至对守门人皮领子上的跳蚤都熟识了,他也请求跳蚤来帮助他,说服守门人改变主意。最后,他的视力变弱了,他不知道,是否他周围的世界真的变得暗下来了,或者只是他的眼睛在欺骗他。可是,就在这黑暗中,他却看到一束从法的大门里射出来的永不熄灭的光线。现在他的生命就要完结了。在临死之前,这么多年的所有体验都涌在他的头脑里,汇集成一个迄今为止他还没有向守门人提出过的问题。他招呼守门人过来,因为他那僵硬的身体再也站立不起来了。守门人不得不把身子俯得很低才能听到他说话,因为这两个人的高度差别太大显得对乡下人非常不利。"你现在还想知道些什么?"守门人问,"你这个人真不知足。""所有的人都在努力到达法的跟前,"乡下人说,"可是,为什么这许多年来,除了我以外没有人要求进去呢?"守门人看出,这乡下人快要死了,为了让他那渐渐消失的听觉还能听清楚,便在他耳边大声吼道:"这道门没有其他人能进去,因为它是专为你而开的。我现在要去把它关上了。"

孙坤荣　译

（本篇写于1914年秋,首次发表于1916年,系卡夫卡摘自他的长篇小说《诉讼》中的一段。）

老光棍布鲁姆费尔德

一天晚上，布鲁姆费尔德，一个上了年岁的单身汉，上楼到他的寓所去。这可是一件辛苦事，因为他住在七楼。他一边爬楼梯一边想——近来他经常如此——这种孤寂冷清的日子真难挨，现在他简直是偷偷摸摸地爬上这七层楼梯，爬到楼上他那几间空落落的房间里，在那儿又简直是偷偷摸摸穿上睡衣，点上烟斗，稍稍翻阅一下那份他几年来一直订着的法国杂志，边看边饮一种他自己配制的樱桃酒，半个小时以后终于上床睡觉了，上床前还得重新把被子彻底铺过一遍，那个怎么教她也不改的女用人总是随心所欲地把被子往床上一扔就算了事。如果随便有个什么人来做伴，来看看他的这些活动，布鲁姆费尔德一定会非常欢迎的。他曾经考虑过他要不要弄一只小狗来养养。这种动物惹人喜欢，尤其是它感恩图报而且忠实；布鲁姆费尔德的一个同事就有一只这样的狗，除了它的主人以外，它跟谁也不亲近，只要有一会儿工夫没看见它的主人，再见到他时它便会立刻大声汪汪叫着迎接他，显然它是以此来表示重新见到它的主人、这位特殊的恩人时的喜悦。养狗当然也有坏处，即使很注意让它保持清洁，它也会把房间弄脏。这是完全不可避免的，因为不能每次带它进房间来以前都用热水给它洗澡，何况这于狗的健康也不利。但是，房间里不干净的话，布鲁姆费尔德又受不了，对他来说，房间的干净整洁是某种生活的必需，他每周都要跟在这一点上不很讲究的女用人争吵好几回。由于她耳背，他通常都是一把拽住她的胳臂，把她拉到房间里他认为没有收拾干净的那些地方去。多亏这样严格要求，他才使他的房间整理得接近于符合他的愿望。可是弄一只狗来，这简直就等于是自愿把迄今为止一直被小心翼翼地抵挡着的污秽引进他的房间里来。跳蚤，那些狗常有的伴侣，也会跟着来了。一旦有了跳蚤，那么，布鲁姆费尔德把他的那间舒适的房间让给那只狗，自己再另找一间的时刻也就不远了。而不干净只不过是狗的一个坏处。狗也会犯病，而且狗病说实在的没有一个人会瞧。狗一生病，便蜷缩在一个角落里，或者一瘸一拐地走来走去，哀鸣，不断地轻咳，疼得喉咙哽噎，你用一条毯子裹住它，对它吹吹口哨，把牛奶罐推到它跟前，简单一句话，你一边照料它，一边希望这是一场很快便会见好的小病，而且也确实存在着这种可能，可实际上又往往是一种严重而可恶的传染病。即使那只狗一直没有病，那么有朝一日它会衰老，而你又未能拿定主意，及时把那只忠实的狗送掉，于是会有那么一天，你一看到那对泪汪汪的狗眼，便会顾影自怜，想到自己也老了。可是随后你便不得不同那只眼睛半瞎、肺部虚弱、因肥胖而行动迟钝的动物一道受罪，不得不为那只狗从前所带来的快乐而付出高昂的代价。不管布鲁姆费尔德现在多么盼望有一只狗，他还是宁愿再独自一个人爬三十年的楼梯，也不愿意以后受这么一只老狗的连累，这只老狗喘气的声音会比他自己的还要粗，并在他的身边艰难地一级一级往上爬。

就这样，布鲁姆费尔德将继续过独身生活。他倒是没有老处女常有的那种欲望。老处女希望身边有一个隶属于自己的有生命的东西，她可以保护这个生命，她可以对这个生命表示温存，她愿意一直侍候这个生命，因此一只猫、一只金丝鸟或者几条金鱼便能满足她的欲望，使她如愿以偿。如果不能这样，那么莳弄莳弄窗前的花卉她们也会心满意足的。可是布鲁姆费尔德却只愿意要一个做伴的，一头动物，他用不着为这头动物操多少心，偶尔踢它一脚也没什么关系，在不得已的情况下它也可以在胡同里过夜，可是如果布鲁姆费尔德想它了，它便会立刻又吠又跳，摇尾乞怜，过来听候使唤。布鲁姆费尔德要的就是这样的玩意儿。可是他看出，不蒙受巨大的损失他是养不了它的，所以他只好打消了这个念头，可是他旧习不改，不时地会转悠起这个念头来，今晚也是如此。

他来到楼上，站在他的房门口，从口袋里摸钥匙，这时房间里传出来一阵响声，引起了他的注意。那是一种古怪的吧嗒吧嗒的声音，不过很清晰，很有规则。由于布鲁姆费尔德刚才还想到过狗，因此这声响使他联想起狗的两个前爪轮流拍打地面所发出的那种响声。但前爪不会吧嗒吧嗒响的，那不是前爪。他急忙打开房门，扭开电灯。万万没想到他看到的竟是这样一幅景象。这简直是变魔术，两个白底蓝条纹小赛璐珞①球在镶木地板上交替地跳上跳下；一个球着地，另一个就在高处，它们不知疲倦地玩

---

① 塑料的一种，透明，坚韧，容易燃烧，可以染成各种颜色。也可用来制造玩具、文具等。

着这样的游戏。有一回在中学做一次有名的电学实验时，布鲁姆费尔德曾看见一些小球类似这样地跳动过，可是眼下这些球都比较大，在空荡荡的房间里跳动，这可不是做电学实验。布鲁姆费尔德朝小球俯下身去，想把它们看个真切。毫无疑问，这是普普通通的球，多半球体内部还有几个更小的球，是它们发出了吧嗒吧嗒的声音。布鲁姆费尔德往空中抓了一把，看看小球是否吊在什么线上，没有，它们完全是在独立运动。可惜，布鲁姆费尔德不是小孩，否则看到两个这样的球他一定会喜出望外的，而眼下，这件事却给他一种不愉快的印象。作为一个不起眼的光棍无声无息地活着，并不是毫无价值的，现在有人——不管他是谁——打破了这个无声无息的状况，给他送来了这两个滑稽的球。

他想抓住一个，但两个球都避开他向后退去，并引诱他在房间里跟着球跑。他寻思道，这样跟着球跑实在太蠢了。于是他便站住，在一边望着球，眼看它们在追逐似乎已经停止的时候也在原地停住了。他又想，我还是得设法逮住它们，便又急忙向它们奔过去。它们立刻避开，但布鲁姆费尔德叉开两条腿将它们逼近一个墙角，在墙角上那只箱子跟前，他成功地逮住了一个球。那是一个凉丝丝的小球，在他的手心里旋转着，显然渴望逃脱。另外那个球仿佛看到了它的同伴处于困境似的，跳得比原先更高了，但放慢了跳跃的速度，直至它碰着了布鲁姆费尔德的手。它撞击那只手，越跳越快地撞击着，改变着攻击点，由于它对那只能一把将它握住的手无可奈何，于是它便又往高处跳起来，多半是想够着布鲁姆费尔德的脸。布鲁姆费尔德也完全可以把这个球逮住，把两个球都禁锢在某个地方，但此刻他觉得对两个小球采取这样的措施未免太过分。占有这样的两个球,也是件开心的事嘛,况且过不了一会儿它们就会疲惫不堪,滚到一个柜子下面安静下来的。可是尽管有这样的考虑,布鲁姆费尔德还是心里恼火,将那只球往地上一扔,真奇怪,那个脆弱、几乎透明的小球竟然没有碎。那两个球随即又做起先前那种低矮的、协调一致的跳跃动作来。

布鲁姆费尔德心平气和地脱衣服,理了理衣箱里的衣服,他一向惯于仔细查看女用人把房间拾掇整齐了没有。有那么一两回,他扭过头去望望那两个球,它们没受到跟踪,现在倒好像跟踪起他来了,它们已经向他这边移动过来,紧靠着他的背后跳动。布鲁姆费尔德穿上睡衣,想走到对面墙跟前,从那儿的烟斗架上拿一个烟斗。转身之前他情不自禁向后面踢了一脚,那两个球却很会躲闪,没给踢着。当他绕着烟斗架走时,那两个球立即跟了上来,他趿拉着拖鞋,错乱着脚步,但是他每跨出一步,球便几乎不间歇地撞击一下,它们跟他和着脚步呢。布鲁姆费尔德突然转过身,想看看那两个球是怎么回事。可是他刚一转过身去,球便绕到了他的背后,他再转身,球又绕到他的背后,这样重复了许多次。它们像下级随从人员,竭力避免在他面前停住。到现在为止,看来它们只是为了向他做自我介绍,才斗胆在他面前停过,但如今它们已经尽过它们的职分了。

到目前为止,他每逢遇到特殊情况而又没有能力控制局面的时候,总是只有装聋作哑这一个办法。这个办法常常很灵验,通常起码会使局面好转。他现在也采取这个态度,站在烟斗架跟前,噘着嘴挑了一个烟斗,慢条斯理地用准备好的烟袋里的烟叶装烟斗，无动于衷地任凭那两个球在他背后跳跃。可是他还踌躇着不马上走到桌子跟前去，听到跳跃声和着他自己的脚步声发出整齐的节奏，他心里几乎感到难过。他就这样站着，故意磨磨蹭蹭地装烟斗，一面估摸着他和桌子之间的距离。最后他终于鼓足了劲，狠命跺脚，走完了那一段路。他跺得地板咚咚响，根本没有听见球的声音。当他坐下来时，它们在他的圈手椅后面跳跃的声音又清晰可闻了。

桌子上方的墙上，在伸手就可以够到的地方，安了一块木板，木板上放着那瓶樱桃酒，酒瓶四周摆满了小酒杯。酒瓶旁边有一摞法国杂志。（恰好今天来了一期新的。）布鲁姆费尔德把新到的杂志拿下来。那酒他全然忘了，他甚至有这种感觉，仿佛他今天只是出于自我安慰才不受干扰地干他往常所干的事，真要读点什么他倒也不想。他一反往常一页一页仔细翻阅的习惯，打开杂志，随便翻到一页，发现有一幅很大的画。他强迫自己仔细观看那幅画。画的是俄国皇帝和法国总统会见的情景，会见是在一艘船上进行的。从四周到远处还有许多别的船只，船上烟囱里吐出的烟雾在蔚蓝的天空袅袅上升。两个人，皇帝和总统，急匆匆迈着大步互相迎面走了过来，恰好相互握住了手。皇帝和总统的背后各站着两个显贵。与皇帝和总统的欢快的神色相比，随员们的神色都显得极其严峻，各方随员的目光都一齐望着各自的主子。这个场面显然发生在船只的最高层甲板上，而底下，水手们站在长长的行列里敬礼，这敬礼的水手的行列到了画面的边缘便被切断了。布鲁姆费尔德看着看着便对这幅画产生了更加浓厚的兴趣，随后便把那画挪得稍微远一些，眨巴着眼睛仔细观看它。对于这样伟大壮丽的场面他始终具有很高的鉴赏能力。主要人物这样毫不拘谨、热烈而轻松自如地互相握手,他觉得这很符合实际情况。而随员们——当然都是达官显贵,下面注有他们的名字——在其举止态度上保持着这一历史性时刻的严肃性,这样处理同样也是对的。

布鲁姆费尔德没有把他所需要的一切东西都拿下来,而是不声不响坐着,两眼望着那一直还没有点燃的烟斗。他窥测着时机,蓦地,他生机勃发,猛然一下连同圈手椅一道转过身去。但球也保持着相应的警觉,或者是漫不经心地服从着那条支配它们行动的法则,在布鲁姆费尔德转身的同时,它们也换了地方,隐藏在他的背后。布鲁姆费尔德就背对着桌子坐着,手里拿着那个凉烟斗。现在球在桌子下面跳跃,由于那儿有一块地毯,所以声音很微弱。这是一大好处,只有极其轻微而低沉的响声,要非常注意才听得见。而布鲁姆费尔德却十分留神,听得一清二楚。但这只是现在才如此,再过一会儿,他多半就一点也听不见了。它们在地毯上如此不惹人注意,这在布鲁姆费尔德看来,似乎是球的一大弱点。人们只需垫上一块或者更保险一点垫上两块地毯,它们便几乎无能为力了。当然只是在一定的时间内,此外,它们的存在本身就已经意味着某种力量了。

现在,布鲁姆费尔德倒觉得很可以养一只狗了,这样一头年轻、具有野性的动物马上就会把这些球制服的。他想象这只狗怎样追逐着用前爪抓球,怎样地驱赶它们,怎样追得它们满屋子乱跑,最后终于一口咬住了它们。布鲁姆费尔德不费什么劲便可以在最近弄到一只狗的。

但是眼下，那两个球只需要提防布鲁姆费尔德，而他却不想去收拾它们，也许他只是下不了决心。晚上下班回来他累了，正当他需要休息的时候，竟出其不意给他来了这一手。现在他才感到他有多么疲倦。这些球他反正是一定要收拾的，并且很快就会动手，但眼下不会，多半要到第二天才会去收拾它们。如果不带任何偏见看一看整件事情，那么应该说，这两个球的举止行为是够谦虚的。比如说，它们本可以不时地向前跳跃，露一下面便又回到原处，或者跳得更高些，好撞击桌面板，以补偿被地毯压低的声音。但是它们不这样做，它们不愿意不必要地去惹怒布鲁姆费尔德，它们显然只限于做必不可少的事。不过，这必不可少的事也足以使布鲁姆费尔德对待在桌子旁边兴味索然。他才在那儿坐了没一会儿便想去睡觉了。他在那儿不能抽烟，因为他把火柴放在小床头柜上了，这也是他想去睡觉的缘由之一。这就是说，他要抽烟就得去取那火柴，但既然他已经到了床头柜跟前，那还不如待在那儿，就势躺下呢。在这个问题上，他也还有一个隐情，原来他以为那两个球一味跟在他背后，并且会跳到床上来的，而他一躺下去便会有意无意地把它们压碎。他不相信球的碎片也会跳的。不平常的事物，也得有个限度。平常，整个的球也会跳，尽管不是不停顿地跳，可是，球的碎块是从来都不会跳的，所以在这不平常的情况下也不会跳的。

"起来！"他嚷道，经过这番考虑他几乎任起性子来了。他背后带着球，踏步向卧床走去。他的希望似乎就要得到证实；当他故意贴近床边的时候，马上便有一个球跳到床上。可是出现了意想不到的情况，另外那个球竟跑到床底下去了。球也会在床底下跳，这种可能性是布鲁姆费尔德完全不曾想到的。他对那一个球感到恼火，虽然他觉得这是多么不公平，因为那个球在床下跳，所以它完成任务也许要比床上的那个球完成得好。现在要看那两个球决定待在哪儿了，因为布鲁姆费尔德不相信它们会长时间分开工作。不一会儿，下面那个球果然也跳到床上来了。现在我要它们好看了，布鲁姆费尔德心里这么说，兴奋得有些激动了，一把扯下身上的睡衣，急忙躺到床上去。但这时，从床下跳到床上来的那个球偏偏又在往床下跳去。布鲁姆费尔德怀着极度失望的心情简直是瘫倒在床上了。那个球多半只是在床上张望了一下，它不喜欢待在那儿。于是乎，另外那个球也跟着它跳下去，自然也就待在下面了，因为下面更好些。"这一整夜我都得在这儿跟这些鼓手做伴了。"布鲁姆费尔德心想，咬着嘴唇点了点头。

他郁郁不乐，其实他并不知道那两个球夜里会对他有什么损害。他睡眠一向极好，这点小小的声响他好对付。为了有充分的把握，他根据已经取得的经验在它们下面垫了两块地毯。仿佛他养了一只小狗，现在给它铺个软和的床铺。仿佛那两个球也疲乏了，困倦了，它们也跳跃得比先前低而慢了。每当布鲁姆费尔德跪在床前，用那盏床头灯往床下照时，他有时便以为那两个球永远躺在地毯上不动弹了，因为它们落地时十分无力，滚动一小段距离时的速度也十分缓慢。不过，它们随后又尽责地蹦了起来。如果布鲁姆费尔德第二天一早起来再看那床底下时，他便会发现那儿有两个安安静静的、不会伤人的儿童球，这种情况也是可能的。

但它们似乎连坚持跳到早晨都不能了,因为布鲁姆费尔德一躺到床上就听不见它们的响声了。他竭力想听到一点动静,他从床上探出身子去仔细倾听——什么声响也没有。地毯起不了这么大的作用,唯一的解释是,两个球不跳了。要么地毯软,弹性不够,它们弹跳不起来,因而暂时停止跳动了,要么就是——这个可能性更大——它们永远也不会再跳了。布鲁姆费尔德满可以起来看看究竟是怎么回事,但他对房间里终于寂静下来感到满意,所以他宁愿躺着,连用目光接触一下那静止下来了的球都不愿意。他甚至连烟也不想抽,一转过身去,马上便睡着了。

可是他并非不受干扰,同往常一样,他这一夜也没有做梦,但睡得很不安稳。夜里他无数次被惊醒,误以为有人在敲门。他也肯定知道没有人敲门,谁愿意半夜三更来敲门,敲他的门,敲一个孤独的光棍的门呢。他虽然肯定知道这一点,但是他仍然每次都会惊起,神情紧张地朝房门张望一阵,张着嘴,睁大了眼睛,一绺绺头发在潮湿的额角上抖动着。他想计算出他一共醒过来多少次,所得出的数字很大,弄得他迷迷糊糊,重新睡着了。他自以为知道那敲门声是从哪儿发出来的,敲的不是房门,完全是在别的什么地方敲,但他在睡意朦胧中想不起来他是根据什么这样推测的。他只知道先有许多微小而可厌的打击声聚集到一起,然后才汇成那巨大而强烈的敲门声。假如他可以避免听到那敲门声的话,那么,那些微弱打击声尽管讨厌,他还是乐于忍受的,但由于某种原因现在已经为时过晚,他在这方面无法进行干预,错过了时机,他连话都没有,只是张嘴打着无声的哈欠,他气愤不过,猛然把脸埋在枕头里。这一宵就这样过去了。

早晨，女用人的敲门声把他唤醒，他用一声舒心的叹息来欢迎他平常总是嫌声音小得听不见的轻柔的敲门声，他正想喊"进来"，这时他突然还听见了另外一声急促的、虽然微弱但确实杀气腾腾的敲击声。那是床底下的球。难道它们醒过来了？难道它们同他相反，睡了一夜精力又充沛了？"马上就来。"布鲁姆费尔德对女用人喊道，说着从床上坐了起来，但为谨慎起见，他要让两个球待在他的背后的位置上，于是他一纵身跳到了地上，但始终背对着它们。他扭头朝它们望去，这一看不打紧——他简直快要骂娘了。看来那两个球像夜里踹掉讨厌的被子的孩子，这一夜它们一拱一拱地把地毯从床下拱出来了那么一截，它们下面又露出了光光的镶木地板，又可以发出声响了。"回到地毯上去！"布鲁姆费尔德恶狠狠地说道，只是当那两个球由于地毯的作用重新寂静下来的时候，他才喊女用人进来。她是一个迟钝的、总是直着身子走路的胖女人。她应声进来把早餐放在桌上，便张罗着打扫起房间来，而这时布鲁姆费尔德却身穿睡衣站在床边，好让那两个球待在床底下。他用目光紧紧盯住女用人，想看看她是否有所察觉。这是不大可能的，因为她耳背。可是布鲁姆费尔德却自以为看见女用人不时地停住脚步，扶住一件什么家具，竖起眉毛在偷偷地听，这一切他都归咎于自己因睡眠不好而引起的精神亢奋。如果他可以使女用人干活干得稍许快一点，他一定会感到高兴的，但她几乎比平时还要慢。她笨手笨脚地抱起布鲁姆费尔德的一堆衣服和靴子往过道里走去，很长时间她都没再进来，只听见传来零星而单调的敲打声，那是她在外面拍打衣服的声音。在整个这段时间里，布鲁姆费尔德不愿意将球引出来，所以他固守在床上，动弹不得，只好眼巴巴地看着咖啡凉下来，而他本来是最喜欢喝热咖啡的。他没有别的事好做，只好盯住垂下的窗帘，窗帘外面晨光熹微。最后女用人终于拍打完毕，道过一声早安，就想走了。但在最后离去之前，她还在门口站了片刻，稍稍翕动着嘴唇，狠命地盯住布鲁姆费尔德看。可是正当布鲁姆费尔德想问她这是什么意思的时候，她却一扭头走了。布鲁姆费尔德恨不得一把拉开房门，冲着她的后背，大骂她是个愚笨痴呆的老太婆。但他随即想了一想他究竟同她有什么过不去的地方，他只觉得事情十分荒唐，她无疑什么也没有觉察到，可是却想装出觉察到什么的模样来。他的思绪多么紊乱！而且仅仅由于一夜没睡好觉就成了这个样子！他为他没有睡好觉找到了一个小小的原因，那就是昨天晚上他没按自己的习惯去做，既没吸烟也没喝酒。我一不吸烟不喝酒便要睡不好觉，这就是他思考后得出的最后结论。

从现在起他要更加注意身体，他当即从挂在床头柜上方的药包里拿出药棉，往耳朵里塞了两个小棉花球。然后他站起来，跨出一步试了试。两个球虽然跟着他走了，但是他几乎听不见它们的声音，于是他又塞了一个棉花球，便把它们的声音完全消除掉了。布鲁姆费尔德又走了几步，没有发生什么特别不愉快的事。布鲁姆费尔德和两个球，各自都自成一体，虽然他们互为约束，但是他们互不干扰。有一回布鲁姆费尔德转身转得比较快，而有一个球在做相对运动时动作却不够快，仅在此刻，布鲁姆费尔德的膝盖才把它磕着了。这是唯一的意外事件，除此以外，布鲁姆费尔德就是平心静气地喝咖啡。他饿了，仿佛这一夜他不是睡了一觉，而是做了一次长途跋涉，他用极其清凉的冷水洗了洗身便穿上了衣服。到此刻为止，他一直没有把窗帘拉起来，为了谨慎起见，他宁愿待在昏暗里也不想让陌生人的眼睛看见他的球。但他现在已经做好了出门的准备，万一两个球也敢于跟着他上街——这一点他并不相信——他得想法子不让它们得逞。他想出了一个好主意，他打开那只大衣箱，背对着它。那两个球好像看出他打的是什么主意似的，便留神着不到衣箱里去，布鲁姆费尔德和衣箱之间的每一个空隙它们都充分加以利用，实在没有办法时就一下子跳进箱里，随即又从黑咕隆咚的箱子里逃了出来。他没有法子把它们从箱沿弄到衣箱里去。它们宁愿渎职，几乎紧贴在布鲁姆费尔德的身边。但是，它们的小花招丝毫也帮不了它们的忙，因为现在布鲁姆费尔德自己后退着跨进了衣箱，这一下它们当然也就不得不跟进去了。它们一跟进去也就决定了它们的命运，因为箱底放着各种小件物品，有靴子、盒子、小箱子，那些东西虽然全都——现在布鲁姆费尔德为此感到惋惜了——放得整整齐齐，但却妨碍那两个球的行动。这时，几乎已将衣箱门随手拉上的布鲁姆费尔德，以多年来未曾有过的敏捷，一下子从衣箱里跳了出来，关上箱子，转动钥匙，当即把两个球锁在了里面。"这下子总算成功了。"布鲁姆费尔德心想，一边抹了抹脸上的汗。那两个球在衣箱里吵闹得多凶啊！给人的印象是它们仿佛在拼命了。而布鲁姆费尔德却十分满意。他离开房间刚一踏上那空寂的走廊，精神顿时就为之一爽。他拿掉塞在耳朵里的棉花，听见了屋子里人们醒来的种种响声，心里禁不住地高兴。外面人很少，时间还很早。

女用人的那个十岁小男孩正站在楼下穿堂里那扇矮门的前面，那扇门是通向女用人住的地下室的。那个孩子跟他母亲长得一模一样。一看见孩子的这张面孔便会想起老太婆的丑陋的相貌。他，两条罗圈腿，双手插在裤兜里，站在那儿呼哧呼哧直喘气，因为他这个年纪就已经得了甲状腺肿大，呼吸有困难。平时，布鲁姆费尔德一见这个男孩便要加紧脚步赶快走开，尽可能避免看到他那番表演，但今天他简直想待在他身旁不走了。即使这个男孩是由那个女人生到这个世界上来的，而且身上带着母体的种种标记，可眼下他是个孩子，粗笨难看的脑袋里是天真的稚气，如果你好好儿跟他谈谈，问他点什么，那么他多半会用响亮的声音天真而恭敬地回答你的。内心经过一番斗争以后，你也就会去抚摩抚摩他的两个面颊。布鲁姆费尔德这样寻思着，但还是从孩子身边走了过去。在胡同里，他发觉天气比他在房间里想象的要好。晨雾在消退，一阵强劲的风吹过，天空露出了蓝色。布鲁姆费尔德得感谢那两个球，多亏了它们他才比平时早得多地从房间里走了出来，那份报纸他连读都没读就放在了桌子上。不管怎么说，他因此就赢得了许多时间，现在可以慢慢地走了。真奇怪，自从他把两个球甩掉以后，他很少为它们担忧。只要它们跟在他后面，他就得把它们看作是他所拥有的某种东西，某种在评价他这个人时必须一同加以考虑进去的因素，可是现在，它们只不过是家里衣箱内的一个玩具罢了。这时布鲁姆费尔德突然冒出一个念头，得替那两个球找一个应有的归宿，这样，他也许就能轻易地使它们不再为非作歹。那个男孩子还在那穿堂里站着呢，布鲁姆费尔德可以把球送给他，不是借给他，而是明确地送给他，而送给他和下令消灭它们，其意义当然是相同的。即使它们会完好无损，但毕竟是在孩子的手里，比起放在箱子里，身价要低一档。屋里所有的人都会看见那个孩子怎样玩弄它们，别的孩子也会加入进来，一般人都会认为那是供人玩耍的球，不是布鲁姆费尔德的什么终身伴侣，这个意见会变得不可动摇、不可抗拒。布鲁姆费尔德跑回屋里。那个男孩刚刚走下地下室楼梯，在下面正想开门。布鲁姆费尔德只好喊住那个孩子，叫了一声他的名字。跟和那孩子有联系的所有事物一样，他的名字也滑稽可笑。"阿尔弗雷德，阿尔弗雷德！"他喊道。那个孩子迟疑了良久。"你过来呀！"布鲁姆费尔德喊道，"我给你一样东西。"房东的两个小女孩从对面的房门里走了出来，好奇地站在布鲁姆费尔德的左右两边。她们理解事物比那个男孩快得多，不明白为什么他不马上跑过来。她们招手叫他过来，一边用眼睛紧紧盯住布鲁姆费尔德，但揣摩不透阿尔弗雷德究竟会得到一件什么样的礼物。她们为好奇心所驱使，两只脚交替着一踣一踣。布鲁姆费尔德笑她们，也笑那个男孩子。这男孩子似乎终于明白过来，正呆板而迟钝地沿着楼梯走上去。就连他迈步的姿势也跟他的母亲一样，她此时已出现在地下室门口了。布鲁姆费尔德故意大声叫喊，好让女用人也明白他的意思，必要的话还可以监督他执行任务。布鲁姆费尔德说道："楼上，在我的房间里，有两个很好看的球。你想要吗？"男孩只是撇了撇嘴，他不知道应当采取什么态度，他扭转身，用询问的眼光向下望着他的母亲。但女孩子们立刻围着布鲁姆费尔德跳了起来，并向他要球。"那球你们也可以玩的。"布鲁姆费尔德对她们说道，却等着男孩的答话。他本来可以立刻把球送给女孩子的，但他觉得她们太轻浮,现在他更信任那个男孩子。在这同时,这个男孩子没有跟母亲交换一句话就已从她那儿讨得了主意,并对布鲁姆费尔德再次提出的问题点点头表示同意。"那你注意听着,"布鲁姆费尔德说,他深知自己不会因为送了礼物而受到感谢,对此他毫不介意,"我房门的钥匙你母亲有,你得从她那儿把那钥匙借来,我把我衣箱的钥匙给你,球就在那个衣箱里。拿到球后再好好儿地把衣箱和房门锁上。那球你就拿去随便玩吧,不用再送回来了。你明白我的意思了吗?"遗憾的是那个孩子没有听明白。布鲁姆费尔德原想把一切都给这个理解力无比迟钝的孩子讲清楚,但正因为如此,他说话重复太多,钥匙、房间、衣箱颠来倒去地讲,弄得那孩子睁大眼睛望着他,好像他不是在干好事,而是在勾引他干坏事。女孩子们倒马上就全听明白了,拥到布鲁姆费尔德跟前,伸手就要拿钥匙。"等一等。"布鲁姆费尔德说道,他在生大家的气了。时光也在消逝,他不能再耽搁下去了。要是女用人说一声她已经听明白了他的意思,会替那孩子把一切都办妥帖的,那该有多好。可是不,她还是一直站在下面门口,像腼腆的耳背女人那样扭怩地微笑,也许是以为布鲁姆费尔德在上面突然喜欢上她的孩子,正在听孩子背乘法口诀呢。可是布鲁姆费尔德却又不能走下地下室楼梯,对着女用人的耳朵大声嚷嚷他的请求,愿她的儿子看在上帝的分上使他摆脱掉那些球。他愿意把他衣箱的钥匙交托给这家人一整天,这说明他已经相当克制自己的情感了。他自己不带那孩子上楼,不去那儿把球交给他,而是在这儿把钥匙递给他,这并不是他怜恤自己的身体。他总不能在楼上先把球送掉,然后又从孩子手中夺走,因为那两个球会跟在他背后一起走的,这是非常有可能的。他开始重新进行解释,但一见那孩子懵懂的目光便又立刻停下,几乎是神色忧郁地问道:"这么说,你还没听懂我的意思?"一束如此懵懂的目光可以使人失去抵御的能力。它会引诱人说出不愿意说的话,而人们之所以那样,仅仅是为了好用理性去填补空虚。

"我们去给他拿球!"女孩们喊道。她们机灵,她们已经看出,只有通过男孩这个中间人她们才能得到球,但她们还得靠自己让这个中间人起作用。房东的房间里一只时钟敲响,提醒布鲁姆费尔德得抓紧时间。"那你们就把这钥匙拿去吧!"布鲁姆费尔德说道,他刚一伸手,钥匙便从他手里被夺走了。假如他把钥匙给了那个男孩,那他就根本不用这么担心了。"房门钥匙到下面那位太太那儿去拿,"布鲁姆费尔德还说道,"你们拿了球回来,就把两把钥匙都交给那个太太。""知道,知道!"女孩子们说着便一溜烟下楼去了。她们什么都知道,真是无所不知。仿佛布鲁姆费尔德受了男孩理解迟钝的传染似的,现在他自己都不明白,她们怎么会这样快就从他所做的解释中得知这一切情况的。

这时,只见她们已经在下面拉扯住了女用人的裙子,但不管这多么诱惑人,布鲁姆费尔德却没工夫再去看她们怎样执行她们的任务了,这不单单是因为时间已晚,而且也是由于他不愿意目睹那两个球跑到室外来的情景。他甚至想在女孩子们刚到楼上开房门的时候就走出几条胡同去。他无法预料那两个球后来会怎么样。于是,今天早晨他第二次来到街上。他还看见那个女用人怎样全力以赴抵御女孩们的进攻,那个男孩怎样晃动着那两条罗圈腿跑去帮助母亲。布鲁姆费尔德不理解，像女用人那样的人怎么会在世界上生长、繁殖开来的。

在去他受雇的那家内衣厂的路上，他对工作的思虑渐渐占据上风，压倒了一切其他的杂念。他加快了脚步，尽管那男孩耽搁了他不少时间，他还是第一个来到了办公室。这是一间用玻璃隔扇隔开的房间，里面放着一张布鲁姆费尔德用的写字台和两张布鲁姆费尔德手下的实习生用的立式斜面桌。虽然立式斜面桌又小又窄，像是给小学生用的，但是由于这间办公室极其窄小，实习生们还是坐不下，因为假如他们一坐下来，布鲁姆费尔德的圈手椅就没地方搁了。因此，他们就整天趴在立式斜面桌上。对他们来说这当然很不舒服，但这也使得布鲁姆费尔德难于对他们进行观察。他们常常急切地挤到斜面桌跟前，但不是去工作，而是互相咬着耳朵窃窃私语，甚至打瞌睡。布鲁姆费尔德对他们很恼火。他承担着大量的工作，而他们对他的支持却是远远不够的。他的工作是负责处理与在家干活的女工之间的全部货款往来，那些女工是工厂为制造某些较为上等的衣服而雇用的。为能判断这项工作有多繁重，就必须对全部情况有比较深入的了解。但是自从布鲁姆费尔德的顶头上司几年前去世以后便再也没有人了解这个情况，因此布鲁姆费尔德也就不能赋予任何人以评判他的工作的权利。譬如工厂主奥托马尔先生就显然低估了布鲁姆费尔德的工作，布鲁姆费尔德在厂里二十年所做出的成绩他当然是重视的，这不仅因为他必须重视，而且也因为他尊敬布鲁姆费尔德，认为他是个忠诚、值得信赖的人——但对他的工作他却低估了，因为他认为，这项工作可以比布鲁姆费尔德现在的做法安排得更简单些，因而在各方面也都将更有效些。人们说，奥托马尔之所以很少在布鲁姆费尔德的科里露面，仅仅是为了免得看见布鲁姆费尔德的工作方法而生闲气，这话大概并非不足信。这样受人曲解，布鲁姆费尔德心里当然感到难过，但这是没有办法的事，因为他总不能强迫奥托马尔连续在他自己的科里待上一个月，研究科里要做的种种头绪纷繁的工作，并运用奥托马尔自己以为是更好的办法；而这样一来，势必会把科室搞得一团糟，随后，奥托马尔才会信服布鲁姆费尔德。因此，布鲁姆费尔德就毅然决然按老章程办事。过了很长一段时间以后，有一次奥托马尔到他的科里来了，他吃惊之余仍本着下级人员的责任感勉强试着给奥托马尔解释各种设施的用途，此人听罢低垂着眼睛默默颔首走了。他感到痛心的倒不是受到了这种曲解，他痛心的是，他想到一旦自己退休离职，科里马上会给弄成一团糟，因为他不知道工厂里有谁能顶替得了他，能接替他的职务，并使工厂里的生产接连几个月避免出现最严重的停滞状态。如果上司瞧不起什么人了，那么职员们便会设法尽量比上司更瞧不起那个人。因此，人人都瞧不起布鲁姆费尔德的工作，没有人认为有必要到布鲁姆费尔德的科里去工作一段时期以提高自己的业务能力。如果录用了新职员，也没有人会主动要求分到布鲁姆费尔德手下去工作。正因为如此，布鲁姆费尔德的科里就后继乏人了。布鲁姆费尔德只有一名勤杂工相助，一应事务均独自一人料理。当他要求雇一名实习生时，竟交涉了几个星期，嘴皮子都快磨破了。布鲁姆费尔德几乎每天都来到奥托马尔的办公室，心平气和、不厌其烦地给他解释，为什么他那个科里需要一名实习生。之所以需要这样一个人，并不是因为他布鲁姆费尔德想偷闲，他布鲁姆费尔德不想偷闲，他干着繁重的工作，并不打算撂下不干，但请奥托马尔先生想一想，业务日益发达兴旺，所有科室都相应地扩大了，只有他布鲁姆费尔德的科一直被遗忘了。可是，恰恰在那个科里，工作量增长得多快！他刚到那个科的时候，奥托马尔肯定记不得那个时代了，那时科里只跟十个左右的缝纫女工打交道，今天有五六十个了。干这样大量的工作，要有人手才行，他布鲁姆费尔德可以保证自己为工作鞠躬尽瘁，但要他完全胜任自己的工作，这样的保证从现在起他可是下不了啦。当然啰，奥托马尔先生从不直截了当地拒绝布鲁姆费尔德的请求，他不能这样对待一个老职工，可是他那种爱听不听的态度，撂下正在提请求的布鲁姆费尔德同别人说话，哼哼哈哈地允诺，几天过后又把一切抛到脑后——这种态度是相当伤人感情的。提出这样的请求不是为了布鲁姆费尔德，布鲁姆费尔德不是个好幻想的人，荣誉和赞扬虽说非常美好，布鲁姆费尔德可以不需要，只要还有一线希望，他就要不顾一切坚持到底，反正他有理，而合理的事情终究是会得到赞赏的，尽管有时要经过很长的时间。就这样，布鲁姆费尔德最后还是要到了两名实习生，不过天晓得是两名什么样的实习生。别人简直会以为，奥托马尔已经看出，他给实习生比不给实习生更能清楚地表示他对那个科的藐视。甚至有可能是这么回事，即奥托马尔之所以这么长时间搪塞布鲁姆费尔德，仅仅因为他在搜罗这样的两名实习生，而且显然在长时间内搜罗不着。现在，布鲁姆费尔德可是有苦也没法诉了，他可以预料到老板会怎么答复他：你不是只要求加一个实习生吗？现在不是给了你两个实习生了吗？这一招奥托马尔干得巧妙之极。当然，布鲁姆费尔德还是诉了苦，但这仅仅因为他陷于困境，万不得已，并不是因为他现在还希望增加帮手。他也不是一味地诉苦，只是遇到合适的机会时顺带诉说两句。尽管如此，在歪心眼的同事中间不久便传开了这样一个谣言：有人曾问过奥托马尔，布鲁姆费尔德在得到了这般出类拔萃的帮手以后还一直在诉苦，是否真有此事？奥托马尔回答说，是的，布鲁姆费尔德还一直在诉苦，但诉得在理。他，奥托马尔，终于认识到这一点，并打算逐步做到有一个缝纫女工就给布鲁姆费尔德配备一名实习生，这就是说将总共配备六十名左右。万一这么多实习生还不够用，他将再派人去，他将不停地派人去，直到那座疯人院成为完美无缺的疯人院时为止，须知，布鲁姆费尔德的那个科几年前就已经变成疯人院了。不消说，这种话是惟妙惟肖地模仿着奥托马尔的口吻说的，但他本人绝不会用那种口吻说他，即便只是用相似的口吻也不会，对此布鲁姆费尔德并不怀疑。这全是二楼办公室里那帮懒汉编造出来的，他一概不予理睬。假如对于那些实习生他也能这样泰然处之就好了。但他们站在那儿，再也撵不走了。他们是脸色苍白、体质羸弱的孩子。按照他们的材料上的介绍，他们已经过了结束学业的年龄，这实在没法叫人相信。他们显然还需要母亲的照料，连把他们交托给教师家长都不会愿意的。他们自己还不懂得活动身子，尤其是在刚开始的时候，站久了他们便累得不得了。一不注意，他们就会体力不支，伛偻着背，歪斜着身子，站在一个角落里。布鲁姆费尔德试图给他们讲清楚，假如他们老是这样懒散图舒适，他们会落下终身残疾的。差实习生挪挪身子去办点事，是要担风险的。有一回，他差一个实习生去办事,那家伙才挪动几步路,不料由于热心过了头,跑过去时撞在斜面桌上把膝盖都磕破了。当时房间里坐满了缝纫女工,斜面桌上堆满了衣服,但布鲁姆费尔德只好把一切工作都撂在一边,领着那个哭哭啼啼的实习生走进办公室,在那儿给他包扎了一下。但实习生们的这种热心也只是表面文章,他们就像真正的孩子,有时想出出风头,但他们更多的是想,或者说得确切点,他们几乎总是一味地想迷惑上司的注意力,欺骗上司。有一回正是工作最繁忙的时候,布鲁姆费尔德汗水淋漓,急匆匆地从他们身旁经过,发现他们正躲在一捆捆衣服之间换邮票呢。他真想用拳头朝他们的脑袋狠狠揍下去。这对于他们的这种行为是唯一行之有效的惩罚,但他们是孩子,布鲁姆费尔德可不能把孩子打死了。就这样,他继续忍受着他们给他带来的痛苦。本来他设想,在分发活件的时候实习生可以帮他一把。这是桩既紧张又细致的活。他曾想,他可以站在中间,站在斜面桌后面,始终可以综观全局,办理登记手续,而实习生们则按照他的命令来回奔走分发所有的活件。他曾设想,不管他监督得多么严格,这么一大堆人他还是照顾不过来的,实习生们的悉心协助便能弥补疏忽。他还设想,这些实习生会渐渐积累起经验,不至于仍旧什么小事都得依赖他发号施令,终于能自己学会分辨缝纫女工们对活件的需要量和可信赖的程度。就这两名实习生的情况看,他的希望完全是空想。布鲁姆费尔德不久便认识到,他压根儿就不可以让他们去跟缝纫女工说话。因为从一开始起,他们根本不走到有些缝纫女工面前去,他们不是嫌恶便是害怕她们,但他们对另一些缝纫女工则怀有好感,常常迎着她们跑过去,一直跑到门口。她们要什么，他们就给她们送去什么，用一种诡秘的方式把东西塞到她们手里，虽然那些缝纫女工完全有权利接受那些东西。他们在一个空架子上为这些享受优惠的女工搜集各种零头碎布和无用的边角料，但其中也掺有能用的小布头，他们在布鲁姆费尔德的背后欣喜地挥动着那些布头，远远地向她们示意，他们为此而得到的报酬便是嘴里经常有糖果吃。布鲁姆费尔德固然不久便制止了这种胡闹，缝纫女工们一来，他便将他们哄进隔扇围成的小室里。但是他们还一直认为这是一种莫大的不公平，犟头犟脑，故意折断笔尖，虽然不敢抬起头来却不时大声敲打玻璃板，好让缝纫女工们注意，按照他们的意见，是布鲁姆费尔德让他们遭受着这种恶劣的待遇。

他们自己做的事不在理，这一点他们硬是不明白。比如说他们来上班几乎总是迟到半个小时。而布鲁姆费尔德，他们的上司，则从青年时代起就一直认为至少提前半小时上班是理所当然的事情，促使他这样做的不是向上爬的野心，不是过分的忠于职责，只是某种要规规矩矩做人的感觉。因此，布鲁姆费尔德通常得等候一个小时以上才见到他的实习生姗姗而来。布鲁姆费尔德一般都是一边站在工作间斜面桌后面啃着当早饭的小面包，一边结算女工们的小账簿里的账目。不多一会儿，他便专心致志埋头于工作之中了。正当这时候，他突然被吓了一跳，连他手里的笔都颤抖了好一会儿。有一个实习生跌跌撞撞地进来了，仿佛他快要倒下似的，他一只手扶住了什么，另一只手按住直喘气的胸脯——但这一切无非意味着，他是因为迟到了而在道歉，那道歉的话说得可笑至极，布鲁姆费尔德只好佯装没有听见，要不然的话，他非得狠狠揍那个男孩一顿不可。就这样，他只是看了他一眼，伸手指了指那间隔出来的小工作室，就又忙着干他的工作去了。现在人们总可以期望那位实习生体察上司的好意，急忙奔向他的工作岗位上去了吧。可是不，他不慌不忙，踮起脚，一脚在前一脚在后，跳舞似的蹭过去。他想嘲笑他的上司吗？倒也不是。这只是害怕和扬扬自得两种感情混杂在一起，人们一般是无法抗拒的。否则下面的事情就无法解释了。今天，布鲁姆费尔德上班要比往常晚得多，但还是在等待了良久以后——他正检查那些小账本——才透过那个愚蠢的勤杂工用笤帚在他面前扬起的尘土，望见了那两名实习生正悠悠忽忽从胡同里走过来。他们紧紧抱成一团，似乎都有重要的事情要向对方讲述，那些事情即使与厂里的业务有关，那也是一种不合法的关系。他们越走近玻璃门，脚步便放得越慢，其中一个终于已经握住了门把，但不往下压。他们还一直互相讲述着、倾听着、笑着。"给我们的老爷们开门哪！"布鲁姆费尔德举起双手，冲着勤杂工喊道。但当实习生们走进来的时候，布鲁姆费尔德却不想吵架了，也不回答他们的问候，便径自朝自己的写字台走去。他开始算账，但不时抬头看看实习生在干什么。其中的一个似乎很疲倦，正在擦眼睛；他把外套挂到衣钩上以后，便趁势在墙上靠了一会儿。在胡同里他生龙活虎，但一接手工作他便困倦不堪。另一个实习生倒有兴致工作，但只对某些工作有兴致。他向来就希望允许他打扫房间。但这不是他分内的工作，打扫房间是那个勤杂工的事；这位实习生要打扫，布鲁姆费尔德本来倒也没有什么好反对的，实习生愿意干那就让他干去吧！谁也不会比那个勤杂工干得还糟的。但是，如果那个实习生想打扫,那他就应该早一点,在勤杂工开始打扫前就来,因为只有办公室工作才是他的本职,他不应该在上班时间内打扫。如果这个小青年不懂事,那么那个勤杂工,那个肯定不会被厂主安插在别的科而只会安插在布鲁姆费尔德的科,并且只靠上帝和厂主的怜悯过活的半瞎老人,至少总会随和一些,总会把笤帚交给那个孩子一会儿的,而那个孩子又是笨手笨脚的,过不了一会儿就会失去对扫地的兴致,拿着笤帚去追那个勤杂工,劝说他重新去扫地。但现在那个勤杂工似乎恰恰对扫地特别尽职,那男孩刚一走近他,他便用打战的手把笤帚握得更紧些,他宁可站住不动并停止扫地,从而使大家都注意到那把笤帚是在他的手里。那个实习生不是用言语去请求,因为他害怕似乎正在算账的布鲁姆费尔德,何况一般的言语也没有用,而只有直着嗓门喊叫,那个勤杂工才能听见。于是乎,那个实习生先轻轻扯了扯勤杂工的袖子。勤杂工当然知道是为了什么事,他把脸一沉,望着那个实习生,边摇头边把笤帚往身边移动,一直移到胸前。这时,那个实习生双手合掌请求开了。当然,他并不希望通过请求达到什么目的,他只是觉得这样请求好玩。另外那个实习生注视着这件事情的经过,边看边咪咪地笑,显然以为布鲁姆费尔德听不见他的笑声,尽管他这样以为是令人不可理解的。那个勤杂工毫不理会这种请求,他转过身去,认为现在又可以平安无事地用那把笤帚扫他的地了。但那个实习生一边搓着双手做恳求状,一边用脚尖一跐一跐地跟着他,又到这边请求了起来。勤杂工不停地转身,那个实习生不停地跟着跳到他的前面去,这样重复了多次。末了,勤杂工觉得自己已经没有退路了,并发觉这样下去他准保会比实习生先累垮的；只要他稍稍有一点脑子，这一点他一开始就能发觉的。于是，他便寻求别人的帮助，用手指威吓那个实习生，指指布鲁姆费尔德，如果实习生再纠缠不休，他就要去向布鲁姆费尔德告状了。那个实习生认识到，如果他想拿到那把笤帚他就得赶快下手，于是他撕破脸皮伸手去夺笤帚。另外那个实习生也大叫一声，预示该下决心去夺了。勤杂工后退一步，将笤帚顺势一带，没让对方把笤帚夺走。这时，那个实习生也不甘示弱，他张着嘴，眼睛闪闪发光，一个箭步跨向前去，勤杂工拔腿就要逃，但他那两条老腿一个劲地打战，硬是动弹不得，实习生伸手来抢笤帚，虽说没有抓到，笤帚却掉到了地上，对于勤杂工来说，这等于是把笤帚丢了。不过这对于实习生来说，笤帚也是丢了，因为笤帚掉到地上时，他们三个，两个实习生和勤杂工，全都惊呆了，他们心想，这下子准是让布鲁姆费尔德看在眼里了。果不其然，布鲁姆费尔德在他那窗洞口抬起眼睛，仿佛他现在才变得警觉起来似的，他用严厉的审视的目光打量着每一个人，连地上的那把笤帚都不放过。兴许是这沉默延续得太久了，要不就是因为那位肇事的实习生抑制不下要扫地的欲望，总之，他弯下了腰，当然是极其小心翼翼地，好像在捕捉一头动物而不是在抓笤帚似的拿起那把笤帚，用它扫起地来。但他一见到布鲁姆费尔德跳起身来，并从工作间走出来时，便立即惊恐地扔掉笤帚。"两个人都干活去，不许再瞎闹！"布鲁姆费尔德吼道，一边伸出手指着那两个实习生，要他们回到斜面桌跟前去。他们立即听从了，但他们不是羞愧地低着头，而是直挺挺地旋转着身子从布鲁姆费尔德的身旁过去，一边还盯着他的眼睛，仿佛想以此来阻止他打他们。

他们若能凭过去的经验就完全可以知道布鲁姆费尔德原则上从来不打人的。但他们过于胆怯,体会不出来,因此总想维护他们那些或真实或虚假的权利。

张荣昌　译

(这篇小说写于1915年初,没有写完。1935年首次发表在马克斯·勃罗德整理编辑的卡夫卡短篇遗著集《一次斗争的描述》中。)

猎人格拉库斯

两个男孩坐在码头堤岸上玩骰子。一男子在纪念碑的台阶上，在那位挥剑英雄的阴影下读报；一位姑娘在井边用水桶打水；水果商贩躺在他的货物旁眼望着湖水；酒店深处，透过敞着的门洞和窗口可见两个男子在对饮，店主坐在前边桌旁打瞌睡。一条小船好像被托起在水面上，轻轻地滑进小港口；一个身穿蓝色工作外套的男子走上岸来，把缆绳拴在铁环上；船主身后又出现了两名男子，他们穿着缀有银纽扣的深色上衣，抬下一副担架来，上面盖着一块印有巨大的鲜花图案、四周饰有流苏的绸布，绸布下面显然躺着一个人。

堤岸上谁也没有留意这行人的到来，甚至在他们放下担架等候依然在忙着系绳的船主时仍不见有人上前询问，无人理会他们。

船主由于一个女人又耽搁了一会儿。女人怀抱一个吃奶的孩子蓬头散发地走出船舱。然后船主走了过来，向左指了指矗立在湖畔的那幢黄色的三层楼。担架手重又抬起担架，走进那低矮的大门，大门两端是细巧的圆柱。一个小伙子打开窗子恰好看见这群人进入楼内，便赶紧关了窗子。此刻两扇精心制作的黑橡木大门也闭上了。一群始终围绕着钟楼飞翔的鸽子这时停落到楼前，纷纷聚集在门口，仿佛楼内贮存着它们的食物，其中的一只飞上二层，去啄窗玻璃。那是一群浅色的、受到精心照料的活泼的小生物。船上的女人大把地把谷物撒向它们，它们啄食着，然后飞向女人身边。

一个男子头戴大礼帽，身佩黑纱，沿着狭长陡直的小道走下来，小道直通码头。他留心地环视着四周，一切都令他关心，当他的目光落在一角落里的垃圾上时便扭歪了脸。纪念碑的台阶上撒落着果皮，他走上前去用手杖将它拨开。到了小楼前他敲了敲门，同时摘下礼帽，由戴着黑手套的左手拿着。门随即开了，至少有五十名小男孩排列在长长的门厅过道两旁躬身迎候他。

船主走下楼梯，欢迎来者，引着他上楼。他们在二层楼沿着简洁精巧的凉廊，绕过了庭院，然后进入楼房后面一间宽敞凉爽的房屋。从窗口望出去，对面不再有其他楼房，只有一面光秃灰黑的峭壁。那群男孩恭恭敬敬地保持着一段距离尾随其后。担架手正忙着在担架的上首安置几支蜡烛并将它们点燃。但这样却未能带来光亮，只不过是惊起了原先静止的阴影，让它们在四壁上跳跃。担架上的绸布揭去了，上面躺着一名男子，须发凌乱，皮肤黝黑，像是猎人。他躺着纹丝不动，双眼紧闭，像是没有了呼吸，即使如此也只有他周围的气氛才表明他可能是死了。

那位先生走近担架，伸出一只手放在躺着的人的额上，然后跪下来祈祷。船主挥手让担架手们离去。他们走出去，撵走了那群聚集在门外的男孩，关上了门。那先生似乎还嫌不够安静，眼睛看着船主，后者领会其意，便从一扇边门进了邻屋。顷刻间担架上的男子睁开了双眼，痛楚地微笑着把脸转向那位先生问道："你是谁？"——那位先生毫不惊讶地缓缓站起身来答道："里瓦镇①镇长。"担架上的男子点点头,抬起虚弱无力的胳膊指指一把椅子,待镇长坐下之后说:"这个我其实知道,镇长先生。不过一开始我总是忘了一切,头脑里什么都搅成了一团。所以还是问一声的好,虽说我都知道。您可能也知道我是猎人格拉库斯。""是的,"镇长说,"昨天夜晚我已得知您的到来,当时我们早已睡下,半夜我妻子喊道:'萨尔瓦多,'——这是我的名字——'你看窗台上的鸽子!'一看果真有只鸽子,但个大如鸡。它飞到我耳边说:'明天那死去的猎手格拉库斯要来,请你代表全镇前去欢迎他。'"

猎人点了点头,舌尖在双唇间抽动:"对,鸽子比我先行一步。我是否该留在里瓦,您的意见如何?"

"这我还不好说,"镇长答道,"您已经死了吗?"

"是的,"猎人说,"正如您所见到的。好多年前,肯定是不知多少年前了,当我在黑森林——这是在德国——追猎一只羚羊时从悬崖上摔了下去。从那时起我就死了。"

"但您也还活着呢。"镇长说。

"也可以这么说,"猎人答道,"在一定程度上我还活着。我的死亡之舟驶错了方向,或是船舵弄反了方向,或是船主一时心不在焉,也可能是被我家乡的美丽吸引住了,我真不知究竟是出于什么原因,我只知道,我留在了人世,我的冥船从此航行在人间的江河湖海上。于是只愿在深山峻岭生活的我死后却云游四方。"

"您与上界毫不沾边?"镇长皱起眉头问。

---

① 意大利北部小镇,位于加尔达湖滨。

"我还一直停留在通向它的大阶梯上,"猎人说,"在那广阔无垠的露天台阶上游荡,时上时下,时左时右,从不停息。猎人都已变成了蝴蝶,您可别笑。"

"我没笑。"镇长辩解道。

"这很明智,"猎人说,"我始终在运动中。每当我做出最大的腾越,甚至已能看见天府之门在上方闪耀时,就会醒来,发现自己依然躺在我的小船上,它正漂泊在人世间某处荒凉的水域上。在我的舱房中,死神由于我的死因而恶魔般围着我狞笑。船主的妻子尤丽娅敲门进来,把我们驶经国家沿岸的早点饮料送至我担架旁。看见我的模样可不是件美事:我躺在一块床板上,身穿肮脏的寿衣,黑灰色的发须乱七八糟地纠作一团,腿上盖着一块偌大的女式绸巾,绸巾上印有鲜花图案,四周垂着长长的流苏。头那一端有支蜡烛为我照明。正面对着我的墙上挂有一幅画,画面上显然是个布须曼人①,手中的长矛瞄准了我,他竭力隐身在一副盾牌后,盾牌画得极其出色。在船上常能看见笨拙的图画,这是最蠢的一幅。除此之外,在我的木舱里便一无所有。侧壁上的一个小舱口吹来南国之夜的暖风,耳边响着水打船舷的拍击声。

"自从我这活生生的猎人格拉库斯在家乡黑森林为追猎一只羚羊坠落山谷后,就一直躺在这里。当时一切都发生得井然有序:我追踪着,掉下崖去,在深谷中流血过多而死,这条小船本该载着我驶向另一个世界。我还记得,当我第一次展开四肢躺在这木

---

① 非洲南部最古老的土著居民,擅长狩猎。

床上时有多高兴,深山老林从未像这四堵昏暗的舱壁那样能听到我的歌声。

"我曾喜欢活着,也乐意死去。在我登上小船的前一刻,我兴高采烈地将长枪、口袋、猎枪等什物从面前抛进了水里,那猎枪曾是我的骄傲,从不离身。接着我像新娘穿结婚礼服一样迫不及待地钻进寿衣,然后就躺在这儿等着。这时不幸就来临了。"

"多悲惨的命运,"镇长说,护卫似的举起一只手,"对此您自己就没有一点过错?"

"没有,"猎人说,"我本是猎人,难道这有什么错?我服从旨意成为黑森林的猎手。当时那儿还有狼。我埋伏着,射击,击中目标后剥下猎物的皮,这是过错吗?我的劳动受到上苍的保佑,我被称为黑森林的伟大猎手,这是过错吗?"

"我虽无责任对此做出评判,"镇长说,"但我也觉得错不在此。那么究竟是谁的问题呢?"

"是船主,"猎人回答,"谁也不会读到我在这儿写下的东西。谁也不会前来解救我们。即使是有使命规定要帮助我,家家户户的门窗也会关闭,所有的人都会躲进被窝,用被子蒙住脑袋,整个世界就成了黑夜中的栖身地。这自有其道理,因为根本没有人知道我,即使有人知道也摸不着我的行踪,知道了我的行踪又不知如何将我留住,因此也就不知道怎么帮助我。要帮助我的想法是一种疾病,只有躺在床上才能痊愈。

"我清楚这些,所以绝对不呼叫求助,哪怕我在某些时刻,比如现在,会失去自制而产生强烈的求助愿望。但是我只需四下环顾,忆起自己身在何方,这几世纪以来——这点我是敢断言的——住于何处,就足以打消我此类念头了。"

"非同寻常,非同寻常,"镇长感慨道,"那么说您现在是想留在我们里瓦了?"

"我并无此意,"猎人微笑着说,为弥补他的嘲弄便将一只手撂在镇长的膝上,"我只知道我在这儿,对其他一切皆无能为力。我的小船没有舵,它借助于风行驶,而那风来自冥府的最低层。"

郭铭华　译

（卡夫卡生前在八开本笔记簿上写了许多散文、随笔、箴言、短篇小说,共有八本。卡夫卡去世后,马克斯·勃罗德和海·波里策于1937年把它们收进《日记和书信》出版。本篇载于《八本八开本笔记簿》第一本,写于1917年初,首次发表于1931年。）

视察矿区

今天,高级工程师们到我们这里来了。这是领导委派给他们的任务,因为要开凿新坑道,工程师们来做初步的测量。这些人是多么年轻啊,彼此之间又是多么不同啊!他们都是在自由的环境里成长起来的,无拘无束,还这么年轻就显露出了十分明显的性格特色。

第一个,头发乌黑,活泼开朗,灵活的眼神扫向各个角落。

第二个,手里拿着笔记本,一边走一边写写画画的,四面张望,进行比较,然后记录下来。

第三个,两手插在衣袋里,这使得他周身都显得很紧张,走起路来身子笔挺,保持着他的尊严;只是他不断地咬着嘴唇,显示出他是个捺不住性子、什么也抑制不住的年轻人。

第四个在跟第三个解释着什么,而人家并没要求他这么做;他的身材比第三个矮小,像一个引路者似的在他旁边小跑,食指在空中指指点点的,喋喋不休地报告着他在这里看到的一切。

第五个,也许是这一行人里职位最高的,不让任何人跟他并肩同行;他一会儿走在前面,一会儿又走在后面,整个队伍都调整着步伐来适应他;他苍白而虚弱,职责使他的眼睛深陷;他经常把手按在额头上思索着什么。

第六个和第七个走起路来有点驼背，他俩的脑袋凑得很近，挽着胳膊，亲密地谈着话。要不是这里明显是我们的煤矿，是最深的坑道里的作业面，我们还以为这两位瘦骨嶙峋、下巴溜光、鼻子上长粉刺的先生是年轻牧师哩。其中一个总是自己跟自己笑，那笑声就像是猫发出来的呼噜呼噜的声音；另一位则是主要发言者，他微笑着，一只空闲的手打着什么节拍。这两位先生对他们的地位多么自信哪，尽管他们还这么年轻，他们一定对我们的煤矿有过功劳，所以他们才会在这儿，在这么一次重要的视察中，在上司的眼皮底下，毫无顾忌地谈论他们自己的事情，或者至少是跟眼下的任务不相干的事情。也许，他们尽管在笑，尽管漫不经心，可还是把一切必须看的尽收眼底了？对这样的先生可不敢妄下断语。

另一方面，有些事情则是毫无疑问的，比如说吧，这第八位可比前两位，比所有其他的先生都认真。无论什么他都要摸一摸，还不时从袋里掏出一把小锤子来，敲敲什么，再好好儿收起来。有时他甚至不顾他那身雅洁的衣服，在肮脏的地上跪下来，敲打着地面，走路的时候又敲敲墙壁和头上的顶棚。有一次他居然躺了下来，静静地躺了好久，我们还以为他犯病了；可他又略微一蜷瘦削的身躯，跳了起来。他这只不过又是在检查着什么。我们自认为很熟悉我们的矿区了，熟悉这里的每一块石头，可这位工程师以这种方式探测这里的一切，这就不是我们能明白的了。

第九位推着一辆类似婴儿车的东西，里面装着测量仪。单单从外表来看，就知道这仪器很昂贵，因为它深深地埋在柔软的棉花堆里。其实，这辆车是应该由一个听差来推的，可听差不足以信任，就由一位工程师来推了。而且看得出来，他也很乐意做这件事。他是最年轻的，也许他还没能把所有的仪器都弄明白，但他的眼光始终没有离开它们，这使得他有几次差点让小车撞到墙上。

不过另一位工程师，走在小车旁边的这位，阻止了这种危险的发生。这一位显然完全懂得这些仪器，看起来他才是真正的保管仪器的人。他时不时地不等车子停下来，就拿起仪器的某个部件，仔细察看，卸下螺丝，或是拧紧，摇一摇，敲一敲，放在耳边听一听；等推车的人站住了，他才把这个从远处几乎看不见的小东西非常小心地放回车子里。这位工程师有点霸道，不过这是出于对仪器的保护。离小车还有十步远呢，他就不言声地举起手指，我们就得闪到一边去，即使是在没处可躲的地方。

跟在这两位先生后面的是那个无事可做的听差。这些先生已经把所有的架子都放下了，他们都是很有学问的人，这么做是很自然的；而这位听差倒似乎把人家丢下的傲慢劲拾起来了。他一只手背在后面，另一手摸着他制服上镀金的扣子，或者精细的布料，频频地向左右两边点头，好像我们向他行了礼，他这是在回礼；或者他认为我们行了礼，而他那么"高"，没法核实。我们当然没有向他行礼，然而你只要瞧他一眼，几乎就要相信，能在煤矿的领导部门当上一名听差是多大的荣耀哇。我们在他背后爆发出一阵大笑，然而就算是打雷也无法让他转过身来。无论我们怎样注意他，他仍然是一个我们无法理解的人。

今天我们不会干太多的活了，歇工的时间太长了；这样一次视察带走了所有人干活的心思。瞧着这些先生消失在试用坑道的黑暗中，这太诱人了。而且我们这一班马上就要下工了。我们将看不到先生们返回了。

杜新华　译

（本篇约写于1917年初，1919年首次收入短篇小说集《乡村医生》中发表。）

桥

我又僵又冷,我是一座桥,横跨在一条深涧上,两脚扎在这一头,两手插进那一边,我牢牢固定在碎土里。我上衣的下摆左右飘动。下面深谷里盛产鳟鱼的冰冷小溪哗哗奔流,没有旅游者会误来这路途崎岖的山上,这桥在地图上都还没有标出来呢。我就这样横卧着,等待着;我必须等待。既然已经建造起来,只要不倒塌,就不可能停止桥的存在。

有一天傍晚——是第一次还是第一千次,我已记不起了——我的思想已陷入了混乱,并总是在原地兜圈子。那是一个夏天的傍晚,小溪的奔流声变得低沉起来,这时我听见了一个男人的脚步声,正向我走来,越来越近。——桥哇,快伸展你的四肢吧,振作起来吧,你这没有栏杆的桥梁,扶住这位如此信赖你的人吧。让他不稳的脚步保持平稳,若是他身子摇晃,你要站出来,像山神般把他护送到对岸。

他走来了,用他手杖上的铁尖敲击我,又用它撩起我的衣摆放在我身上。他用杖尖捅进我那灌木丛似的头发,让它——也许由于狂乱地察看周围——久久留在里面。接着,我正梦幻般随着他越过山头、峡谷,不料他双脚一跳,跳到我身子的中间。剧烈的疼痛使我战栗不已,弄得我莫名其妙。这是谁呢?一个小孩?

一个梦？一个拦路抢劫犯？一个寻短见的？一个诱惑者？还是个破坏者？我正要转过身来看看他——桥在翻身！我还没来得及转过身来，桥就倒塌了，我随之跌落下去，跌得粉身碎骨，跌在那些棱角锐利的岩石上，它们从奔腾的溪水中探出头来一直在平静地凝视着我。

叶廷芳　译

（本篇载于《八本八开本笔记簿》第一本，写于1917年1/2月，首次发表于1931年，标题系马克斯·勃罗德所加。）

豺狗和阿拉伯人

我们宿营在一块绿洲上,旅伴们已睡着了。一个阿拉伯人,个子很高,皮肤很白,经过我身旁;他照看了一下骆驼后,就走向睡铺。

我仰面躺在草坪上;想睡觉,可又睡不着。远处传来豺狗凄厉的嗥叫声,我重新坐起来。原本远处的豺狗的嗥叫声突然变得近在身旁。一群豺狗围住我,眼睛闪着暗淡的金色的光,瘦长的身躯,像鞭子似的有规律地、敏捷地移动着。

有一只豺狗从我身后过来,钻到我胳膊下面,紧贴着我,仿佛它需要我的热量。然后走到我面前,几乎是四目相对地对我说:"我是这一带年纪最大的豺狗,我很高兴能在这儿遇见你。我们等了你很长时间,差点就放弃希望;我的母亲等你,我母亲的母亲也等过你,我的列祖列宗,乃至所有豺狗的祖宗都一直期待着见到你。相信吧!""这可让我感到意外,"我说,光顾着说话,忘了点燃木柴,本来是要用燃起的烟防止豺狗靠近的,"听你们这么说,让我真感到意外,我只是偶然才从北方过来,并且这是个短暂的旅行。豺狗们,你们想要什么?"好像是由于我们太过友好的对话,它们壮起胆子,都向我靠近,个个喘着粗气。

"我们知道,"最老的豺狗开始说话,"你从北方来,这正是我们所希望的。那里的人有这里阿拉伯人没有的智慧。这些冷酷而傲慢的人，没有一点理智，你知道，他们杀死动物作为食物，腐烂动物的尸体他们都看不上。"

"别这么大声说话，"我说，"旁边就睡着阿拉伯人。"

"你的确是个异乡人，"豺狗说，"否则你就知道，这个世界上没有一只豺狗害怕阿拉伯人。我们应该害怕他们吗？我们被他们这些人到处驱赶，这难道还不够悲哀吗？"

"也许吧，也许吧，"我说，"对于与我不相干的事，我不做评判；看起来这是场由来已久的争端，是由于你们各自的天性所造成的，也许会由一场争斗来结束它。"

"你真是聪明。"老豺狗说。别的豺狗的喘息声更加急促，胸脯一起一伏；虽然它们站着一动不动，可是从它们张开的嘴中冒出一股股难闻的气味，只有咬紧牙关才能忍受。"你真的很聪明，你说的和我们的老师说的一样。我们需用他们的血来结束这场争端。"

"噢！"我不由自主地大喊道，"他们会反击的，他们会用猎枪把你们成群地打死。"

"你误会了，"它说，"北方人还保留着人的弱点。我们当然不会杀死他们。就是跳到尼罗河水里，都洗不干净身上的血迹。只要看到他们活动的身影我们就跑开，跑到空气干净的地方，到沙漠中我们自己的家乡去。"

四周所有的豺狗，还有在这期间从远处又来了的许多豺狗，它们把头夹在前腿中间，并用爪子搔着头；它们好像在隐藏着它们的厌恶，这种厌恶感太可怕了，以至于我恨不能纵身跳出它们的包围圈。

"你们打算做什么？"我边问边想站起来，但是我站不起来，有两个年轻的豺狗在我后面咬着我的外套和衬衫，我必须坐着。"它们咬着你的衣襟，"老豺狗解释，然后非常严肃地说，"这是尊敬你。""你们放开我！"我大声喊，一会儿朝着老豺狗，一会儿朝年轻的豺狗。"它们会放开你的，"老豺狗说，"如果你要求这样。不过需要些时间，因为它们习惯咬得很深，得先慢慢松开牙齿。这期间你还是听听我们的请求。""你们这种行为让我无法接受。"我说。"别介意我们这些笨蛋，"它说，这会儿它第一次用它那天生的悲哀的声调说，"我们是些可怜的动物，我们只有一副牙齿。不管我是要做好事还是坏事，都要靠这副牙齿。""那你们要做什么？"我问道，声音稍微缓和了些。"先生。"他喊道。所有的豺狗跟着嗥叫起来。这时，远处好像有人在唱歌。"先生，你应该来结束这场使世界不和睦的争端。你就是我们祖先所说的能够做这件事的人。我们必须从阿拉伯人那里得到和平，得到可以呼吸的空气和广阔的视野。再没有绵羊被阿拉伯人杀死时的哀叫，所有的动物都应该安静地死去，死后应该不受打扰地被我们喝光血，吃光骨头上的肉。干干净净，我们不需要别的，只求干净。"——此时所有的豺狗一起号哭，呜咽起来——"这世界上只有你有高贵的心和甜美的内脏。他们的白衣服肮脏不堪，他们的黑袍子沾满污秽，他们的胡子令人恐惧，看到他们的眼角就令人呕吐，他们一抬起胳膊，腋下就会打开地狱。为了这些，噢，先生，噢，高贵的先生，请用您万能的手，请您用手和这把剪刀割断他们的咽喉吧！"它摆了一下头，一只豺狗用犬齿叼着一把锈迹斑斑的小剪刀，走了过来。

"终于拿出了剪刀，可以收场了吧！"我们商队的阿拉伯向导喊道。原来他已经顶着风悄悄地接近我们，正挥舞着手中的巨大的皮鞭。

所有的豺狗都飞快地逃跑了，只有几只还停在不远处，紧靠在一起。这么多的豺狗一动不动地紧挨在一起，望过去就如一片栅栏上乱舞着的鬼火。

"先生，你也看见和听到了这场表演。"这个阿拉伯人一边说，一边开心地笑着，由于他的民族特性使他还是很矜持。"你知道那些动物想要什么吗？"我问。"当然，先生，"他说，"这儿所有人都知道，自打一有阿拉伯人，这把剪刀就游荡在沙漠中，并且将伴随我们直到世界末日。它们会请求每个欧洲人去做这桩伟大的事情；在它们看来，每个欧洲人都是这项工作的合适人选；这些动物抱有无意义的希望。傻瓜，它们是真正的傻瓜。所以我们喜欢它们，它们是我们的家犬，看吧，晚上死了一只骆驼，我要让人把它抬过来。"

四个人抬着沉重的死尸走过来，并把它扔到我们面前。死骆驼还没有被放下时，豺狗就提高它们的嗓门。它们就像被绳索拉着，犹犹豫豫，肚皮贴在地上，身不由己地爬过来。它们已经忘了阿拉伯人，已经忘了仇恨；这具散发着气味的死尸使它们着了魔似的，一只豺狗已经跳上来，一口就咬断死尸脖子上的动脉。如同一只飞快运转的小水泵，想要扑灭无望的大火一样，它身上每一处肌肉都抽动着，颤动着。这时所有的豺狗由于争抢食物，在这具尸体上堆成了一座山。

那个阿拉伯向导在旁边用那条皮鞭使劲地来回抽打着它们。

它们抬起头,半醉半迷糊地看到那个阿拉伯人站在面前;现在它们感到皮鞭抽到嘴上的疼痛,它们向后跳去,并往后跑了一小段。但那只死骆驼的血已经流淌得到处都是,还冒着热气,尸体上有许多大口子。它们抗拒不了,又跑了回来;向导重新举起了皮鞭,我拽住他的胳膊。

"你是对的,先生,"他说,"就让它们吃吧,反正也是动身的时候了。你看见了,多么奇怪的动物,不是吗?它们是多么仇恨我们!"

晓辉　译

（本篇写于1917年2月,同年10月首次发表于月刊《犹太人》。）

新律师

我们有了一位新律师,布塞法路斯博士。从他的外表看,没有什么痕迹能让人想起那个年代,那时他是马其顿国王亚历山大的战马。不过,如果你熟悉他的情况,便可看出一些端倪。前不久我还看见,当这位律师昂首阔步一级级登上露天台阶,踩得脚下的大理石噔噔作响时,那个傻乎乎的法院听差,赛马场的常客,用内行的眼光打量着他,眼神里透着惊奇与赞赏。

总的说来,法院是同意接纳布塞法路斯的。人们以惊人的理智告诉自己,处在当今的社会秩序之下,布塞法路斯的处境很不妙。因此,也由于他在世界历史上的地位,应当迁就迁就他。今天——任何人也不能否认——早就没有亚历山大大帝了。尽管有些人已经懂得如何进行谋杀,也不乏某些技巧娴熟的人,能够在盛筵中把长矛越过餐桌向朋友掷去,而且许多人都觉得仅限于马其顿是远远不够的,因此他们连国父腓力二世也咒骂开了——可是没有人,没有人能指出通向印度的路。即使在那个时代,印度的门户也是无法抵达的,可是国王的宝剑指出了它的方向。今天,这些门户被推向了别处,更高更远的地方。没有人能指明它们的方向,很多人手握长剑,可是只能挥舞着它们,而想要追踪着它们的眼光透着迷惘。

正因如此，也许像布塞法路斯那样埋头于法律书籍才是最好的。他是自由的，两肋可以不受骑马者的大腿压制，在宁静的灯光下，远离亚历山大战役的喧嚣，阅读着，翻动着我们古老卷册的书页。

杜新华　译

（本篇写于 1917 年 2 月，同年首次发表于《马西亚斯》杂志 7/8 月号。）

在马戏场顶层楼座上

如果一个虚弱的、害肺病的马术女演员，在马戏场里一连几个月骑在起伏的马背上，被冷酷无情持鞭挥舞的班主驱赶着，面对永不知疲倦的观众策马奔驰，还要摆动腰肢，向观众飞吻，如果这场表演在乐队和通风机发出的没完没了的嗡嗡声中要一直延续到单调灰暗的未来，还要伴随着时起时落的鼓掌的声浪，而这声浪如一下下敲击的气锤——那么，也许一位坐在顶层楼座的年轻人会沿着长长的阶梯冲下去，穿过所有的座位，冲进跑马场，在总是配合着表演的乐队的铜号声中，大喊一声：停下！

然而，情况不是这样，而是一位美丽的姑娘，脸颊白里泛红，飞奔入场，由骄傲的跟班为她拉开大幕，马戏班班主倾倒地迎着她的眼睛，在她面前喘气都像动物一样。他小心翼翼地把她抱上那匹灰斑白马的马背，好像她是他最心爱的小女儿，正要踏上危险重重的征途。他狠不下心来挥动鞭子发出信号，他终于控制住自己，啪的一声甩响了鞭子，他张大嘴巴跟在马旁边跑，犀利的眼光紧随着那姑娘的一次次跳跃，她的技艺之纯熟似乎令他难以置信，因为他用英语向她大声呼喊，提醒她注意。他愤怒地告诫手执铁环的马夫们多加小心，在那姑娘做连翻三个跟头的动作之前，他举起双手恳请乐队停下来。最后，他将那小人儿从战栗的马背上抱下来,亲吻她的双颊,虽然观众对她的表演反响并不很热烈,但他认为这已足够,而她在他的扶持下用脚尖站着,在一团尘雾中飘飘欲仙,小脑袋向后仰着,仿佛在邀请全场的人都来分享她的快乐——既然情况是这样,顶层楼座上那位年轻人便把脸埋在栏杆上,深深地沉入闭幕的进行曲中,仿佛沉入了一场噩梦,他低低哭泣起来,而自己还一无所知。

杜新华 译

(本篇写于1917年2月,1919年收入短篇小说集《乡村医生》中首次发表。)

陈旧的一页

我们国家的防御体系中有很多东西似乎被忽视了。到现在为止，我们对此还漠不关心，我们只埋头于自己的工作；可是前一段时间发生的事使我们担心起来了。

我在皇宫前的广场上有一家制鞋作坊。我刚刚在晨曦中把门打开，便看见武装的士兵已把守住所有通向这里的路口。可这不是我们的士兵，显然是从北方来的游牧民族。

他们以一种我闹不明白的方式推进到了首都，这里离边界可还远得很呢。可是不管怎么说，他们已经在这儿了，而且看起来每天早晨他们的人数都在增加。

按照他们的习惯，他们在露天里安营扎寨，因为他们讨厌住房。他们忙于磨快刀剑，削制箭矢，练习骑术。他们把这个宁静的、被精心地保持得干干净净的广场变成了一个地地道道的马厩。有时我们也大着胆子跑出商店，至少把最污秽的垃圾清除掉，但是这种情况越来越少了，因为我们是白费了劲，而且会使我们面临被野蛮的马蹄践踏或者被鞭打致伤的危险。

我们无法跟这些游牧人交谈。他们不懂得我们的语言，其实他们自己也没有什么语言。他们交谈起来就像一群寒鸦。我们经常听见这种寒鸦的叫声。在他们看来，我们的生活方式，我们的一切设施都是不可理解的，也是无关痛痒的。因此，不管我们打什么手势，他们的态度都是拒人于千里之外。就算你做表情做得下巴都合不拢，就算你打手势打得手腕都脱了臼，他们还是不明白你是什么意思，而且永远也不会明白。他们也经常扮鬼脸、做怪相、翻白眼、满嘴冒白沫，可他们并不想表达什么，也并不想吓唬谁；他们这么做仅仅因为这就是他们的习惯。他们需要什么，就拿什么。你还不能说他们使用了暴力。在他们横冲直撞过来之前，人们早就逃之夭夭，把东西都留给他们了。

他们也从我的储藏品中拿去了不少好东西。当我看见了他们的所作所为，例如在我对面那个屠夫身上发生的事，我可没法抱怨什么了。他还没把货物搬进门，就被那些游牧人抢劫一空，狼吞虎咽地吃掉了。甚至他们的马也吃肉；常常有这样的场景，一个骑士躺在他的马旁边，两个各咬一端，吃着同一块肉。那个屠夫心惊胆战，可又不敢停止进货。我们很理解他，凑了些钱让他支撑下去。如果这些游牧人得不到肉，谁知道他们会异想天开地干出什么事来；然而，即使他们每天都能得到肉，也没人知道他们想干什么。

不久以前，屠夫想，他至少可以省去屠宰的麻烦，于是他在那天早上牵来了一头活公牛。可他后来再也没敢这么干。整整一个小时，我平躺在作坊后间的地板上，把所有的衣服、被子和垫子都堆在身上，只为了别听见那头公牛的吼叫声。那些游牧人从四面八方向它扑来，用牙齿活生生地将它的肉一块块地撕咬下来。

安静下来好久了，我才敢走出去；他们像躺在酒桶旁的醉鬼一样，精疲力竭地躺在公牛的残骸边上。

就在此刻，我相信我看见皇帝本人站在皇宫的一扇窗子后面。他从来没到外厅来过，而总是待在内花园里；可这次他站在那儿，至少我是这么认为的，他站在窗边，耷拉着脑袋，注视着在他的宫殿前发生的事情。

"还会发生什么事呢？"我们所有人都在问自己，"这种负担和折磨还要让我们忍受多久？是皇宫把游牧人吸引来的，却不知道怎样把他们赶走。皇宫大门总是紧锁着；以前神气活现列队出入的卫兵们，躲在装有铁栅栏的窗子后面按兵不动，却把拯救国家这样的任务托付给了我们这些商人和手艺人。我们可应付不了这差事，也从来没夸口说我们有这个本事。这是个误会，而它将把我们毁灭。"

杜新华　译

（本篇写于1917年3至4月间，首次发表于1917年《马西亚斯》杂志7/8月号。）

骑桶者

煤都烧完了，煤桶空了，铲子也没用了，炉子是冷冰冰的，房间里结了冰，窗前冻得僵硬的树木披了层霜，天空就如一个银盾牌，拒绝任何一个向他求援的人。我必须要煤，我不能冻死，后面是冰冷无情的炉子，前面是同样冷酷无情的天空，因此我必须从它们中间猛骑出去，在途中找个煤铺老板帮忙。但我的普通请求已经使他麻木不仁了，我必须向他非常详细地证明，我连一粒煤渣也没有了，他对我来说就如天空中的太阳。我必须像个乞丐走到他面前，喉咙里发出临死前的呼噜声，行将饿死在门阶上，因此女主人决定把剩下的咖啡渣倒给我；而暴怒的煤铺老板，也不得不遵循十诫的："汝不可杀生！"同样把满满一铲子煤扔到煤桶里。

我到达的方式必将决定此行的结果，于是我骑上煤桶出发。骑桶的我，手握桶把——最简单的马笼头，费劲地滚下楼梯；但到了楼下，我的煤桶向上升了起来，妙哉！妙哉！趴在地上的骆驼，在赶骆驼的人的棍子下摇摇晃晃地站起来时，美妙的感觉也不过如此。煤桶以均匀的速度迅速穿过结了冰的巷子，我经常被抬到一层楼高的地方，从来没有下降到门以下那么低。我以不寻常的高度飘在煤铺地窖的拱门上方，地窖里煤铺老板蹲在桌子旁写着什么；为了散去屋子中过热的空气，他把门打开了。

"煤铺老板！"我急切地喊道，由于格外寒冷，呼出的热气把我包围起来，"煤铺老板，求你给我点煤。我的煤桶空得都可以骑在上面。行行好吧，我会尽快付钱给你。"

煤铺老板把手放在耳边："我没听错吗？"他扭头问他的妻子，他的妻子正坐在炉边的长凳上织着毛衣："我没听错吗？一个顾客。"

"我什么也没听到。"妻子说，平静地呼吸着，织着毛衣，舒服地背靠着炉子取暖。

"哦，是的，"我喊道，"是我，一个老主顾，忠实讲信用；只是眼下没钱。"

"老婆，"煤铺老板说，"是，是有人，我可没弄错。是一个老主顾，一定是个非常老的老主顾，他知道怎样打动我的心。"

"嘿，你说什么？"妻子说，她把手里的活计放在胸前，歇了一下，"这儿什么人也没有，巷子是空的，我们所有的顾客都拿到了煤，我们可以打烊休息了。"

"我就坐在煤桶上呀，"冰冷的眼泪模糊了我的眼睛，"请往上看看，你们就会马上发现我，我求你们给我一铲子煤，要是你们给我两铲子煤，就会让我喜出望外。所有其余的顾客都被供应了煤。啊，我也期待着能听到我的煤桶里有煤在骨碌的声音。"

"我来了。"煤铺老板一边说，一边迈着短腿要上地窖的台阶，但他的妻子早已拉住他的胳膊："你待在这儿。要是你还是这么固执己见，那么我就上去看看。还记得你昨晚咳得那么厉害。为了一桩生意，一桩凭空臆想出的生意，就抛下你的妻儿，让你的肺遭殃。还是我去。""那么告诉他所有煤的品种,我告诉你价钱。""好的。"妻子说着来到小巷,她当然马上就看到了我。"老板娘,"我喊道,"衷心地向你问好,我只要一铲子煤,就放在这个煤桶里,我会自己把它抬回家。一铲子最次的煤也行。我会付清钱的,但不能马上,不能马上。""不能马上"这四个字多么像钟声一样,令人迷离恍惚地把它和附近教堂夜晚响起的钟声混淆在一起。

"他想要什么?"煤铺老板喊道。"什么也没有,"妻子回答,"什么也没有;我什么也没有看见,什么也没有听见;只听见钟敲六点钟,我们关门吧。外面冷极了,明天也许我们还要干许多活呢。"

她什么也没看见,什么也没听到;可她解开围裙带,试着用围裙把我扇走。遗憾的是,她成功了,我的煤桶具有一个坐骑应有的全部优点,但是它没有抵抗力,它太轻了;一条围裙就可以把它赶跑。

"你这个可恶的女人,"我回头向她喊道,当她扭身走回煤铺时,半是鄙夷半是满足地在挥动着手,"你这个坏女人!我为了一铲子最次的煤来求你,你都不肯给。"我就这样上升到冰山地区,永远消失了。

晓辉 译

(本篇写于1917年1至2月间,首次发表于1921年12月25日的《布拉格新闻》"圣诞节副刊"上。)

敲　门

这是夏日炎炎的一天，我和妹妹走在回家的路上，途经一个庄园的大门。我不知道她是出于恶作剧还是无意地敲了下门，也许她只是举起拳头并没有敲门。百步之外，道路拐向左边，那里有一座村庄。我们不认识这里，可是刚走过第一间房子，就有许多人围上来，出于友好或是警告地向我们招手，弯腰曲背，神色慌张，他们指着我们经过的庄园，提醒我们曾经敲过门，庄园的主人将控告我们，并马上开始调查。我很镇静，而且还安慰妹妹，也许她根本就没有去敲门，即使敲了门，走遍世界各地也找不到证据。我试图让村民们理解我的意思，他们听着，但不做任何评判。稍后他们说：不光我妹妹，连我作为哥哥也将受到控告。我微笑着点头。我们所有人都回头向庄园望去，就像人们注视着远方的浓烟，等着它冒出火光。果不其然，我们很快看到一队骑士驰进敞开的庄园大门：尘土飞扬，遮盖了一切，只有长矛上的枪尖闪着光。只见队伍还没有消失在庄园中，就掉头向我们这边奔来。我催促妹妹快走，决定自己解决此事。她拒绝让我独自留下。我说她至少要穿件像样的衣服，在这些先生面前体面些。终于她同意了，走上了回家的漫漫长路。转眼间，马队来到我面前，来不及下马就询问我妹妹。她此刻不在这里，但马上会回来，有人胆怯地回答。他们对回答并不在意,看来找到我比什么都重要。他们中有两个管事的先生——一个法官,是个生气勃勃的年轻人;另一个是他的助手,沉默寡言,大家称他是阿斯曼。他们要求我进入一间村舍,我摇晃着脑袋,往前扯着裤子背带,缓缓地踏入门槛,在先生们严厉的目光下坐了下来。我几乎还认为,只要一句话就使我,一个城里人,体面地从这些乡巴佬中解放出来。但当我一迈进这个房子的门槛时,那个抢先一步等在这儿的法官说:"对于这位先生,我感到遗憾。"毫无疑问,他指的不是我当前的处境,而是将要发生的事情。这间房屋看起来不像个农舍,更像是一座牢房。巨大的石砖,黑乎乎光秃秃的墙壁,有一处还在墙上钉了个铁环,在中间是个半似木板床半似手术台的东西。

作为一个囚犯,我还能呼吸到别处的空气吗?这是个大问题,或者说更大的问题是,我还能指望得到释放吗?

晓辉 译

(本篇写于1917年3至4月间,首次发表于1931年,标题系马克斯·勃罗德所加。)

万里长城建造时

万里长城止于中国的最北端。工程从东南和西南两头发端，伸展到这里相连接。这种分段修建的办法在东西两支劳动大军的内部也以小的规模加以实行。方法是：二十来个民工为一小队，每队担负修建约五百米长的一段，邻队则修建同样长度的一段与他们相接。但等到两段城墙连接以后，并不是接着这一千米的城墙的末端继续施工，而是把这两队民工派到别的地段去修筑城墙。使用这种方法当然就留下了许多缺口，它们是渐渐地才填补起来的，有些甚至在长城已宣告竣工之后才补全。据说有一些缺口从来就没有堵上，这当然只是一种说法，它可能仅仅是围绕长城而产生的许许多多的传说之一。由于工程范围之大，后人是无法凭自己的眼睛和尺度来验证这种说法的，至少对于个人来说是这样。

人们一开始就会这样认为：建造长城时把它连成一气，或者至少在两个主体部分之内连成一气，这从哪方面说都是更为有利的。众所周知，长城之建造意在防御北方民族。但它造得并不连贯，又如何起防御作用呢？甚至，这样的长城非但不能起防御作用，这一建筑物本身就存在着经常性的危险。这一段段城垛孤零零地矗立于荒无人烟的地带，会轻易地一再遭到游牧民族的摧毁，尤其是这些游牧民族当时看到筑墙而感到不安,便像蝗虫一般以难以置信的速度辗转迁徙,因此他们对于工程的进展有可能比我们筑墙者自己还要看得清楚。尽管如此,建筑的方法除了现在这个样子也许没有别的途径可想。为了理解这点,必须考虑下列各点:长城要起几百年的防御作用;这是一项极为细致的工程,因此,利用有史以来各民族的建筑智慧和建筑者个人的持续的责任感对于工作是十分必要的。虽然,那些较简单的劳动,可以从民众中雇用无知识的民工,那些想多挣钱的男人、妇女和儿童;但是,每四个民工就需要一个在建筑专业方面受过训练的人去领导,此人对工程的全局和底细须有深切的领会。工效越大,则要求越高。这样的人事实上都在应命,尽管数量不敷工程的需要,但数目确实很大。

这项建筑不是草率动工的。在破土前五十年,在整个需要围以长城的中国,人们就把建筑艺术,特别是砌墙手艺宣布为最重要的科学了,一切其他技术,只要与此有关的,一概加以赞许。我还清楚地记得,我们在孩提时候,两脚刚刚能站稳,老师就在小园子里,命我们用鹅卵石建造一种墙,记得当时老师如何撩起长袍,朝这堵墙冲来,当然一切都推倒了,由于我们的墙造得太单薄,他把我们训斥得很严厉,以致我们号哭着四散跑回父母的身边。这件事的本身是微不足道的,但很能反映那时的时代精神。

我很幸运,当我以二十岁的年龄通过初级学校最后一关考试的时候,长城的建筑刚刚开始。谓之幸运,因为有许多人当年在自己所称心的课程中取得了最好的成绩,却常年无法施展他们的知识，他们头脑里有最宏伟的建筑蓝图，却壮志难酬，久而久之，知识也大量荒疏了。那些好容易当了施工领班的人，哪怕是最低一级的，到了工地，也觉得是值得的。那是一些泥水匠，他们对于工程已经考虑得很多，并且还继续不停地考虑下去。是他们让人在墙基上放下第一块石头，他们以此感到自己和长城互为一体了。自然，这样一些泥水匠除了渴望着把工作彻底完成外，也迫不及待地想看到长城最后以完美无缺的面貌诞生。民工是不会有这种迫不及待的心情的，他们只管拿工资；那些高级领班，甚至是中级领班眼看工程多方面进展也足令他们精神上为之一振了。但对于那些基层的、精神上远远超过他们表面上那微小的任务的领班人员，就得事先为他们考虑到别的情况，譬如你不能让他们在一个离家几百里、荒无人烟的山区，经年累月，一块接一块地往墙上砌石头；这种辛勤的，甚至一辈子都看不到完工的工作会使他们绝望，首先会使他们失去工作效率。因此，人们采取了分段建造的办法。五百米长城约在五年内可以完成，然后那些领班通常已经精疲力竭，对自己、对长城、对整个世界都失去了信心。当他们还沉浸在庆祝一千米长城会合的兴奋之中时，就已经被派到老远老远的地方去了，旅途上他们看到一段段完工的长城突兀而起，经过上级领队们的大本营，接受了勋章，听到了从深谷下涌来的新的劳动大军的欢呼，见到的是为做脚手架而伐倒的森林，看到山头被凿成无数的砌墙的石块，看到虔诚的信徒们在圣坛上诵唱，祈祷长城的竣工。所有这一切慰平了他们的烦躁情绪。在家乡过了一段安闲生活，使他们养精蓄锐，每个建筑者所拥有的威望，他们的报告在邻里间所获得的信任，那些质朴、安分的老乡对长城有朝一日会完工确信不移,所有这一切把心灵的弦又拉紧了。于是,像永远怀着希望的孩子,他们告别了家乡,重返岗位,为民众事业效劳的欲望又变得不可遏止了。他们一大早就出发,半个村子的乡亲陪送他很长一段路程,都认为这是必须的。一路上人们三五成群,挥动着旗帜,他们第一次看到了他们国家是多么辽阔,多么富庶,多么美丽,多么可爱。每个国民都是同胞手足,就是为了他们,大家在建筑一道防御的长城,而同胞们也倾其所有,终身报答。团结!团结!肩并着肩,结成民众的连环,热血不再囿于每个人微不足道的躯壳内,而要欢畅地奔腾,通过无限广大的中国澎湃循环。

因此,分段而筑的办法是可以理解的;但此外还有别的理由。我对这个问题这样久久不肯放过,这也是不足为奇的,此乃整个长城建筑的一个核心问题,尽管初看起来无足轻重。如果我要把当时的思想和经历介绍出来的话,我恰恰对这一问题不能不追究到足够的深度。

首先,我们必须得说,当时长城所完成的业绩,比起巴别塔的建筑毫不逊色,而在顺应天意上至少根据人类的计算,它与巴别塔则完全相反。我之所以提及这点,是因为在该建筑动工之初,有一位学者写了一本书,对这两项建筑做了详尽而精确的比较。他在书中试图证明,巴别塔之所以没有最后建成,绝不是由于大家所说的那些原因,或者至少在这些公认的原因中没有最重要的那几条。他的论证不仅依据文字记载,而且据称他还做了实地调查,并且发现,巴别塔的倒塌在于基础不牢,因而必然失败。从这点上看，我们的时代远胜于古代。今天，几乎每个受过教育的人都是专门的泥水匠，在打基础方面是不会有错失的。但这位学者却根本不朝这个方向去论证，而是断言，在人类历史上只有长城才会第一次给一座新巴别塔创造一个稳固的基础。因此，先筑长城，而后才建塔。这本书当时人手一册，但我承认，我至今仍然不甚明白，他是怎样设想那座塔的建造的。长城连一个圆圈都没有形成，而不过是四分之一或者半个圆圈，难道这就可以作为一座塔的基础了吗？这只能从精神角度去理解。然而，长城又是为了什么呢？它是某种实实在在的东西，是千千万万人的生命和辛劳的成果。为什么在那本著作中要写上那座塔的计划——显然是迷雾一般的计划——和一个个具体的建议：应如何集中民众的力量参加强大的新的工程？

那时候，人们头脑中充满许多混乱的东西，这本书仅仅是一个例子而已；之所以这样，也许正是因为人们想把这样多的可能性都汇集到一个目的上。人的本质说到底是轻率的，天性像尘埃，受不了束缚；如果他把自己束缚起来，不久便会疯狂地猛烈挣脱束缚，把长城以及自身都扯得粉碎。

很可能，这些对建造长城甚至是相悖的考虑，主事者们在决定分段而筑的时候，并非没有顾及。我们——我在这里以许多人的名义讲话——实际上是在——研究了最高领导的命令以后，才认识了自己本身的，并且发现，没有上级的领导，无论是学校教的知识，还是人类的理智，对于伟大整体中我们所占有的小小的职务是不够用的。在上司的办公室里——它在何处？谁在那里？

我问过的人中，过去和现在都没有人知道——在这个办公室里，人类的一切思想和愿望都在转动，而一切人类的目标和成功都以相反的方向转动。透过窗子，神的世界的光辉正降落在上司的手所描画的那些计划之上。

因此，公正的旁观者并不理解，领导者要是真的愿意，他们对构成长城连贯而筑的那些困难会克服不了。所以结论只能是：分段而筑乃领导者有意为之。可是，分段而筑仅仅是一种权宜之计，并没有实际意义。如果结论是：领导者存心要干某种没有实际价值的事的话——奇妙的逻辑！——一点不假，而且他们还从其他方面为自己找理由。今天谈论这些事也许不会有危险了。当时许多人，甚至最优秀的人都有这个秘密的原则：竭尽全力去理解领导者的指令，但一旦到达某种限度，就要适可而止，停止思考。这是一条十分明智的原则，在尔后经常重复出现的比方中，它还可以得到进一步的解释：不要因为有害于你，就停止进一步思考，而且谁也没有把握说，将来一定会有害于你。这里根本不能说有害，也不能说无害。事情之于你，犹如春天之于河流。河流在春天里上涨着，变得更强大，更有力地肥沃着两岸的土地，并且获得它固有的本质，以一条真正的河流的面貌继续注入大海，同大海身份更平等了，也更受大海的欢迎了。——你要把领导者的指令思考到这个程度。——但接着，河流泛滥于两岸，失去了它的轮廓和面貌，减慢了它的流速，违背它自己的本质，在内陆形成一个个小海洋，毁坏一片片农田，但是这种扩展并不能持久，后又重新涌回岸内，甚至于到了跟着来的炎热季节干涸枯竭，一片惨状。——你不要把领导的指令思考到这个地步。

当年,在建筑长城期间,这个比方也许是格外恰当的,但对于我现在的论述来说,它只有有限的价值。我的考察仅仅是历史性的,从早已消逝了的雷雨云层里已经发不出闪电了,因此我可以寻找一种分段而筑的说明,这个说明要比当时人们借以满足的那一种有过之而无不及。我的思考能力的界限是很狭小的,但这里需要驰骋的领域却是无限的。

万里长城是防御谁的呢?防御北方民族。我生长在中国的东南方,那里没有北方民族能威胁我们。我们在古书里面读到他们,他们本性中所具有的残忍使我们坐在平和的树荫下喟然长叹。我们在艺术家们惟妙惟肖的图画上,看到那一张张狰狞的脸面,张得大大的嘴巴,长长的獠牙,眯缝斜视的眼睛像是已经目中了猎获物,马上要抢来供嘴巴撕裂、牙齿咬似的。要是孩子撒泼,我们就给他们看这些图画,于是他们吓得边哭边往你怀里躲。但是,关于这些北方民族,除此之外我们就不知道了。我们从未见到过他们,假如留在自己村子里,我们永远也见不着他们,即使他们骑着烈马径直追赶我们——国土太大了,没等到追上我们,他们就将消失得无影无踪。

既然如此,那么我们为什么离乡背井,辞别双亲,离开饮泣的妻子,待学的孩儿,到遥远的城市去受教育,我们的思想甚至飞到北方的长城?为什么呢?去问首领吧。他们了解我们,他们,心头翻江倒海,忧虑重重,他们懂得我们,懂得我们卑微的营生,看见我们大伙齐坐在低矮的茅屋里,看见家父傍晚时分的祈祷,也许高兴,也许不高兴。如果允许我对领导阶层发表这样一种看法的话，那么我得说，领导阶层早就存在了，他们聚集到一块儿，不是像那些高级官吏，由于一场美好的晨梦的激发而心血来潮，匆匆召集一次会议，又草草做出决议，当晚就叫人击鼓将居民从床上催起，去执行那些决议，哪怕是仅仅为了搞一次张灯结彩，以欢庆一位昨天对主子们表示了恩惠的神明，而在第二天，彩灯一灭，就立刻把他们鞭赶到黑暗的角落里去。与此不同，领导阶层确实是古已有之，而造长城的决策在那时就定下来了。那些天真的北方民族，他们还以为这是为了他们而造的呢，那位值得尊敬的、无辜的皇帝也以为那是他下令造的。关于建筑长城之事，我们所知并非如此，并且保持缄默。

在当年建筑长城期间和自那以后直至今天，我几乎完全致力于比较民族史的研究——有一些问题可以说必须用这个方法才能搞透彻——并且发现，我们中国人有某些民间的和国家的机构特别明确，而有些又特别含混。研究它们的原因，尤其是后一种现象的原因，对我产生过极大的吸引力，今天仍然如此，而长城的建筑实质上也是跟这些问题相关的。

最为含混不清的机构莫过于帝国本身了。当然，在京城，就是说在朝廷范围内对这个问题是有所了解的，尽管也是现象多于真实。在高等学堂教国家法和历史的老师也自以为他们在课堂上讲的这些事情是千真万确的，并能继续把这些知识传授给学生。学校的级别越是接近基层，人们便越不怀疑自己的知识，这已成了当然之事，半文明的教育把那多少世代以来深深打进人们头脑的信条奉为崇山，高高地围绕着它们起伏波动，这些信条虽然没有失去其永恒的真理，但在这种烟雾弥漫中，它们也是永远模糊不清的。

然而，在我看来恰恰是有关帝国的问题应该去问一问老百姓，因为他们才是帝国的最后支柱呢。这里我当然只能还谈我的家乡，除了神祇和那一年到头如此富有变化而好看的祭神仪式外，我们想到的就是皇帝。但不是当前的皇帝，或者倒不如说，如果我们认识这位皇帝，或者对他有所了解的话，我们当然会想到他了。我们唯一的好奇之处是，我们总是想方设法想在这件事上打听到某种情况，可是说来也怪，几乎不可能打听到任何事情，向走过那么多地方的香客打听不到，向远近的村庄打听不到，向那些不仅航行在我们的小溪上，而且也航行在各条圣河上的艄公也打听不到。诚然，听到的不少，但一件也不能落实。

我们的国家是如此之大，任何童话也想象不出她的广大，苍穹几乎遮盖不了她——而京城不过是一个点，皇宫则仅是点中之点。作为这样国度的皇帝却自然又是很大，大得凌驾于世界一切之上的。可是，那活着的皇帝跟我们一样是一个人，他跟我们一样躺在一张卧榻上，诚然，卧榻是很宽大的，但也可能是很窄很短的。同我们一样，他有时也伸展四肢，如果他很累的时候，也张开他那线条柔和的嘴巴打哈欠。但我们在千里迢迢的南方，都快到达西藏高原了，如何知道这一切呢。再说，纵使有消息抵达我们这里，但已经太晚了，早已失去时效了。皇帝周围总是云集着一批能干而且来历不明的廷臣，他们以侍仆和友人的身份掩盖着奸险的用心，他们抵制君权，总是设法用毒箭把皇帝从轿舆上射下来。君权是不灭的，但皇帝个人是会倒毙的，甚至整个王朝最终也要垮台，处于奄奄一息之中。关于这些争斗和痛苦，老百姓是永远不会知道的，他们像迟到者，像初到城市的人站在拥挤的小巷的尽头，安闲自得地嚼着所带的食物，而在前面，在市中心的广场上他们的君主正在受极刑。

有一个传说对这一关系做了很好的描述：皇帝向你这位可怜的臣民——在皇天的阳光下逃避到最远的阴影下的卑微之辈，他在弥留之际恰恰向你下了一道谕令。他让使者跪在床前，悄声向他交代了谕旨。皇帝如此重视他的谕令，以至于还让使者在他耳根复述一遍。他点了点头，以示所述无误。他当着给他送终的满朝文武大臣——所有碍事的墙壁均已拆除，帝国的巨头们伫立在那摇摇晃晃的、又高又宽的玉墀之上，围成一圈——皇帝当着所有这些人派出了使者。使者立即出发；他是一个孔武有力、不知疲倦的人，一会儿伸出这只胳膊，一会儿又伸出那只胳膊，左右开弓地在人群中开路。如果遇到抗拒，他便指一指胸前那标志着皇天的太阳，他就如入无人之境，快步向前。但是人口是这样众多，他们的家屋无止无休。如果是空旷的原野，他便会迅步如飞，那么不久你便会听到他响亮的敲门声。但事实却不是这样，他的力气白费一场；他仍一直奋力地穿越内宫的殿堂，他永远也通不过去；即便他通过去了，那也无济于事；下台阶他还得经过奋斗，如果成功，仍无济于事；还有许多庭院必须走遍；过了这些庭院还有第二圈宫阙；接着又是石阶和庭院；然后又是一层宫殿；如此重重复复重重，几千年也走不完；就是最后冲出了最外边的大门——但这是决计不会发生的事情——面临的首先是帝都，这世界的中心,它的社会底层拥积于此。没有人能从这里挤出去,何况他还携带着一个死人的谕旨。——但当夜幕降临时,你正坐在窗边遐想呢。

同样,我们的百姓对于皇帝既深怀失望,又充满希望,他们不知道哪个皇帝在当朝,甚至对于朝代的名称都还存在着疑问。在学校里许多这样的朝代一个接一个地都学过,可是大家对此是如此地不敢确信,其程度之严重,连最好的学生都未能避免。在我们的各个村子里,早已死去的皇帝,大家以为他还坐在龙位上;新近牧师在祭坛上宣读了一份诏书,而颁发这诏书的皇帝只活在歌谣里。我们最古老的历史上的许多战役现在才刚刚揭晓,街坊欣喜若狂,带着这新闻奔走相告。那些皇妃靡费无度,与奸刁廷臣们勾勾搭搭,野心勃勃,贪得无厌,纵欲恣肆,恶德暴行就像家常便饭。年代过得越久远,这一切情形被渲染得越可怕,村民们一旦得知,几千年前一个皇后如何痛吮她丈夫的鲜血,便不禁失声悲鸣。

老百姓就是这样把以往的统治者弄得面目全非,把今天的统治者与死人相混淆。如果有朝一日——一生中只要能遇上一次——来了一位钦差大臣巡视本省,偶尔来到我村,代表当权者发布敕令,稽查税收,检查教学,向牧师询问我们的行为,然后在他上轿之前向聚集来的村民发一通长篇训诫,于是每个人脸上都掠过一丝笑意,悄悄地向旁人递个眼色,弯下身去,与孩子们一起,以便不让当官的查看。有人想:怎么,他讲起一个死人来就像讲一个活人一样,这位皇帝确实早已死了,王朝也已经消灭了,这位官老爷在拿我们寻开心吧。但是我们装作好像什么也没有觉察,以便不得罪他。我们需要认真听从现今的长官,因为不这样做便是犯罪。在匆匆离去的钦差的轿子后头,从已经瓦解的骨灰坛中专横地升起一个乡村老爷的形象。

与此相似,我们这里的人通常很少遭遇当代的战争和国家的革命。此刻我想起青年时代的一件事。在毗邻的,但是很遥远的一个省份爆发了起义。原因我已记不起来了,这在现在也并不重要,那里每天都有暴乱发生,那是些很激动的民众。当时有一次,一个途经那个省的乞丐把一张起义的传单带到我父亲家里。那天正好是节日,宾客挤满了我们的房间,牧师坐在中央,钻研着那张传单,忽然大家都笑了起来,传单在一片拥挤中被撕得粉碎。那个显然已被大大款待了一番的乞丐,被人推着赶出了房间,大家都开了心,并且跑回去享受美好的节日。为什么呢?原来邻省的方言与我们的基本上是不同的,这在某些书面语言的表达中也看得出来,它们使我们觉得有一种古音古调的特点。几乎没等牧师念上两页,人们已经做了决定。古老的事情早已听到过,昔日的伤痛早已消弭。记得在我看来虽然乞丐的话无可辩驳地说出了可怖的生活,但大家却笑着直摇头,什么也不愿听。我们这里的人就是这样来抹杀今天的现实的。

假如有人根据这些现象断定,我们实际上根本没有皇帝,那么他离真理并不太远。我得反复说:也许没有比我们南方的百姓更为忠君的了,但是忠诚并没有给皇帝带来好处。虽然在村口的小圆柱上盘曲着一条圣龙,自古以来就正对着京城方向喷火以示效忠——可是对村里的人来说京城比来世还要陌生。难道真有一个村子,房屋鳞次栉比,盖满一片又一片原野,从我们的小冈峦上看去一望无际，并且昼夜都挤满了人的吗？我们难以想象有这样一个都城，难以相信京城和皇帝是一回事，就好比不好理喻一朵千百年来在太阳底下静静地游动的云彩一样。

我们持这样一些看法，结果我们的生活就颇为自由，无拘无束。但这并不意味着放纵，在我所走过的地方我几乎从未遇到过比我的家乡更为纯洁的道德。然而，这是一种不受任何现今法律管束的生活，它只听从古代留传给我们的训诫。

我并不想以点概面，决不断言我省所有上万个村落甚或全中国所有五百行省的情形都是如此。但也许我可以根据我在这一带所读到的许多文字记载，以及根据我自己的种种观察——特别是在建筑长城的问题上，关于人的材料给了一个敏感者以通晓几乎一切省份的人的灵魂的机会——根据这一切也许我可以说：这些人对于皇帝的看法跟我的家乡的人的看法时时处处都有一种共同的基本特征。我决不认为持这种看法算得上什么美德，正好相反。不错，这种看法的产生主要应归咎于政府。自古以来它缺乏能力，或者顾此失彼，没有把帝国的机构搞到这样明确的程度，使得其在帝国最遥远的边疆都能直接地并不断地起作用。但另一方面，这当中百姓在信仰和想象力上也存在着弱点，他们未能使帝国从京城的沉沦中起死回生，并赋予现实精神，把它拉到自己的胸前；但臣仆的胸脯并不想起更好的作用，不过是感受一下这种接触，让帝国从它胸前消逝。

因此持这种看法并非美德。尤为引人注目的是：恰恰是这种弱点似乎成了联合我们民众的最重要的手段之一。是的，如果敢用这句话来表达的话：这种看法就是我们赖以生存的基础。要在这里对一种责难充分阐述理由,据说不仅有违我们的良心,而且——令人气愤得多——我们休想站得住脚。因此之故,对这个问题的考察我暂时不想继续下去了。

叶廷芳　译

（这篇小说写于1917年3至4月间,显而易见没有写完。卡夫卡生前在1919年出版的《乡村医生》短篇小说集中,曾发表过其中的一个寓意深刻的所谓传说,标题为《皇帝的谕旨》。1931年马克斯·勃罗德以《万里长城建造时》为标题收进卡夫卡短篇遗著集首次发表。）

邻　居

我的商号完全落在我的肩上。两位小姐负责在前面那间办公室里打字和记账，我的那间摆着写字台、钱柜、咨询桌、安乐椅和电话，这就是我全部的工作设备。掌握起来如此简单，管理起来如此容易。我还年轻，我的业务顺利地向前运转。我没有什么抱怨，没有什么抱怨。

新年伊始，一位年轻人爽快地租下了我隔壁一套不大的空房间，这套空房，我不太聪明，长期犹豫不决，没有租下来。它也是一个房间带一个前室，此外还有一个厨房。房间和前室我倒可以很好地利用——我的两位小姐有时感到负担过重时已经使用过——可是厨房对我来说有什么用呢？这一吝啬的考虑让别人把那套房子从我手里拿去了。现在这位年轻男子就坐在那儿。他名叫哈拉斯。他在那儿究竟干些什么，我不知道。门上写有"哈拉斯办事处"。我也曾打听过，人们告诉我说，这是一家跟我的商号相类似的企业。有人告诫不要直接提供信贷，这不一定对，因为这毕竟关系到一个奋发有为的年轻人，他的事业也许很有前途；然而也不能简单地奉劝给予信贷，因为目前从一切迹象看他还没有什么资产。这就是人们在什么情况都不知道时，所打听到的一些情况。

有时候我在楼梯上碰到哈拉斯,他总是极其匆忙,他很拘谨地在我身旁一闪而过。我还从来没有正面看清过他,他早已把办公室的钥匙拿在手里,一瞬间打开了门,像条老鼠尾巴似的溜了进去。而我又站在"哈拉斯办事处"的牌子前面,这牌子我已看过许多回,实在不想再看了。

这可怜的薄薄的墙壁,出卖了行为诚实的人,却掩护了行为极不诚实的人。我的电话就安装在和我的邻居隔开的房间的墙壁上。诚然,我强调这种事,只因为它具有特别的讽刺意味。即使电话装在对面的墙上,人们在隔壁那套房里,也听得一清二楚。我已经改变了习惯,不在电话里呼叫顾客的名字。但是,用不着多少机智就可以从谈话里使用的富有特征的、却又不可避免的措辞中猜出他们的名字。有时我心中特别不安,把听筒贴在耳边,踮着脚围着电话机转悠,即使这样还是免不了把机密泄露出去。

当然,这样一来我的经营决断变得十分犹豫,我的声音变得发颤。我打电话的时刻,哈拉斯在干什么呢?如果我想说得夸张些——人们常常必须这样做,为的是使自己的头脑变得清晰——我可以说:哈拉斯不需要电话,他使用我的电话,他把他的长沙发靠在墙上,仔细听着就行了;而我在电话铃响时,必须跑去接电话,听取客户的要求,做出重要的决定,进行大量的说服工作——但是,整个通话都不由自主地通过房间的墙壁向哈拉斯汇报了情况。

也许他根本不必等到谈话结束,而是在谈话中间的某一时机——当他把事情已经了解得足够清楚时——便站了起来,按照习惯的速度,快捷地穿过全城,在我挂上听筒之前,他也许已经针对我干起来了。

孙坤荣　译

（本篇写于1917年5至6月,首次发表于1931年,标题系马克斯·勃罗德所加。）

致科学院的报告

可敬的科学院院士先生们：

承蒙诸位垂爱，邀请我向贵院呈交一份关于我过去所经历的人猿生涯的报告，我感到不胜荣幸。

我深愧无法满足诸位的要求。自从我脱离人猿生涯，已近五年了，从历书上看，这段时间仿佛很短，事实上，尽管我的日子过得如同白驹过隙，但时光流逝起来还是极其迟缓。诚然，我生活中有优秀人物的伴随，也不乏金玉良言的劝诫，以及喝彩叫好声和乐队的管弦声，然而根本上我还是孤独的，因为所有的陪伴——用形象的语言说——都远远地停留在围栏外面。如果我一直死抱住我的出身，执着于少年时代的记忆，我绝不会取得目前的成绩。老实说，"不固执"就是我羁绊自己的至高无上的第一诫；虽则我是只自由的人猿，但是我甘心接受这样的约束。其后果呢，当然是过去的影子越来越淡薄。倘若人类许可，我原本也可以经由一座长得足以跨越天地的桥梁，回复到原来的生活，可是我既然驱策自己在造化规定的事业上努力前进，我背后的那个入口也就逐渐缩小变窄。我觉得在人类的世界里更加舒服，格外舒畅。来自我的"过去"跟在我后面的那股强风开始变弱；到今天，它仅仅是一丝吹拂着我的脚跟的微风了；而远处的入口，也就是风所发出和我自己所来自的地方,已变得那么狭窄,即使我有足够的力量与意志想回去,在穿越入口时也非落个遍体鳞伤不可。一句话,用我喜欢的形象的语言来说,一句话:先生们,你们过去的人猿生涯——你们经历中的类似的事情也一样——和你们现在之间的距离,不见得比我的过去与目前之间的距离大。可是世上每一个生物都有搔脚跟的癖好,从小小的黑猩猩到伟大的阿喀琉斯莫不皆然。

然而如果把要求降低一些,我还可以满足诸位的愿望,为诸位效劳是我求之不得的事。我学会的第一件事便是握手,握手是表示诚恳的意思。既然这样,今天,当我达到事业的高峰时,我愿意在第一次握手所表示的诚恳之外再添上几句诚恳的话语。我在这儿要告诉贵院的事实并没有任何新内容,当然不会符合诸位的要求,也不能表达我的好意——虽则如此,我的叙述还是应该能够表明:一只往昔的人猿需要遵循什么道路,才能进入人类的世界,并且取得安身立命之道。但是,倘若我不敢肯定自己正确,倘若我在文明世界所有大舞台上的行为不是全然无懈可击,我是不敢用下面琐碎的细节来烦劳诸位倾听的。

我的原籍是黄金海岸。至于捕获到我的经过,那就得借助于旁人的证词了。海京伯公司派出的一个打猎探险队——顺便插一句,后来我与探险队的队长一起干掉过许多瓶上好的红酒——埋伏在海岸附近的一个丛林里,恰巧我和一伙人猿在傍晚时分下来喝水。他们向我们开枪,我是唯一被击中的人猿。我身上中了两枪。

一处是在面颊上,是个轻伤;可是留下了一个光秃秃的大红疤,使我得到了"红彼得"的诨号。这个称呼够可怕的,与我完全不相称，只有人猿才想得出这样的名字，仿佛我和那个耍把戏的人猿彼得——他不久前才去世，在地方上还有些小名气——唯一的不同就是我面上有个红疤似的。不过，此乃插话而已。

第二颗子弹打在我臀部下方。这伤势可不轻，直到今天我的腿还有点瘸。最近，我在报上看到一篇文章，那是一万个专拿我出气的空谈家中的一个写的，文章说我还没有能完全控制住自己的人猿本性；证据是每逢参观者来访问时，我总爱脱下裤子给他们看子弹是从何处穿过去的。写这篇文章的人的手指真该一个一个被子弹打断。至于我，只要我愿意，当然可以在任何人面前脱下裤子；你们不会看到别的，除了梳理得很顺的毛和一个伤疤——请允许我为了特殊的用途挑选一个特殊的词儿，以免引起误会——一次非法射击所造成的伤疤。一切都是光明磊落的，什么都不用隐瞒，当痛苦的真实受到怀疑时，高明的人自然会摒弃繁文缛节。不过倘若那篇文章的作者胆敢在来访者面前脱下裤子，那情形就大相径庭了，我敢担保他不会这样干。既然如此，我也请这位文雅的先生不必多管我这个粗坯的闲事！

在挨了这两枪之后，我恢复知觉时才发现自己来到了海京伯轮船中舱的一只笼子里——我就是从这时开始逐渐有记忆的。这笼子并非四面都是铁栅的那种，而是钉在柜子上的，只有三面是铁栅，第四面就是柜子。笼子低得我站不直，而且又窄得我坐不下去。因此，我只得弯着膝盖跪着，身子无时无刻不在颤抖；也许有个时期我谁也不愿见，只想待在黑暗当中吧，我总是把脸朝向柜子，所以笼子的铁栅都嵌进了我背部的皮肉。在捉到野兽后的最初阶段，用这种方法囚禁野兽应该是有其优点的吧，我通过自身的经历也无法否认,从人类的角度来看,这也的确是唯一可行的办法。

可是当时我并不作如是观。我生平第一次发觉自己没有了出路,至少是没有简捷的出路,紧贴在我面前的是那个柜子,一块块木板紧紧地接在一起。的确,木板间有一条缝,我刚发现的时候还天真得狂喜地大吼了一声呢,可是那条裂缝小得连尾巴都塞不进去,不论人猿有多少气力也休想把它撑大一些。

我当时异常地安静,这也是后来听别人告诉我的,人们得出这样的结论:要不就是我很快会死去,要不就是我能够度过第一个阶段,训练起来定准非常听话。我也真的度过了这个阶段。我绝望地啜泣,痛苦地捕捉跳蚤,悲惨地把一只椰子舐来舐去,不住用脑袋撞柜子,逢到有人走近就对他吐吐舌头——在新生活的第一个阶段里我就是这样打发日子的。可是凌驾在这一切之上的只有一个感觉:没有出路。当然,我现在只能用人类的语言表达当初作为人猿时的感觉,所以表达得并不准确,可是虽然我无法恢复往昔人猿生涯的真实感受,我刚才所说的情况无疑还是虽不中,亦不远矣。

这以前,我有很多出路,可是现在却走投无路。我给拴住了。就算我给钉死在一个地方,我自由行动的权利也不至于比现在更小些。怎么会落到这步田地的呢?搔破足趾之间的嫩肉,我找不到答案。用背脊死命地顶铁条,直到自己险些给勒成两半,我还是得不到答案。我一无出路,但是我必须找到出路,否则我就活不下去。老是这样面对着柜子——我这条命非断送不可。可是在海京伯公司看来,柜子跟前恰恰是最配人猿待的地方——既然如此，那我只得不当人猿了。这真是一个周密而清晰的结论哪，我准是用尽肚子的能耐构思出来的，因为人猿是用肚子思想的。

我担心人们不太了解我所说的"出路"指的究竟是什么。我是就最完整也是最通俗的意义上来用这个词儿的。我故意不用"自由"之类的字样。我指的并非任何方面都无拘无束海阔天空的感觉。也许因为我是人猿吧，我知道这意味着什么。我也见过渴望自由的人。可是就我来说，不论过去或是现在，我都不希望享受这种自由。请允许我顺便插一句：我甚至觉得，人类在追求自由时往往过于自欺欺人？正因为自由被视作最崇高的感情之一，所以，相应的错觉也算是崇高的了。好多次，在杂耍戏园子里，还没轮到我上场的时候，我常常看空中飞人怎样在屋顶高处的秋千上表演。他们摆动自己的身子，晃来晃去，向空中跳去，扑进对方的手里，这一个用牙齿咬住那一个的头发。我就想道："这样的自我约束居然也算人类的自由。"这对神圣的大自然母亲该是多大的讽刺！要是让人猿看到这种表演，戏园子的墙壁不给他们笑坍才怪呢。

不，我所需要的并不是自由。我只要有个出路，右边、左边，随便什么方向都成；我再也没有别的要求；即使这个出路到头来仅仅是个幻想，那也无妨；我的要求很低，失望起来也不至于太惨。我要出去，随便上哪儿去都成！反正不能一动不动地蹲着，举着胳膊，被压在一堵木板墙之前。

今天我看得很清楚，没有内心深处的平静，我是永远也找不到出路的。而且实际上，我后来所获得的一切都要归功于头几天在船上内心的平静。但是我之所以能够平静还得归功于船上的水手。

不管怎么说，他们骨子里都是好人。我今天一回想起老在我半梦幻状态的头脑中回响的他们那沉重的脚步声，还是觉得十分愉快。他们有这样一个习惯，不管做什么事，都是越慢越好。比如说，一个人打算擦眼睛，他把手慢慢地举起来，活像那是一副千斤的担子。他们的玩笑开得很粗野，可也很痛快。他们的笑声总混杂着咳嗽声，听起来很怕人，其实并没有什么。他们嘴里总有东西要吐，至于吐出去落在什么地方却从来不管的。他们老是埋怨我把跳蚤传给他们，然而他们并不真生气，他们知道我那一身长毛能藏跳蚤，而跳蚤嘛总是要跳的，这在他们仅仅是个常识问题。逢到不值班，他们往往围成半圆形坐在我周围。他们不大说话，只是彼此间哼上几声，一味抽烟斗，伸直四肢躺平在柜子上，只要我稍微有点动作，就大拍膝盖，时不时还有人找根棍子来给我搔痒。如果今天有人邀请我再到船上游弋一番，我肯定要拒绝，但是，同样肯定的是，我在中舱度过的岁月的回忆倒也不全是可憎可厌的。

我在这些人当中得到了平静，这是我不想逃走的最主要原因。现在回想起来，我当时仿佛也隐隐约约地感觉到，我要么就是找到出路，要么就是死，可是逃走并不是我的出路。我现在弄不清楚逃走是否真的可能，不过我相信当时一定有可能，对于人猿这永远是可能的。今天，我的牙齿咬硬壳果时都得多加小心了，可是那会儿，我准能逐渐把笼子的门锁咬穿。我并没有这样做。这对我又有什么好处呢？只要我刚把头探出去，他们就会重新抓住我，把我关进更糟糕的笼子去的。也许我可以钻到别的动物堆里，不至于受到注意，譬如说，钻到蟒蛇当中去，它们就在我对面，不过它们会把我缠得闷死过去的。就算我真的溜上甲板，跳出了船舷，我只会在深深的海洋里晃动一小会儿，接着就沉落下去。这一切都是无望的努力而已。当时，我可没有像今天这样以人的思想方式把事情想得一清二楚，不过在周围环境的影响之下，我行动起来仿佛都是想好了似的。

其实我并没有想好，不过，我一声不响把什么都看在眼里。我瞧着这些人走来走去，老是这几张脸，老是这些动作，我甚至还常常觉得，这些都是同一个人。这样说来，这个人或者这些人是可以自由自在地走来走去的了。一个崇高的目标朦朦胧胧地升起在我的面前。没有人答应过我，假如我变得和他们一模一样，我笼子上的铁条就可以撤走。人们对这种显然不可能的偶然事件是不会许诺的。可是，如果真的做到了，那么，得到的结果事后回想起来恰好与事先所许诺的不谋而合。现在，我对这些人本身已经没有太大的兴趣。假如我当时决定献身于争取前面提到的那种自由，我当然情愿选择深深的海洋，而不愿走这些人沉重的脸色所提示的出路。总而言之，我根本还没想到这些事情，就已经把他们观察了很久；事实上，完全是由于大量观察，终于使我走上这条明确的道路。

要模仿这些人真是易如反掌。头几天，我就学会了吐唾沫。我们常常互相唾脸，唯一的区别就是我事后把脸舔干净，而人却不这样。很快，我抽起烟斗来就像个老枪了；每逢我用大拇指压压烟袋锅，整个中舱就响彻了一片赞赏的哄笑声；不过，很久之后，我才分清塞满烟丝的烟斗与空烟斗之间有什么不同。

最叫我头疼的是荷兰杜松子酒。光是这玩意儿的气味就叫我作呕，我尽量强迫自己学着喝，我用了好几个星期才总算克服了嫌恶之感。说也奇怪，水手们对我这方面的内在矛盾比其他的事都更关心。我记忆中已无法把水手们一个个区分开来了，不过反正有一个人老是上我这儿来，有时独自一人，有时和朋友们一起，白天来，晚上也来，不管什么时辰都来；他总是手里拿着瓶子在我面前摆好姿势教导我。他不了解我。他要猜透我身上的谜。他总是慢慢地拔开瓶塞，瞧瞧我，看我有没有明白；我承认我总是万分热烈地注视着他的，甚至注意得过了分；世界上没有别的老师能找到像我这样努力模仿人类的学生。他拔出瓶塞后就将瓶子举到嘴边；我的眼睛一直盯到了他的喉咙；他就点点头，对我很满意，又把瓶子放到唇边；我因为自己茅塞渐开而心醉神迷，一边尖叫，一边到处乱搔乱挠；他欢叫起来，倾侧瓶子喝了口酒；我死命地想亦步亦趋，一着急，在笼子里撒了泡尿，这又使他大为满意；这以后，他伸直擎着酒瓶的胳膊，蓦地往回收，一口气把酒喝干，然后用夸张的姿势向后一靠，好让我学起来容易一些。我做得过于认真，已经累垮了，再也无法跟他做下去，只是软绵绵地靠在铁栏上；而他呢，又揉揉肚子，笑了笑，从而完成了全套理论性的示范表演。

学过理论就开始实践。我不是已经被理论的教育弄得精疲力竭了吗？的确是的，我已经极度地精疲力竭了。但我本是生就的劳碌命啊。我终于还是接受了别人递给我的瓶子；我颤抖地拔去瓶塞子；这个成功的动作总是逐渐灌输给我以新的力量；接着，我简直是惟妙惟肖地照老师刚才的榜样，举起瓶子，放到唇边，然后——然后就厌恶地，极端厌恶地把瓶子往地上一扔，虽然瓶子是空的，里面只有酒的气味。这使我老师悲哀之至，但更悲哀的却是我自己；虽然我扔了瓶子，却还没有忘记用最优美的姿势揉揉肚子并笑上一笑，但是这并不能给师徒俩带来真正的安慰。

我的训练往往就在这样的局面中结束。真亏了我的老师，他并不生气。的确，有时他会用燃着的烟斗烫我的毛皮，以致有些我不易摸到的地方都冒烟了，可是他接着又用他那慈爱的大手把火扑灭。他并没有生我的气，他很明白我们都站在同一条战线上为消灭人猿的本性而斗争，而我在这方面的任务是更为艰巨的。

有一天晚上，大概在举行什么庆祝典礼吧，留声机唱着，一个官员在水手当中转来转去——就在这天晚上，趁人家没注意，我拿起一瓶不留心放在我笼子跟前的荷兰杜松子酒。这时候，人们开始兴趣越来越浓地注视着我，就在这群参观者面前，我用最优美的姿势拔去瓶塞，毫不迟疑地把酒放上嘴唇，眉头没皱一皱，活像个老酒鬼，我滚动着眼珠，屏足了气，老老实实正正经经地把酒喝了个半滴不剩；接着又扔掉瓶子；这回可不是出于嫌恶了，而是作为一种艺术表演；诚然，这一回我忘了揉肚子；但却做了另一件事。由于酒意的驱使，由于头脑在打转，我竟用人类的语言干脆而准确地发出了一声："哈罗！"就是这次突变把我送进了人类社会。马上，传来了回音："听，他说话了！"这给我通体流汗的身子带来了抚慰。你们想，这对我的老师和我自己是一个多么巨大的胜利！

让我重复一遍：模仿人类对我来说并没有什么乐趣，我之所以模仿他们，是因为我需要有个出路，完全没有别的原因。即使是我刚才所说的那种胜利，我也没有取得多少。很快，我又失去了我的人的嗓音，过了好几个月才重新获得。我对杜松子酒的厌恶又出现了，而且愈来愈剧烈。不过我所选择的道路却永远走定了，毫无犹豫的余地。

当我在汉堡被交到第一个驯兽人手里的时候，我马上就明白在我面前只有两条路：要么就是进动物园，要么就是进杂耍戏园子。我丝毫也没有犹豫。我对自己说：要想尽一切办法进杂耍戏园子，动物园只不过等于一只新的笼子，一旦进了那儿，你就算完了。

因此，先生们，我就拼命地学习。啊，当你不得不学的时候，你是会拼命学的；当你需要找一条出路的时候，你是会拼命学的；你会不计一切代价地学。你会让鞭子来监督自己，有一点点小毛病就会把自己骂得狗血喷头。我的人猿脾气离开了我，一溜烟地逃得无影无踪，而我的启蒙老师自己却险些变成了人猿，他不得不立即停止执教鞭而进了一家疯人医院。好在他不久之后就给放出来了。

可是我的确累坏了许多老师，有几个甚至是同时被我累坏的。到了我开始对自己的能力有些信心的时候，到了公众对我的进步发生兴趣，我的未来开始变得光明灿烂的时候，我就自己聘请老师，我把他们安置在五间相通的房间里，自己不间断地从这间跳到那间，同时接受他们的教诲。

我的进步真是一日千里！知识的光辉从四面八方渗入我那不断觉醒的脑子呀！我不想否认：这让我感到幸福。我也必须承认：我没有夸大其词，当时不曾，现在更是没有。我用世上从来没有过的惊人的毅力，使自己达到了一个普通欧洲人的文化水平。这件事本身也许不值一提，然而正是它，帮助我走出了樊笼，替我开辟出一条道路——人类的道路。有一句德国俗话真是至理名言：钻入灌木丛悄悄溜走。我正是这样做的。我的前面没有自由可争取，我没有别的路可走。

当我回顾我的发展道路，检阅我的成绩时，我既不妄自菲薄，也不志得意满。我双手在裤袋里一插，桌子上有的是酒，在摇椅上半躺半卧，望着窗外；要是来了参观者，我就以得体的礼节不卑不亢地接待他。我的经理坐在外面的接待室里；我一按铃，他就进来听候我的吩咐。我几乎每晚都演出，我的成就可以说得上登峰造极。当我深夜从宴会、科学界的招待会和社交集会回家时，总有一只半驯服的小母猩猩坐着等我，我又像一只人猿那样，从她那里得到享乐。要是在白天，我看着她就受不了；因为她眼睛里有那种半开化野兽的凶光；别人看不出来，我可看得出，这是我无法忍受的。

不管怎样，总的来说，我还是达到了预定的目的。人们不能说我的努力是没有价值的。况且我不想做出人的评判，我只是在传播知识，我只不过是做了个报告。对你们诸位亦复如此，可敬的科学院院士们，对于你们，我也仅仅是做了一个报告。

李文俊　译

（这篇小说写于1917年5、6月间，同年10月首次发表在月刊《犹太人》上。）

家长的忧虑

有人说,"奥德拉德克"这个词儿起源于斯拉夫语,并且试图在此基础上说明这个词儿是如何形成的。其他一些人却认为,它起源于德语,只不过受了斯拉夫语的影响。这两种解释都不那么确定,这倒使人有理由得出结论,哪一种都不准确,尤其是因为无论从哪一种解释都不能找出这个词儿的含义。

当然,如果不是确实有一条名叫奥德拉德克的生命存在,没人会孜孜不倦地进行这项研究。乍一看,他像是一个扁平的星星状的线轴,而且看上去真的有线缠在上面,当然只是些旧线,断了的,打了结的,各种颜色和式样的,乱七八糟地纠结在一起。他不仅仅是一个线轴,因为从星星的中央,有一根小横棍子穿出来,另一根棍子呈直角地与它联结起来。一边借助于后一根棍子,另一边借助星星的一角,这整个东西就能站起来,就像有两条腿。

人们以为,这东西以前曾有过某种像样的形象,如今只是被损坏了。然而看起来事实不是这样,至少没发现什么迹象,找不出任何能把他变成现在这样的突出部分或是断裂处。整个东西虽然毫无意义,但是从他的形式来讲,他是自成一体的。更具体的就说不出来了,因为奥德拉德克非常灵活,根本抓不住他。

他时而待在阁楼里,时而在楼梯间,在过道里,在走廊上,有时一连几个月也看不到他；因为他搬到别人家里去了；可他又必然会回到我们家里。有时，当人们跨出门来，而他又正好靠在楼梯扶手上，人们也会有兴趣跟他说话。当然，大家不会问他什么艰深的问题，而是——就凭他那小不点的个子，大家当然会这样——把他当成一个孩子。"你叫什么名字？"别人问他。"奥德拉德克。""你住在哪儿？""没什么固定的地方。"他说，笑了一笑。那是一种不用肺的活动而发出的笑声，如同落叶沙沙作响。谈话往往就这样结束了，有时人们甚至连这样的回答也得不到。他经常久久地默不作声，就像一块木头。

我徒劳地问自己，他到底是怎么了，他会死吗？所有生命，所有会死去的东西，都曾有过某种目标，某种行为，因此而耗尽生命的活力，但这一切不适用于奥德拉德克。他会拖着身后的线团，滚下楼梯，滚到我孩子的脚前，甚至我孩子的孩子的脚前吗？毫无疑问，他不会伤害任何人；但是，想到他可能比我活得还长，这简直令我痛苦。

杜新华　译

（本篇约写于1917年夏，首次发表于1919年12月，刊于犹太人杂志《自卫》。）

十一个儿子

我有十一个儿子。

老大长得其貌不扬,但诚笃而聪明;尽管如此,我并不怎么器重他,虽然我像喜欢所有其他的孩子那样喜欢他。我觉得他的思想太简单。他既不右看,也不左看,也不远眺。他沿着他那狭窄的思路不停地兜圈子,或者说得更确切些,是在不停地旋转。

老二长得好看,身材修长,体格匀称;他击剑时的那个姿势,看了令人心醉。他也聪明,而且涉世颇深;他见多识广,所以连家乡的风土人情,他都显得比待在家里不出远门的人更为熟悉。然而这个长处绝不应该仅仅归功于他经常出门,这绝不是主要的原因,主要的原因是这个孩子身上具有一种别人无法模仿的气质。譬如说吧,有的人想模仿他在空中连续翻滚一头猛然扎进水里的跳水动作,那些人都很赏识他。模仿者有勇气、有兴趣走到跳板的边缘,可是不从那儿往下跳,而是突然坐下,很抱歉地举起了双臂。——尽管有这种种一切(有一个这样的孩子,我本来就应该感到庆幸的嘛),我和他的关系上却并不是没有阴影。他的左眼略小于右眼,而且老是眨巴眨巴的;当然啰,这只不过是一个小小的缺陷,有这个缺陷,他的面孔倒显得比没有这个缺陷更大胆泼辣了,人们只看到他性格中的孤僻高傲,谁也不会介意那只小眨巴眼的。我这个为父的倒是很在意的哩。使我感到痛心的当然不是这个身体上的缺陷,我痛心的是某种与他的性格相吻合的恍恍惚惚的神思,是在他血液里游荡的某种毒素,是他在某种程度上的无能,即不能充分发扬只有我才看到的他的那种禀赋。然而,又恰恰正是这一点使他成为我的真正的儿子,因为他的这个毛病同时也就是我们全家人的毛病,只不过是在这个儿子的身上表现得尤为明显罢了。

老三也长得好看,但那不是我所喜欢的那种容貌美。那是歌唱家的容貌美:蜿蜒的嘴唇,迷离恍惚的眼睛;那脑袋,它需要后面有帷幔衬托才会显出其美来;过分拱起的胸脯;那两只说伸出就会突然伸出、说放下马上就放下的手;因为没有腿劲,两条腿晃晃悠悠的。况且他的嗓音并不圆润,能迷惑人于一时,让行家侧耳倾听;但过一会儿便逐渐轻微以至消失了。虽然一般来说,有种种因素诱使我炫耀炫耀这个儿子的风采,但是我还是把他藏匿了起来;他自己倒也并不强自为之,但这并非因为他了解自己的缺陷,而是出于天真无知。他必定感到跟我们的时代格格不入;仿佛他虽然是我家里的人,但同时还属于另一个他永远丧失了的家庭似的,他经常无精打采的,什么也提不起他的兴致来。

我的第四个儿子也许是所有的儿子中脾气最随和的。他不愧是一个真正的当代之子,坦率直爽,他和大家都很合得来,人人见了他都不由得要向他点点头。也许是受到了这样普遍赏识的缘故吧,他的性格变得有点轻浮,举止有点放荡不羁,待人处事有点漫不经心。他的某些言论人们时常想加以引用,当然仅仅是某些言论,因为就整体而言,他又是个患着轻浮放荡症的病人。他宛如一只燕子一样在空中飞翔,可是随后却在荒漠中悲惨地了却一生。他是个微不足道的人,这样的念头搅得我一看见这个孩子便悒郁不欢。

我的第五个儿子可爱而善良;不轻易许诺,一旦许诺就决不食言;在他身边,很不起眼,简直会让人感到在他的面前自己是孤零零的;然而倒颇享有一点声望。有人要来问我这是怎么回事,那我简直无以作答。也许在这个喧嚣的世界上,最容易显出心地纯洁的人的确不同凡响,而他正是个心地纯洁的人。也许心地太纯洁了,对每个人都很友好,也许太友好了。我承认:有人当着我的面称赞他,我听了心里总觉得不是滋味。称赞像我儿子这样一个显然十分值得称赞的人,这也未免有点太轻巧了嘛。

在所有的儿子当中,我的第六个儿子似乎性情最为忧郁,至少乍一看来,他会给人这样的印象:一个懦弱而又好饶舌的人。所以我们拿他没有办法。他处在劣势时便陷入莫名的悲伤之中;一旦占了优势,他便用喋喋不休的闲扯来保持这种优势。然而我不否认他有某种会忘掉自我的激情,他常常在大白天梦幻似的苦思冥想。他没有病——身体好着呢——可是有时,尤其是在黄昏,他走起路来跟跟跄跄的,但不用去搀扶他,他不会跌倒的。这一现象也许是由他身体发育方面的缺陷造成的,就他的年龄而言,他的个子太大了。这使他的整个形象显得不漂亮,尽管个别部位,例如手和脚长得出奇好看。此外,他的前额也不好看;皮肤似乎有点起皱,骨头也显得有点皱缩。

跟别的儿子相比,第七个儿子和我最亲近了。大家赏识不了他,他那种特殊的诙谐世人都不理解。我并不过高估计他;我知道,他够渺不足道的了;如果世人除了不能赏识他这个毛病以外,没有其他的毛病,那他们倒真可谓是白璧无瑕了。可是在家里我却离不开这个儿子。他既带来不宁,也带来对传统观念的敬畏,他把这两种东西——至少在我的感觉来说是如此——糅合成一个无可争辩的整体。诚然,他自己一点也不知道能拿这个整体派什么用场;他不会去推动未来的车轮前进的;但是他的这种天赋很令人鼓舞、很有希望。我希望他会有孩子,好传宗接代。可惜这个愿望似乎难以实现。他怀着一种自我满足的心情独自一人东逛西荡,并不为女孩子的事操心,不过倒也从来没有心情不愉快的时候。他的这种自我满足的情绪虽然为我所理解,但却不是我所希望的,他周围的人对此当然很不以为然。

我的第八个儿子最叫我操心了。我还真说不上这是什么原因。他像个陌生人似的望着我,我却觉得自己与他有着亲密的父子骨肉情谊。时光已经磨平了许多痕迹;而在从前,我一想起他便会突然浑身颤抖起来的。他走他自己的路;断绝了和我的一切来往;他那个硬脑壳,他那个矮小而肌肉发达的身体——只有他那两条腿小时候相当单薄,不过可能在这段时间里已经长好了吧——不管去哪儿,他准保都会闯出一条路子来的。我不时想叫他回来,问问他究竟是怎么回事,为什么他这么疏远父亲,他到底想干什么,可是如今他已发展到这个地步,这么多的时光已经消逝,现在也只好听其自然了。我听说他是我的儿子们当中唯一蓄连鬓胡子的;对这么一个身材矮小的人来说,好看当然是好看不了的了。

我的第九个儿子风度翩翩,有着专为女人生就的那种甜蜜的目光。甜蜜得连我这个明明知道只要用一块湿海绵就足以将这奇妙的神采抹掉的人也不时受到诱惑。而这个孩子的特殊之处却在于，他丝毫也不想引诱人；能一辈子躺在沙发上，将他的目光虚掷在天花板上，或者最好是垂下眼皮闭目养神，他也就会心满意足了。他这样美滋滋躺着的时候，他便喜欢谈话，而且谈吐不俗，言简意赅；不过话题却只能限于狭窄的范围内；一越出这个范围，他说起话来便空空洞洞，而由于范围狭窄他又难免要越出范围。人们会示意阻止他讲话的，倘若人们有一线希望，觉得这充满睡意的目光会觉察这手势的话。

我的第十个儿子被认为是个不诚实的人。我不想完全否认这个毛病，也不想完全加以认可。可以肯定的是，谁看见他带着与他那个年龄极不相称的威严神态走过来，看见他身穿纽扣总是紧紧扣住的大礼服，头戴虽旧但却仔细刷过的黑礼帽，面孔呆板毫无表情，下巴略向前伸，眼皮呈拱形沉甸甸地压住眼睛，两个手指头时不时就要摸摸嘴唇——谁看见他这副模样，谁就会想：这是一个极端虚伪的人。不过，你还是听听他说话吧！明智、慎重、简洁，探讨起问题来语言尖刻而生动；与整个世界有着惊人的、自然而又愉快的一致；一种必然会使人挺直脖子、昂起头来的一致。许多人自以为很聪明并因此而厌恶他的外貌，他却用他的言语将这些人强烈地吸引住了。可是也有人并不介意他的外貌，但是却觉得他的话虚伪。我，作为父亲，不想在这里妄加断语，然而我必须承认，后一种评论者无论如何比前一种评论者更值得注意。

我的第十一个儿子身体娇嫩，大概是我所有的儿子中最虚弱的了；但他的虚弱有迷惑力，这就是说，他有时会显得强健而果断，然而即便在这种时候那虚弱也带有某种根本性的意义。但那并不是那种令人感到羞耻的虚弱，而只是在我们这个地球上令人觉得是虚弱的某种特性。譬如鸟儿起飞前的那种状况，那摇晃、那犹豫不定和扑棱翅膀，不也是虚弱吗？我儿子所表现出来的就是这类特性。这样的性格当然使父亲感到不高兴；它们显然是以毁灭家庭为其宗旨的。有时他看着我，瞧那眼神仿佛他想对我说："我会带你一起去的，父亲。"于是我想："你这个不肖儿，我才不信你这一套呢。"而他那眼神似乎又在说："那么我就甘心情愿当这个不肖儿吧。"

这就是我的十一个儿子。

张荣昌　译

（本篇约写于 1917 年夏。）

一场常见的混乱

他经历了一场常见的混乱。一桩平时生活中常会发生的事。

A通过H要跟B做一笔重要的生意。他到H那儿参加了一次预备性会谈，来回路上仅各用了十分钟时间，到家后他对自己如此快捷颇为得意。第二天，他又要到H那儿去，这次是为了把这笔买卖最后定下来。估计敲定这笔生意大概要花费几个小时，所以A一大早就出门了。路上的情况，按A的看法，跟头天没有什么变化。可是这次到那儿整整花了十个小时。当A黄昏时分到达那儿时，已累得不行了。有人告诉A，由于他没来，B十分生气，半小时前便匆匆地赶往A住的村子去了，本来他们应该能在途中碰面的。有人劝A再等一等，但A怕错过这笔买卖，拔脚就走，匆匆赶回家。这一次在路上，他哪儿都不敢耽搁，顷刻工夫就回到了家。这才得知，B早就到了。就在A动身之际，甚至B在大门口还碰上A，并提醒他那笔生意，但A却说，现在没时间，得赶紧走。

尽管A的这一举动让人不可思议，B仍留了下来，一直等着A回来。中间他曾多次向人打听，A是否还回来。不过，B仍旧待在楼上A住的房间里。A庆幸自己现在终于能和B见面，向他解释所发生的一切。他急忙上楼，就在踏上最后一级楼梯时被绊倒了，扭伤了脚。他痛得几乎昏过去，甚至都喊不出声了，在黑黝黝的楼梯上暗自啜泣。这时他迷迷糊糊听到B的沉重脚步声——不知B离他很远，还是就在他身旁。B气呼呼地下了楼，最终消失得无影无踪。

黄湘舲　译

（本篇写于1917年10月，首次发表于1931年，标题系马克斯·勃罗德所加。）

塞壬们的缄默

即使是并不高明,甚至可以说是幼稚可笑的手段,也可以用来救人脱离危险。下面就是个例证。

为了免遭海妖塞壬①们的诱惑,奥德修斯②用蜡把自己的耳朵堵住,并且让伙伴用铁链把自己牢牢捆绑在桅杆上。当然,自古以来,除了那些在老远的地方就被这些海妖迷惑住的人,所有海上的旅行者可能都用过类似的方法。不过,全世界都知道这种方法并无效果。塞壬们的歌声能穿透一切,一旦那些被诱惑者的激情被挑逗起来,那么铁链、桅杆之类都无济于事了。可是奥德修斯虽有所闻,但并不理睬。他对那一小团蜂蜡和那一捆铁链的作用深信不疑。对自己耍弄一些小手段,感到一种孩子般的喜悦。他怀着这样的心情向塞壬们居住的海域驶去。

然而,塞壬们如今有了一种比她们的歌声更为可怕的武器,那就是她们的缄默。虽然这一招尚未试用过,但可以想象,那些逃脱她们歌声诱惑的人,恐怕难以逃脱她们的缄默。不过,只要

---

① 希腊神话中,塞壬被塑造成人首鸟身的海妖,常用歌声诱惑过路的航海者而使航船触礁沉没。

② 荷马史诗《奥德赛》的主角,他克服了海妖塞壬美妙歌声的诱惑。

人有依靠自己的力量去战胜塞壬的信心,以及由此产生出来的那种所向披靡的气概,那么,没有什么是不可战胜的。

事实上,当奥德修斯的船驶近时,这些威力无比的海妖并没有歌唱,也许她们相信,只需用缄默就能制服这个敌人;或许是奥德修斯一心想着他的蜂蜡和铁链,脸上露出的扬扬得意的神气,竟使塞壬们全忘了歌唱。

可是,从奥德修斯的表情看出,他相信她们在歌唱而不是在缄默,自以为只有他能听不到她们的歌声。最初,他匆匆向她们瞥了一眼,看到她们正在扭动着脖子,大口地呼吸着,还看见她们泪汪汪的眼睛和半张着的嘴,他以为这些都是歌唱时的样子,歌声虽听不见,却在他周围荡漾着。但是,过了不久,这一切从他视线中倏然逝去。在他坚定的态度面前,海妖全都消失得无影无踪了。即使在靠她们最近的地方,他也感觉不到她们的存在。

但是她们比以往任何时候都显得美丽了,她们伸展四肢,旋转着身子,令人战栗的长发迎风飘舞。在悬崖峭壁上,她们收敛起她们的利爪。她们不想再引诱任何人了,只想尽可能长久地看到奥德修斯那双大眼睛里射出的炯炯目光。

倘若塞壬们有意识的话,也许她们当时就会被消灭。可是她们依旧在那里,只是奥德修斯逃过了她们。

另外,对这个传说还要做点补充。据说,奥德修斯诡计多端,像只老狐狸,甚至命运女神都难以看透他的心思。也许他确实觉察到塞壬们在缄默,虽然用人的理智这是难以理解的。所以,他只不过编造上述的故事来糊弄海妖和众神罢了。

黄湘舲　译

（本篇写于 1917 年 10 月，首次发表于 1931 年，标题系马克斯·勃罗德所加。）

乡村医生

我感到非常窘迫：我必须赶紧上路去看急诊；一个患重病的人在十英里外的村子里等我；可是从我这儿到他那里是广阔的原野，现在正狂风呼啸，大雪纷飞；我有一辆双轮马车，大轮子，很轻便，非常适合在我们乡村道路上行驶；我穿上皮大衣，手里拿着放医疗用具的提包，站在院子里准备上路；但是找不到马，根本没有马。我自己的马就在头天晚上，在这冰雪的冬天里因劳累过度而死了；我的女用人现在正在村子里到处奔忙，想借一匹马来；但是我知道，这是不会有什么结果的，我白白地站着，雪愈下愈厚，愈等愈走不了了。那姑娘在门口出现了，只有她一个人，摇晃着灯笼；当然，谁会在现在这样的时刻把马借给我走这一程路呢？我又在院子里走来走去，可是想不出一点办法；我感到很伤脑筋，心不在焉地向多年来一直不用的猪圈破门踢了一脚。门开了，门板在门铰链上摆来摆去发出拍击声。一股热气和马身上的气味从里面冒出来。一盏昏暗的厩灯吊在里面的一根绳子上晃动着。有个人在这样低矮的用木板拦成的地方蹲着，露出一张睁着蓝眼睛的脸。"要我套马吗？"他问道，匍匐着爬了出来。我不知道说什么好，只是弯下腰来看看猪圈里还有什么。女用人站在我的身边。她说："人往往不知道自己家里还会有些什么东西。"

我们两人都笑了。

"喂，老兄！喂，姑娘！"马夫叫着，于是两匹强壮的膘肥的大马——它们的腿紧缩在身体下面，长得很好的头像骆驼一样低垂着——只是靠着躯干运动的力量，才从那个和它们身体差不多大小的门洞里一匹跟着一匹挤出来。它们马上都站直了，原来它们的腿很长，身上因出汗而冒着热气。"去帮帮他忙。"我说，于是那听话的姑娘就赶紧跑过去，把套车用的马具递给马夫。可是她一走近他，那马夫就抱住她，把脸贴向她的脸。她尖叫一声，逃回到我这里来，脸颊上红红地印着两排牙齿印。"你这个畜生，"我愤怒地喊道，"你是不是想挨鞭子？"但是我马上就想到，这是个陌生人；我不知道他是从哪儿来的，而当大家都拒绝我的要求时，他却自动前来帮助我摆脱困境。他好像知道我在想什么，所以对我的威胁没有生气，只顾忙着套马，最后才把身子转向我。"上车吧。"他说。的确一切都已准备好了。我注意到这确实是一对好马，我还从来没有用过这样的好马拉过车呢，我就高高兴兴地上了车。"不过我得自己来赶车，因为你不认识路。"我说。"当然啰，"他说，"我不跟你去，我要留在罗莎这里。""不。"罗莎叫喊起来，并跑进屋里，预感到自己将遇到无可逃避的厄运；我听见她闩上门链发出的叮当声；我听见钥匙在锁孔里转动的声音；我还可以看到她先关掉过道里的灯，然后穿过好几个房间把所有的灯都关掉，别人就找不到她了。"你同我一道走，"我对马夫说，"否则我就不去了，即使是急诊也罢。我不想为这事把姑娘交给你作为代价。""驾！"他吆喝道，同时拍了拍手；马车便像在潮水里的木头一样向前疾驰；我听到马夫冲进我屋子时把房屋的门打开发出的爆裂声,接着卷来一阵狂风暴雪侵入我所有的感官,使我什么也听不见什么也看不到。但这只是一瞬间的工夫,因为我已经到了目的地,好像病人家的院子就在我家的院门外似的;两匹马安静地站住了;风雪已经停止;月光洒在大地上;病人的父母匆匆忙忙地从屋里出来,后面跟着病人的姐姐;我几乎是被他们从车子里抬出来的;他们七嘴八舌地嚷嚷着,我一句也听不清楚;病人房间里的空气简直令人无法呼吸;炉子没人管可是冒着烟;我想打开窗子,但是我首先得看看病人。这年轻的病人长得很瘦,不发烧,不冷,也不热,有一双失神的眼睛,身上没有穿衬衫,他从鸭绒被下坐起来,搂住我的脖子,对着我的耳朵轻声说:"医生,让我死吧。"我向四周看了一眼;没有人听到这句话。病人的父母正弯身向前默默地站着,静候我的诊断;姐姐搬来一把椅子让我放手提包。我打开提包,寻找医疗用具。这孩子还是从床上向我摸过来,要我记住他的请求;我取出一把小镊子,在烛光下检查了一下又把它放回去。"是的,"我有些亵渎神明地想,"上帝在这种情况下真肯帮忙,送来了失去的马,由于事情紧急还多送了一匹,甚至还过了分多送了一个马夫——"这时我才又想起了罗莎;我该怎么办,我怎样才能救她,离她有十英里之外,而且套的两匹马难以驾驭,在这种情况下,我怎样才能把她从马夫身下拉出来呢?现在,这两匹马不知用什么方法松开了缰绳,我也不知道它们怎样从外面把窗户顶开的;每一匹马都从一扇窗户探进头来注视着病人,对于这家人的叫喊毫不在乎。"我最好马上就回去。"我想,好像那两匹马在要求我回去似的,但我还是容许病人的姐姐替我脱下皮大衣,她还以为我热得有些晕眩了。

老人给我斟来一杯朗姆酒，拍拍我的肩膀，他拿出心爱的东西来待客表明对我的亲切信赖。我摇了摇头；老人狭隘的思想，使我很不舒服；正是由于这个原因我谢绝喝酒。病人的母亲站在床边招呼我过去，我顺从了，而当一匹马向天花板高声嘶叫的时候，我把头贴在孩子的胸口，他在我的潮湿的胡子下面战栗起来。这就证实了我的看法：这孩子是健康的，只是血液循环方面有些小毛病，这是因为他母亲宠爱过分给他多喝了咖啡的缘故，但确实是健康的，最好还是把他赶下床来。我并不是个社会改革家，所以只好由他躺着。我是这个地区雇用的医生，非常忠于职守，甚至有些过了分。我的收入很少，但我非常慷慨，对穷人乐善好施。可是我还得养活罗莎，所以这男孩想死是对的，因为我自己也想死。在这漫长的冬日里，我在这儿干些什么呀！我的马已经死了，村子里没有一个人肯借马给我。我只得从猪圈里拉出一架车来；要不是猪圈里意外地有两匹马，我只好用猪来拉车了。事情就是这样。于是我向这家人点点头。他们一点也不知道这些事，即使他们知道了，他们也是不会相信的。开张药方是件容易的事，但是人与人之间要互相了解却是件难事。好了，我的出诊也就到此结束，我又一次白跑了一趟，反正我已经习惯了，这一地区的人老是晚上来按我的门铃，使我深受折磨，但是这一次还得牺牲个罗莎，这个漂亮的姑娘多年来一直和我生活在一起，我几乎没有怎么管她——这个牺牲未免太大了，于是我必须在头脑里仔细琢磨一下，以克制自己不致对这家人训斥起来，他们无论如何也不可能把罗莎还给我了。但是当我关上提包，伸手去取皮大衣时，全家人都站在一起，父亲嗅着手里的那杯甜酒，母亲可能对我感到失望——是呀，人们还要期待些什么呢？——她含着泪咬着嘴唇，姐姐摇晃着一条满是血污的毛巾，于是我打定主意做好准备，在某种情况下承认这孩子也许是真的病了。我向他走去，他朝我微笑着，好像我给他端去最滋补的汤菜似的——啊，现在两匹马同时嘶叫起来；这叫声一定是上帝特地安排来帮助我检查病人的——此时我发现：这孩子确实有病。在他身体的右侧靠近胯骨的地方，有个手掌那么大的溃烂伤口。玫瑰红色，但深浅不一，中间底下颜色最深，四周边上颜色较浅，呈微小的颗粒状，伤口里不时出现凝结的血块，好像是矿山上的露天矿。这是从远处看去。如果近看的话，情况就更加严重。谁看了这种情形不会惊讶地发出唏嘘之声呢？和我的小手指一样粗一样长的蛆虫，它们自己的身子是玫瑰红色，同时又沾上了血污，正用它们白色的小头和许多小脚从伤口深处蠕动着爬向亮处。可怜的孩子，你是无可救药的了。我已经找出你致命的伤口，你身上的这朵鲜花正在使你毁灭。全家人都很高兴，他们看我忙来忙去；姐姐把这个情况告诉母亲，母亲告诉父亲，父亲告诉一些客人，他们刚从月光下走进洞开的门，踮起脚、张开两臂以保持身体的平衡。"你要救我吗？"这孩子抽噎着轻轻地说，他因为被伤口中蠕动的生命而弄得头晕眼花。住在这个地区的人都是这样，总是向医生要求不可能做到的事情。他们已经失去了旧有的信仰；牧师坐在家里一件一件地拆掉自己的法衣；可是医生却被认为是万能的，只要一动手术就会妙手回春。好吧，随他们的便吧：我不是自动要去替他们看病的；如果他们要用我充作圣职，那我也只好这样；我是个上了年纪的乡村医生，我的女用人都给人家夺去了，我还能希冀什么好事情呢！于是这家人和村子里的长者一同来了，他们脱掉我的衣服；老师领着一个学生合唱队站在房子的前面，用极简单的曲调唱着这样的歌词：

> 脱掉他的衣服，他就能治愈我们，
> 如果他医治不好，就把他处死！
> 他仅仅是个医生。他仅仅是个医生。

然后我的衣服被脱光了，我的手指捋着胡子，我把头侧向一边，静静地看着这些人。我镇定自若，胜过所有的人，尽管他们现在抱住我的头、拖住我的脚，把我按倒在床上，我仍然是这样。他们把我放在朝墙的一面，靠近孩子的伤口。然后他们从小房间里走出去；门也关上了；歌声也停止了；云层遮住了月亮；被褥使我的周身感到暖和；忽隐忽现的马头在洞开的窗户前晃动。"你知道，"我听到有人在我耳边说，"我对你很少信任。你不过是从那儿被抛弃掉的，根本不是用自己的脚走来的。你不但没有帮助我，还缩小我的临终床的面积。我恨不得把你的眼睛挖出来。""你说得对，"我说，"这的确是一种耻辱。但我是个医生。那我怎么办呢？相信我，我作为一个医生，要做什么事情也并不是很容易的。""你以为这几句道歉的话就会使我满足吗？哎，我也只能这样，我对一切都很满足。我带着一个美丽的伤口来到世界上，这是我的全部陪嫁。""年轻的朋友，"我说，"你的错误在于：你对全面的情况不了解。我曾经去过远远近近的许多病房，可以告诉你：你的伤口还不算严重。只是被斧子砍了两下，有了这么一个很深的口子。许多人都自愿把半个身子呈献出来,而几乎听不到树林中斧子的声音,更不用说斧子靠近他们了。""这是真的吗?或者是你趁我发烧的时候来哄骗我?""确实是这样,你安心地带着一个公家医生以荣誉担保的话去吧。"于是他相信了,他静静地安息了。可是现在我得考虑如何来救我自己了。两匹马还忠实地站在原处。我很快地把衣服、皮大衣和提包收集在一起,我不愿意把时间花费在穿衣服上;如果两匹马能像来时一样快速,那么简直就可以说我从这张床一跳就跳回到自己的床上。一匹马驯顺地从窗口退回去了;我把收拾好的那包东西扔进马车;皮大衣飞得太远了,只有一只袖子牢牢地挂在一只钩子上。这就很好了。我自己也跃上马车。缰绳松松地拖曳着,这匹马同另一匹马几乎没有套在一起,双轮马车晃里晃荡地随在后面,皮大衣拖在最后面,就这样行驶在雪地上。"驾!"我喊道,可是马没有奔驰起来;我们像老年人似的慢慢地拖过荒漠的雪地;在我们后面长久地响着孩子们唱的一首新编的、但是错误的歌曲:

高兴吧,病人们,
医生正陪着你们躺在床上!

这样下去我可永远回不到家;我的兴旺发达的医疗业务也完了;一个后继者正在抢我的生意,但是没有用,因为他不能替代我;在我的房子里那讨厌的马夫正在胡作非为;罗莎是他的牺牲品;我不愿意再想下去了。在这最不幸时代的严寒里,我这个上了年纪的老人赤裸着身体,坐着尘世间的车子,驾着非人间的马,到处流浪。我的皮大衣挂在马车的后面,可是我够不着它,我那些手脚灵活的病人都不肯助我一臂之力。受骗了!受骗了!只要有一次听信深夜急诊的骗人的铃声——这就永远无法挽回。

孙坤荣　译

（这篇小说大约写于1917年。1918年首次发表在莱比锡库尔特·沃尔夫出版社出版的年鉴《新文学创作》上。）

普罗米修斯

关于普罗米修斯有四种传说：

第一，他为了人类背叛众神，被牢牢地锁在高加索山上。众神派老鹰去啄食他不断再生的肝脏。

第二，在鹰喙不断啄食下，紧靠着岩壁的普罗米修斯痛不可忍，以致身体日益陷入岩石之中，直至完全没入其间。

第三，他的叛逆行为随着时光的流逝被淡忘了，数千年后，众神遗忘了，鹰鹫遗忘了，连他自己也遗忘了。

第四，不知什么缘故，大家都产生了疲惫，众神疲惫了，鹰鹫也疲惫了，连普罗米修斯的伤口也因不断地愈合而感到疲惫。

如果留下的是那座不可解释的大山——这一传说试图对这不可解释性做出解释。由于它是从真实的基础上产生的，必定也以不可解释告终。

黄湘舲　译

（本篇写于1918年1月，首次发表于1931年，标题系马克斯·勃罗德所加。）

新　灯

昨天我第一次踏进经理办公室。我们这个夜班推举我为代言人。由于我们的矿灯在结构上和注油方面都存在问题，所以我的任务是到经理办公室去请求予以解决。有人给我指点了办公室的地点，于是我敲了一下门，就走了进去。一位坐在一张大办公桌后的年轻人朝我笑了笑，他脸色苍白，显得很温和。他频频点头。频率实在太高了点，弄得我不知道自己是否应坐下来，尽管那儿多放着一把椅子。可是，我想这是第一次来访，马上坐下怕有点不妥。于是我就站着把我们的要求讲完。可是我的谦恭却给这位年轻人带来了麻烦，他不得不向我转过脖子，仰起脸来；不然的话，他就得把他的座椅转个方位，看来他并不愿意这样做。再说，尽管他听讲时显得很专注，这样坐着就不可能把脖子完全转过来。所以在我陈述的整个过程中，他只能半个脸对着我，目光是朝向房间的角落方向，而我也不由自主地顺着他的目光看去。我讲完后，他站了起来，拍拍我的肩膀，连声说，是这样的，是这样的，接着把我推进隔壁的房间。那里，一位长着络腮胡子的先生显然在等着我们，因为他的桌子上没有任何在工作的痕迹，而一扇通向种满花草灌木小花园的玻璃门敞开着。年轻人在他耳边说了几句，这位先生似乎就已明白了我们遇到的多方面困难。他立刻站了起来，说道："亲爱的……"他停住了，我猜想他大概想知道我的名字，便想开口再做一下自我介绍，可是没等我说，他就先说开了："对，对，对，我对你很了解，你和你同事的要求完全合理。看来我和经理办公室的先生们没有及时发现这些问题，人的健康安全应比工厂盈亏更挂在我们心上，为什么不呢？厂矿总是可以重新再盖的，只不过是花点钱的问题，让钱见鬼去吧！可是人死了，那就全完了，留下孤儿寡妇，我的上帝！所以任何有关加强安全，减轻劳动强度，改善劳动环境的建议，甚至是娱乐享受方面的，我们都采纳，谁带来这类建议，那他就是自己人，留下你的建议，我们会好好儿研究的，里面任何一点好东西，我们都不会忽略过去。等一切办妥后，你们就会有一盏经过改进的新灯。回去告诉你们的人，我们一天没把你们的矿井变成沙龙，我们决不罢休。如果你们还没有穿着漆皮靴子死掉，那就永远也不会这样死去。请放心吧！"

黄湘龄　译

（此篇载于《卡夫卡全集》七卷本《乡间婚事筹备》一卷中的《八本八开本笔记簿》里的第五本，约写于1918年。）

在阁楼上

孩子们有个秘密。在阁楼上，在一个堆满了整整一个世纪的破旧货、大人都无法走进去的角落里，律师儿子汉斯发现了一个陌生人。他在一只竖着靠墙的木箱上坐着。当他看到汉斯的时候，他脸上既无恐慌也无惊讶的表情，只是一副冷漠的样子，用他那双明亮清澈的眼睛对着汉斯的目光。一顶羊羔皮做的大帽子，把他大半个脑袋都盖住了，嘴两边翘着两撇坚硬的胡子。他身穿一件宽大的棕色大衣，腰间束着一条非常宽的皮带，使人想起马具用的皮带，腰间还佩挂着一把不长的弯弯的军刀，刀鞘锃亮。两脚穿着带马刺的靴子，一只脚搁在一只翻倒在地的酒瓶上，另一只脚踩在地上，脚尖向上翘起，脚跟和马刺似乎陷入地板里。他慢慢地伸出手想抓住汉斯，汉斯大声叫了起来："滚开！"随即向阁楼新盖的部分跑去，直到他的脸碰到晾在那儿的湿衣服上。他却又马上走了回去。那个陌生人噘着下嘴唇坐在那里，一动也不动，脸上露出一点轻蔑的表情。汉斯小心翼翼地向前走，试探他坐着不动是不是一个阴谋诡计。可是，看来这个陌生人倒并不怀有什么恶意。他坐在那里随随便便的样子，让人几乎觉察不到他正在点头。于是汉斯最后还是鼓足勇气把隔在他和陌生人之间的一块挡板推开，那是一块上面有许多孔眼的火炉用的旧挡板，也是他们之间最后一道障碍。汉斯走到离他很近的地方,甚至最后还去摸摸他。"你身上这么多的灰!"他吃惊地说着,一面缩回弄黑了的手。"是的,都是灰。"陌生人就说了这么一句话。他的口音很特别,直到话音落定后才懂得他的意思。"我叫汉斯,律师的儿子。你是谁?""原来是这样,"陌生人说,"我也是一个汉斯,我叫汉斯·施拉格,是巴登州的猎人,从内卡河畔柯斯加登那里来,不过,那是很久以前的事了。""你是猎人?你打过猎吗?"汉斯问道。"嘿,你还是个毛孩子呢。"陌生人说,"你说话时,为什么嘴张得那么大?"这个毛病,他当律师的父亲也曾给他指出过,不过,在这个说话几乎让人听不懂的猎人面前,咧大嘴说话也不算是个毛病吧。

黄湘舲 译

(本篇选自《卡夫卡全集》七卷本中《乡间婚事筹备》一卷中的《八本八开本笔记簿》,载于第七个八开本笔记簿,约写于1918年。)

城　徽

在兴建巴比伦塔[①]之初秩序尚好，但规模或许过大，对路标设置、译员配置、人员住宿、道路衔接等考虑过多，仿佛有几百年光阴可供人大兴土木似的。但当时普遍的意见却是，建造速度再慢也还不够慢。不必过于夸大其词，人们甚至一再畏缩，迟迟不能破土。论证理由是，建造一座通天塔的设想才是整项工程的关键所在，其余一切均属次要。一旦人们意识到了这设想的伟大，便再不会半途而废，只要尚有人在，完成通天塔的强烈愿望就会存在下去。对此大可不必为将来担忧，恰恰相反，人类的知识在增长，建筑艺术在进步，并会继续进步下去。对一项我们原需耗时一年的工程，一世纪后也许只用半年，而且会建得更好，更坚固。那么又何必今日来拼老命呢？假如靠一代人劳动有望建成通天塔，那才值得付出努力，然而这是绝无可能的。可能的却是下代人会凭着他们日渐完善的知识来否定上辈人的劳动成果，拆掉已建成部分，以便从头开始。这样的想法涣散了人心。通天塔被置于一边，人们转而关心修建劳动者的营地。每个同乡同土的群体都想拥有最漂亮的住宅区，于是引起纷争，直至上升为流血冲

[①] 即巴别塔。

突。这类冲突便无尽无休；这样一来，众统领又多了一条理由，说是通天塔的营建因人力分散须减缓速度，或是干脆等全面恢复和平后再动手也不迟。当然人们并非单靠争斗度日，在间歇期间又完善着各自的城池，这又导致新的忌恨和争端。一代人的时光就这样流逝，而后辈人还照样行事，只是好斗性随着技巧的不断提高而同步增强。不料第二、第三代人已发现修建通天塔毫无意义，只因相互间牵扯过多，终难弃城各奔前程。

这个城市的种种传说和歌谣都充满着对一个预言之日的期待，说到了那一天，巴比伦城将遭到一只巨拳接连五次的猛击而夷为平地，这也是为什么在它的城徽上也有一个拳头的缘由。

郭铭华　译

（本篇写于1920年9月，首次发表于1931年，标题系马克斯·勃罗德所加。）

舵　手

"我不是舵手吗?"我喊道。"你?"一个深肤色高个儿的男人问。他用手揉了揉眼睛,好像刚睡醒似的。漆黑的夜晚,我站在船舵边,一盏灯在我头的上方发着灰暗的光。这个男人走过来想要把我推到一边,我对此没有让步,他一脚踢到我的胸口,慢慢地把我往旁边逼,然而我仍然一直手握舵盘,甚至我摔倒时把舵连带着完全拨转了方向。那个男人抓住了舵盘并恢复了原来的方向,我则被他撞到一边,但我很快想起来,于是跑到船舱口,喊道:"船员们,伙伴们!赶快来呀!一个陌生人把舵抢走了!"他们慢慢走出来,爬上通往甲板的楼梯,他们跟跟跄跄,疲惫不堪,身材笨重。"我是舵手吗?"我问道。他们点头,但眼睛一直瞧着那个陌生人,并在他周围围了半个圈,当他命令道"别打扰我"时,他们聚到一起向我点点头,然后又走下楼梯。这是些什么人哪!他们难道没有思想,白白地活在这个世上吗?

晓辉　译

（本篇写于1920年深秋,首次发表于1936年,标题系马克斯·勃罗德所加。）

秃 鹰

一只秃鹰猛啄我的脚,靴子和袜子已经被它撕破,它现在正在啄食我脚上的肉。它不停地拍打着翅膀,焦躁地盘旋在我上方,然后继续它的工作。一位先生经过这里,对我们注视了一会儿,问道:"为什么您会容忍它?"我说:"它飞来,开始啄我,我当然想赶走它,甚至试着去掐死它,但是一只这样强壮有力的动物,它还想扑到我的脸上,我宁愿献上我的双脚给它。现在我的脚快被啄烂了。""您被折磨成这个样子,"这位先生说,"只要一枪就可解决掉它。""是这样吗?"我问,"您能帮我这个忙吗?""愿意效劳。"先生说,"我必须回家取我的枪,您能再等半个小时吗?""我不知道。"我说道,并忍着痛站了一会儿,然后恳求道:"请您无论如何试一试。""好吧。"先生说,"我会尽快赶回来。"秃鹰在我们谈话时安静地听着,并且对我和这位先生看来看去。现在我明白它全都听懂了,它飞了起来,在高空中,它身子向后弯曲,以此获得足够的推动力,而后像标枪手一样,将它的利喙从我的嘴深深地插入我的身体。我向后倒下,当这只秃鹰无可挽救地溺死在我一腔溢满的、深深的血河里时，我感觉得到了解脱。

晓辉　译

（本篇写于1920年深秋，首次发表于1936年，标题系马克斯·勃罗德所加。）

归　来

　　我回来了。穿过前院，我环顾四周。这是我父亲的旧农场，中间是个小水洼。破旧的不能用的农具，乱堆在通往阁楼楼梯的过道上。那只猫潜伏在楼梯的扶手处。木棍上的破布在风中飘动，曾几何时在游戏中它派过用场。我回来了，谁会来接待我？谁在厨房的门后等我？烟囱中升起炊烟，晚餐的咖啡已煮好，你是否感到自己到家了？我不知道，毫无把握。虽然父亲的房子还是老样子，但每样物品都冷冰冰待在那里，就好像都在各司其职，它们的用途有些我已经忘记了，有些我根本不晓得我能用它们做什么。对于它们来说，我又是什么？尽管我是我父亲的儿子，那个老农夫的儿子。我不敢去敲厨房的门，只是从远处倾听，只是站得远远地倾听，以免让人把我当作偷听的人。因为我在远处倾听，所以我什么也听不到，只听到微弱的钟摆声，或许这也只是来自童年时听到过的钟摆声的幻觉吧。厨房里还发生了一些事，坐在里面的人对我保守着秘密。在门前踌躇越久的人，就越陌生。如果现在有人打开门，问我些什么，该是如何呢？如果是这样，我是否会像一个要保守自己秘密的人呢？

晓辉 译

（本篇约写于1920年深秋，首次发表于1936年，标题系马克斯·勃罗德所加。）

小寓言

"啊,"老鼠说,"世界一天天变得狭小了。起初它是那样的宽广,真令我害怕,我跑哇跑,很幸运,我终于在远处看到了一左一右两堵围墙,可是这两堵长长的围墙很快地收拢起来,以致我到了穷途末路的地步。那儿角落里有一个捕鼠器,我正要跑进去呢。"

"那你只要改变一下跑的方向。"猫说着,就把这只老鼠吃了。

孙坤荣 译

(本篇约写于1920年秋,首次发表于1931年,标题系马克斯·勃罗德所加。)

陀　螺

一位哲学家总是在孩子们玩耍的地方闲荡。他看见一个男孩有一个陀螺，他已经在暗中看了多时。只要陀螺一旋转，哲学家就跟着转，要把它捉住。孩子们吵吵嚷嚷，不想让他靠近他们的玩具。他一点也不在乎，他运气不错，捉住了还在旋转的陀螺，但他只是一瞬间工夫，然后他便把它扔回地上，走开了。因为他相信，对每一件小事的认识，例如也包括对旋转着的陀螺的认识，足够使他对所有事物都有所认识。因而他没有去从事重大问题的研究，这对他来说似乎太不经济了。如果对最小的小事真正加以认识了，那么所有一切事物也就认识了，因此他只忙于研究旋转着的陀螺。所以每当陀螺准备旋转时，他就满怀希望获得成功；陀螺一旋转，他就气喘吁吁地跟在它的后面，于是希望变成了确信，然后当他把这个无知的木块放在手里时，他却感到厌恶，而孩子们则大喊大叫，这种喊叫他迄今为止还没有听到过，现在突然进入耳中，以致把他赶离这儿；他跟跟跄跄，就像一个在不熟练的鞭子下被抽打的陀螺那样。

孙坤荣　译

（本篇写于1920年深秋，首次发表于1936年，标题系马克斯·勃罗德所加。）

最初的忧伤

一个表演空中飞人的演员——这种在大型马戏场的圆顶处表演的技艺，当然是人力所及的技艺中最难的一种——这样安排了他的生活，只要他在同一个场地演出，那么，无论白天还是黑夜，他都待在秋千上。开始是因为他想追求技艺的完美，后来则是顽固的习惯使然。他的全部需求，其实也是非常微不足道的需求，便由几个听差轮班供给。他们站在下面守卫着，把他需要的所有东西放进特制的容器里送上去，再收下来。他这种生活方式并没有给周围的人们造成什么特别的麻烦；只有在演出其他节目时才有些妨碍别人，因为他一直停留在高处，他遮掩不住自己。尽管他在这种时候格外安静，观众们的眼光还是会偏离表演者而投向他。不过马戏班的经理人对他很宽容，因为他是个卓越的、不可多得的演员。当然人们也看得出，他之所以如此生活并不是出于恶意，而仅仅是为了坚持不懈地练功，只是为了使他的技艺保持完美。

他待在高处也有利于他的健康。在炎热的季节，圆屋顶处的所有窗子都是开着的，在新鲜的空气中，强烈的阳光照射进昏暗的屋子，在高处的感觉是美妙的。自然，他与人之间的交往受到了限制，只有某位杂技伙伴偶尔会爬上绳梯来找他，然后他们两个坐在秋千上，一个在左，一个在右，靠着秋千绳闲聊，或者修屋顶的建筑工人会通过敞开的窗子跟他说几句话，或者检查最顶层的紧急照明装置的消防员向他高声喊几句话，听起来充满敬意，但几乎听不清楚。其他的时候便是一团静谧包围着他。偶尔，某个工作人员在下午漫步于空荡荡的马戏场，会沉思地望着视线几乎难及的高处，而这位表演空中飞人的演员并不知道有人在观察他，看他练功或是休息。

这位空中飞人演员本可以这样不受打扰地生活下去，如果不是由于那些不可避免的从一处到另一处的旅行。这令他觉得特别难以忍受，尽管经理人尽量不让他的痛苦不必要地延长：去往各个城市乘坐赛车，而且尽可能地在夜晚或是黎明时分，以最高速度在无人的公路上奔驰；可是这对于空中飞人演员的愿望来说依然太慢了。如果是坐火车，就把整个车厢预订下来，让空中飞人演员在行李架上度过旅程，这虽然只略微符合他的特殊生活方式，但也聊胜于无。在下一个巡回演出地的剧场里，空中飞人演员还没到达，人们便早早地搭起秋千，所有通向剧场的门都大大地敞开，所有的过道都畅通无阻——可是，只有当空中飞人演员的脚踏上软梯，转瞬之间高高地悬挂在秋千架上时，只有这一刻才是经理人最感美妙的时刻。

尽管经理人把很多次旅行都安排得十分成功，但是，对于空中飞人演员来说，每一次新的旅行都是痛苦的，先不考虑其他，光是他的神经就受不了。

有一次，当他们又一次旅行时，空中飞人演员躺在行李架上做梦，经理人靠着对面的窗子一角看书，这时空中飞人演员轻声对他说了一番话，经理人便马上找他手下的人去了。这位空中飞人演员咬着嘴唇说，他现在应该用两个秋千来表演，而不是目前的一个，两个秋千应该相对着。经理人马上同意了，可是空中飞人演员好像想表示出经理人的赞同是没有意义的，好像这倒是反对意见。他又说，今后无论在什么情况下，他再也不用一个秋千表演了。想象着这种情况会再一次发生，他似乎颤抖起来了。经理人犹疑地打量着他，再一次表明他完全同意两个秋千比一个要好，这个新的设施好处很多，可以使表演更加花样繁多。这时，空中飞人演员突然哭了起来。经理人吓坏了，问他这是怎么了，可他没有得到回答，他爬到椅子上，抚摸着空中飞人演员，跟他脸贴着脸，他的眼泪都沾到他脸上了。在他询问了多次、说了无数抚慰的话之后，空中飞人演员才抽抽噎噎地说："手里只有一根杠子——那我可怎么活呀！"这才使经理人能略微容易些来安慰他。他保证，到了下一站，他就给下一个巡回演出地发电报，让他们装第二个秋千；他责备自己让空中飞人演员用一个秋千演出了这么久，又感谢他，大力称赞他，说他终于使这个错误引起了他的注意。就这样，经理人使空中飞人演员逐渐平静下来，这才回到他的角落里。他自己却不能平静了。怀着深深的忧虑，他从书页上方窥探着空中飞人演员。当这类想法开始折磨他，它们会停下来吗？不会越来越厉害吗？会不会威胁到他的生命？经理人相信自己确实看到，在空中飞人演员哭泣过后似乎平静的睡梦中，最初的皱纹爬上了他平滑的孩子般的额头。

杜新华　译

（本篇约写于1921年深秋至1922年春之间，1922年首次发表于文学艺术杂志《守护神》。）

饥饿艺术家

近几十年来，人们对饥饿表演的兴趣大为淡薄了。从前自行举办这类名堂的大型表演收入是相当可观的，今天则完全不可能了。那是另一种时代。当时，饥饿艺术家风靡全城；饥饿表演一天接着一天，人们的热情与日俱增；每人每天至少要观看一次；表演期临近届满时，有些买了长期票的人，成天守望在小小的铁栅笼子前；就是夜间也有人来观看，在火把照耀下，别有情趣；天气晴朗的时候，就把笼子搬到露天场地，这样做主要是让孩子们来看看饥饿艺术家，他们对此有特殊兴趣；至于成年人来看他，不过是取个乐，赶个时髦而已；可孩子们一见到饥饿艺术家，就惊讶得目瞪口呆，为了安全起见，他们互相手牵着手，惊奇地看着这位身穿黑色紧身衣、脸色异常苍白、全身瘦骨嶙峋的饥饿艺术家。这位艺术家甚至连椅子都不屑去坐，只是席地坐在铺在笼子里的干草上，时而有礼貌地向大家点头致意，时而强作笑容回答大家的问题，他还把胳臂伸出栅栏，让人亲手摸一摸，看他多么消瘦，而后却又完全陷入沉思，对谁也不去理会，连对他来说如此重要的钟鸣（笼子里的唯一陈设就是时钟）他也充耳不闻，而只是呆呆地望着前方出神，双眼几乎紧闭，有时端起一只很小的杯子，稍稍啜一点水，润一润嘴唇。

观众来来去去，川流不息，除他们以外，还有几个由公众推选出来的固定的看守人员。说来也怪，这些人一般都是屠夫。他们始终三人一班，任务是日夜看住这位饥饿艺术家，绝不让他有任何偷偷进食的机会。不过这仅仅是安慰观众的一种形式而已，因为内行的人大概都知道，饥饿艺术家在饥饿表演期间，不论在什么情况下都是点食不进的，你就是强迫他吃他都不吃的。他的艺术的荣誉感禁止他吃东西。当然，并非每个看守的人都能明白这一点的，有时就有这样的夜班看守，他们看得很松，故意远远地聚在一个角落里，专心致志地打起牌来。很明显，他们是有意要留给他一个空隙，让他得以稍稍吃点东西；他们以为他会从某个秘密的地方拿出贮藏的食物来。这样的看守是最使饥饿艺术家痛苦的了。他们使他变得忧郁消沉，使他的饥饿表演异常困难。有时他强打精神，尽其体力之所能，就在他们值班期间，不断地唱着歌，以便向这些人表明，他们怀疑他偷吃东西是多么冤枉。但这无济于事；他这样做反而使他们一味赞叹他的技艺高超，竟能一边唱歌，一边吃东西。另一些看守人员使饥饿艺术家甚是满意，他们紧挨着笼子坐下来，嫌厅堂里的灯光昏暗，还用演出经理发给他们使用的手电筒照射着他。刺眼的光线对他毫无影响，入睡固然不可能，稍稍打个盹儿他一向是做得到的，不管在什么光线下，在什么时候，也不管大厅里人山人海，喧闹不已。他非常愿意彻夜不睡，同这样的看守共度通宵；他愿意跟他们逗趣戏谑，给他们讲他漂泊生涯的故事，然后又悉心倾听他们的趣闻，目的只有一个：使他们保持清醒，以便让他们始终看清，他在笼子里什么吃的东西也没有，让他们知道，他们之中谁也比不上他的忍饿本领。然而他感到最幸福的是，当天亮以后，他掏腰包让人给他们送来丰盛的早餐，看着这些壮汉在熬了一个通宵以后，以健康人的旺盛食欲狼吞虎咽。诚然，也有人对此举不以为然，他们把这种早餐当作饥饿艺术家贿赂看守以利自己偷吃的手段。这就未免太离奇了。当你问他们自己愿不愿意一心为了事业，值一通宵的夜班而不吃早饭，他们就会溜之乎也，尽管他们的怀疑并没有消除。

　　人们对饥饿艺术家的这种怀疑却也难于避免。作为看守，谁都不可能夜以继日、一刻不停地看着饥饿艺术家，因而谁也无法根据目睹的事实证明他是否真的持续不断地忍着饥饿，一点漏洞也没有。这只有饥饿艺术家自己才能知道，因此只有他自己才是对他能够如此忍饥耐饿感到百分之百满意的观众。然而他本人却由于另一个原因又是从未满意过的；也许他压根儿就不是因为饥饿，而是由于对自己不满而变得如此消瘦不堪，以致有些人出于对他的怜悯，不忍心见到他那副形状而不愿来观看表演。除了他自己之外，即使行家也没有人知道，饥饿表演是一件如此容易的事，这实在是世界上最轻而易举的事了。他自己对此也从不讳言，但是没有人相信。从好的方面想，人们以为这是他出于谦虚，可人们多半认为他是在自我吹嘘，或者干脆把他当作一个江湖骗子，断绝饮食对他当然不难，因为他有一套使饥饿轻松好受的秘诀，而他又是那么厚颜无耻，居然遮遮掩掩地说出断绝饮食易如反掌的实情。这一切流言蜚语他都得忍受下去，经年累月他也已经习惯了，但在他的内心里这种不满始终折磨着他。每逢饥饿表演期满，他没有一次是自觉自愿地离开笼子的，这一点我们得为他做证。经理规定的饥饿表演的最高期限是四十天，超过这个期限他绝不让他继续饿下去，即使在世界有名的大城市也不例外，其中道理是很好理解的。经验证明，大凡在四十天里，人们可以通过逐步升级的广告招徕不断激发全城人的兴趣，再往后观众就疲了，表演场就会门庭冷落。在这一点上，城市和乡村当然是略有区别的，但是四十天是最高期限，这条常规是各地都适用的。所以到了第四十天，插满鲜花的笼子的门就开了，观众兴高采烈，挤满了半圆形的露天大剧场，军乐队高奏乐曲，两位医生走进笼子，对饥饿艺术家进行必要的检查、测量，接着通过扩音器当众宣布结果。最后上来两位年轻的女士，为自己有幸被选中侍候饥饿艺术家而喜气洋洋，她们要扶着艺术家从笼子里出来，走下那几级台阶，阶前有张小桌，上面摆好了精心选做的病号饭。在这种时刻，饥饿艺术家总是加以拒绝。当两位女士欠着身子向他伸过手来准备帮忙的时候，他虽是自愿地把他皮包骨头的手臂递给了她们，但他却不肯站起来。现在刚到四十天，为什么就要停止表演呢？他本来还可以坚持得更长久，无限长久地坚持下去，为什么在他的饥饿表演正要达到最出色程度（唉，还从来没有让他的表演达到过最出色的程度呢）的时候停止呢？只要让他继续表演下去，他不仅能成为空前伟大的饥饿艺术家——这一步看来他已经实现了——而且还要超越这一步而达到常人难以理解的高峰呢（因为他觉得自己的饥饿能力是没有止境的），为什么要剥夺他达到这一境界的荣誉呢？为什么这群看起来如此赞赏他的人，却对他如此缺乏耐心呢？他自己尚且还能继续饿下去，为什么他们却不愿忍耐着看下去呢？而且他已经很疲乏，满可以坐在草堆上好好休息休息，可现在他得支立起自己又高又细的身躯，走过去吃饭。而对于吃，他只要一想到就要恶心，只是碍于两位女士的分上，他才好不容易勉强忍住。他仰头看了看表面上如此和蔼，其实是如此残酷的两位女士的眼睛，摇了摇那过分沉重地压在他细弱的脖子上的脑袋。但接着，一如往常，演出经理出场。经理默默无言（由于音乐声他无法讲话），双手举到饥饿艺术家的头上，好像他在邀请上苍看一看他这草堆上的作品，这值得怜悯的殉道者（饥饿艺术家确实是个殉道者，只是完全从另一种意义上讲罢了）；演出经理两手箍住饥饿艺术家的细腰，动作非常小心翼翼，以便让人感到他抱住的是一件极易损坏的物品；这时，经理很可能暗中将他微微一撼，以致饥饿艺术家的双腿和上身不由自主地摆荡起来；接着就把他交给那两位此时吓得脸色煞白的女士。于是饥饿艺术家只得听任一切摆布；他的脑袋耷拉在胸前，就好像它一滚到了那个地方，就莫名其妙地停住不动了；他的身体已经被掏空；双膝出于自卫的本能互相夹得很紧，但两脚却擦着地面，好像那不是真实的地面，它们似乎在寻找真正可以着落的地面；他的身子的全部重量（虽然非常轻）都落在其中一个女士的身上，她气喘吁吁，四顾求援（真想不到这件光荣差事竟是这样的），她先是尽量伸长脖子，这样至少可以使饥饿艺术家碰不到她的花容。但这点她并没有做到，而她的那位较为幸运的女伴却不来帮忙，只肯战战兢兢地执着饥饿艺术家的一只手——其实只是一小把骨头——举着往前走，在哄堂大笑声中那位倒霉的女士不禁哇的一声哭了起来，只得由一个早就站着待命的仆人接替了她。接着开始就餐，经理在饥饿艺术家近乎昏厥的半眠状态中给他灌了点流食，同时说些开心的闲话，以便分散大家对饥饿艺术家身体状况的注意力，然后，据说饥饿艺术家对经理耳语了一下，经理就提议为观众干杯；乐队起劲地奏乐助兴。随后大家各自散去。谁能对所见到的一切不满意呢？没有一个人。只有饥饿艺术家不满意，总是他一个人不满意。

每表演一次，便稍稍休息一下，他就这样度过了许多岁月，表面上光彩照人，扬名四海。尽管如此，他的心情通常是阴郁的，而且有增无减，因为没有一个人能够认真体察他的心情。人们该怎样安慰他呢？他还有什么可企求的呢？如果有个好心肠的人对他表示怜悯，并想向他说明他的悲哀可能是由于饥饿造成的，这时，他就会——尤其是在经过了一个时期的饥饿表演之后——用暴怒来回答，那简直像只野兽似的猛烈地摇撼着栅栏，真是可怕之极。但对于这种状况，演出经理自有一种他喜欢采用的惩治办法。他当众为饥饿艺术家的反常表现开脱说：饥饿艺术家的行为可以原谅，因为他的易怒性完全是由饥饿引起的，而这对于吃饱了的人并不是一下就能理解的。接着他话锋一转就讲起饥饿艺术家的一种需要加以解释的说法，即他能够断食的时间比他现在所做的饥饿表演要长得多。经理夸奖他的勃勃雄心、善良愿望与伟大的自我克制精神，这些无疑也包括在他的说法之中；但是接着经理就用出示照片（它们也供出售）的办法，轻而易举地把艺术家的那种说法驳得体无完肤。因为在这些照片上，人们看到饥饿艺术家在第四十天的时候，躺在床上，虚弱得奄奄一息。这种对于饥饿艺术家虽然司空见惯，却不断使他伤心丧气的歪曲真相的做法，实在使他难以忍受。这明明是饥饿表演提前收场的结果，大家却把它解释为饥饿表演之所以结束的原因！反对这种愚昧行为，反对这个愚昧的世界是不可能的。在经理说话的时候，他总还能真心诚意地抓着栅栏如饥似渴地倾听着，但每当他看见相片出现的时候，他的手就松开栅栏，叹着气坐回到草堆里去，于是刚刚受到抚慰的观众重又走过来观看他。

几年后，当这一场面的目击者们回顾这件往事的时候，他们往往连自己都弄不清是怎么一回事了。因为在这期间发生了那个已被提及的剧变；它几乎是突如其来的；也许有更深刻的缘由，但有谁去管它呢；总之，有一天这位备受观众喝彩的饥饿艺术家发现他被那群爱赶热闹的人们抛弃了，他们宁愿纷纷拥向别的演出场所。经理带着他又一次跑遍半个欧洲，以便看看是否还有什么地方仍然保留着昔日的爱好；一切徒然；到处都可以发现人们像根据一项默契似的形成一种厌弃饥饿表演的倾向。当然，冰冻三尺非一日之寒，现在回想起来，当时就有一些苗头，由于人们被成绩所陶醉，没有引起足够的重视，没有切实加以防止，事到如今要采取什么对策却为时已晚了。诚然，饥饿表演重新风行的时代肯定是会到来的，但这对于活着的人们却不是安慰。那么，饥饿艺术家现在该怎么办呢？这位被成千人簇拥着欢呼过的人，总不能屈尊到小集市的陋堂俗台去演出吧，而要改行干别的职业呢，则饥饿艺术家不仅显得年岁太大，而且主要是他对于饥饿表演这一行爱得发狂，岂肯放弃。于是他终于告别了经理——这位生活道路上无与伦比的同志，让一个大马戏团招聘了去；为了保护自己的自尊心，他对合同条件连看也不屑看一眼。

马戏团很庞大，它有无数的人、动物、器械，它们经常需要淘汰和补充。不论什么人才，马戏团随时都需要，连饥饿表演者也要，当然所提条件必须适当，不能太苛求。而像这位被聘用的饥饿艺术家则属于一种特殊情况，他的受聘，不仅仅在于他这个人的本身，还在于他那当年的鼎鼎大名。这项艺术的特点是表演者的技艺并不随着年龄的递增而减色。根据这一特点，人家就不能说：一个不再站在他的技艺顶峰的老朽的艺术家想躲避到一个马戏团的安静闲适的岗位上去。相反，饥饿艺术家信誓旦旦地保证，他的饥饿本领并不减当年，这是绝对可信的。他甚至断言，只要准许他独行其是（人们马上答应了他的这一要求），他要真正做到让世界为之震惊，其程度非往日所能比拟。饥饿艺术家一激动，竟忘掉了时代气氛，他的这番言辞显然不合时宜，在行的人听了只好一笑置之。

但是饥饿艺术家到底还没有失去观察现实的能力，并认为这是当然之事，即人们并没有把他及其笼子作为精彩节目安置在马戏场的中心地位，而是安插在场外一个离兽场很近的交通要道口。笼子周围是一圈琳琅满目的广告，彩色的美术体大字令人一看便知那里可以看到什么。要是观众在演出的休息时间拥向兽场去观看野兽的话，几乎都免不了要从饥饿艺术家面前经过，并在那里稍停片刻；他们本来是要在那里多待一会儿，从从容容地观看一番的，只是由于通道狭窄，后面拥来的人不明究竟，奇怪前面的人为什么不赶紧去观看野兽，而要在这条通道上停留，使得大家不能从容观看他。这也就是为什么饥饿艺术家看到大家即将来参观（他以此为其生活目的，自然由衷欢迎）时，就又颤抖起来的原因。起初他急不可待地盼着演出的休息时间；后来当他看到潮水般的人群迎面滚滚而来，他欣喜若狂，但他很快就看出，那一次又一次拥来的观众，就其本意而言，大多数无例外地是专门来看兽畜的。即使是那种顽固不化、近乎自觉地自欺欺人的人也无法闭眼不看这一事实。可是看到那些从远处蜂拥而来的观众，对他来说总还是最高兴的事。因为，每当他们来到他的面前时，便立即在他周围吵嚷得震天响，并且不断形成新的派别互相谩骂，其中一派想要悠闲自在地把他观赏一番，他们并不是出于对他有什么理解，而是出于心血来潮和对后面催他们快走的观众的赌气，这些人不久就变得使饥饿艺术家更加痛苦；而另一派呢，他们赶来的目的不过是想看看兽畜而已。等到大批人群过去，又有一些人姗姗来迟，他们只要有兴趣在饥饿艺术家跟前停留，是不会再有人妨碍他们的了，但这些人为了能及时看到兽畜，迈着大步，匆匆而过，几乎连瞥也不瞥他一眼。偶尔也有这种幸运的情形：一个家长领着他的孩子指着饥饿艺术家向孩子们详细讲解这是怎么一回事。家长讲到较早的年代，那时他看过类似的、但盛况无与伦比的演出。孩子呢，由于他们缺乏足够的学历和生活阅历，总是理解不了——他们懂得什么叫饥饿吗？——然而在他们炯炯发光的探寻着的双眸里，流露出那属于未来的、更为仁慈的新时代的东西。饥饿艺术家后来有时暗自思忖：假如他所在的地点不是离兽笼这么近，说不定一切都会稍好一些。像现在这样，人们很容易就选择去看兽畜，更不用说兽场散发出的气味，畜生们夜间的闹腾，以及给猛兽肩担生肉时来往脚步的响动，喂食料时牲畜的叫唤，这一切把他搅扰得多么不堪，使他老是郁郁不乐。可是他又不敢向马戏团当局去陈述意见；他得感谢这些兽类招徕了那么多的观众,其中时不时也有个把是为光顾他而来的,而如果要提醒人们注意还有他这么一个人存在,从而使人们想到,他——精确地说——不过是通往厩舍路上的一个障碍,那么谁知道人家会把他塞到哪里去呢。

自然是一个小小的障碍,一个变得越来越小的障碍。在现今的时代居然有人愿意为一个饥饿艺术家耗费注意力,对于这种怪事人们已经习以为常,而这种见怪不怪的态度也就是对饥饿艺术家的命运的宣判。让他去就其所能进行饥饿表演吧,他也已经那样做了,但是他无从得救了,人们从他身旁扬长而过,不屑一顾。试一试向谁讲讲饥饿艺术吧!一个人对饥饿没有亲身感受,别人就无法向他讲清楚饥饿艺术。笼子上漂亮的美术字变脏了,看不清楚了,它们被撕了下来,没有人想到要换上新的;记载饥饿表演日程的布告牌,起初是每天都要仔细地更换数字的,如今早已没有人更换了,每天总是那个数字,因为过了头几周以后,记的人自己对这项简单的工作也感到腻烦了;而饥饿艺术家却仍像他先前一度所梦想过的那样继续饿下去,而且像他当年预言过的那样,他长期进行饥饿表演毫不费劲。但是,没有人记天数,没有人,连饥饿艺术家自己都一点不知道他的成绩已经有多大,于是他的心变得沉重起来。假如有一天,来了一个游手好闲的家伙,他把布告牌上那个旧数字奚落一番,说这是骗人的玩意儿,那么,他这番话在这种意义上就是人们的冷漠和天生的恶意所能虚构的最愚蠢不过的谎言,因为饥饿艺术家诚恳地劳动,不是他诳骗别人,倒是世人骗取了他的工钱。

又过了许多天,表演也总算告终。一天,一个管事发现笼子,感到诧异,他问仆人们,这个里面铺着腐草的笼子好端端的还挺有用,为什么让它闲着。没有人回答得出来,直到一个人看见了记数字的牌儿,才想起了饥饿艺术家来。他们用一根竿儿挑起腐草,发现饥饿艺术家在里面。"你还一直不吃东西?"管事问,"你到底什么时候才停止呢?""请诸位原谅。"饥饿艺术家细声细气地说;管事耳朵贴着栅栏,因此只有他才能听懂对方的话。"当然,当然。"管事一边回答,一边用手指摸了摸自己的额头,以此向仆人们暗示饥饿艺术家的状况不妙:"我们原谅你。""我一直在希望你们能赞赏我的饥饿表演。"饥饿艺术家说。"我们也是赞赏的。"管事迁就地回答说。"但你们不应当赞赏。"饥饿艺术家说。"好,那我们就不赞赏。"管事说,"不过究竟为什么我们不应该赞赏呢?""因为我只能挨饿,我没有别的办法。"饥饿艺术家说。"瞧,多怪呀!"管事说,"你到底为什么没有别的办法呢?""因为我,"饥饿艺术家一边说,一边把小脑袋稍稍抬起一点,撮起嘴唇,直伸向管事的耳朵,像要去吻它似的,唯恐对方漏听了他一个字,"因为我找不到适合自己胃口的食物。假如我找到这样的食物,请相信,我不会这样惊动视听,并像你和大家一样,吃得饱饱的。"这是他最后的几句话,但在他那瞳孔已经扩散的眼睛里,流露着虽然不再是骄傲、却仍然是坚定的信念:他要继续饿下去。

"好,归置归置吧!"管事说,于是人们把饥饿艺术家连同烂草一起给埋了。而笼子里换上了一只小豹,即使感觉最迟钝的人看到在弃置了如此长时间的笼子里,这只凶猛的野兽不停地蹦来跳去,他也会感到赏心悦目,心旷神怡。小豹什么也不缺。看守们用不着思考良久,就把它爱吃的食料送来,它似乎都没有因失去自由而惆怅;它那高贵的身躯,应有尽有,不仅具备着利爪,好像连自由也随身带着。它的自由好像就藏在牙齿中某个地方。它生命的欢乐是随着它喉咙发出如此强烈的吼声而产生,以至观众感到对它的欢乐很是受不了。但他们克制住自己,挤在笼子周围,舍不得离去。

叶廷芳　译

（这篇小说写于1922年2月,同年10月首次发表在《新观察》杂志上。）

一条狗的研究

我的生活发生了多大的变化呀！而从根本上看，又是多么缺少变化呀！当初，我曾置身于狗类中间，分担着他们的忧虑，可谓狗群中的一条狗。如今，当我回忆起这段岁月时，凝神细看，却发现这里始终有着不对头之处，存在着一条小小的裂缝。参加值得尊敬的狗类活动时，我总有些不自在，即使与亲朋好友在一起，有时亦会如此，不，不是有时，而是经常如此。仅仅朝一条自己喜欢的狗看上几眼，仅仅看上几眼，从他身上发现某些陌生的东西，我就会慌乱、发窘、手足无措，甚至感到绝望。我做了一定的努力来劝慰自己，听我吐露过心事的朋友们也对我进行了帮助，于是出现了一些较为平静的时光。尽管其间仍不乏那种令我窘迫的事情，但我已能较为从容地面对它们，较为从容地将之纳入生活。或许这样做令我感到悲哀和疲惫，但也使我得以作为一条有点冷漠、内向、胆怯和精打细算，但总的说来仍属正常的狗生存下来。倘若没有这些时间的休养生息，我怎能熬到现在安享晚年？怎能以一种平静的态度看待青少年时期的恐惧并忍受老年时期的恐惧？怎能从我自己承认的那种不幸，或者说——为了表达得谨慎一些——不大幸运的禀赋中得出一些结论，并几乎完全根据这些结论而生活。我孑然一身，离群索居，埋头于无望的，但对我而言不可缺少的小小的研究工作中。我就过着这样一种生活，但并未因为远离民众而失去对他们的了解。经常有各种消息传到我耳边，我也不时地把自己的情况告诉别的狗。他们对我都怀着尊敬之情，虽然他们无法理解我的生活方式，但并不在意。有时我看见一些年轻的狗从远处跑过，他们属于新的一代，对他们的童年我连一丝模糊的印象都没有。然而即便是他们，看到我时也总不忘恭敬地向我问一声好。

不能忽视的是，尽管我有着种种明显的怪异之处，但远未达到完全与众不同的地步。只要想一想——对此我有的是时间、兴趣和能力——就可发现，狗类的情形可谓值得赞叹。除我们狗以外，世上还有许多其他种类的生物：可怜的、卑微的、哑的，以及只会发出某些叫喊声的生物。我们中有许多狗专门研究他们，给他们起了名字，还不遗余力地帮助、教育和改良他们。我对他们则视而不见，常将他们彼此混淆，只要他们不来打搅我，我对他们是漠不关心的。但他们有一个特点却非常显眼，引起了我的注意。这就是：与我们狗相比，他们都很不合群，彼此形同陌路，互不交谈，还怀着某种敌意，只有最共同的利益才使他们发生些许表面的联系，而即便是这些利益，也常引起仇恨和纠纷。我们狗类则与此相反！可以说，我们所有的狗几乎抱成一团生活，不管岁月造成的无数深刻的区别使我们之间产生了多大的差异，我们全体狗都抱成一团！我们都往一处挤，什么也阻止不了。我们的一切法律和机构——其中的少数我还熟悉，但大多数已被我遗忘——都可追溯到那种对我们可以企及的最高幸福的渴望，即对温暖的共同生活的渴望。不过，这里也存在着矛盾之处。据我所知，没有一种生物像我们狗一样居住得如此分散，没有一种生物像我们狗一样在等级、种类和职业方面有着如此众多和难以辨清的区别。我们希望彼此都在一起，并屡次克服重重困难，在那些激动人心的时刻做到了这一点，但也恰恰是我们天各一方，各自从事着自己独特的、常为别的狗所无法理解的职业，恪守着一些并不属于狗类，甚至与狗类相敌对的规章。这是些何其难解的事情啊！最好是敬而远之——这种立场我很能理解，甚至比我自己的立场还要理解——但我依然沉醉于这些事情。为什么我不像别的狗那样融入民众之中，默默地忍受破坏这种融洽气氛的事物，把它视作大账目中的小错而忽略不计，永远面向把大家幸福地联结起来的事物，远离那些经常不可抗拒地将我们拉出民众的圈子的事物呢？

我想起了青少年时期的一件事。那时我正处于一种莫名的、飘飘然的兴奋状态，每个少年大概都有过这种经历。当时我还很年轻，一切都令我满意，一切都与我息息相关。我以为身边正发生着一系列伟大的事件，我作为这些事件的总指挥，必须为之呐喊。倘若我不为之奔走，为之晃动我的身躯，它们便会可怜巴巴地被遗弃在地。随着时间的流逝，这种儿童的幻想渐渐消失，但那时却十分强烈，使我完全为其所左右。不仅如此，后来也确实发生了一件异乎寻常的事，似乎应验了我那不着边际的期望。其实事件本身并无异常之处，后来我还碰到过许多类似的，甚至更为奇特的事情，但当时它却给我留下了强烈的、全新的、不可磨灭的、影响深远的印象。事情是这样的：我遇到一群狗，确切地说，不是我遇到他们，而是他们向我走来。当时我已在黑暗中跑了很久，心里充满着对伟大事物的预感，这种预感当然很容易落空，因为我经常怀有这样的预感。我在黑暗中漫无目的地跑了很久，对一切都听而不闻，视而不见，纯粹被一种莫名的渴求驱使着向前行进。突然，我停住了脚步，因为我感到自己已到了该到的地方。我抬头一望，发现这是一个晴朗的日子，只是稍微有点雾气，一切都散发出醉人的芳香。我乱吠几声问候早晨，就在此时——仿佛被我的喊声招来似的——随着一阵闻所未闻的可怕的喧闹声，不知从哪个黑暗的角落钻出七条狗，来到了亮光下。若不是我已看清他们是狗，并且喧闹声是他们自己带来的——尽管我未能看清他们是如何发出这种喧闹声的——我早已落荒而逃。既然如此，我便站着未动。那时，我对狗类特有的创造性音乐天赋几乎一无所知，它很自然地一直处于我那发展迟缓的观察力之外。须知从婴儿时期开始，我的周围就一直充满着音乐，它对我是一种自然的、不可或缺的生活要素，没有什么迫使我将它与生活的其余部分分开，人们只是根据一个儿童的智力水平，向我做了一些暗示。正因为这样，这七位音乐大师的出现使我更觉突然，简直要将我击倒。他们既不说话，也不唱歌，全都近乎顽强地沉默着，但他们却在这片空荡荡的地方凭空变出了音乐。一切都是音乐，他们四肢的一起一落，头部的某种转动，他们的奔跑和止步，他们彼此采取的姿势，他们行进时那种轮舞般的连接方式等，都是音乐。他们行进时，或是各自将前爪搭在另一条狗的背上，最前面的那条狗则直立着承受其余几条狗的全部重量，或是用伏地而行的身躯构成各种互相缠绕的姿势，却绝不因此而迷失方向；走在最后的那条狗亦是如此，尽管他略显慌乱，老是不能立即与同伴连接上，有时在旋律响起时身体有些摇晃，但这种慌乱只是相对于其同伴的从容镇定而言的，而且即使他再慌乱一些，乃至非常慌乱，也不致造成什么损害，因为其他几位大师一丝不苟地保持着节奏。然而，我又几乎瞧不见他们，几乎瞧不见他们中的任何一个。他们刚才骤然而至，我从心底里把他们作为狗来问候，虽然他们带来的喧闹声最初曾把我搞蒙，但他们毕竟是狗，普普通通的狗，令我用很平常的目光打量他们，就像打量几条半路邂逅的狗。我曾想走上前去，与他们互致问候，而他们也确乎近在咫尺。虽然他们比我年长，也不是我所属的长毛狗，但在身材和大小方面并非与我大相径庭，而是大同小异，我见过许多属于此类或与此相近的狗。正当我沉浸在遐想中时，那音乐声已逐渐升高，几乎抓住了我，强行将我扯离这些真实存在的小狗。我拼命反抗，痛苦不堪地尖叫着。我已无法顾及别的，满耳都是那从各个方向，从高处、低处和四面八方传来的音乐。这音乐将听众置放于中心，向他倾泻，向他压迫，由于备受摧残，虽近在耳边，却也几乎听不见那似乎已远离而去的鼓号之声了。不一会儿，它又放开了我，因为我已被彻底击垮，精疲力竭，虚弱不堪，根本无法再听下去。我获得了释放，眼看着这七条小狗蹦跳着向前行进。尽管他们的神色拒人于千里之外，我还是打算跟他们搭话，以便向他们请教，问问他们究竟在这里干什么——当时我还是个孩子，总以为有权随时向任何狗发问。但我尚未开口，尚未感受到与七条狗之间美好、亲密的同胞关系，那音乐声再度响起，把我搞得头昏脑涨地在地上直打转，仿佛我也成了这群乐师中的一员，而实际上我却是他们的受害者。不管我如何求饶，乐声仍将我抛来抛去，最后又把我挤入一团树丛，将我从它自身的威力中拯救出来。在此之前，我一直未发现这地方周围都长着树木。我被树丛紧紧地围住，低着头。虽然外面空地上乐声依然震天响，我却终于得以喘口气。说真的，较之这七条狗的艺术——这种艺术对我是不可思议的，也完全超越了我的能力——我更钦佩他们那种完全听凭其创造物摆布的勇气，以及泰然地忍受这一切，并不因此而屈服的力量。然而，当我从藏身处仔细观察时，却发现他们并不那么泰然，而是紧张至极。乍一看，他们腿部的运动十分从容，其实每迈一步都会不住地颤抖。他们用近乎绝望的目光彼此呆望着，他们的舌头也不听使唤，老是从嘴里耷拉下来。使他们如此紧张不安的，不可能是成功引起的害怕；凡是具有这等勇气、能够做出这种举动者，不可能再产生害怕——有什么可害怕的呢？有谁强迫他们在此做这种事呢？我再也忍不住了，特别是因为我不知怎么觉得他们现在很需要帮助，于是我用盖过所有喧闹声的嗓音，大声喊出了自己的问题，然后静候他们的回答。然而无法理解！简直无法理解！他们竟然没有回答，仿佛我根本不存在似的。而对其他狗的呼唤不做回答，是一种违背良好的社会习俗的行为，任何狗，不管是最大的狗，还是最小的狗，都绝不能得到原谅。这些难道不是狗？他们怎会不是狗？侧耳细听，我甚至能听到他们在彼此轻声地鼓劲，指出困难所在及应防止的差错。这些话大多针对走在最后的那条最小的狗。我注意到他不时地瞟我几眼，似乎很想回答又竭力忍住，因为回答是不允许的。可是为什么不允许呢？我们的法律一直要求无条件做到的事情，为什么这一次却不允许呢？我怒不可遏，差点忘了音乐的存在。这些狗触犯了法律。不管他们是多么了不起的魔术师,也必须遵守法律,这是我这个小孩也很清楚的道理。从树丛里望出去,我还看到了更多的东西。如果说这几条狗是出于负罪感而沉默,那他们确实有理由保持沉默。由于音乐过于喧闹,我现在才发现他们的所作所为。这些卑鄙的家伙已全然不顾羞耻,做出了最可笑也最不正经的举动,用两条后腿直立着向前行进。呸!他们裸露出身子,而且不以为耻反以为荣地展示着:他们对此扬扬自得,偶尔在良好的天性驱使下放下前腿,他们会大吃一惊,仿佛犯了什么弥天大错,仿佛天性反倒是错误,于是立刻收起前腿,眼中流露出因为不得不暂时中断罪孽而恳求宽恕的神色。世界颠倒了吗?我这是在哪儿啊?到底发生了什么事?为了自身的存在,我不能再犹豫了。我从团团缠住我的乱木丛中一跃而起,准备向那几条狗跑去。我这个微不足道的学生不得不充当老师的角色,让他们明白自己究竟干了些什么,以防他们再犯下其他的罪孽。"这么大年纪的狗!这么大年纪的狗!"我不住地喃喃自语着。就在我刚离开树丛,再跳两三下就可靠近他们时,又是那喧闹声将我制服了。或许以我的努力和执着甚至可以抵御那我已经熟悉了的喧闹,它的轰鸣虽然可怕,也许还是可以战胜的,假如不是透过它那震耳欲聋的轰鸣响着一种清晰、威严、持续不变的、来自遥远却始终如一的声音(也许这正是喧闹声内在的本来旋律)迫使我屈服的话。哎,这些狗制造出来的音乐具有多大的迷惑力呀!我无能为力,再也不想教训他们,随他们又开双腿犯罪作孽去吧!随他们诱使别的狗犯下袖手旁观的罪孽去吧!我只是条微不足道的小狗,谁能要求我承担起如此艰巨的任务呢?我的行动使我显得更加微不足道：我呜咽起来。如果此时那些狗征求我的意见，我也许会承认他们做得对。不一会儿，他们带着所有的喧闹声和亮光，重新消失在黑暗之中。

我刚才已说过，整个事件并无特异之处。我们在漫长的一生中碰到的某些事情，从其内在联系及从儿童的眼睛看来，远比这一事件奇特。此外，人们当然也有可能——如一种确切的说法表示的那样——"不以为然地说"（正如他们对任何事情一样），这件事其实很平常，无非是有七位音乐家来到此地，想在静谧的清晨演奏音乐，突然有只小狗瞎闯过来。音乐家们想用特别可怕或庄严的音乐赶走这名讨厌的听众，却是枉费心机。这位不速之客乱问一气，败人雅兴，音乐家们对他的出现本就厌烦之极，难道还能要求他们烦上加烦，回答他的问题？即使法律规定对每条狗都应有问必答，但这个瞎闯进来的小不点能算一条值得一提的狗吗？而且他提问时含混不清，他们很可能根本就没听懂。也可能他们听懂了他的意思，并且费了很大的自制力才做了回答，但对音乐一窍不通的小不点却无法将他们的答复从音乐声中分辨出来。至于后腿的事，也许他们那天确实破天荒地只用后腿行走，这确实是作孽！然而当时并无别的狗在场，这七条狗又是朋友关系，他们私下聚会，跟在家里差不多，可以说是单独在一起。因为只有朋友们聚会的地方，并不能算公共场合，而一条四处乱跑的好奇的小狗，是不能使非公共场合成为公共场合的。就这件事来说，岂不是跟什么事也没发生一样？虽然并不完全如此，但也差不多。此外，做父母的应当教育子女不要到处乱跑，而要保持沉默，尊敬长辈。

若到这个地步，则事情已经解决。但在大狗们看来已解决的事情，对小狗来说并未解决。我四处奔走，讲述自己的所见所闻，不住地提问、谴责、研究，碰到一条狗便想带他到现场，指给他我当时所处的位置，那七条狗又在什么位置，他们在什么地方以及怎样跳舞、奏乐。如果有谁跟了我走，我也许还会牺牲自己的纯洁，用后腿直立起来，以便把一切描述得更为形象，但他们无一例外地将我甩开了，还嘲笑一番。不过，人们虽然对一个小孩的一切举动都会生气，但最终也会原谅他的一切。我却一直保留着这种儿童的天性，就这样步入了老年。对那个事件，我现在已不再把它当回事，但当时却不断大声宣扬，将它分解成若干部分，对那些当事者进行衡量，而丝毫不顾及我所处的社会。我对这件事久久不能忘怀，跟别的狗一样对它感到厌烦，所不同的是我力图通过研究将它搞个水落石出，以便有朝一日能将目光转向普通、宁静和幸福的日常生活。在随后的岁月里，直至今天为止，我完全像当时那样工作，尽管采用的方式少了些孩子气，但差别并不大。

事情是从那场音乐会开始的，对此我并无怨言。我的天性在此起了作用，纵然没有那场音乐会，但也会去寻找另一个机会。以便取得突破。只不过事情来得太快了一点，使我当初甚至感到遗憾，它夺去了我的大部分童年时光。年轻时的幸福光景，有些狗能将它延长数年之久，而我却只有短短几个月。算了，世上毕竟还有比童年更重要的东西。也许，经过严酷生活的锤炼，我能在老年时获得更多的儿童式的幸福，并且有力量承受这种幸福，而一个真正的儿童则缺少这种力量。

我当时是从一些最简单的东西开始研究的。材料并不匮乏，相反，令我在灰暗的日子里陷入绝望的，恰恰是过于丰富的材料。我首先研究狗类以什么为食的问题。这当然不是一个简单的问题。从远古时代起，我们一直在研究它，它是我们思考的主要对象。我们在这一领域所做的观察、尝试及所持的观点，可谓不计其数。它已成为一门独立的科学，其规模之宏大，不仅超越了单独一条狗的理解力，也超越了全体学者的理解力，唯有整个狗类联合起来，才能承担起这门学科的重任。而且，整个狗类也是勉为其难，不能完全胜任；旧的、早已拥有的庄园中老是有地方塌下，不得不吃力地修修补补。整个狗类尚且如此，我的研究的困难之大、任务之艰巨，就更不必赘言了。请不要对此提出异议，所有这一切我都知道，就如任何一条普通的狗一样。我无意涉足真正的科学，尽管我对它怀着应有的尊敬，但却缺乏为之添砖加瓦所应具备的学识、勤勉、宁静和胃口，后者在最近几年尤其缺乏。我将食物狼吞虎咽地吃下去，但并不以为值得对之进行最起码的有条不紊的农业方面的研究。在这一点上，我觉得一切科学的提要，即母亲让婴儿断奶踏上生活之路时所说的"尽你的可能，把一切弄湿"这条小小的规则，已是绰绰有余。这里岂不是几乎包含了一切？我们的祖辈们即已开始的研究，又能增添多少举足轻重的内容？细节、细节，这一切多不稳固！而只要我们仍然是狗，这条规则就将永远存在。它涉及的是我们的主食。诚然，我们还有其他辅助手段，但在危急关头，只要年岁不是过于严峻，我们便能以主食为生。我们在地上找到这种主食，而土地则需要我们的水，它以我们的水为食。只有我们付出这一代价，它才肯给予我们所需的食物。不过不要忘记，我们可以通过某些特定的咒语、歌声和动作,加速食物的出现。我认为这就是一切,不必再说别的。在这一点上,我与大部分狗是一致的,任何与此相左的异端邪说,都为我所严加排斥。说实在的,我觉得这与独特性无关,也不是谁有理的问题。能与同胞们保持一致,我会感到很高兴,在这个问题上正是如此。然而,我自己的行动走的却是另一个方向。现象告诉我,若按科学规则对土地进行浇灌和耕作,它就会给我们食物,且其质量、数量、方式、地点和时间均符合为科学完全或部分确证的规律。这一点我承认,但我要问的是:"土地是从哪儿弄来这些食物的?"对这个问题,人们往往装作没听懂,最多回答一句:"你要是不够吃,我们可以分给你一点。"这个回答值得珍视。我知道把到手的食物分给别人,并非我们狗类所具有的美德。我们的生活十分艰难,土地龟裂,科学虽然积累了丰富的知识,其实际成果却少得可怜。因此,谁有食物都会留着自己享用。这并非自私,相反,这是狗类的法则,是项全民一致同意的决定,它产生于克服自私的愿望,因为拥有食物的狗总是少数。所以,"你要是不够吃,我们可以分给你一点"这个回答一般只是句惯用语,一句玩笑话、打趣话而已。我并未忘记这一点。当我那时四处追问时,人们说这句话时却无嘲讽之意,这对我来说,意义就更不同寻常了。尽管他们总是没东西给我吃——你叫他们到哪儿去拿——如果有,也自然会因自己饥肠辘辘而忘掉别人,但他们的诚意是假不了的,有时若抢得快,我还真的能得到一点小东西。他们为什么待我这样特别,这样关心我、优待我呢?是因为我是条瘦弱的、营养不良的狗,太不注意收集食物吗?但营养不良的狗比比皆是,他们哪怕有一丁点可怜的食物,别的狗也会千方百计将它从嘴边抢走，这并非出于贪欲，而往往是出于原则。不，他们是在优待我，虽然我拿不出足够的证据，但至少有这个印象。那么是否因为我的问题使他们感到很高兴，他们觉得这些问题很聪明呢？不，他们并未感到高兴，而且认为我的问题都很愚蠢。但我引起他们注意的，只可能是我所提的那些问题。看样子，他们宁肯做出难以置信的事，拿食物堵住我的嘴——尽管没堵，但有这种意图——也不愿容忍我的发问。要是这样的话，他们尽可将我赶走了之，禁止我提出问题。不，他们不想这么做。他们虽然不愿听我的问题，但也恰恰因为我的这些问题而不想把我赶走。虽然他们对我百般嘲弄，把我作为一头愚蠢的小动物来对待，将我推来搡去，然而，那段时间却是我声望鼎盛之时，后来再没有出现过类似的情形。那时我到处都可随意出入，没有受到任何刁难，表面上似乎受到了粗暴的对待，实际上人们都在刻意迎合我，而这一切都只是因为我的问题、我的急躁和我的研究欲。是不是他们希望以此麻痹我，不用暴力，近乎慈爱地将我带离一条错误的道路，而这条道路的错误又尚未确定无疑到允许他们使用暴力的程度？——一定的尊敬和畏惧也能防止暴力的使用。那时我已有这种感觉，现在则是一清二楚，比那些曾如此对待我的狗知道得更为清楚。不错，他们是想把我从所走的道路上引开。他们没有成功，恰恰相反，我的注意力更为集中。我甚至发现，想诱惑别人的其实是我，而且取得了一定的成功。由于狗类的帮助，我才开始明白自己的问题。例如，当我问"土地是从哪儿弄来食物的"时，我是否在关心土地，关心土地的烦忧呢？根本不是。我不久即发现，土地于我无关痛痒，我关心的只是狗，没有别的。除了狗以外还有什么呢？在这茫茫无边的世界里，除了狗我们还能向谁呼唤呢？一切知识，所有问题和答案的总和，均已包含在狗的身上。要是能使这些知识产生效用，将其揭示出来，那该有多好！要是他们知道的并不比他们承认、比他们对自己承认的要多得多，那该有多好！最健谈的狗也比美味佳肴所在之处更难接近。你蹑手蹑脚地围着别的狗转悠，垂涎欲滴，用尾巴打着自己的身子，发问、恳求、吠叫、撕咬，最终实现的却是不费吹灰之力也可实现的目标：亲密的倾听，友好的触摸，尊敬的嗅闻，热烈的拥抱，我的吠叫和你的吠叫合为一体，一切都是为了这个目标，一种迷醉、忘却和发现。但最想达到的一点却一直不见踪影：承认知识。若诱惑已至极点，那么对这个请求——不论是无声的还是大声的回答，最多也不过是麻木的神情、叵斜的目光，以及眯缝着的无神的眼睛。这跟我小时候向那七条演奏音乐的狗搭话而他们却沉默不语的情形，并无多大区别。

也许有谁会说："你责怪你的同胞，责怪他们对重大问题三缄其口。你声称他们知道的要比他们承认的以及想在生活中应用的要多得多。他们的缄默——对其原因和秘密，他们自然也保持缄默——毒化了生活，使你不堪忍受，你不得不改变或放弃这种生活。你说的也许不无道理，但你自己也是条狗，同样拥有狗类的知识，你不妨也开一下金口，不是以问的形式，而是做出回答。你若说出来，谁会出来反驳？所有的狗都将齐声附和，仿佛他们期待已久。于是你将如愿以偿，把一切都弄个水落石出。使你满口怨言的这种悲惨生活的屋顶将会洞开，我们所有的狗都将一条接一条地升向高度的自由。即使这最后一点不能实现，即使情况比以前更糟，即使全部真理比局部真理更不堪忍受，即使事实证明沉默者作为生活的维护者是有理的，即使我们现在尚存的一线希望变成彻底的绝望，把话说出来试试总是值得的。谁叫你不愿过那种你可以过的生活呢？总之，你为什么指责别的狗三缄其口，自己却同样一声不吭呢？"回答很简单：因为我是一条狗。在本质上我与别的狗一样沉默寡言，不愿回答自己的问题，因为恐惧而冷酷无情。确切地说，至少在成年之后，我可曾因为想得到回答而向狗们提问过？我会存有如此愚蠢的奢望吗？难道我一边亲眼看见我们生活的根基，感觉到它的深厚，目睹工人们在建设，从事着他们灰暗的工作，一边却不住地希望因为我的问题而结束、毁灭和抛弃这一切？不，我确实不再有这样的期望。我理解他们，我的血管里流淌着与他们相同的血，那可怜的、依然年轻的、充满渴求的血。然而，我们共有的不光是血，而且还拥有共同的知识；不光拥有共同的知识，还共同拥有打开这些知识的钥匙。没有他们，我就没有这一切；没有他们的帮助，我就无法拥有这一切。那些铁一般硬的、含有最高贵的骨髓的骨头，只有全体狗用所有牙齿一起去咬，才能对付得了。这当然只是一个譬喻，一种夸张。倘若所有牙齿都跃跃欲试，那么它们根本不必去咬，骨头将会自动打开，让最弱小的狗也能吸到骨髓。如果我停留在这一譬喻上，那么我的意图、问题和研究，就会显得不可告人。我这是要把所有的狗都逼到一处，利用他们摩拳擦掌的神情施加压力，威逼骨头自动打开，然后打发别的狗到他们喜欢的生活中去，以便自己可以静静地将骨髓独吞。这真有些骇人听闻，好像我要吮吸的不单单是某块骨头的骨髓，而是整个狗类的骨髓。然而这只是一个譬喻而已。我所说的骨髓根本不是食物,而是一种毒药。

我的问题只使我自己还在忙个不停,我想用沉默这个我还能从周围得到的唯一回答给自己鼓劲。通过研究,你日益清楚地发现狗类沉默不语,并且还将一直沉默下去,对此你还将忍受多长时间呢?你还将忍受多长时间呢?这是我真正存在的问题,它压倒了所有其他具体问题:它只针对我而提出,并不累及别的狗。遗憾的是,对此我可以比那些具体问题回答得更为干脆:我将坚持到自己寿终正寝之日,老年时的安宁往往更能对付不安的问题。我大概会在默默无语的环境中默默地、近乎安详地死去,我将泰然自若地迎接死神的降临。仿佛是命运的恶意安排,我们狗类生就一颗异常强劲的心和一对不会过早衰竭的肺。我们抗拒所有问题,甚至包括自己的问题。我们是沉默的堡垒。

最近以来,我越来越频繁地反思我的生活,试图找出自己可能犯下的贻害无穷的重大错误,结果并未找到。但我肯定犯过这样的错误。因为如果我未犯重大错误,而仍未能通过一辈子规规矩矩的工作达到想要达到的一切,那就证明我所要的一切是不可能的,从而产生彻底的绝望。看看你一生的事业吧!最初是研究"土地从哪儿给我们弄来食物"这一问题。一条年轻的狗,从根本上说自然十分渴望享受生活的乐趣,但我却放弃一切享受,避开一切娱乐,将头埋在腿间抵御各种诱惑,全力以赴地投入到工作中去。这并不是学者的工作,无论从学识、方法、还是从意图上看,都不是。这些大概算是错误,但不可能起过决定性的作用。我学识浅薄,因为我过早地离开了母亲,开始独立生活,过着自由散漫的日子,而过早独立是不利于系统性的学习的。然而,我见闻甚广,与许多不同种类和职业的狗做过交谈,自以为对一切都能心领神会,能将那些个别观察有机地联系起来,这在一定程度上弥补了学识的不足。此外,独立性尽管不利于学习,对我的研究却是某种长处。特别是由于我不能遵循科学的正确方法,即利用前人的成果并和同时代的其他研究者保持联系,因而独立性就显得更为必要。我单枪匹马,从零开始,怀着这样的念头开始工作:我将画上的偶然的句号,也必须是最终的句号。这个念头在年轻时令人振奋,到了老年却令人沮丧。我是否真的曾经并一直这样孤独地从事研究?既是又不是。无论过去还是现在,都不可能没有别的狗处于与我相同的境地。我不可能糟到这种地步。我与别的狗并无区别,每条狗都与我一样喜欢发问,我与每条狗也一样都喜欢沉默。否则,我的问题怎能引起即便是最轻微的震动(我常有幸兴奋地——但这是一种夸张的兴奋——目睹这种震动)?倘若不是这样,我岂非不得不达到更多的目标?我喜欢沉默,这一点可惜无须特别地证明。总之,我与其他任何一条狗基本上没有什么不同,正因为如此,尽管存在着分歧和反感,大家一般都还会承认我,我对他们亦会如此。我们所不同的只是成分的组合而已,这在每条狗是个很大的区别,但从整个狗类看却微不足道。自古至今,这些一直存在的成分的组合,难道从未产生过与我的组合相似的结果?如果说我的组合本就不幸,这样一来岂不是还要不幸得多?不,这与所有其他的经验不相符合。我们狗类从事的是最美妙的职业,倘若不是知之甚深,你根本不会相信这些职业的存在。这里我最喜欢举的例子便是空中之狗。当我第一次听说有这么一条狗时,禁不住哈哈大笑,无论如何也不相信。这是一种什么样的狗呢？据说他的个子极小，比我的脑袋大不了多少，即使到了老年也不会增大。他们的体质当然很弱，外表不自然、不成熟，梳理得过分精细。这种连像模像样地跳一下也不会的狗，据说通常在高空活动，不过并非从事着看得见的工作，而是在静养。不，要让我相信这种无稽之谈，我觉得简直是在滥用一条年轻的狗的公正。但过了不久，我又从别处听到了有关另一条空中之狗的传闻。这会不会是人家串通好了来愚弄我的呢？但接着我便看到了那七条演奏音乐的狗，从此我便认为这种传闻可能是真的，我的理解力不再受任何成见的束缚，对最无意义的流言我也洗耳恭听，紧追不放。我觉得在这毫无意义的生活中，最无意义的事比富有意义的事更有可能发生，并且特别有助于我的研究。空中之狗亦是如此。我听到了许多有关他们的传闻，尽管至今未能亲眼见到一条，但对他们的存在我早已深信不疑，他们在我的世界观中占有重要的地位。如在大多数情况下一样，这里当然也不是艺术引起我的沉思。谁也无法否认，这些狗能在空中飘浮是不可思议的。在对此表示惊异这一点上，我与众狗不谋而合。但我觉得更不可思议的还在于空中之狗存在的无意义，那种沉默着的无意义。总的说来，他们的存在完全没有理由。他们飘浮在空中，日复一日，生活仍在按自己的规律继续，人们间或会说起艺术和艺术家，这就是一切。可是善良的狗们，这些狗为什么飘浮呢？他们的职业有何意义呢？为什么得不到他们片言只语的解释？他们在上面飘浮，听凭狗类引以为荣的四条腿萎缩下去，离开了供养他们的土地，不劳而获，据说还靠损及狗类的利益而吃得特别好，这一切又是为什么呢？可以自夸的是，我的发问产生了一些反应。人们开始解释理由，收集理由，不过仅限于此，不会越出这一范围。但不管怎样，毕竟有所行动。他们虽然未能揭示真理——这是永远不可能达到的——但却揭示了谎言深处的一些纷乱情况。我们生活中的一切无意义的现象，尤其是最无意义的现象，均可得到解释。当然不是全部——那是天大的笑话——但足以挡住那些不愉快的问题。不妨再以空中之狗为例：他们并不如人们开始以为的那样高傲自大，而是特别依赖别的狗。只要设身处地地想想，就可明白这一点。他们必须——既然不能公开这样做，以免违反保密义务——以某种方式寻求人们对其生活方式的谅解，至少也得转移他们对这种生活方式的注意，把它彻底遗忘。据说，他们为此采用了几乎不堪忍受的喋喋不休的方式。他们永远有唠叨的话题，不是高谈阔论其哲学思想——由于完全放弃了体力劳动，他们得以不断从事哲学思考——就是大谈特谈他们在高空的观察所得。可以想见，这种游手好闲的生活不可能使他们具有出色的智力，他们的哲学和他们的观察一样毫无价值，在科学上也几乎一无用处，科学根本就不依赖这点可怜的帮助。尽管如此，你若问起空中之狗究竟要干什么，总会得到这样的回答：他们在为科学做出巨大的贡献。如果你说："这一点没错，但他们的贡献毫无价值，不受欢迎。"对方就会耸肩或扯离话题，怒形于色或哈哈一笑。你若过一会儿再问，回答仍是他们在为科学做贡献。纵然你穷追不舍，问得对方有些失去自制，最终仍将得到同样的答复。也许还是做出让步、不要太固执为好。纵然不承认这些业已存在的空中之狗的生存权利——要承认这一点是不可能的——至少也得容忍他们，但不能提出比这更多的要求，否则就太过分了。然而，人们还是得寸进尺。要求容忍不断涌现出来的新的空中之狗。你根本不知道这些狗从何而来。他们是通过繁殖来增加成员的吗？他们还有繁殖的力量吗？除了一张漂亮的毛皮，他们身上所剩无几，还能繁殖什么呢？纵然不可能的事也可能发生，他们又在什么时候繁殖呢？他们总是独自待在空中，怡然自得，即使有时来到地面，也只是短短的一会儿时间，装模作样地走上几步，而且总是独来独往，沉浸于一些据称——至少他们自己这么说——他们竭尽全力也无法摆脱的思想。然而如果不繁殖，又怎能想象会有狗自动放弃平地上的生活，甘当空中之狗，牺牲舒适和某种熟练的技巧，而选择那气垫上的荒凉生活呢？这是无法想象的。不论繁殖还是自愿加入，都是不可想象的事，而事实却表明新的空中之狗层出不穷。由此可以断言，即使存在着我们的理智难以克服的障碍，一种业已存在的狗，不管有多奇特，都不会灭绝，至少不容易灭绝，至少不是每一种类的狗中都缺乏具有顽强抵抗力的成员。

如果这一点适用于像空中之狗这般古怪、无用、奇形怪状、在生活中非常无能的类型，那么，对我自己的类型，我不是也得这样认为吗？何况我长得一点也不奇特，一副普普通通的样子，至少在这一带很普通，既无特别出众之处，亦无特别可鄙之处。在青少年时期及壮年的某些时候，只要对自己不放松，多活动活动，我甚至称得上是条相当漂亮的狗呢。特别是我的正面形象常为别的狗所称道，还有那苗条的腿、漂亮的头部姿态，以及灰白黄三色相间、顶端微微卷曲的皮毛也很动人。所有这一切并不奇特，奇特的只是我的性格。但我永远不能忽视的是，这也可解释为狗类的普通性格。连空中之狗也并不总是形影相吊，在庞大的狗类世界不时有这种狗出现，甚至还会无中生有地不断培育出新生力量，那么，我也完全可以怀着自己并非孤独无依的信心生活下去。只是我的同类们肯定有着特殊的命运，他们的存在永远不会给我带来看得见的帮助，仅仅因为我认不出他们来，便可料到这一点。我们都被沉默压得喘不过气来，出于对空气的渴望，我们几乎要打破这种沉默，别的狗看上去在沉默中很自在，虽然只是看上去如此，就像那几条搞音乐的狗，乍一看在镇定自若地奏乐，其实心里极度紧张不安，但这种印象非常强烈，我试图克服它，它则对一切进攻报之以嘲讽。我的同类们是怎样互相帮助的呢？他们为在逆境中生活下去做了怎样的尝试呢？这可能并不相同。我年轻时所做的尝试是发问，因此，我也许可以找那些喜欢发问的狗，找到他们便等于找到了我的同类。为此我也确实努力了一段时间，并做出了很大的自我克制，因为我关心的主要还是那些应当回答我的问题的狗。那些老用一些我大多回答不了的问题来打搅我的狗，是我所讨厌的。此外，年轻时谁不好问，从这么多问题中，我怎样才能找出对路的呢？所有问题听上去都差不多，重要的是看其意图如何，而意图总是深藏不露的，往往连提问者自己也不清楚。况且，发问是狗类的特性，大家七嘴八舌地乱问一气，似乎是要抹去那些对路的问题的痕迹。不，在喜欢发问的青少年中我找不到同类，在我现在所属的沉默的年老者中同样难以找到。发问有什么用呢？我的发问均以失败而告终。也许我的同类们比我聪明得多，采用了完全不同的杰出手段来忍受这种生活。这些手段在我看来也许能在他们陷入困境时助上一臂之力，起到一种镇静、麻醉、变异的作用，但总的说来仍如我的那些手段一样无力，不论我如何翘首以待，仍看不到一丝成效。我担心，我可能会根据一切别的特征找到我的同类，而绝不是根据成效。我的同类究竟在哪里呢？这正是我所悲叹的。他们在哪里呢？无处不在又无从寻觅。也许那位与我只有三步之遥的邻居就是我的同类。我与他经常打招呼，他有时来拜访我，但我从不到他那儿去。他是我的同类吗？我不知道。从他身上我看不到这种迹象，但可能性是有的。可能性是有的，但没有比这更不可能的了。当他在远处时，我可以通过想象发现他身上某些可疑的亲切之处，一旦他走到我面前，我的一切发现便变得十分可笑。他是一条老狗，个子比我还小——而我的个子几乎还不到中等程度——棕色，毛很短，耷拉着脑袋，步子踢踢踏踏，左后腿因患疾而一瘸一瘸的。我跟他过从甚密，很久以来，我从未跟别的狗这样密切地交往过。我很高兴自己还能忍受他。当他走开时，我会在后面大声说些非常热情的话，但并非因为爱他，而是出于对自己的愤怒，因为我跟着他走上几步，看他耷拉着臀部拖着那条病腿一拐一拐地走，就会觉得他非常可憎。有时我会觉得在头脑中把他当作自己的同类，简直是在嘲弄自己。从谈话中我也听不出一丝能表明他是我同类的迹象。虽然他很聪明，在我们这儿称得上很有学问，但我要找的难道是聪明和学问吗？我们通常谈论的是本地的问题。我惊异地发现——孤独使我在这方面的目光变得更加敏锐——即使对一条普普通通的狗，即使在并非太不利的情况下，要想忍受生活，在司空见惯的巨大危险面前保护自己，需要多少智慧呀。科学制定了一系列规则，但哪怕粗略地了解其皮毛，也着实不容易，一旦理解了，又会面临真正的困难，即如何把它们运用到本地的实际中去——在这一点上，几乎谁也无法提供帮助，每时每刻都会出现新的任务，每一寸新的土地都有其特定的任务。谁也不能断言他已做了一劳永逸的安排，可以听凭生活自行前进，即使日益清心寡欲的我也不能。所有这些无穷无尽的努力——为了什么呢？仅仅为了使自己在沉默中越陷越深，永远不被拉出去。

人们常常津津乐道狗类随着时代的发展所取得的普遍进步，这种进步大概主要指科学的进步。的确，科学在前进，这是不可阻挡的，它甚至在加速前进，愈来愈快，但这有什么可以称赞的呢？这就如同称赞谁的年龄一年年增大从而愈来愈快地接近死亡一样。这是一个自然的、可憎的过程，我看不到一丝值得称道之处。我只看到了衰落，这并不是说过去几代狗在本质上比我们要好，他们只不过年轻一些而已，这是他们的一大优点，他们的记忆尚未像现在的记忆那样处于超负荷状态，要让他们说话还比较容易，虽然谁也没有成功过，但可能性比现在要大得多。正是这种较大的可能性，才使我们在倾听那些古老而其实很幼稚的故事时会如此激动。偶尔听到一句暗示，便简直要欢呼雀跃，根本感觉不到数百年岁月给予我们的重压。不，不管我对自己所处的时代多么反感，过去的时代并不比现在要好，在某种意义上甚至比现在要糟得多，弱得多。那时，奇迹也不是俯拾可得，但狗们还不像今天那样狗性化——我找不出别的词儿来表达——狗类的结构还很松散，真话还可能起作用，对事物加以确定、修改、随意改动和引向反面。那时真话还在，至少近在咫尺，就在舌尖上滑动，每条狗都能了解到。现在它到哪里去了呢？纵然搜肠刮肚，你也找不到它。也许我们这一代已失落了，但它却比那一代更无辜。我们这一代的犹豫我能理解，那已不是犹豫，而是对一个一千夜前所做的忘记过一千回的梦的遗忘，谁会因为这第一千回的遗忘而责怪我们？我们祖先的犹豫我想我也能理解，若处在他们的位置，我们也会像他们一样。我几乎想说：我们真够幸运，无须承担罪责，可以在这个已被别人搞得乌烟瘴气的世界里近乎问心无愧地沉默着奔向死亡。当我们的祖先走向歧路时，他们大概没有想到这是一种没有尽头的迷途，他们甚至还能看见十字路口，随时都可轻而易举地返回。他们之所以犹豫着没有返回，只是因为还想享受片刻狗的生活，那其实远不是真正的狗的生活，就已使他们心醉神迷，以后，至少过一会儿又会怎么样呢？于是他们便继续迷失下去。他们不知道我们在观察历史进程时感觉到什么，不知道心灵的变化先于生活的变化，当狗的生活开始使他们感到快乐时，他们肯定已有一颗相当老的狗心，根本不再像他们感觉到或他们那双沉醉于一切狗的欢乐的眼睛欲使他们相信的那样接近起点。——今天有谁还能奢谈青春。他们是真正年轻的狗，但遗憾的是，他们唯一的志向却是成为老狗，这是他们不会失败的，随后的几代狗证明了这一点，我们这最近的一代成了最好的证明。

所有这些我当然不会与那位邻居谈起。然而，每当我坐在这条典型的老狗面前，或将嘴埋入他的皮毛——它已散发出剥下来的毛皮独有的气味——时，我常会不由自主地想起这些。跟他谈论这些事是毫无意义的，跟其他狗也一样。我知道这样的谈话会是什么样子。他会提出几点小小的异议,最终表示赞同——赞同是最好的武器,于是事情便被埋葬,为什么要竭力把它从坟墓中拉出来呢?尽管如此,在我和那位邻居之间,也许仍有一种超越单纯言辞的深刻的共性。我无法停止这种声言,虽然我并无证据,而且这或许只是一种简单的错觉,因为他是我很久以来交往的唯一一条狗,我不得不依附于他。"你是否就是我的同类?你是否因为一事无成而感到羞愧?瞧,我的遭遇与你完全一样,没有别的狗在场时,我常为此而呜咽。来吧,两条狗在一起要甜蜜得多。"有时我会产生这样的念头,一边目不转睛地望着他。他没有垂下目光,但我也看不出他的态度。他直愣愣地望着我,对我忽然用沉默中断谈话感到诧异,也许这种目光正是他发问的方式,而我却令他失望了,就如他令我失望一样。假如处在青少年时代,又不觉得别的问题更重要,也不自得其乐的话,我也许已经大声问他了,并将得到一个无力的肯定回答,那样比他今天的沉默还要差。但大家不是一样沉默不语吗?有什么阻止我认为大家都是我的同类?我不仅在此地彼处有过从事研究的同行,他们随其微不足道的研究成果一起被埋没和遗忘,我无法再穿越过去的黑暗或现在的拥挤走近他们,而且在任何领域都一直有同类,他们都按自己的方式发奋努力,不见成效,都按自己的方式默默无语或狡辩不休,正如那无望的研究带来的那样?若是如此,那么我也就根本不必与世隔绝,尽可置身于狗群之中,无须像个淘气的孩子从成年者的队列里挤出去,这些成年者也想往外挤,而理智告诉他们——他们身上唯有这种理智使我产生迷惑——谁也挤不出去,一切往外挤的行动都愚不可及。

这些想法显然受了那位邻居的影响。他扰乱了我的思想，使我变得忧郁起来。而他自己却很快活，至少当他待在自己的领地时，我常听到他在欢呼和哼唱，令我厌烦之极。最好把这最后一点交往也放弃殆尽，不再沉湎于模糊的梦想——这种梦想是狗与狗交往的必然产物，不管他们自以为经过了多少锤炼——把由此省下的时间都用于我的研究。以后他再来找我时，我将躲进窝里装睡，并一直这样对待他，直到他不来找我为止。

我的研究中也出现了混乱，使我心灰意懒，疲惫不堪，不再像过去那样兴奋地奔走，只是机械地往前挪动着脚步。我回忆起自己开始研究"土地从哪儿弄来我们的食物"这一问题的时候。那时我还生活在民众之中，只顾一个劲地往狗最密集的地方奔去，一心想让大家都成为我的工作的见证，这种见证对我来说甚至比工作本身还重要；由于我还期待某种普遍的影响，因此自然得到了很大的动力，如今，这种动力对于我这个孤独者早已一去不复返了。那时我还非常敢作敢为，以至做出一些闻所未闻的、与我们的一切原则背道而驰的事情，每一位见证者今天肯定都把它们作为可怕的事情来回忆。本来，科学总是追求高度的专门化，我却在某一点上发现了一种奇特的简单化倾向。科学告诉我们，重要的是土地给我们带来食物，在有了这一前提后，它又告诉我们搞到各种精美丰富的食物的方法。说土地给我们带来食物当然没错，这一点是毋庸置疑的，但并不像通常所描绘的那样简单，无须做进一步的研究。让我们以每天都要重复的最简单的事情为例。如果我们无所事事——我现在差不多处于这种情形——在匆匆地把地捣动一番后就蜷曲着身子等待结果，那么假如有结果的话，我们就会在地上发现食物。但通常并不是这样。谁只要在科学面前保留着一丝公正——这样的例子当然很少，因为科学涉及的面愈来愈广——即使根本无意进行特别的观察，也很容易发现地上的食物大多是从空中落下来的，在它落地之前，我们甚至能凭着各自的灵活和贪婪将其中的大部分抓住。我这样说尚不违背科学，食物当然仍是土地带来的。至于是否一部分是土地从自身取出，另一部分是它从空中呼唤下来的，也许不是什么本质的区别，科学证实了两者都需对土地进行耕作，它也许不必研究这种差别，常言道"口中有食，烦恼尽消"嘛。不过我觉得，科学以隐蔽的形式，至少部分地研究着这些问题，因为它介绍了搞到食物的两大主要方法，即真正的土地耕作和补充性的精致化工作，后者表现为咒语和歌舞的形式。从中我发现了一种虽不全面但足够清晰的区别，与我所做的区分相符。在我看来，土地耕作主要用于获得两种食物，因而永远不可缺少，而咒语和歌舞则较少涉及狭义的地上食物，而是主要用于把食物从空中拉下来。传统意识增强了我的这一观点。这里，民众似乎在不知不觉地对科学进行纠正，科学则根本不敢招架。如果——按照科学的意图——那些仪式本应只作用于土地，使之有力量将食物从空中取下来，那么，它们本该完全在地上进行，一切低语、跳跃和舞蹈均应向着地面进行。据我所知，科学也正是这样要求的。奇怪的是，民众的一切仪式都是朝着空中进行的。这并不违背科学，科学并未对此加以禁止，它给予农夫这方面完全的自由。在创立其学说时，科学想到的只有土地，只要农夫贯彻它那针对土地的学说，它就心满意足了，但我认为按照它的思路，它本应提出更多的要求。对科学一向知之甚浅的我，根本不能想象学者们怎能容忍我们热情的民众朝空中念动咒语，哀唱我们古老的民歌，表演蹦蹦跳跳的舞蹈，似乎他们已把土地忘诸脑后，一心只想永远地飘向高空。我以强调这些矛盾为出发点，不管根据科学的学说收获季节何时来到，我都完全局限于土地，一边舞蹈一边扒地，还扭转脑袋，以便尽可能靠近地面。后来，我还专门挖了一个坑，把嘴埋在坑里吟唱，以便只让土地听到，旁边和上面的狗则一无所闻。

研究成果微乎其微。有时我得不到食物，正要欢呼自己的发现，食物却又出现了，仿佛是谁起初被我古怪的表演搞蒙了，后来却认识到这种表演的优点，于是乐于放弃要我呼喊和跳跃的要求。由此而来的食物甚至常常比以前丰盛，但也有千呼万唤不出来的时候。我以年轻的狗们前所未有的勤奋，列出了关于自己所做的一切尝试的详细清单，刚以为在某些地方发现了引我走向深入的蛛丝马迹，线索一下又中断了。这里，科学准备不充分这一因素无疑也起了妨碍作用。能不能证明——举个例说——食物之所以不出现并不是因为我的实验，而是不科学的土地耕作造成的呢？若能，则我的所有结论都会站不住脚。如果我能完全不通过土地耕作，光凭朝上的仪式使食物落下来，然后光凭地面仪式使食物不来，那我便在一定条件下完成了一项相当精密的实验。我也确实做过这样的尝试，但缺乏坚定的信念和完善的实验条件，因为我坚信一定的土地耕作永远是必不可少的，纵然对此不以为然的异教徒有理，他们也无法加以证明，因为土地的浇灌是基于迫切的需要而进行的，在一定程度上是不可避免的。我的另一项实验有些冷僻，不过运气稍好，产生了一些轰动。我一反从空中抓住食物的惯例，决定听凭食物落下，但也不去抓它。为此，当食物出现时，我常轻轻往上一跃，同时算准了不让自己够着，于是食物大多漠然落到地上。我怒气冲冲地扑上去，不仅仅因为饥饿，也是因为失望而发怒。在个别情况下也会发生例外，出现一种奇怪的情况：食物并不落地，而是随我一起往上跳，食物跟着饥饿者。这一动作的时间并不长，食物只跟了我一小段距离便又往下掉，或者消失得无影无踪。最常见的情况却是我在贪欲的驱使下将食物一口吞下，从而提前结束了实验。不管怎样，当时我觉得很幸福，我的周围是一片窃窃私语声，人们开始感到不安，开始对我留意，我发现伙伴们对我的问题变得关心起来，他们的眼中闪耀着一丝求助的光芒，即使那只是我自己的目光的反射。我感到心满意足、别无所求了。然而有一天我却得知——别的狗也与我一起得知——科学上对这种实验早已有过记载，而且比我所做的要成功得多。虽然因为所需的自制力方面的困难，这一实验已有很久未能做了，但由于它在科学上被视作是毫无意义的，因此也没有重复的必要。它只不过证明了人们早已清楚的一件事，即土地不仅从空中垂直往下取食物，也有倾斜的，甚至还有螺旋形的。于是我停止了前进。但我并未泄气，因为我还年轻；相反，这一切激励着我去做出一生中也许是最伟大的成就。我不相信自己的实验在科学上的贬值，但这里相信是无济于事的，重要的只是证明，而这正是我着手要干的，我要对这个原本有些冷僻的实验刮目相看，将它置于研究的中心。我要证明，当我避开食物时，不是土地把它斜着向自己拉去，而是我吸引着它跟在我身后。遗憾的是我无法将这一实验引向深入；一边看着近在眼前的食物，一边从事科学研究，这是无法坚持长久的。但我决定另辟蹊径，尽我所能彻底绝食，同时避免见到各种食物，避开各种诱惑。如果我为此深居简出，不分白天黑夜都闭着眼睛而卧，不再为捡起食物和抓住食物的事费心，并且如我不敢说出口却隐隐希望的那样，放弃一切其他措施，光凭不可避免、不尽合理的土地浇灌及静静地吟唱咒语和歌曲（为了避免把身体搞垮，我准备放弃舞蹈），食物就会自动地从天而降，置土地于不顾，径直来敲我的嘴巴要求入内——如果发生这样的事，那么科学虽然未被驳倒，因为它对例外和个别情况有着足够的灵活性，但所幸不很灵活的民众又会怎么说呢？这样的事与历史上流传下来的那种例外情况不属同一类型。根据历史上的传说，当谁因为生病或忧郁而拒绝准备、寻找和接收食物时，众狗便会聚在一起念动祈祷咒语，让食物偏离通常的路线，刚巧落入病人的口中。我的情况则不然。我身体健康，精力旺盛，胃口好得成天除了想它很难再考虑别的。不管别人信还是不信，我是自愿绝食的，我自己有能力让食物下来，并打算付诸行动，但我不需要众狗的帮助，甚至严厉禁止他们帮助我。

我在一片偏僻的灌木丛中替自己找了个合适的地方，这里听不到关于饮食的谈话，也听不到吧嗒吧嗒的咀嚼声和啃骨头的声音。事先我再一次吃了个饱，便在这里躺了下来。我要争取闭着眼睛度过所有的时间，不管持续几天还是几个星期之久。但困难的是，我不允许多睡，最好干脆不睡，因为我不仅要将食物召唤下来，而且还得保持警觉，以免因睡着而未注意到食物的到来。从另一方面说，睡眠又是我所欢迎的，因为我睡着可比醒着能挨更长时间的饿。鉴于这些原因，我决定合理分配时间，做到睡的次数多一些，每次睡的时间短一些。我采用的办法是将头靠在一根脆弱的树枝上睡，树枝过不多久便会折断，我便随之醒来。我就这样躺着，时睡时醒，一会儿做梦，一会儿独自默默地吟唱。起初没发生什么事，也许食物来的地方尚未发觉我在对抗事物的正常运转，因此一切太平。唯一干扰我的努力的，是我担心狗们发现我失踪后会马上找到我，采取一些对我不利的行动。我担心的第二件事是，虽然科学表明土地并不肥沃，但说不定单纯的浇灌便会带来所谓偶然的食物，我会被它的气味所诱惑。幸而一时间并未发生这样的事，于是我得以继续饿下去。除了这些担心，我感到前所未有的平静。尽管我从事的其实是废除科学的工作，心里却充满了惬意和科学工作者那种众所周知的宁静。在睡梦中，我梦见自己取得了科学的谅解，我的研究在科学上占了一席之地。我欣慰地听说，不管我的研究多么成功，我也绝不会被逐出狗类的生活，特别是成功时不会产生这种遭遇，科学对我抱着友好的态度，它将亲自解释我的研究结果，这一许诺本身即已意味着它的实现；如果说以前我从心底里感到自己被排斥，发疯似的向着民众的城墙猛冲，那么从此以后我将被民众热情地接纳，浑身洋溢着盼望已久的那种聚集在一起的狗体带来的温暖，我将不由自主地在民众的肩膀上摇晃。这是绝食初期产生的奇特效果。我感到自己成绩斐然，出于感动和自怜，不禁在树丛中哭了起来。这一举动显得令人费解，因为如果我希望得到这种应得的报偿，那又为何哭泣呢？大概只是因为惬意的缘故。只有当我感到惬意时——这样的时候极少——我才哭泣过。然而，这一切很快便过去了。随着饥饿的加剧，那些美丽的画面逐渐消逝了，不久，在所有的想象和感动都迅速地离我远去后，我便只剩下腹中燃烧着的饥饿。"这就是饥饿！"那时我无数次对自己这么说，仿佛要使自己相信，饥饿和我仍是毫不相干的两码事，我可以把它像一个讨厌的情侣似的摆脱，而实际上我们极为痛苦地融为一体。当我向自己解释"这就是饥饿！"时，其实是饥饿在说话，以此嘲弄我。那是一段何等悲惨的时光啊！我一回想起来便会不寒而栗，但并非因为当时遭受的痛苦，而主要是因为自己尚未大功告成，如果我希望有所成就的话，就不得不再度饱尝这种痛苦，因为我至今仍把绝食视作我的研究的最后和最有力的手段。道路通过绝食向前延伸，如果最高的境界可以达到。那么唯有通过最高的努力才能达到，对我们而言，最高的努力便是自愿绝食。当我反思那段岁月——为了生活，我乐于挖掘它——时，我也在思考向我逼来的时光。看来，要从这样的实验中恢复元气，几乎要耗尽一生的时间。自那次绝食后，我走完了整个壮年时代，但仍未恢复元气。下次我若再度绝食，也许会比以前坚定一些，因为我的经验已比以前丰富，对这种实验的必要性的认识也更为明确，但我的力量自那时起即已减弱，至少，仅仅等待那些熟悉的恐惧的降临，就将使我虚弱不堪。食欲减退不会给我带来帮助，它只会降低实验的价值，还很可能迫使我绝食超过那时所需的时间。对于这些前提和其他前提，我觉得我已一目了然，在那时至今这段漫长的时光里，并不缺少预备性的实验。有好多次我几乎已咬了绝食的钩，但尚未走向极端，而青少年时期那种不受约束的攻击欲自然一去不复返了。它在我当初绝食期间即已消逝。那时某些想法折磨着我。我感到我们的祖先是一种威胁。虽然我认为——即使不敢公开宣称——他们对一切负有罪责，是他们弄糟了狗的生活，因此对他们的威胁我尽可以牙还牙，但他们的知识令我折服，这些知识来自一些我们不再了解的源泉。正因为如此，不管我多么急于向他们宣战，我永远不会违反他们的法则，只是凭自己特殊的嗅觉，从这些法则的漏洞中穿身而过。在绝食方面，我要引用一次著名的对话：我们的一位智者主张禁止绝食，另一位智者用这样一个问题劝阻了他："有谁会绝食呢？"前者被说服了，终于放弃了禁止绝食的打算。现在又出现了这样一个问题："那么绝食实际上不是被禁止的吗？"对此，大多数评论家做了否定的回答，认为绝食是准许的，他们赞同第二位智者的看法，因此并不担心因错误的评论而导致严重的后果。对这一点我在绝食前是确认无误的。然而，当我在绝食时蜷曲着身子，在神志已趋模糊的情况下不住地求助于后腿，绝望地在上面舔着、咬着、吮吸着，直到肛门为止时，我却感到对那次对话的通常的解释是完全错误的。我诅咒评论家们的科学，诅咒自己竟然让它引入歧途。连小孩都能看出，对话中包含的不只是一则唯一的禁令。第一位智者欲禁止绝食，而智者的要求即等于已成事实，也就是说，绝食是禁止的；第二位智者不仅赞同他的主张，甚至认为绝食是不可能的，这就在第一个禁令之上又加了一个，禁止了狗的天性本身；第一位智者对此表示认可，收回了那条明确的禁令，也就是说，他在对一切做了说明后，要求狗们明确认识，自己禁止绝食。这就构成了三重禁令，而不是通常理解的一重，而我却触犯了它。在为时已晚的情况下，我至少仍可服从禁令，停止绝食。但痛苦之中也蕴含着一种继续绝食的诱惑，驱使我贪婪地紧跟着它，仿佛跟随一条陌生的狗。我欲罢不能，也许我已过于虚弱，无法站起身，走到有人烟的地方拯救自己。我在林中的落叶上辗转反侧，睡觉是不可能的了，到处都是喧闹声，我以前的生活过程中沉睡着的世界似乎由于我的绝食而醒了过来。我感到自己永远不可能再进食了，因为那样的话我就必须使刚获得解放的喧哗着的世界重归沉寂，而这却是我无能为力的。我发现最大的喧闹声在我的腹中，我不时地把耳朵贴在腹部细听，肯定吃惊得瞪大了眼睛，因为我几乎不敢相信听到的一切。由于情势过于严峻，晕眩也似乎要把我的天性抓住，后者则试图徒劳挣扎。我开始去嗅食物，久违的精美绝伦的食物，我的孩提时代的欢乐。我闻到了母亲的乳香，忘了自己要抗拒气味的决心，或者更确切地说，我并未忘记它；我怀着这一似乎不可缺少的决心，蹒跚地四处走动，通常只走几步，一边用鼻子嗅，仿佛我之所以要食物，只是为了提防它。我一无所获，但并不失望。食物是有的，只不过往往在几步以外，我的腿挪不到那么远的地方。同时我分明知道什么食物也没有，我之所以挪动小小的几步，不过是担心自己最终倒在那个地方再也起不来。最后的希望、最后的诱惑逐渐消失，我将在此悲惨地走向毁灭。我的研究怎么办？那来自童年般幸福时期的孩子式的实验怎么办？此时此地，形势十分严峻，我的研究的价值本可得到证明，但研究在哪里呢？这里只有一条茫然地咬向虚空的狗，虽然一副急不可待的样子，不知不觉地不断浇灌着土地，但再也无法从所记的咒语堆中找到一字半句，连让新生儿钻到母亲腹下的诗句也无从寻觅。我觉得，我与弟兄们之间不是只有咫尺之隔，而是有着天大的距离，我决不会因饥饿而死，而将死于孤独无依。显然，不论是地下、地上还是空中，都没有谁关心我，是人们的冷漠使我走向毁灭，这种冷漠说：他要死了，而这乃是将会发生的事。我不是也这样认为吗？我不是也说了同样的话吗？我不是自己希望孤独吗？不错，你们这些狗，但我不是为了就这样了结一生，而是为了从这个谎言的世界走向真理那边，在这个世界里，我无法向谁了解真理，包括向我自己这个谎言之国土生土长的公民。也许真理并不十分遥远，因而我并不像自己想象的那样孤独，并未被别的狗所抛弃，而只是为自己所抛弃。我将一败涂地，郁郁而死。

然而，死并不像一条神经质的狗想象的那么快。我只是昏厥而已。当我苏醒过来后，睁开眼睛，发现一条陌生的狗站在我面前。我并不觉得饿，只觉得浑身是劲，关节充满了弹性，尽管我并未站起身来加以检验。我抬眼一望，只见面前站着一条漂亮的、并不过于异常的狗。除此之外，我其实并未看到其他东西，却觉得从他身上看到的远不止这些。我的身下是血，起初我还以为是食物，但马上看清是自己所吐的血。我把目光从血上移开，投向那条陌生的狗。他的身体很瘦，长着四条长腿，棕色的皮毛中点缀着几处白色，探究的目光美丽而炯炯有神。"你在这里干什么？"他开口道，"你必须离开这里。""我现在不能离开。"我回答道，不再做任何解释，因为我该如何向他解释这一切呢？而且他看上去还有急事。"走吧。"他又说，一边不安地抬着腿。"不要管我，"我说，"你走吧，别管我，别的狗也不来管我。""我是为了你好才请你离开这里的。"他说。"不论出于什么原因，我都不能走,即使我想走也没这个能力。""你完全有这个能力,"他微笑着说,"你能走。正因为你看上去太虚弱了,我才请你现在就慢慢地走开。要是犹豫不决的话,到时候你恐怕就得跑了。""让我自己来操心吧。"我回答说。"这也是我该操心的事。"他说道,并为我的顽固感到悲哀。看起来,他已准备让我暂时留在这儿,但想借此机会亲热地向我靠拢。如果换个时候,我会乐于容忍这条漂亮的狗,但当时我不知怎么对此很觉恐慌。"走开!"我大声喊道,因为除此之外再无别的办法自卫。"我是来管你的,"他边说边慢慢地往后退,"你真怪。你不喜欢我吗?""你如果走开,让我清净一点,我就会喜欢你。"我回答道,但不再如我要让他相信的那样肯定。我那通过绝食而变得敏锐起来的感官,从他身上看到或者说听到了某种现象。它还刚刚萌生,然后逐渐增强,愈来愈近,终于,我知道这条狗有一种驱逐你的力量,尽管你现在还无法想象自己怎样站得起身。我怀着愈来愈浓的兴趣注视着这条狗,他对我刚才的粗暴回答只是轻轻地摇了摇头。"你是谁?"我又问。"我是一名猎手。"他回答道。"你为何不让我待在这里?"我问。"你妨碍我,"他说,"你在这儿,我就没法打猎。""你试试看,"我说,"说不定你仍可以打猎。""不,"他说,"很抱歉,你必须走开。""今天你就别打猎了吧!"我恳求道。"不,"他说,"我必须打猎。""我必须走开,你必须打猎,"我说,"老是必须必须的。你明白我们为什么必须吗?""不,"他说,"这也没什么可明白的。这是不言而喻、理所当然的事。""不,"我说,"你对不得不赶我走感到抱歉,但你仍然这样做了。""是这样。"他说。"是这样,"我气呼呼地重复了一句,"这不是回答。放弃打猎与放弃赶我走的念头这两者之间，你觉得哪一种比较容易？""放弃打猎。"他毫不犹豫地回答。"既然如此，"我说，"这里就存在着矛盾之处。""什么样的矛盾？"他说。"亲爱的小狗，你难道真不明白我必须这样吗？你难道连理所当然的事也不明白吗？"我不再吭声，因为我发现——与此同时，我感受到一种新的生命，一种犹如恐惧所造就的生命——从一些不可思议的细节中，我发现——除我之外，也许再没有谁能够注意到这一点——这条狗已从胸腔深处开始唱歌。"你准备唱歌了。"我说。"是的，"他严肃地回答，"我马上要唱了，但现在还没唱。""你已开始唱了。"我说。"不，"他说，"还没有，不过你可以准备了。""我已听到你在唱了，尽管你否认。"我颤抖着说。他没有作声。当时，我觉得自己发现了一些以前谁也没有了解到的东西，至少传说中对此只字未提，于是我怀着无穷的恐惧和羞愧，急忙将脸埋在面前的那摊血中。我觉得自己发现的事情是，那条狗已开始唱歌，但他自己还不知道；不仅如此，歌曲的旋律还与他相分离，按自己的规则在空中飘荡，越过他的身边，仿佛与他毫不相干似的，只将目标对准了我。今天我当然矢口否认这一切认识，把它归结为我当时的神经过敏。然而，即便这是一个错误，它也有着某种伟大之处，是我在绝食时救到这个世界中来的唯一存在，尽管只是一种表面的存在。这一存在至少表明，我们在完全不能自已的状态下能走多远，而我那时确实完全不能自已了。若在平时，我早已患了重病，动弹不得。那条狗似乎马上要把那旋律当作自己的旋律承接下来，我无法抵挡它。它愈来愈强，也许它可以无休止地增强，现在就已几乎要把我的耳朵震坏。但最严重的是，它似乎只是为我而存在的,这种庄严得令树林一片肃穆的声音,只是为我而存在的。我是谁呢?竟敢一直赖在这儿,浑身血污地横卧在它面前?我哆哆嗦嗦地站起身,低头瞅了瞅自己。"这副模样可没法走路。"我还在这样想时,身子已被那旋律驱赶着,美妙地飞腾而去。此事我跟朋友们只字未提,刚到达时我很可能会向他们吐露一切,但那时我偏偏太虚弱了,后来我又觉得这件事是无法告诉别人的。有时我禁不住向他们做些暗示,但这些暗示在谈话中消失得无影无踪。此外,我的身体在短短数小时后即已复原,精神上却至今留有后遗症。

我又将研究扩展到狗的音乐。在这一领域,科学也绝非无所作为。据我所知,关于音乐的科学也许比关于食物的科学更为包罗万象,至少其基础更为坚实。这是因为前一个领域的工作可比后一个领域更缺乏热情,前者侧重单纯的观察和系统化,后者则以实用的结论为主。因此,人们对音乐科学的尊敬胜过食物科学,但前者从来未能像食物科学那样深入民众。就我来说,在听到树林里的声音前,对音乐科学也比其他任何科学陌生。虽然那几条搞音乐的狗使我对此有所领略,但那时我还过于年轻。此外,对这门科学即使只想略窥门径,也着实不易,它被视作一门难度极大的科学,高傲地拒大众于门外。虽然那几条狗最先引起我注意的是他们的音乐,但我觉得比音乐更重要的还是他们那种守口如瓶的狗的本性。也许我根本找不到与他们那可怕的音乐相类似的东西,我很容易把它忽略,但他们的本性我从那以后在所有的狗身上都碰到过。在我看来,要想了解狗的本性,最合适、最直截了当的途径莫过于研究食物。也许我在这个问题上搞错了。但食物科学和音乐科学的一门交叉学科当时即已引起我的怀疑，这便是关于唤下食物的歌声的学说。这里又极为妨碍我的一点，是我对音乐科学也从未做过正正经经的深入研究，在这方面连通常为科学所特别鄙视的一知半解者的程度也远未达到。我必须时刻牢记这一点。在学者面前，我只怕连最简单的科学考试都通不过，遗憾的是，我又有这方面的证据。撇开已提到的生活状况不谈，造成这种情况的原因当然首先在于我科学上的无能，想象力贫乏，记性不佳，尤其是不能时刻牢记科学的宗旨。对此我毫不讳言，甚至乐于承认。因为我觉得我在科学上无能的更深刻的原因在于本能，而且那确实不是一种坏的本能。倘若想自吹自擂的话，我就可以说，正是这种本能毁掉了我的科学能力，因为对于日常生活中的一般事物——那肯定不是最简单的——我的理解力并不差，而且即使不是与科学，也至少与学者心有灵犀，这些可从我的研究结果中加以检验，然而我却始终连科学的最低一级台阶也未能达到，这至少是一种非常奇怪的现象。是这种本能曾使我将自由看得高于一切，而这也许正是为了科学，一种与人们今天从事的科学所不同的科学，一种最后的科学。自由！自由！今天我们所能获得的自由，只是一种可怜的东西，但它毕竟是自由，毕竟是一种财富。

何法 译

（本篇约写于1922年春，首次发表于1931年。）

放弃吧

天刚蒙蒙亮,街上十分洁净,空荡荡的,我正向火车站走去。当我把表和塔楼上的钟校对时,我才发现,已经比预料的晚了许多,我想,非得赶紧才是,这个可怕的发现使我在路上走时变得晕头转向,我对这个城市还不很熟悉,幸好附近有一位警察,我朝他跑去,气喘吁吁地向他问路。他微笑着说:"你想从我这儿问路?""是的,"我说,"因为我自己找不着路了。""放弃吧,放弃吧!"他说,迅速把身子转过去,就像人们想独自大笑时那样。

孙坤荣 译

(本篇写于1922年末,首次发表于1931年,标题系马克斯·勃罗德所加。)

关于譬喻

许多人都抱怨说，智者的话都是些譬喻，但在日常生活中却用不上，可我们有的却只是日常生活。当智者说："到那边去。"他的意思并不是说，人们该到另一边去——若是这条路的结果是值得的话，那人们还总是能做到的——而是指的传说中的那边，是我们不认识的，也是他本人不能进一步加以说明的，因而对我们根本没有帮助。所有这些譬喻所要说的仅是，不可理解的就是不可理解的，而这我们早已知道了。但我们每天操心费力的是另外的事情。

对此有一个人说："为什么你们抵触？只要你们按譬喻去做，那你们自己就变成了譬喻，并且这样就摆脱了每天的劳累了。"

另一个人说："我打赌，这也是一个譬喻。"

第一个人说："你赢了。"

第二个人说："但只是在譬喻中赢了。"

第一个人说："不对，在实际中赢了，在譬喻中你输了。"

高中甫　译

（本篇写于1922／1923年，首次发表于1931年，标题系马克斯·勃罗德所加。）

一个矮小的女人

这是一个矮小的女人。她本来是相当苗条的,可还是紧紧地束着腰。我总是看见她穿着同样的衣服,那是用一块黄灰色、几乎算得上是木色的料子做成的,还点缀着几缕同色的流苏或是纽扣式的悬垂下来的东西。她向来不戴帽子,一头枯黄的头发很平滑,也不能算是不整齐,不过总是软塌塌的。虽然她束着腰,动作还是很灵活。她经常夸张地炫耀她的灵巧,她喜欢两手叉腰,以令人吃惊的速度把上身一扭。至于她的手给我造成的印象,我只能这样描述,我从来没见过手指分得这么开的手,而从解剖学的意义上说,她的手又绝不是什么怪现象,完全是一双正常的手。

这个矮小的女人对我很不满意,总是找我的碴儿,总是冤枉我,我处处都惹她生气;如果把一个人的生活分成极小极小的部分,而把每一部分都评价一番,那么,我的生活的每一部分都是她生气的理由。我经常苦思冥想,我为什么会令她这样恼火,也许我的一切与她的审美观、她的公正观、她的习惯、她的传统、她的期望都背道而驰。可是,有些人的禀性天生就是相悖的,这哪儿至于让她如此烦恼呢?我们之间没有任何会强迫她为我而烦恼的关系。她只需下决心把我看成一个完全陌生的人,其实我本来就是,而且也不会反对她这个决定,反而会大力赞同;她只需下决心忘记我的存在，而我也从来没有强迫她接受我的存在，以后也不会——那么她所有的烦恼就都过去了。我完全不计较我自己，不计较她那令我自然也感到难受的行为。我之所以不计较，是因为我很清楚，我的难受跟她的烦恼相比根本不值一提。同时我也心知肚明，这可不是一种出自爱的烦恼。她根本不关心我是否能改正，尤其是她挑剔出来的我的所有毛病，都不具备能妨碍我上进的性质。她同样也不把我上进与否放在心上，她只关心她个人的利益，也就是报复我给她造成的痛苦，以及防止我将来会威胁到她而产生的痛苦。有一次我也试着向她说明，她最好能结束这种烦恼，可结果适得其反，倒让她压抑的怒气爆发出来了，搞得我再也不敢尝试了。

如果我愿意的话，当然我也得负一定的责任，虽然这个矮个子女人对我来说也是同样陌生的，我们之间唯一的关系就是我让她生气，或者更确切地说是她自个儿因为我而发脾气，可这怨气也折磨着她的身体，这我可不能漠不关心。最近，越来越多的消息从这儿或那儿传到我耳朵里，说她在早晨总是脸色苍白，显得睡眠不足，头痛，几乎干不了活；她的家人很为她担心，到处去打听导致她这种状况的原因，时至今日还没找出来。知道这原因的只有我，这就是她原有的和新产生的怒气。可我没有去分担她家人的忧虑，她强壮又坚忍，一个这么爱生气的人，大概也能克服其后果。我还怀疑，她——至少是部分地——只是装出一副难受的样子，想用这个办法把全世界的怀疑都引到我身上来。公开说出来我怎么样以我的存在来折磨她，她太骄傲而不屑如此；为了我的缘故而去发动其他人，她会觉得这是对她自身的贬低；她仅仅是出于反感，出于永远驱动着她的反感，她才这么对待我；把这个不那么光明正大的原因公之于众，这对她来说也太羞耻了。可是，她也不能对这件给她造成永不休歇的压力的事情完全缄口不提。因此，她试图以女人的狡黠走一条折中之路，沉默不语，但是表现出内心痛苦的样子，如此这般把这件事推上公众的法庭。也许她还希望，如果公众能把注意力完全集中到我身上，就会引得众人对我群起而攻之，这种怒气有着强大的力量，会更快、更有力地使我成为众矢之的，那是她个人的微弱力量所做不到的。然后她就可以退到幕后，松一口气，再也不理睬我。好了，如果她真的寄希望于公众，那她可要大失所望了。公众不会取代她的角色；公众也绝不会从我身上挑出那么多毛病来，即使他们把我放在最高倍数的放大镜下仔细检查。我并不如她所认为的那样是个无用之辈；我不想炫耀自己，更不想在这种情况下炫耀自己，就算我没有什么行高于众的特别长处，也没有什么恶劣的行径足以引起别人的注意。只有在她看来，在她的白眼里我是个恶汉，这她可说服不了任何人。可是，在这种情况下，我还能一味地保持沉默吗？不，不行。因为，要是弄得人尽皆知，她正是由于我的行为而生病，有些好事之徒，也就是那些最爱传播小道消息的人，就会凑过来寻根究底，或是至少装出弄清了真相的样子。那么全世界的人都会来质问我，为什么我恶习不改，折磨这个可怜的矮小的女人，我是不是企图把她折磨致死，我何时才会变得理智，何时才会萌生一点点人类的同情心，从而停止我的行为——如果世人这样问我，这是很难回答的。难道我能直言不讳，说我并不相信她生了病吗？难道我能让别人产生恶劣的印象，认为我为了推卸罪责又犯下了另一种过失，而且还是用这么一种不光彩的手段？我怎么能公然地说，即使我相信她是真的病了，我也没有丝毫的同情心，因为这个女人对我来说完全是个陌生人，我们之间的某种关系完全是她制造出来的，而且是她单方面的。我想说的并不是人们不会相信我，他们既不会完全相信我，也不会一点不相信我；他们根本想不到应该深入讨论一下这件事，他们感兴趣的只是我给予这个病弱的女人的答复，而这对我是不利的。在这件事上，无论我做出怎样的回答，都不能不使世人产生怀疑——这猜疑会顽固地横亘在我面前——我们之间存在着爱情关系，尽管没有任何蛛丝马迹能说明我们之间有这层关系。如果真有这层关系，那也是由我这方面产生的，因为这个矮小的女人对我的评价具有极大的说服力，她的推断无懈可击，如果我不是由于她这些优点而受到了惩罚，我就应该赞叹她，钦佩她。而在她那一方面，没有任何迹象说明她对我是友好的，在这一点上她的态度是明朗而真实的；我最后的希望就建立在这上面。即便在她的作战计划中，她想到了应该使人相信她对我友好，她也会马上忘记。可是，在这方面完全麻木不仁的公众会同意她的看法，从而决定反对我。

既然世人插手了，那么，我别无选择，只有改变我自己，即使不能完全消除这个矮个子女人的怒气（那是不可想象的！），也应该减弱几分。我真的经常自问，我是不是对自己目前的状况如此满意，以至于我根本不想有什么改变；是不是我身上根本不可能有什么变化，哪怕我并不确信有此必要，而只是为了平息这个女人的怒火。我也真的努力而认真地尝试过，这甚至符合我的愿望,几乎令我感到有趣,有了些许的改观,而且很明显。我不必刻意去引起这个女人的注意,她甚至比我还早地观察到了这些变化,她也认识到了我内心深处的目的;可是我取得的成果微乎其微。那我还能怎么办呢?我现在已明白了,她对我的不满是彻头彻尾的,什么也消除不了,就算是把我自己消灭了也不行;即使她听到我自杀的消息,她仍然会大发雷霆。我不能想象,她,这个能洞察一切的女人,会如我一样认识不到这一点,即无论是她的毫无指望的努力,还是我的无辜,我的无能为力——尽管我有着最良好的愿望——都不可能符合她的要求。她当然看得出来,可她就是这么一个天生好斗的人,在争斗的激情中她忘记了这一点。而我出于我不幸的天性——我只能选择这样的天性,因为它只给予我一次——只能小声提醒这个无法控制自己的人。用这种方式我们当然永远也沟通不了。每当清晨时分,我带着几分高兴的心情走出门来,总是看见一张因为我而生气的脸,闷闷不乐噘着的嘴唇,审视的、在审视之前就知道结果如何的眼神,这眼神在我周身游移,我再怎么视而不见也逃不掉。还有她那少女般的脸颊上的苦涩的微笑,幽怨地仰望天空,为了支撑自己而插在腰间的双手,在愤怒中她的脸色变得苍白,浑身颤抖。

最近,我第一次——借此机会,我惊异地向自己供认——向一位朋友提起了这件事,完全是顺便提及,轻描淡写地说了几句。尽管它对我来说在表面上完全是件小事,我还是把整件事的意义说得比实际情况要轻微。奇怪的是,我的朋友并没有漫不经心地听听就算了,他甚至自作主张地夸大这件事的意义,并且不把话题引向别处,固执地谈论这件事。更加奇怪的是,尽管如此,他在关键性的一点上却低估了这件事，因为他郑重地向我建议，我应该暂时出去旅行。没有一个建议会比这个更荒唐了。事情虽然很简单，任何人只要深入了解一下就能明白，可它又不那么简单，不会因为我的离开而使得所有的问题或是最重要的问题得到解决。相反，在我离开之前我更得小心提防，如果我要进行什么计划的话，都要把这件事保持在目前狭窄的、还不涉及外人的范围内，也就是说，要像我目前一样平静，不要因这件事而导致什么引人注意的变化，这包括不要跟任何人谈论这件事。不过这不是因为它是个危险的秘密，而是因为它是一件小事，纯粹是私人的事，是我自己能够担当的事，因为它就应该是这样的。朋友的指点也不是毫无用处，虽然没有教给我什么新东西，可是坚定了我对这件事的基本态度。

伴随着越来越精密的思索，不难逐渐看出，随着时间的推移而发生的变化并不是事情本身的变化，而只是我的观点的发展。一方面，我更加冷静，以更为男性化的角度来看待这件事，更接近事情的本质；另一方面，我无法不受这种持续的惊吓的影响，略微有些神经过敏。

面对这件事，我平静了一些，觉得自己已经认识到，我还没能下定决心，尽管它有时似乎已即将来临。人们，特别是在年轻的时候，很容易有这样的倾向，就是过高地估计做决定的速度；当我这位矮小的女法官，在我的一瞥之下虚弱地侧身倒在沙发上，一手扶着靠背，一手不耐烦地摆弄着束腰带，愤怒和疑虑的泪珠顺着脸颊滑落，我总是想，现在该下决心了，我马上就会被传唤，我应该负起责任来。可是，这根本谈不上什么决心、什么责任。

女人是很容易情绪不佳的，这个世界没有时间来关注所有的事情。那么，这些年来到底发生了什么呢？没有别的，只是这种事的不断重复，有时强，有时弱，只是发生的次数越来越多。而人们一有机会就趋之若鹜，插上一杠子，如果他们没有机会，他们就只相信自己的嗅觉，而这种嗅觉虽然足以使他们忙活起来，除此之外可毫无用处。可是，总有一些人吃饱了饭没事干，总有一些人好管闲事，他们总是以某种异常狡猾的方式，最喜欢利用亲戚关系，为自己的存在进行辩护，他们总是留神观察，他们的鼻子嗅觉灵敏，但这一切的结果也只不过是，他们依然站在那儿。整个的区别在于，我逐渐认清了他们，能区分开他们的面孔；以前我以为，他们渐渐从四面八方凑过来，这件事闹得越来越大，会促使我做出决定，现如今我知道了，这一切古来有之，跟决定产生与否没有太大的或者根本没有关系。至于决定本身，我为什么要用一个这么严重的词儿呢？如果有一天——当然不会是明天或是后天，也许永远都不会有这么一天——公众会处理这件不该由他们管的事（这个我已重复过多次），我虽然不会因此而丝毫无损，可公众毕竟会考虑到以下这些事情，即我对公众来说不是完全陌生的，我向来就光明正大地生活在他们中间，对他们充满信任，也赢得了他们的信任；而这个后来冒出来的痛苦的女人，换了别人也许比我更早就认出她是个像牛蒡一样纠缠不清的人，并且替公众悄悄地把它踩在脚下了；这女人最多也不过是给我的鉴定上加上一个丑陋的花饰，在鉴定中，公众早就宣布我是个值得尊重的人。这就是事情的现状，我无须为此而不安。

这些年来我虽然有些不安，但这跟事情本身的意义根本没关系。你无法一直使人生气，就算你明白这恼怒是毫无理由的；你不安起来，你开始期待一个决定（从某种意义上说那只是肉体上的），即使你在理智上并不十分相信它的到来。一方面这只跟年龄有关，年轻人把一切都裹上一层美丽的包装，那些不美的细节消失在年轻人用之不竭的精力中；一个人在年轻时可能会有过某种不怀好意的眼神，那并不奇怪，别人不会注意到它，甚至你自己也不会觉察。可是，到你年老时，便只剩下了一些残余，每个都是必要的，都不会改变，每个都会受到观察，而一个上了年纪的男人的不怀好意的眼神，同时也是再明白不过的不怀好意的眼神，要确定它并不困难。只是，它也不是什么本质的恶化。

无论我从哪个角度看，都显示出，而我也一直这么看，如果我用手轻轻地掩盖住这件事，那么，不管这女人如何纠缠不休，我还是可以不受世人干扰，长久地、平静地把我目前的生活继续下去。

杜新华　译

（本篇约写于1923年10月，1924年收进《饥饿艺术家》小说集中首次发表。）

地　洞

我造好了一个地洞，似乎还蛮不错。从外面看去，它只露出一个大洞，其实这个洞跟哪里也不相通，走不了几步，便碰到坚硬的天然岩石。我不敢自夸这是有意搞的一种计策。不妨说，这是多次尝试失败后仅留的一部分残余。但我总觉得不要把这个洞孔堵上为好。当然，有的计策过于周密，结果反而毁了自己，对此我比任何人都知道得更清楚。而由于这口洞孔引起人们的注意，发觉这里可能有某种值得探索的东西，这也确是勇敢的表现。但如果谁以为，我是怯懦者，仅仅因为胆怯才营造了这个地洞，这就看错我了。离这个洞口约千把步远的地方，有一处上面覆盖着一层可移动的苔藓，那才是通往洞内的真正入口处。它搞得这样万无一失，世界上所能做到的安全措施也莫过于此了。诚然，也可能有什么人踩到那层苔藓，或者把它踩塌，那么我的地洞就暴露了。倘若谁有兴趣，也可能闯将进去——请格外注意，非有精于此道的稀有本领不可——把里面的一切进行永久性的破坏。这我是明白得很的。我现在正处于我的生命途程的顶点，就是在这样的时候，也几乎得不到一个完全安宁的时刻。在盖着苔藓的那个幽暗的地方，正是我的致命之所在。我经常梦见野兽用鼻子在那里贪婪地来回嗅个不停，也许有人会认为，我可以把洞口堵死，上面覆以一层薄薄的硬土，下面填上松软的浮土，这样我就用不着费多大气力，每次进出，只要挖一次洞口就行了。但那是不可能的事。为了防备万一，我必须具备随时一跃而出的可能性，为了谨慎行事，我必须随时准备冒生命的风险，可惜这样的风险太频繁了。这一切都得煞费苦心，而神机妙算的欢乐有时是促使人们继续开动脑筋的唯一原因。我必须做好随时能够冲出去的准备。有了高度的警惕性，难道我就不会受到完全突如其来的袭击了吗？我安安稳稳地住在我的家的最里层，与此同时，敌人却从某个什么地方慢慢地、悄悄地往里钻穿洞壁，向我逼近。我不敢说他的嗅觉比我更灵，很可能他对我就像我对他一样，知道得很少。但有些不顾死活的盗贼，不管三七二十一把地乱掘乱挖一通，由于我的地洞的范围广大，他们说不定在什么地方碰上我的许多途径中的一条，也未始不可能。当然，我在自己的家里，自有谙熟所有途径和方向的长处，盗贼会很容易地成为我的牺牲品和美餐。但我正在变老，有许多同类比我更强，而且我的敌人多得不可胜数，我逃避了一个敌人，又落入另一个敌人之手，这种事情不是不可能的。唉，有什么事情不可能发生呢！但无论如何，我非有一个比较容易到达的、不费什么力气就可以出去的、完全敞开的出口做保障不可，这样就不至于在我没命地挖掘时（不管土层多薄），突然——天哪，保佑我！——感到后腿被追踪者的牙齿咬住了。而且威胁我的不仅有外面的敌人，地底下也有这样的敌人。我虽没见过，但传说中讲到它们，我是坚信不疑的。那是地底下的生物，传说也说不清它们是什么样的。甚至做了它们的牺牲品，还几乎没见过它们。它们来的时候，就在你站立的地底下——它们生活的世界——当你刚刚听到它们的爪子发出抓东西的响声的时候，你就没救了。遇到这种场合，与其说你在自己的家中，毋宁说你在它们的家中。在这种情况下，那条通往出口的通道也救不了我，可以说，那根本就不是救我的东西，而是毁我的东西。但它是一种希望，没有它，我就活不下去。除了这条大道以外，还有几条很狭窄的，但相当安全的小道，它们使我与外界保持联系，向我提供自由呼吸的空气。这些路本来是鼹鼠筑成的，我因势利导，把它们引进了我的地洞里，我通过这些途径可以嗅得很远，使我得到保护。也有各种各样的小动物经由这些途径来到我跟前，成了我的食物。这样，我根本用不着离开地洞，就可以进行一些小小的狩猎活动，以维持一种简朴的生活；这是十分宝贵的。

我的地洞的最大优点是宁静。当然，这是没准的。说不定什么时候突然中断，一切告终，也未可预料。不过就目前来说总算是宁静的。我可以在我的通道上蹑着脚走好几个钟头，有时听到个把小动物的声音，不一会儿这小动物也就在我的牙齿间安静下来了；或者泥土掉落的沙沙声，它告诉我什么地方需要修缮了；除此以外便是寂静。树林中的空气透进来，既暖和又清凉。有时我惬意地伸展身子，在通道上打起滚来。当秋天到来的时候，有这样一个住所可以安身，这对于一个渐近老年的人，算是美好的了。通道上每隔一百米的地方，辟一个圆形的小广场，在那里我舒舒服服地蜷曲着身子，一边休息，一边使自己暖和暖和。在那里我可以美美地睡上一觉，这是和平宁静的睡眠，是满足安全感的睡眠，是实现了建立安心之所的愿望的睡眠。不知是由于过去的习惯，还是这座家屋确实存在着足够的危险，唤起我的警觉，使我常常有规律地从酣睡中惊醒,肃然谛听着那日夜支配着这里的宁静,然后宽慰地微微一笑,旋即又舒展四肢,沉入更为香甜的梦乡。那些无家可归的可怜虫啊,他们在马路上、在树林中流浪,至多只能匍匐在堆积的树叶底下,或者与同类结伙,暴露在天地间的一切灾厄之中!我则躺在这各方面都安全的广场上——这样的广场在我的地洞里有五十几处之多——在瞌睡和熟睡之中消磨那任我选定的时间。

缜密地考虑到极端危险的情况——不是直接的追踪,而是包围——在洞穴的近中心处修建了一个中央广场。在一切其他场合,都是极端紧张的脑力劳动多,体力劳动少,这个城郭则是我的艰巨的体力劳动的成果,比地洞里的所有别的部分都艰巨。有好几次,我由于身体疲乏不堪,濒于绝望,想弃绝一切,仰卧着翻过来,滚过去,诅咒这地洞,并艰难地爬出洞外,任穴口洞开着。之所以这样做,是因为我不想再回去了,直到几小时或几天后我后悔了,回去一看,见地洞完好无损,我恨不得引吭高歌,并以发自内心的喜悦重新开始劳动。这个城郭的工程之所以增加了不必要(说不必要,因为地洞从那种无效劳动中并未得到真正的益处)的困难,是由于照计划安排所确定的这个场地恰恰土质很松,而且充满沙粒,因此必须把这地方的土层夯实,才能建造起美丽的大穹顶和圆形广场。从事这样一种劳动,我只能靠额头。所以,我不分白天黑夜,成千上万次地用前额去磕碰硬土,如果碰出了血,我就高兴,因为这是墙壁坚固的证明,而且谁都会承认,我的城郭就是用这样一种办法建成的。

我利用这个城郭来贮藏我的食物:凡是洞内抓获而目前还不

需要的一切，和外面猎获的全部，我统统把它们堆放在这里。场地之大，半年的食物都放不满。于是我把东西一件一件铺了开来，在其间漫步，同时玩赏着它们，悦目于其量之多，醉心于其味之杂。任何时候，只要我想看一看贮藏品，都能一目了然，而且我还可以随时进行重新排列，根据不同季节，做出必要的预计和狩猎计划。有这样一些时候：由于洞里食物富足，我对饮食漠不关心，因而对这些出没的小动物根本不去理会，当然从别的理由考虑，这也许是欠慎重的。经常从事防御准备工作，使我原想充分利用地洞来进行防御的主张有了小幅度的改变和发展，于是我常常觉得以城郭为防御基地是危险的。地洞的复杂性确实也向我提供了采用多种防御办法的可能性。而我觉得将存粮稍加分散，利用某些小广场来分批贮藏，似乎更为周到些。于是我决定约每隔两个广场设一个预备储粮站，或者每隔三个设一正储粮站，每隔一个设一副储粮站，如此等等。再则，为了迷惑敌人，我划出几条道路不堆贮藏品，或者，各按它们通向主要出口的位置，挑选少数广场错杂其间。自然，每一项这样的新计划都要求艰巨的搬运工作，我必须做出新的安排，然后就是来回搬东西。当然啰，我不用着急，可以慢慢地干，把珍贵的东西衔在嘴里搬运，高兴在什么地方歇一歇，就在什么地方歇一歇。遇到可口的东西就吃它几口，这是蛮不错的。糟糕的是，我每每从梦中惊醒，就仿佛觉得目前的这种粮食分贮法是完全失算的，它会招致严重的危险，非立即加以纠正不可，睡意和疲劳也在所不顾。于是我急忙就走，快步如飞，连考虑一下的工夫都没有。为了实施这一新的、全新的计划，我不顾一切，凡是碰到嘴边的东西，就只管逮住，用牙齿咬着，拖呀，背呀，喘息着，呻吟着，踉踉跄跄地前进。只要对目前这种我感到过于危险的状况有任何些微的改变，我就心满意足了。直到睡意渐渐地消除，脑子完全清醒过来，我几乎不理解何以有这一番极度的紧张活动，对于被自己扰乱了的家里的和平长长地舒了一口气，重新回到我的卧所，由于新造成的劳累而立即睡着了。醒来时，作为这几乎像梦一般出现的夜间劳动的无可辩驳的证据，是牙缝间还挂着的一只耗子。此后又有一些时候，我觉得还是把所有的食粮集中于一个场地为上策。贮藏在小广场上对我会有什么好处呢？那里到底放得下多少东西呢？无论你拿什么放到那里去，都会堵塞道路，一旦有防务活动，奔跑起来，说不定反而成为我的障碍。再说，不把所有的贮藏品集中在一起，因而不能对自己的财产一目了然，势必损伤自己的自尊心。这种想法固属可笑，却是难免。分成这么多摊，不会散失很多吗？我总不能老在纵横交错的通道上四处奔跑，以便看看是否一切仍然原封未动。分散贮藏的基本想法是对的，但必须有个前提：拥有好几个像我的城郭这样的场地。好几个城郭！一点不假！但是谁能够把它们建筑起来呢？在我的地洞建造的总计划中，现在也没有增添的余地了。我承认，这一点正是我的地洞的缺陷，就好比任何东西如果只有一种样品时，都有缺陷一样。而且我也承认，在建设整个地洞期间，我对于拥有几个城郭的要求在自己的意识中是模糊不清的，如果说我有过这一良好愿望，那就清清楚楚了。我没有按照那种要求去做，对于这项巨大的工程，我感到自己太弱了，甚至，我就是想象一下这项工程的必要性也感到自己太弱了。我以同样模糊的感觉聊以自慰，这在平常是难以做到的，但在这一场合我却做到了。这是一种例外，也可能是一种神的恩赐，因为保留我的前额以代替铁锤正是天意所使然。现在我只拥有一个城郭，但觉得一个不够用的那种模糊感觉，已经消失了。不管如何，我只得满足于一个。想用许多小广场来代替它是代替不了的。所以，当这种想法在我心中热起来的时候，我就又动手把各个小广场上的所有东西重新搬回城郭里。于是所有的场地和通道又空出来了，看见城郭里的肉类成堆，连最边远的便道都闻得到许多种肉类混杂的味道，我老远就能把它们一一辨别出来，而每一种味道都使我喜欢。有一阵子我对这一派气象真感到宽慰。这以后出现了一段和平时期。我利用这些太平时日，把我的卧所从外围慢慢地、一步一步地往里移，因而沉浸于越来越重的气味之中，以至再也忍耐不住了。于是一天夜里我冲进城郭，从肉堆里挑出我所爱吃的上等品，扎扎实实地、如醉如狂地饕餮大嚼了一番，把肚子塞得饱饱的。这是幸福的时期，也是危险的时期；只要有人了解个中奥秘，充分利用这个时机，无须冒什么风险，就可轻而易举地将我毁灭，这与缺少第二、三个城郭的弊害不无关系。我之所以受诱惑，正是由食物集中堆在一起造成的。我正准备通过各种途径来抵御这种诱惑，保护自己——把粮食分散贮藏在各个小广场上，也就是这类措施之一。可惜的是，它也像其他类似的策略一样，由于感到缺乏而引起了更大的欲望，这欲望压住了理智，听凭欲望的驱使，任意改变防御计划。

这以后，在对地洞进行了一些必要的修缮之后，我经常离开地洞——虽然只是很短的时间——去外面溜达，以便让自己冷静冷静，同时检查一下地洞是否坚固。要是长时间离开地洞，我会感到受惩罚似的难以忍受，但短时间出去走动走动，我以为也是很有必要的。每当我走近出口时，我总有一种庄严感。住在家里时，我是避免到那里去的，甚至连通向它的任何一条最小的岔道我都是不迈步的；再说到那一带去转悠也并不容易，因为我已经在那里建筑了一套完善的、小规模的迷津暗道；我的地洞就是从那里起始的，但当时我还不能指望能够如愿以偿地按照我的计划去完成。我开始半游戏似的从这个小犄角干起来，在迷津的建筑中，我第一次充分领略到劳动的愉快；这项迷津建筑在我当时看来是一切建筑之冠，但从今天的眼光看，说它气派太小，与整个地洞建筑不相称，该是比较公允的，虽然在理论上它也许堪称宝贵——"这是去我家的入口。"我当时讥讽地对那些看不见的敌人说，并仿佛看到了它们全部窒息在入口迷津里的景象——可是事实上，一种墙壁非常单薄的草率工事，对于认真进攻或者孤注一掷的亡命之徒是很难进行抵抗的。但我因此就应该把这一部分重建吗？我犹豫不决，大概要永远维持这样的现状了吧。且不说重建需要我付出巨大的劳动，而且也是一件人们能够想象的最危险的事情。在我刚开始挖筑地洞的时候，我是能够比较安心地在那里劳作的，那时风险并不比别的地方大多少。但在今天已经是不可能的事了，因为今天那样做就未免轻举妄动了，那就等于要把社会的注意力引向整个地洞上来。我感到高兴的是，眼下这一处女工程也具有一定的敏感性，比方说吧，一旦发生大规模的进攻，什么样的入口构造才能救我呢？在使进攻者迷惑、错愕、困扰这一点上，这个入口是可以应急的。但如果遇到真正大规模的进攻，那我就必须设法使用整个地洞的一切手段和身心的全部力量来对付——这是理所当然的啰。所以这个口子就让它维持原样不动好了。尽管地洞有着这样多的天然强加于它的缺陷，但毕竟是我亲手所创；虽然事后才认识到这些缺点，却认识得这样精确，那就让它保留着吧。但这并不是说，这个缺点没有经常地或者也许是始终使我感到不安。平时散步时，我都要避开地洞的这一部分，之所以如此，主要是因为我一看见它就感到不舒服，既然这个缺点已经在我的意识中发出噪声，我就不愿意让它老是在我的目光中浮现。那上面入口处的缺点是无法匡正了，但只要能够回避，我就尽可能不去看它。我只管朝着出口的方向走。虽然我与入口处之间隔着通道和广场，我依然感到我已经陷入一种巨大危险的氛围之中。有时候我好像觉得我的皮变薄了，仿佛不久我就只能以赤裸裸、光溜溜的肉身站立在那里，这时候，我的敌人以吼叫来欢迎我。说实在的，这样一种感觉足以致使出口本身失去对我的家屋的保护作用，但使我格外苦恼的，仍是入口的构造。有时我做梦，梦中我已经把它重建了，一夜之间以巨人般的力量，神不知鬼不觉地、迅速而彻底地把它改造了，这下谁也攻不破了。我做梦的这一觉睡得比任何时候都香甜，醒来时我的胡子上还滚动着欢乐和宽慰的泪珠。

　　所以，如果我要外出的话，还得克服这条迷津给我肉体上造成的苦痛。而我有时一度迷失在自己的创造物中，因而显得这工程似乎还须不断奋斗下去，以便向我这个早就对它下了坚定不移的判断的人证明它的存在权利，这时候我又气恼又感动。接着我就来到青苔盖底下，在我留在家里这段时间，它与树林中毗连的地皮长在一起，互相衔接了，现在，只要我用头一顶，就可以到外边的天地去。这个小小的动作我已经很久没敢使用了，若不是今天又得克服入口的迷津，我一定会从这里折回，逛回家去。为什么呢？你的家闭关自守，固若金汤。你的生活安宁、温暖，良肴佳馔不断，你是无数通道、广场的主人，独一无二的主人。这一切你不希望牺牲，但有一部分你打算放弃，虽然你有信心把它们重新夺回来，但你有胆量下一个危险的、非常危险的赌注吗？对此有没有合适的理由呢？没有。在这类问题上不会有合适的理由。但接着我小心翼翼地掀起门盖，到了外面，又轻轻把它盖上，并赶紧跑离这个正在暴露的地点。

然而，我的本意并不是要在野外生活，虽然我不再憋在通道里行走了，而是要在大森林中狩猎。我感到身上有一种在地洞里没有任何地盘包括城郭——哪怕它再扩展十倍——让它施展的新的力量。外面的伙食也更好吃，狩猎固然比较困难，很少成功，但其收获从任何方面讲都是价值更高的。这一切我并不否认，并且懂得如何领略并享受它们。至少也得和别的动物一样，说不定比它们还强得多，因为我狩猎时，不像流浪汉那样轻率和绝望，而是目的明确，从容不迫。我也并不是非过野外生活不可，我知道，我的时间有限，不允许我永远狩猎下去，等到有人向我发出召唤，而我也愿意，并对这里的生活感到厌倦的话，我将不能抵御人家的邀请。这样的话，我就能够充分领略这里的时光，无忧无虑地度日。其实却不尽然，许多本来可以做到的事情并没有做到，地洞的事情忙得我团团转。我很快跑离洞口，不一会儿又赶回来。我在寻找一个合适的藏身之所，并守望着我的家门——这一回是从外面——一连几天几夜。让人家去说我傻好了，我可是有一种说不出的快乐，并从中得到安慰。于是我仿佛不是站在我的家门前，而是站在我自己的前面，觉得自己既能一边熟睡，又能一边机警地守护着自己，这未尝不是一种幸福。我有一定的长处，不仅能在睡眠时的那种只身无助和妄自轻信的状态中看得见夜间的精灵们，而且同时能以完全清醒时的力量和沉着的判断力与它们在实际中相遇。我发觉很怪，情况并不像我通常所认为（并且只要下洞回到家里也许还会那么认为）的那样糟。从这一方面看是如此，从别的方面看也不例外，但尤其是从这一方面看来，这次外出确是必不可少的。

的确，我把入口处选在斜坡上是经过慎重考虑的。那里的交通情况——根据一周来的观察所得——确是熙来攘往，十分频繁。然而凡是能够居住的地方，恐怕都是这样的。再说，选在一个往来频繁的地方，由于频繁，大家跟着穿梭，这说不定比十分冷僻的地方更保险；在冷僻的地方反而会有精明的入侵者慢慢找了来。这里有着许多敌人，有着更多的敌人的帮凶，他们之间也互相争斗，在紧张追逐中从地洞旁边跑了过去。在这全部过程中，我没有看见任何人在靠近入口的地方搜寻过，这对己对敌都是一种幸运，因为要不然，我会为了我的地洞着想不顾一切地朝他的喉咙扑过去。诚然，也出现过一些兽类，我不敢接近它们，只要远远预感到它们在，我便立即警觉，拔腿就跑。关于它们对地洞的态度，我本来实在是很难确定的。但当我不久回到家来，发现它们中没有一个在场，入口处也完好无损，于是我总算满意地放心了。也有一些幸福的时期，我很想对自己这样说：世界对我的敌意也许停止或者平息了吧，或者地洞的威力把我从迄今为止的毁灭性战斗中拯救出来了吧。地洞所起的保护作用也许比我以往所想象的，或者当我身临其境之际所能想到的还要大。有时甚至产生这样幼稚的想法：压根儿就不回地洞，而就在这里的洞口附近住下，专门观察洞口以打发日子，并不断想象着假如我置身洞中，它能够多么坚固地保护着我的安全；在这样的想象之中获得我的幸福。但幼稚的梦想很快就惊破了。我在这里所观察的到底是一种什么样的安全呢？我在地洞中所遇到的危险到底能不能根据我在外边得到的经验来判断呢？要是我不在地洞中，我的敌人到底能不能根据气味准确地嗅出我来呢？它们对于我肯定有几分嗅得出来，但完全嗅出那是不可能的。要是能完全嗅出，岂不经常成为正常危险的前提了吗？因此，我在这里所进行的试验只有一半或十分之一能够使我放心，而放松警惕又导致极度的危险。不，我所观察的与其说是我的睡眠（如我以为的那样），毋宁说是在坏家伙醒着的时候，我自己却在睡觉。也许它就混在那些疏忽大意地走过入口处的人之中，无非像我那样，只想证实门户仍安然无恙，静候袭击，就走了过去。因为它们知道主人不在家里，或者也许它们清楚得很，主人就埋伏在附近灌木丛中，天真地守候着家门。而我呢，对户外的生活已经厌倦了，遂离开我的观察哨，仿佛觉得无须再在这里学什么了，现在和将来都不必了。我愉快地向这里的一切告别，走下地洞，永远不回到外面去了，外界的事情听其自然吧，不再做无用的观察来阻止它们了。可是，这段时间，我一任自己看了入口上面所发生的一切，现在又用了极为惹人注意的办法下了地洞，而不知道在我的背后以及在按原来样子关好的入口的顶盖后面的整个周围将发生什么，感到十分不安。

起初，我曾在几个风雨大作的夜晚，试着把猎获物快速地掷进去。这一行动看起来是成功的，但是否真的成功，得等我自己进去以后方能知道，但那时对我来说已搞不清楚了，或者即便清楚，也已太晚。于是放弃了这项试验，不进里面去。我挖了一个——当然是距离真正的入口处足够远的地方——试验性的坑，其大小和我的身体相仿，也用一个青苔盖封口。我爬进坑里，把背后掩蔽好，认真等待着，计算出一天中长短不一的各个不同时刻，然后掀开青苔，爬了出来，记下我的各种观察，取得了种种好坏不一的经验，却找不到一种下地洞的一般法则或安全可靠的方法。因此，我至今还没有从真正的入口处下去过，而不久又不得不下去，这真使我焦躁不已。我并非完全没有到远方去恢复往日那种惨淡生活的念头，那种生活虽无安全可言，却是诸种危险无区别的连续，因而个别具体的危险就不明显，不必为之恐惧，这正是我的较为安全的穴居生活与其他地方的生活对照之下，不断启示给我的道理。诚然，这样一种念头是由于毫无意义的自由自在生活过得太久而产生的，也许是完全愚蠢的；现在地洞还属于我，只要再迈出一步，我就安全了。我摒除了一切犹豫，在大白天径直向洞门跑去，这次可一定得把门完全打开了吧。然而我却没能做到。我跑过头了！我特意倒进荆棘丛中，以惩罚自己，惩罚一种连我自己都不知道的罪过。但到头来我还是不得不承认，我的想法是对的，即不把我所有最宝贵的东西公开舍弃——哪怕只是短暂的，交给周围所有那些地上的、树上的和空中的飞禽走兽，则我要下去是不可能的。危险并不是想象的东西，而是非常实际的事情。那种兴致勃勃地跟着我来的，并非真正的敌人，倒很可能是某种身份清白而又不知好歹的渺小家伙,某种令人讨厌的小生物,它好奇地尾随着我,从而不知不觉地当了我的敌人的向导。或者不是那么一回事,说不定是——而这并不比别的情况好,在某些场合甚至是最糟的——跟我同一种类型的人,是地洞营造的行家,或者某个森林隐士,或者和平的热爱者,但也可能是个想不劳而获的粗野的无赖。假如现在它真的来了,带着肮脏的贪欲发现了入口,动手去掀苔藓,而且居然掀开了,挤身进去,拟巢而居,甚而至于弄到这种地步:有一瞬间它屁股正好对着我的脸,假如这一切真的发生,我就会像疯了一般,不顾一切地从后面向它扑去,把它咬个稀巴烂,咬成一块块,撕得粉碎,喝干它的血,并立即把它的尸骸拖到别的猎获物当中。但最要紧的是,我好不容易又重新回到了我的洞穴,这回甚至对迷津起了赞赏之意,可我首先得把我头顶上的苔盖盖好,然后安下心来休息,恐怕我全部的,或部分的余生都要在这里度过了。然而事实上谁也没有来,我依然单独一人度日。我始终一心扑在各种困难的事情上,恐惧倒减轻了不少。我不再回避走近入口处了,在那里绕着圈子走动成了我最喜欢的活动内容,以至仿佛我自己成了敌人,窥视着顺利突入的良机。假如我有某个值得信赖的人,可以把观察哨的任务交给他,那我就可以放心地下去了。我会跟这个我所信赖的人约定,在我下去的时候,在下去以后的长时期内,严密观察形势,一旦发现危险迹象就敲打苔藓盖子,没有情况就不敲,这样我头顶上面的心腹之患便为之一扫而光,连一点残余都留不下,唯一留下的便是那个我所信赖的人了。难道他不要求报酬吗?最起码的,他连地洞也不想看一看吗?自动让什么人进我的地洞可是我的最大忌讳呀。地洞是为我自己，不是为访问者而挖筑的，我想，我是不会让他进去的，哪怕他以让我能够进得地洞里面为交换条件，我也不会让他进去的。但我之所以压根儿不让他进去的原因是：让他独自下去吧，这绝无考虑之余地；我跟他同时下去呢，则他在我背后放哨给我带来的益处便成泡影了。那么信赖如何维持呢？在面对面的时候，我信赖他，假如我见不到他，假如苔盖把我们隔开，我还能同样信赖他吗？信赖一个人，在同时监视着他，或至少能够监视他的情况下是比较容易做到的，甚至远隔两地，多半也是可能的。但是从地洞的内部，亦即从另一个世界去完全信赖一个外面的什么人，我以为这是不可能的。甚至连这样一种疑问都是没有必要的，只要这样想一想就够了：在我下去期间或下去以后，人生道路上的无数偶然事件，都能阻碍所信赖的人履行他的义务，而他的任何一个最小的障碍都会给我造成不可估量的后果。总而言之，我无须抱怨找不到堪予信赖的人，而只能孑然一身。这样，我肯定丧失不了什么利益，而且还可能使我避免损失。但能信赖的，只有我自己和我的地洞了。这一点我早点想到就好了，对于我现在为之忙碌的事情也是早该虑及的，至少，在地洞的建筑开始阶段就应该实现一部分的。第一条通道应该这样设计才行：它需有两个彼此间隔适当距离的入口，这样，我经过各种不可避免的周折通过这个入口下去后，马上经由第一条通道跑到第二个入口，稍稍掀开一点为此目的而建造起来的苔盖，从那里以几天几夜的工夫试着观察情况。这看来是唯一正确的方法了吧。固然，两个入口使危险增加一倍，但这一忧虑此刻是不必要的，仅仅作为观察哨设想的那个入口做得很狭窄就行了。

于是我一头扎进技术研究中去，重温起一个完美无缺、万无一失的地洞建筑的旧梦，稍稍聊以宽慰。我悠然自得地闭上眼睛，眼前便浮现出那各种可能的图像，我可以在那里悄悄地、神不知鬼不觉地进进出出。

当我这样躺着，想象着以上各种情景时，对那些建筑方案给予很高的评价，但仅仅是从技术角度，而不是从实际效用角度出发的。这种不受阻拦的溜进溜出是什么意思呢？它意味着你心神不定，缺乏自信，意味着卑污的欲念、邪恶的个性，这个性面对地洞时还要坏得多。地洞仍然存在，只要向它完全敞开心扉，便可给你注入和平。现在我显然还在它的外面，正在寻找一种回去的可能性；为此，很想掌握必要的技术设施，但也许并不见得那么重要。如果把地洞仅仅看作一个想尽可能安全地爬进去的洞穴，那么像眼下这样神经质似的恐惧，岂不意味着大大贬低了地洞的价值了吗？的确，它也是一个安全的洞穴，或者应该是那样的洞穴，而当我设想我是处于危险之中时，那么我就要咬紧牙关，用尽意志的全部力量来证明这地洞不是别的，而仅仅是为拯救我的生命而存在的一个窟窿，它必须尽可能完美地完成这个明确地赋予它的任务，而别的一切任务我都给豁免了。可是现在的情况是这样：地洞在实际上——处于巨大困境之中的人们是顾不上观察实际的，甚至在岌岌可危之际，也必须经过努力方能投以一瞥——虽然是相当安全的，但绝对是不够的，难道在其中什么时候停止过忧虑了吗？那是另一种、更为骄傲、内容更为丰富、深深压抑着的忧虑，可是它对于身心的消耗并不亚于生活在外面的时候所产生的忧虑。就算这个地洞仅仅为了我的生活保障而建造，就算我为此没有受别人的骗，然而付出的巨大的劳动与得到的事实上的保障相比，至少就我所能感觉到的和从中所能得到的利益而言，对我来说，是一件得不偿失的事情。承认这一点是极为痛苦的，但是面对前面的入口不得不这样做。这个入口现在把我——它的建造者和所有者——关在外面，不，让我在外面挣扎。但是地洞确也不仅是一个救命之窟。当我站在周围堆积着高高的肉类贮藏品的城郭之中时，纵览从这里伸展出去的十条通道，每一条都根据中央广场的地势或低或高，或直或曲，或宽或窄；条条宁静而空阒，它们各自以不同的方式把我引向同样宁静而空阒的各个广场——于是我心目中关于安全的观念淡忘了，因为我清清楚楚知道，这里是我的城堡，是我用手抓，用嘴啃，用脚踩，用头碰的办法战胜了坚硬的地面得来的，它无论如何也不能归任何人所有，它是我的城堡哇，我最终也要在这里安然地接受我的敌人的致命的一击，因为我的血渗透在我自己的这块土地里，是不会丧失的。在和平中半睡着，在愉悦中半醒着；经常在这些通道上度过这种美好时光，除此以外，怕是没有地方再有了；这些通道是为了我舒畅地伸展身子，孩子般地打滚，朦胧地躺着，甜甜蜜蜜地睡着，经过精心设计而建造的。那些小广场每一个我都了如指掌，尽管互相之间彼此相像，但是我闭上眼睛也能根据墙壁的形状把它们辨别得一清二楚，它们和平地环抱着我，那种温暖，任何鸟儿在它的窝巢里都得不到。一切的一切宁静而空阒。

但是，既然是这样，那我又为什么踌躇呢？为什么我害怕入侵者，甚于害怕永远不能返回我的洞穴呢？好了，现在这后一点谢天谢地成为不可能了，地洞对我意味着什么，搞清这个问题，压根儿是不必要的;我和地洞这样相依为命。不管我遇到多大恐惧,我都能泰然自若地留在这里,无须设法说服自己,打消一切顾虑,把入口打开。我只要清闲地等着就完全够了。因为没有任何力量能够把我们永远分开,无论如何,到最后我是肯定要下去的。但当然,到那时还需有多长时间呢?在这段时间里,在这里的上面,在那边的下面,将有多少事情发生呢?而我的责任在于:缩短这段时间,并立即着手从事必要的事情。

好了,我已累得想都不能想了,耷拉着脑袋,步履踉跄,半醒半睡,与其说在走路,毋宁说在摸索,这样才渐渐接近入口处,缓缓掀开苔盖,慢慢往下挪动身子,因为神思恍惚,让入口无故敞开了很久,及至想了起来,又上去把它关好。但为什么又爬到上面去呢?我只要把苔盖拉上就行了,好吧,我又下去,这回到底把苔盖给合上了。只有在这种状况下,只有在这种例外状况下,才能下洞穴。于是乎我躺在猎获物的堆垛之上,仰面是苔藓,周遭是血水和肉汁,总算开始睡上渴望的一觉了。没有东西打扰我,没有谁跟踪我。苔藓上面看来是平静的,至少直到现在是平静的,即使不平静的话,我想现在也不能对它进行监视了;我已换了地点,从上面的世界来到了我的地洞,我立即感觉到了它的作用。这是一个新的世界,具有新的力量;在上面的那种疲惫不堪,在这里却没有。我是旅行回来的,累得几乎晕倒,我省视旧日的住处,着手积压着的修缮工作,匆匆巡视一下所有的场地,但首先是赶紧冲向城郭;这一切把我的劳累变成了不安与焦急。刚走进地洞那一瞬间,我仿佛死死地酣睡了一大觉。第一步工作是非常吃力的,任务十分繁重:猎获物须通过狭窄而墙壁单薄的迷津搬运。我竭尽全力向前推进，走是能走的，但我感到太缓慢。为了加快速度，我从肉垛上拉回了一部分肉块，然后从肉垛的上面跨过去，从它的中间穿过去，于是我的面前只剩下一部分了，把它们搬到前面去，就容易一些了。但是在一条堆满着肉类的狭窄通路上，尽管只有我一个人，并不总是很容易通过的，以致有时我简直要被窒息在自己的贮藏品中，只有边走边吃边喝，才不致被肉块压伤。但运输完成了，我没有花太长时间就结束了这一工作，迷津被克服了。我站在一条正规的通道上喘了口气，通过一条联结支线，把猎获物搬到一条专为这类项目特设的中心大道上，它以很大的坡度向下直通城郭。这下再没有工作可做了，这全部东西都由它自行往下滚动或流动。于是终于到了我的城郭了，我终于可以休息了。一切都没有改变，似乎并没有发生什么大不了的不幸，至于我一眼便发现的那些细小的破损不久即可修复。再有就是在此之前在各通道上的徜徉了，但这并不费力，等于跟朋友聊天，我过去常是这样做的，或者——我并不算老，但许多记忆已完全模糊了——是我听人这样说的。在我看到了城郭以后，我就开始有意慢慢地走第二条通道，我有的是时间——在地洞里面我总是有的是时间——因为我在那边所做的一切都是重要的好事，并使我得到一定的满足。我从第二条通道出发，半路上中断了视察，转向了第三条通道，并遵循它折回城郭。这样，第二条通道显然还得重新再去，我就是这样又劳又玩，自得其乐，独自发笑。工作很多，头绪纷繁，但永不脱离工作，不断增加着工作量。你们通道、广场和城郭呀，我为了你们而来，尤其是为了城郭的问题，我连生命都在所不惜，可是长期以来，我却愚蠢得为生命而战栗，犹犹豫豫不敢回到你们当中。现在，我置身于你们当中了，危险又算得了什么呢！你们是属于我的，我是属于你们的，我们结合成一体了，有什么奈何得了我们呢。即使上面那些家伙已经迫近并准备好用嘴巴拱穿苔盖也不在乎了。而洞穴又以他的沉默和空阔来迎接我，证实着我所说的话。但是，一种懒洋洋的情绪向我袭来，在一个我最喜爱的广场上，我微微蜷曲着身子躺了下去，我还远没有把一切都视察完毕呢，但我要继续视察下去，直到最后，我不想在这里睡觉，只是经不起在这里躺一躺卧一卧的引诱，想试试看，在这里睡觉是否始终还像过去那样安稳。成了！可我一躺下就不想起来了，我就在这里进入了深沉的梦乡。

我大概睡了很久很久，直到最后实在睡足了，我才自然而然地开始醒过来，最后睡意一定是十分淡薄了，因为一种几乎无法听到的曜曜的微弱响声把我唤醒了。我立刻明白，这是一种我过去对它太不注意、过分宽容的小东西，趁我不在，在什么地方钻通了一条新路，与我的一条旧路相交，风一吹就发出曜曜之声。好一个埋头苦干的家伙呀，而它的勤奋又多么叫人讨厌哪，我非得把耳朵贴在通道的墙上听一听，在墙根试着挖一挖，把骚扰的地点找出来不可，然后才能消除响声。此外，新挖的洞孔如果符合地洞的某项建筑要求，就作为新的通气孔，这对我也是需要的。但那些小东西我要比以前加倍严密注意，一个也不饶恕。

由于我对这类检查工作训练有素，说干就可以干起来，也无需多长时间即可完成，虽然手头有别的工作要做，但这是当务之急，我的每条通路都应保持宁静才是。这一种响声说起来并没有什么了不得；虽然我刚回来时这响声就早已有之，但我一点都没有听见；直到重新在家里完全安顿下来之后，也就是说只有当你用主人的耳朵去听的时候，才听得到。而这种响声并非常有，中间有很长时间的间隔，那显然是气流受到阻碍时发出的。我开始检查，却找不到下手的地方，虽然挖了几个洞，但那是漫无目标地乱挖一气，当然不会有任何结果；挖的工程固然巨大，但白白花费的填堵和平整的功夫则更为巨大。我压根儿就没有接近过发出响声的地点，每隔一定的间歇，一会儿传来微弱的"喔——喔"的声音，一会儿又传来"呼——呼"的声音。这个，目前暂且不去管它，响声固然恼人，但我所认定的原因是无可怀疑的，所以声音几乎没有怎么提高。相反，倒有可能——迄今为止我显然从来没有等待过这么久——那小东西在继续钻小孔的过程中，这样一种响声会自行消失的。往往有这样的情况：一种偶然的机会使你毫不费力地找到骚扰的踪迹，而有目的有计划去寻找却长久找不着。我这样安慰着自己，很想再到各条通道上去徜徉，看看那回来后还没有去看过的许多广场，其间也到城郭去转转。但不行啊，我得继续寻找才是。大好大好的时光被这伙小东西所耗费，它本来是可以利用在更好的场合的。在检查纰漏方面，通常吸引我的是技术上的问题，例如我的耳朵具有辨别任何细微差异的能力，能够绘形绘色地使我想象出产生响声的原因，而这原因是否符合实际，这回我很想搞个水落石出。只要这方面没有得出可靠的结论，我就没有足够的理由在这里感到安全，即使从墙上掉下的一粒沙子，不弄清它的去向我也不能放心。何况是这样的响声，它在这一方面绝不是无关紧要的事情。但重要也好，不重要也好，无论我怎样寻找，也没有发现任何东西，或者反过来说，发现的东西太多了。事情一定是恰恰发生在我那最喜爱的广场上！我一边这样想着，一边远远地离开那儿，几乎走到通往下一个广场的中间。这整个事简直是一种笑话，仿佛我想要证明，并非正好是我最心爱的广场才有这种骚扰，别的地方也有种种骚扰，于是我微微笑了起来，倾耳谛听着，但不久我就敛起笑容，因为果不其然，这里也有同样的嘤嘤声。这么说来什么也没有——有时我这样想——除了我以外，谁也听不见的，我的经过训练的耳朵显然是敏锐的，现在分明听得越来越清楚了，虽然事实上到处都有完全相同的嘤嘤声，跟我通过比较所证实的一模一样。只要站在通道之中，而不必耳朵贴墙，便可听得出来，那声音并不更大。那场合，我非得用心，不，全神贯注才能时不时听到一丝声息，不过，与其说是听到的倒不如说是猜到的呢。但正是这处处有之的相同响声叫我最为挠头，因为这跟我最初的推断不能吻合。假如我对响声的原因的推测是正确的，即说响声确是从某一个场所——这场所是非找出不可的——以最大音量向周围发出，那么它必定是越来越小。但如果我的解释是不准确的，那么别的解释是什么呢？也有可能存在着两个发音的中心，直到现在我都是从距离中心很远的地方进行监听的，而当我一步步接近这个中心时，它的响声固然逐渐加强，而另一个中心的响声则渐次减弱，故传到耳朵里的两个中心的音量的总和就老是一个样了。当我洗耳谛听的时候，我几乎以为听出了那与我新的推测相符的声音差别来，尽管那声音非常模糊不清。无论如何，我必须把检查区域在检查过的基础上大加扩展。于是我循着通道直达城郭，从那里开始监听。奇怪，这里也有同样的响声。哦，这是某些微不足道的动物趁我不在家的时候,放肆地掘洞所产生的声音。不管怎样,它们是不会有反对我的企图的,它们无非是致力于自己的工作罢了。只要中途不发生障碍,它们是要朝着既定的方向搞下去的。这一切我全明白,虽然并不理解它们何以要这样做,弄得我焦躁不安,扰乱了我对于工作非常必要的理智;它们竟敢趋近我的城郭。但经我观察,迄未发现城郭周围的墙壁有被掘穿的情况。是由于城郭地处深奥范围广大呢,还是由于因广大而引起的强劲的气流把掘洞的家伙们吓住了呢?或者城郭的存在这一事实的本身使这些感觉迟钝的家伙闻之也不能不有所慑服呢?无论如何我不想去鉴别究竟是哪种原因使这些挖掘者踌躇不前的。动物受了强烈的气味的吸引,成群结队而来。这里本是我的可靠的狩猎场。但那时它们是从上面某个地方挖穿顶壁,进入通道的。虽然战战兢兢,却经不起强烈的引诱,终于从通道上跑了下来。现在呢,它们却在通道里钻洞。假如我至少完成了青年时期和壮年早期那些最重要的计划,或者说我有过实行那些计划的力量就好了,因为我并不缺乏意志。我最心爱的计划之一,是把城郭跟它周围的泥土隔开,就是说,城郭四壁留下约与我的身高相等的厚度,然后沿着城墙的外围,在那道可惜无法与泥土分开的墙基外面,挖一层腔室,其大小与城墙的体积相同。我总是不无理由地把它设想为我所能有的最上等的寓所。在这个圆形体的上面,我悬吊哇,攀缘哪,下滑呀,以及翻滚哪,最后又站在地上。所有这一切游戏都是在城郭的本体上面做的,没有真正到它的室内去。现在能避开城郭就避开,能不进去看就不看,把看的快乐留在以后,不必因此而怅然,那是为了把它牢牢掌握在手里,不过假如仅仅拥有一条通往那里的普通的公开通道,那是不大可能做到的;但好在可以为它放哨,这就补偿了看不见它的内部这一缺憾。要是让我在城郭和腔室之间选择一个为我的终身寓所的话,我一定要选择后者,宁可不断地上上下下巡逻,以守备城郭。这样一来墙壁里就不会有响声了,不会有东西向城郭大胆挖掘了;于是那里的和平有了保证,而我成了和平的守护者;我用不着怀着反感情绪去倾听小动物们的挖掘,而是带着我现在完全消失了的如痴如醉的情怀,沉浸在城郭的一片宁静的气氛之中。

但是这一切美妙的情景眼下毕竟还不是现实,我还得干,而我目前所干的也是和城郭直接相关的,我真要为之高兴,因为它鼓舞着我。事情越来越明显,这件起初看起来微不足道的工作,显然需要我全力以赴了。我现在所做的是全神贯注地细听城郭周围的墙壁,不论高处还是低处,也不论墙上还是地面,入口还是内里,我无处不听,而我所听见的到处是同样的声音。长久倾听这断断续续的声音,得付出多少时间,经历多少紧张的场面。只要你愿意自己欺骗自己,也可以从这当中得到一点小小的安慰,即城郭这地方与通道不同,由于它范围大,只要你耳朵一离开地面,便什么都听不到了。仅仅为了休息,为了保持冷静,我往往做这样的试验:聚精会神地听着,结果什么都听不见,这使我欣幸。可是,这到底是怎么一回事呢?用我最初那些说法来解释这种现象完全讲不通,但我所能设想的别的解释又不得不加以排斥。我所听到的,也许就是那种小畜生自己干活时的声音。但这是同所有的经验相矛盾的。凡是我从未听到过的,虽然它一直都存在,但我总不能突然一下就听到了。我在洞穴中对于骚扰的敏感性也许与年俱增，但听觉绝不会变得更敏锐。听不见它们的声音，这正是那些小畜生的本质特征。不然，我过去怎么容忍得了呢？哪怕冒着饿死的危险，我也恨不得把它们彻底铲除掉。但是我渐渐产生了这样的想法：这也许是一种我现在还不认识的动物，这不是不可能的。虽然我已经观察了很长时间，在下面生活我是够小心谨慎的，但世界是千变万化的，那种突如其来的意外遭遇从来就没有少过。然而那不会是个别的动物，必定是大群大群的吧，它们乘我不备突然侵入我的范围。这一大群听得见的小动物，其地位固然在那种小玩意儿之上，但超出很有限，因为它们干活的声音本身就很微弱。所以有可能是一些不熟悉的动物，它们成群结队地外出漫游，仅仅从这里经过一下，惊动了我，但它们的队伍不久便会过去。所以我只要等待便可以了。多余的工作是不会有的。可是，既然都是陌生的动物，为什么我见不到它们呢？我挖了好些陷阱，想逮它一只，但我什么也没有发现。我想，可能那是小而又小的动物，比我所认识的那种还要小得多，只是它们发出的响声却大得多。于是去检查挖出来的泥土，把土块抛入空中，让它们砸得粉碎，还是看不见噪声的制造者。我渐渐明白了，这样小规模地偶然挖几下，是不可能取得任何效果的，这种搞法，只不过在洞穴里的墙壁上挖了一些洞，手忙脚乱地这里挖一下，那里掘一通，连堵洞的工夫都没有，许多场地泥土成堆，阻碍道路，挡住视线。当然，这一切对我的妨碍并没有什么了不得，我现在既不能出外徜徉，也不能去各地巡视，也不能休息。我常常干着干着就在某个洞窟里睡着了，一只前脚的爪子扎进了上面的土层里，那是在半醒半睡的状态下想从那里抓下一把泥土来。我权且改变一下办法吧,今后就朝着响声的方向挖一个正规的大洞,摆脱任何理论,不找到响声的真正根源就不停止挖掘。一旦找到根源,只要我力所能及,我就要把它消除;倘力不从心,我至少也掌握了确实的情况。这种确实的情况不是给我带来安宁,就是给我带来绝望。但安宁也罢,绝望也罢,二者必居其一;总有一种结果是无可怀疑的,而且是合乎情理的。这个决心一下,我的精神为之一爽。我迄今所做的一切,弊在操之过急;回到家来,心情激动,还没有摆脱上面世界所笼罩的那种不安全感,还没有与地洞里的和平气氛相融合,脱离洞穴中的和平生活那么久,神经变得十分过敏,只要遇到一点特殊现象,就会叫我惊慌失措。到底有什么呢?一种轻轻的噗噗声罢了,间隔好久才听得见,微不足道也,但我愿意承认它能使我成为习惯,不,那是习惯不了的。但目前不要与之针锋相对,我且观察一段时间再说,那便是:经常花几个钟头凝神谛听一番,耐心地把结果记录下来,但不能像我以前那样,听的时候耳朵挨着墙壁轻轻移动,而且差不多一听到有点什么动静就急忙挖掘起来,那样做原本并非想发现点什么,而是内心不安的一种必然举动罢了。今后不那样干了,这是我所希望的。但还是下不了决心——这是我闭上眼睛不得不承认的,虽然同时为此对自己光火——因为不安在我的心中颤动,仍像在此之前几个钟头一样,要不是理智抑制着我,很可能我会不论什么地方,不管在那里是否听到了什么,迟钝地、执拗地去挖掘,仅仅为了挖掘而挖掘,几乎就像那些小畜生那样,它们不是毫无意义地掘地,就是仅仅为了啃泥而挖土。合乎理智的新计划又吸引我,又不吸引我。计划本身是无懈可击的,至少在我是提不出异议的，据我理解，照它做去，肯定会达到目的。尽管这么说，我还是不相信这个计划，因为不相信，所以，我对于实行计划的结果可能带来的可怕性并不担心，对于结果的可怕性我也是不相信的；是的，我觉得，从最初发现响声以来就想到这样一个彻底的挖掘计划就好了，只是由于我信不过它，一直都没有付诸实施。尽管如此，今后我自然是要着手挖掘的。因为对我来说舍此没有别的办法，不过我不打算马上就开始，我将把这项工作稍稍往后挪一挪。如果理智应该重新受到尊重，那么它就应该得到完全的尊重，今后我不再一头扎进这一工作中去。无论如何我要事先弥补一下由于我的乱掘乱挖给地洞造成的损失；这需要花费不少时间，但这是必要的。新的开挖计划如果真的要达到某种目标，时间上它将会拉得很长；要是它达不到任何目标，它就会变得无休无止。不管如何，这项工作意味着更长久地远离地洞，环境不像上面世界那么恶劣，只要我愿意，我可以随时中断工作，回家来看看。要是不这样做，则城郭的风将向我吹拂，在我工作的时候围绕着我，但这仍然意味着远离地洞，把自己交给一种不可预料的命运。因此我想把地洞整顿好了再走，为了地洞的安宁而战的我，总不该让人说：是我自己把它搞乱，而又不立即把它恢复。于是我开始把泥土加以集中，送回到一个个洞孔中去。这是我的拿手活计啰，几乎还没有意识到，这种活计就已经干过无数次了，特别是最后这道夯实抹平工序——确实不是自夸，那是实情——我可以做得比谁都好。可这一回我却感到难了，我的注意力太不集中，干活时一再让耳朵贴着墙壁倾听，而刚刚提起来的土稀里哗啦地又掉回到土堆里去，我都不闻不问。最后这些完善性的工作，要求注意力更要集中，我却几乎干不了。留下一堆堆难看的疙瘩，碍眼的裂缝，更不用说，旧的墙壁的动摇是不能以这样草率的修修补补使其恢复原状的。这仅仅是一种权宜之计，我以此自慰。等我回来，恢复了和平，再做全面彻底的修缮，那时一切都将进行得很快，君不见，童话里就是一切都进行得很快的，这种慰藉也是属于童话世界的。最好当然是，现在马上把工作完满地完成，这比老是把它中断，在通道上漫游，寻找新的声音来源要有益得多；寻找新的声音来源其实是轻而易举之事，随便找个地方，停下来听一听，仅此而已，我的毫无益处的发现还要多呢。有时候好像觉得响声没有了，很长时间寂然无声，这样的曜曜声往往是会听漏了的，因为自己的脉搏在耳朵里跳动得太厉害了，于是两种间隔时间正好相重，遂合而为一，顷刻间你就以为那曜曜声似乎永远消失了。这一来就不用再监听下去了，我高兴得跳了起来，整个生活为之改观，仿佛泉源突然打开了，从中流泻出来的是地洞的宁静。我没有急着去检验这一发现，而去找一个我能与之推心置腹的人倾谈一番，于是就直奔城郭而去，我一生为之奋斗的新生活终于苏醒了！我这才想起已经很久没有吃东西了，便从半埋在土里的粮食贮藏品中随便抽出些东西，狼吞虎咽起来。同时我利用这点吃饭时间，赶回那不敢全然置信的发现的地点，想再证实一下这件事的可靠性如何。我的这一举动不过是顺便为之，原想一带而过，谁料侧耳一听，立刻表明，我大错特错了：那老远的地方明白无误地响着曜曜声。我恨不得把吃的东西统统吐出来，踩进地里去，回头继续工作吧。但到哪里去呢？全无头绪。有的地方像是需要，而这样的地方有的是，就着手干点什么吧，但动作机械得很，就好像看见监工来了，不得不做做样子。但这样的活没干多久，又出现新的情况。响声好像加强了，当然强不了多少，但这里的问题往往就发生在最细微的差别上，响声确实有了些许的加强，强到耳朵可以清晰地听出来。而这种声音的渐强像是由于距离渐近之故，因为渐近，就听得更加清楚，仿佛可以目睹它走进来的脚步似的。我跳离墙壁，想居高临下看一看这一发现将引起的种种可能的后果。我产生一种感觉，好像我的地洞本来就不是为了防御进攻而建造的。防御的意图虽然是有的，但抛却一切生活经验，则进攻的危险以及由此产生的防御的设施对一个人来说仿佛都成为遥远的事情——或者，虽不遥远（这怎么可能），但在轻重缓急上，次于和平生活的设施，这类设施在地洞里是处处给予优先地位的。许多防御设施本来是可以在不干扰总体计划的情况下建立起来的，却由于一种不可理喻的原因被耽误了。这些年头我享尽幸福，幸福使我麻痹，虽有过不安，但幸福之中的不安是无关宏旨的。

　　现在要做的第一件事不外乎是，把地洞的建设放在防御及根据防御所设想的一切可能性上进行详细而周密的考察，制订出防御及所属的建设计划，然后像青年人那样，朝气蓬勃地立即开始工作。这当然是必不可少的工作——顺便说一句，搞得太晚了点，但那是不可或缺的工作呀。然而，那种试探性的随地大挖其洞的做法，绝对不能搞了，那样做，原来的唯一目的是让自己的全部精力毫无防御意义地用于寻找险情上，干着一种杞人忧天的傻事，危险迟迟不来，而时时担心着它来。突然，我不理解以前的计划了，以前那样思路分明的计划，变得完全不可思议了。我又把工作揖下,也不去监听,此刻我不想去发现声音的加强了,我的发现已经够可观了。我把一切都撇开,只要把内心的抗辩平息下去,我就太平了。我又沿着我的条条通路到了更遥远的地方,从野外回来后我还没有到那里去看过,我的前爪还一点也没有碰到过,那里的宁静等待着我,我一到便被它完全笼罩了。我不想在那里耽着,匆匆穿了过去。我压根儿就不明白,我究竟在寻找什么,也许仅仅是为了拖延时间吧,我越走越迷路,以至来到迷津暗道。我很想在苔盖附近谛听一番,那遥远的事情——眼下是这样遥远——吸引着我的兴趣。我挤到上面去听了听,万籁俱寂。这里多叫人称心如意呀,外边谁也不注意我的地洞,每个人都有跟我无关的工作,这正是我为之努力的结果。现在,这苔盖旁边几个钟头之久也听不到响声,这在我的地洞边缘也许是独一无二的场所了。这同地洞里的情况形成鲜明的对照,于是:昔日的危险之地反成了和平之乡,而城郭呢,却被卷进了吵闹的世界及其危险之中。尤为糟糕的是,这里其实也没有和平,这里的情况什么也没有改变,宁静也罢,吵闹也罢,危险一如既往潜伏在苔藓之上。不过我对于危险已变得感觉迟钝了,那是由于我的墙壁的嚯嚯声使我用心过甚之故吧。我是为此用心了吗?那响声越来越强,步步逼近。但我绕来盘去通过了迷津,来到入口通道的高处,躺在苔藓底下,这一来就几乎把家交给那嚯嚯声了,只要在这上面稍稍休息一会儿,我就心满意足了。让给了嚯嚯声?难道我对那响声的原因有了某种新的明确看法了吗?

那响声不就是那些小玩意儿挖洞时产生的吗?难道这不就是我的明确的见解吗?这种见解我到现在似乎还没有放弃呢。假如这声音不是直接从它们的洞中发出的，那也是跟那些洞有某种间接关系的。即便跟它们毫无联系，那就说明从一开始什么蛛丝马迹也没有找着，只好等着，直到把原因找到，或者它自行暴露为止。眼下这会儿人们自然也可以虚构各种说法来戏谑，比如，说：远处某地方水漏进来了，而我所听到的嘟嘟声或曜曜声，原来就是漏水声。但这方面我是毫无经验可言的，姑且不谈了吧——地下水我是一开始就发现的，马上把它排引开了，此后这沙土地里就没有再发现水——之所以姑且不谈，因为那到底是曜曜声，不能当作水的声音。但是多多勉励自己平静是会有好处的，虽然想象力不会静止，而事实上我也那么认为——自己加以否认也是徒然——那声音就出自一种动物，不是许多动物，也不是小动物，而是一头大动物。也有一些反对的理由，那就是响声随处可闻，强弱始终相同，而且不分昼夜，有规律地传来。的确，最初我满以为那是许多小动物。但我在发掘时本来是会找到它们的，结果却什么也没有找到。剩下的唯一解释就是有一头大动物的存在了，同时也有似乎与这种解释相矛盾的说法，它所涉及的东西倒不是证明上述动物不可能存在，而是它们越出了一切可以想象的界限，变成耸人听闻的了。因此，我反对这一种说法。我排除了这种自欺欺人的东西。很久以来我就玩味着这样的想法：之所以老远也听得到那声音，就是因为那动物在迅猛地工作；它以人们在外面路上散步的速度，在迅速地钻掘前进，大地为之震颤，即使钻掘已经过去，那余震和工作本身的响声在远处汇成一片，我仅仅听到这行将消逝的余音，觉得到处听起来都是相同的。再者，那动物不是朝着我这个方向前进的，因此声音没有变化。多半它已有一项计划,其意向我不得而知,我只认为,该动物——我决不想断言它知道我的情况——正在我的周围绕圈子,自从我对它进行观察以来,它在我的地洞周围已经绕了好几圈了。——声音的种类,嘤嘤声或嘘嘘声引起我许多想法。我若以自己的方法来刨地或掘土时,听起来却完全不同。我对嘤嘤声只能做这样的解释:动物的主要工具不是它的爪子(爪子大概仅做辅助用),而是它的嘴和鼻,且不说这两样东西有着巨大的力气,只看它们的锐利也是显而易见的。它钻地时兴许用鼻子朝地里猛力一撞,一大块土就掘起来了,这期间我什么也没有听见,是间歇吧,但接着又是一撞,并吸一口气。这吸气的动作就使地面发出噪声,这不光是它使了气力,而且还由于它的匆忙,它的劳动热情;这噪声在我听起来,就成了轻微的嘤嘤声了。它那不倦劳动的能力显然不是我所能理解的;也许那片刻的间歇就把短暂的休息包括在内了吧,可真正像样的休息它似乎还不曾有过。它夜以继日地挖掘着,始终气力十足,精神饱满,一心要赶紧完成它的计划,又拥有实现这一计划的一切能力。好家伙,这样一个敌人我想都没有想到过。但是,这头巨兽的特点且不提了吧,现在发生的那不过是我本来一直都在提心吊胆、随时准备对付的一件事:有人接近了!蹊跷的是,为什么这么长的时间里我能够一切平安无事,而且幸福度日呢?是谁控制着敌人的行动路线,使它们避开我的驻地,让它们拐了个大弯走过去的呢?为什么这样长期地保护着我,而现在又让我受着这样的威胁呢?比起这一危险来,我一直所思虑着的那些小的危险又算得了什么!作为地洞的主人,我能有足够的力量来对付任何来犯者吗?我作为这样一个既宏大又脆弱的建筑物的主人，面对任何比较认真的进攻，我深知自己恰恰是没有防御能力的。主人的幸福感使我骄纵，地洞的脆弱性使我敏感。只要地洞受到伤害，我就会有切肤之痛，如同我自己受到伤害一样。而正是这一点我应该事先就预见到的，不应只为我个人的防御着想——就是在这方面我过去做得多么草率和无效——而应从地洞的防御着想。尤其需要事先筹划的是，当有人来进攻的时候，能把地洞的一个一个部分——尽可能把许多这样的部分——在极短时间里做到用土堵死，使它们与受威胁较轻的部分分割开来，通过大量泥土的堵塞和由此达到的卓有成效的分割，使得进攻者万万料想不到在这后面才是真正的地洞。还有，用泥土堵塞，不仅掩蔽了地洞，而且还能埋葬来犯者。诸如这样一些事情，我没有采取过任何步骤，这方面一丝一毫的工作也没做过，我以前轻狂得像个小孩，我以孩子般的游戏度过了我的成年岁月，甚至在设想危险的时候，也当作儿戏，对于真正的危险，我也没有认真地想过。我把事情耽误了，虽然这期间不断有情况向我发出警告。

堪与目前这样的情况相比的事情当然没有发生过，但在地洞初创时期，类似的事情却频频有之。所不同的主要就在那是初创时期……那时我还是个正式的小学徒，从事第一条通道工作，迷津的设计才有了一个初步的轮廓，我已挖出了一个小广场，但在大小的设计和墙壁的筑造方面却完全失败了；总之，一切就是这样开始的，那只能当作一种尝试，当作一种一不满意便立即报废而不足为惜的事情。有过这么一件事：在一次劳动间歇——平生劳动间歇的时间花费得太多了——时，我躺在我的许多土堆之间休息，忽然远处传来一种响声。像我这样的小伙子，听到这声音与其说害怕，毋宁说新奇。我撂下活，竖起耳朵来听，我总是就地谛听，并不需要跑到苔藓底下的高处，躺在那里去听，什么也听不到。我在这里至少是听到了的，我能准确地鉴别出那是挖掘的声音，同我这里的情形相仿，听起来比较微弱一些，但离这里有多远，我估计不出来。我也紧张过，不过通常是冷静、平和的。我想过：也许我进了别人的地洞了吧，它的主人现在正朝着我挖过来呢。假如我的这一想法属实，则我立即离开，到别的地方去营建，因为我从未有过占领欲或进攻心。不过，自然啰，我还年少，还没有一个地洞为家，我还能够做到冷静与平和。后来事态的发展过程也没有引起我真正激动过，只是要说清楚这过程的事情并不容易。如果那边的挖掘者听到了我在挖掘，真的向我这边推进，或者它中途又改变方向（像现在已发生的那样），那也无法确定，它是否真的在这样做，因为，这可以是由于我的劳动间歇使它失去了目标，也可以是由于它自己改变了意图。但说不定是我自己完全搞错了，此君根本就没有以我为直接目标；不过那声音倒确实加强了一会儿，仿佛那挖掘者越来越接近我。那时我还是个小伙子，倘看见它突然从地里冒出来，也许是不会感到不快的。但这类事情什么也没有发生，挖掘声从某一点开始转弱了，听起来越来越轻微，挖掘者像是渐渐改换了最初的方向，及至突然中断，好像它现在下决心来了个一百八十度的大转向，背着我的方向往远处推移。在我重新开始劳动以前，还静静地听了很久。这一次警告是够明显的吧，但我很快就把它忘了，它对我的建设计划几乎没有产生过影响。

从那时到今天这一段正是我的壮年时期，但这期间不是看来什么也没有发生吗？劳动时我仍一直安排长时间的间歇，贴着墙壁谛听，发现那个挖掘者新近改变了主意，来了个向后转。它正旅行回来，它以为，这期间它给了我足够的时间做好迎接它的准备。然而从我这方面说，整理工作一切都不如当时，偌大的地洞毫无防御设施，而今我已不再是小学徒，而是老建筑师了，我身上还留存的那点力量已无法支持我做出对敌行动的决断了。但不管我多么老，我似乎还希望活得比现在更老，老到在我的青苔底下的卧榻上一卧不起。因为在青苔底下其实我是忍耐不住的，只要一起来，就去狩猎，好像我在这里并不是休息，而是充满新的忧虑，于是又跑回下面的家里去。——那么这以前情况是怎样的呢？喔喔声减弱了吗？没有，它变强了。我随便找了十个地方听了听，发觉我明显搞错了，喔喔声依然如故，丝毫未变。对面的情况仍是老样子，人家在那儿安闲自在，时间任由支配；而这里却每一瞬间都在振荡着监听者。于是，我又沿着漫长的道路回城郭去，我感到周围的一切都很激动，都凝望着我，但旋即又把视线移开，以免扰乱我。但又竭力想从我的表情上看出保卫家园的决心。我摇了摇头，我还没有那个决心呢。我去城郭也并不是为了在那里实施什么计划。我经过一个原来打算建立研究室的地方，我又把它检查了一遍，那可真是个好场所呀，那洞穴朝着有许多小气孔的方向。有了这些气孔，我的工作似乎会轻松许多。看来根本用不着挖得那么远，不必挖到响声的策源地，只需把耳朵贴在出气孔上监听就行。但考虑来考虑去，始终没有足够的勇气来鼓励我从事这一挖掘工作，这个地洞能给我带来安全保障吗？我的心情已经是这样：安全保障根本就不想要了。到城郭里挑它一块上等的去皮的鲜红的肉，拿着它一起钻进一个土堆里，那里无论如何该是宁静的吧，如果说这地洞里还存在着真正的宁静的话。我舔了舔肉，咬了一口咀嚼着，不时想着远处那头正在行进的陌生动物。只要我还有可能，我何不尽情享受一番自己的贮藏品？此举大概是我的计划中唯一切实可行的一项了吧。此外，我很想破那头动物的计划的谜。它是在漫游的途中呢，还是在营造它自己的地洞呢？如果它是在漫游，那么取得它的谅解也许是可能的。如果真的在朝我这边挖掘，就把我的贮藏品分一些给它。这样它准会离开这儿，继续往前走的吧。在土堆中我自然可以梦见各种各样的事情的，包括梦见取得它的谅解这件事，虽然我心中有数，诸如此类的事情是不可能见之于现实的，而且就在我们相遇的那一刹那，甚至就在我们仅仅感到彼此距离已很接近的那一瞬间，会立即互相——分不出谁先谁后——以一种新的异样的饥饿向对方扑过去，尽管双方肚子本来都是填得满满的。这种情况任何时候都是没有例外的，因为一个人即使在漫游途中，难道会由于一见地洞就改变他的旅行和未来的计划吗？但说不定那头动物在掘它自己的洞穴呢，要是这样，那么要取得谅解连做梦也不可能了。纵使这头动物是这样特殊，它能够容忍其洞穴与别人为邻，则我的地洞也不能与之相容，至少一种咫尺相闻的近邻它是忍受不住的。现在，那动物好像明显地去得很远了，只要它哪怕继续往回走几步，那响声也会消失得无影无踪的吧，那样一来，昔日的美好生活都会恢复如初，因而此事就成为一种虽然不祥，却颇为有益的经验，它将激发我进行各方面的改善。只要我获得安宁，没有危险直接威胁着我，我一定还能做出各种像样的事情，庶几那头动物就是鉴于它自己在能力上具有巨大的潜力，才放弃了朝我这边来扩展它的洞穴的打算，转向别的方面去谋取补偿。这种事当然不是通过交涉所能达到的，而只有通过那动物自己的智力，或由我这方面施加压力。这两方面起决定作用的是，动物是否知道我，并且知道我的什么。这些事我思考得越多，就越觉得动物听到我工作的声音一说之不可能。尽管我难以想象，但它也许风闻关于我的某种消息，那倒未始不可。但它不可能听到了我的声音，这是毋庸置疑的。在我对它的事一无所知的情况下，它就不可能听得到我，因为我在这里是保持寂静的，没有人能做到比我重返地洞时更寂静的了。后来，当我进行了一些探究性挖掘时，它听到了我也说不定，虽然我的挖掘方法是很少发出声音的；不过假如它听到了我，我也一定会有所觉察的，那它至少得经常停下工来谛听——但是一切始终毫无改变。

叶廷芳　译

（这篇小说写于 1922 年至 1924 年间，也就是卡夫卡生命的最后年月，当时已经写完，可惜结尾部分遗失了。1931 年首次发表在马克斯·勃罗德编选的卡夫卡短篇遗著集《万里长城建造时》中。）

女歌手约瑟芬或耗子民族

我们的女歌手名叫约瑟芬。谁没有听过她的歌唱，谁便不会明白歌唱的魅力。谁都会被她的歌唱迷住，这一点，由于我们这一代什么音乐都不喜爱，因此格外值得赞誉。我们最喜爱的音乐，即宁静平和；我们的生活艰难，即使我们设法摆脱了日常生活的忧烦，也不可能使自己攀登如同音乐般的境地，这种境地距离我们往常的生活太远。但是我们不会因此而大发怨言；我们从未到过这种地步；我们认为自己最大的优点是某种务实的精明态度，这自然也是我们急需的态度，我们不论遇到什么事，都惯于以精明的一笑来安慰自己，即使我们有朝一日理应要求得到来自音乐的幸福的时候，只是我们还从未有过这种要求。唯独约瑟芬是个例外；她热爱音乐，并且懂得怎样传播音乐；她是唯一的一个；如果她死了，音乐也会随之从我们的生活中消失，谁知道会消失多长时间。

我时常回顾并思索，这种音乐究竟是怎么回事。我们毫无音乐才能；我们理解了，或者至少自以为（因为约瑟芬否认我们有理解能力）理解了约瑟芬的歌唱，这又是怎么回事呢？最简单的回答也许是：她的歌唱实在太美了，就连最迟钝的感官也不会拒却。不过这种回答不能让大家满意。假如果真如此的话，那么，大家一听到她的歌唱，就会立即觉得不同凡响，而且始终会有这样的感觉，仿佛从她的喉咙里发出的声音是我们从未听到过的，甚至是我们没有能力听到的，而唯有这个约瑟芬才能使我们听到，别人谁都没有这种能耐。然而依我看，情况恰恰不是这样，我没有这种感觉，也没有察觉到别个有类似的感觉。在知己者的圈子里，我们相互坦白地承认，就歌唱而言，约瑟芬的歌唱毫无不同凡响的特点。

这究竟是不是歌唱呢？虽然我们没有音乐才能，我们却有歌咏的传统；在我们这个民族的古代就有歌唱；传说里讲到，甚至歌曲还保存了下来，今天自然不再有谁会唱了。所以说，究竟什么是唱歌，我们毕竟略知一二，可是约瑟芬的唱歌实在不符合我们的这种约略的了解。那么，她真的在唱歌吗？会不会只是在吹口哨？吹口哨我们大家当然都熟悉，这是我们民族固有的艺术本领，或者更确切地说，根本不是本领，而是一种有特色的生活表现形式。我们大家都会吹口哨，自然谁也不会想到把它当作艺术来表现，我们吹口哨时，并不注意这一点，甚至没有觉察到这一点，许多同胞根本不知道吹口哨是我们这个民族的特征。假如约瑟芬当真不是歌唱，而只不过是吹口哨，也许，至少在我看来，她没有越出一般吹口哨的范围——她也许连通常吹口哨的气力都没有，相反，一个挖土工倒能一边干活，一边轻松自如地吹上一整天——假如当真如此，那么，约瑟芬的所谓艺术家的身份便要被取消，然而，这样才有理由去解开她为什么会具有巨大影响这个谜。

可是，她发出的声音又不仅仅是吹口哨。倘使你站在离她很远的地方侧耳倾听，或者最好是你有意识地去测试一下自己在这方面的判断力，比如让约瑟芬杂在别人中间唱几句，由你去辨别出她的声音来，这时你能听出来的，肯定只是一种平平常常的口哨声，至多由于纤细或柔弱而稍显突出罢了。但是，你若站在她面前，你就会感到她不只是在吹口哨了；总之，要了解她的艺术，不仅要听她唱，而且还要看她唱。即便这只是我们日常的吹口哨，那么，它的不同寻常之处就在于：她郑重其事去做的却无非是一件最普通的事情。敲开一个核桃确乎不是艺术，因此也没有哪个敢于召集观众，在他们面前敲核桃来娱乐他们。如果有谁居然这么做了，而且如愿以偿，那么这就不仅仅是单纯地敲核桃了。就算是敲核桃吧，可结果却会证明我们忽视了这种艺术，因为我们谁都会敲核桃，同时还证明，正是这位敲核桃的新手第一次使我们看到了敲核桃的真正诀窍，假如他敲核桃甚至不如我们中的大多数熟练，那效果反倒会更好呢。

或许这与约瑟芬的唱歌类似。同样的特长，在她身上我们就欣赏，若是在我们自己身上，我们是不会去欣赏的；在这一点上，她跟我们的意见完全一致。有一次正巧我在场，不知哪个提醒她——这自然是经常会有的事情——注意全民族都在吹口哨，尽管他话说得很婉转，但对约瑟芬来说这已经太过分了。她当时露出的那样狂妄自大的冷笑，是我以前从未见过的；本来分外娇柔的她，即使在我们这个不乏这类女性的民族里，也算得上是突出的，但是在当时却显得格外卑劣；顺便提一下，她自己也非常敏感地立即觉察到了，便连忙加以克制。总而言之，她矢口否认自己的艺术同吹口哨有任何瓜葛。对于持相反意见的人，她嗤之以鼻，还可能怀恨在心。这不是一般的虚荣心，因为反对她的一派（我也一半属于这一派），钦佩她的程度肯定不下于多数群众，但是约瑟芬不仅仅要大家钦佩，而且要大家严格按照她规定的方式钦佩她，对她来说，单单钦佩是一钱不值的。总之，如果你坐在她面前，就会理解她；只有在你远离她的时候，才会反对她；当你坐在她面前时，你便懂得：她在这儿发出的口哨声并不是吹。

由于吹口哨纯属我们不假思索的习惯，你也许会认为，约瑟芬的听众里也会有哪个吹起口哨来；她的艺术使我们快活，而当我们快活的时候就会吹口哨；但她的听众从不吹口哨，而是像耗子一般悄然无声，仿佛我们得到了盼望已久的、至少由于我们自己吹口哨而无法得到的宁静平和，我们沉默着。使我们销魂的，是她的歌唱呢，还是她那细弱的小嗓子周围的肃穆的宁静呢？有一次发生过这么一件事：正当约瑟芬歌唱的时候，有个傻女孩也天真烂漫地吹起了口哨。而这与我们听到的约瑟芬的歌声竟然一模一样；前面是虽然熟练却仍旧怯生生的口哨声，听众中则是那个不由自主的孩子的口哨声；要把两者加以区别，简直是不可能的；不过我们立即向这个小捣蛋发出一片嘘声和呼哨声，她便不再出声了，尽管根本不必这样做，因为当约瑟芬得意地吹起口哨，忘乎所以地张开双臂，把脖子伸得长得不能再长的时候，这个小女孩自会又羞又怕地住声的。

她一贯如此，每件小事，每件意外的事情，每样别扭事，比如正厅前排嘎吱一声响，咬一下牙齿，灯光晃了一下眼睛，她都认为恰好能提高她演唱的效果；她认为自己是在唱给聋人听呢；尽管听众并不缺乏热情，鼓掌喝彩，可她认为，她早就不指望会有什么知音了。她觉得有种种干扰反倒更好；稍做斗争，甚至不必斗争，仅仅用对阵就能战胜外来的、与她的歌唱的纯洁性相对立的种种干扰，这有助于唤醒大众，虽然不能教会他们理解，却也能使他们学会肃然起敬。

小事尚且能给她如此的帮助，大事就更不用说了。我们的生活很不平静，每天都带来惊异和忧虑，希望和恐惧，谁个若不能日日夜夜得到同伴的支持，他便不可能承受这一切；即使得到支持也常常相当艰难；有时原来该由一个人去承担的重负，甚至能把成千分担者的肩膀压得颤颤巍巍的。这时，约瑟芬认为她的良机到了。她早已站在这里，这个纤弱的家伙，胸脯以下抖动得尤其厉害，令人不禁要为她担心，仿佛她在使出浑身的劲来歌唱，把每一份力，几乎把点滴的生机都使了出来，仿佛她被榨干了，被抛弃了，唯有善良的神灵保护着她，当她如此付出整个身心，忘情于歌唱时，仿佛一丝冷风吹过就能使她一命归天似的。但是，在目睹此情此景的时候，我们这些所谓的反对派却习惯于对自己说："她连吹口哨都不会呢；她得费这么大的劲，却不是为了歌唱——我们说的不是歌唱——而是为了吹出几声个个都会吹的口哨声来。"在我们看来就是这样，然而，如上所说，这是一种虽说不可避免但又转瞬即逝的印象。我们很快也就淹没在大众的热情里了，他们身子挨着身子，暖乎乎地挤在一起，屏息谛听。

我们这个民族几乎总是在忙碌活动，经常目的不很明确地到处奔波。要把他们聚集到自己周围来，约瑟芬多半只有一个办法，那就是后仰着小脑袋，半张着嘴巴，眼睛向上瞧，摆出一副即将歌唱的姿势。她随时随地都可以这样做，不一定要在让别个老远就看得见的地方，任何一个偏僻的、一时高兴选中的角落都行。她要歌唱的消息马上就会传开去，大家立刻蜂拥而至。但有时也会发生故障，约瑟芬最喜欢在激动不安的时候歌唱，那时，多种麻烦和困难的事情正好迫使我们到处奔波，即使大家都非常愿意去听，那也不能像约瑟芬所希望的那样迅速集合，于是，她站在那儿摆足功架，但过了好久，听众却寥寥无几——她自然会大发脾气了，使劲跺脚，破口大骂，完全不像个少女，她甚至还咬牙。即使这样的行径也无损于她的名声；大家非但丝毫不遏制她的过分要求，反而极力迎合她；派信差去召集听众；这可是瞒着她干的；然后就可以看到，在周围各条路上布置了岗哨，向来者示意，让他们加快步子；这一切不断进行着，直到最后凑齐了相当数量的听众。

究竟是什么促使这个民族为约瑟芬这样卖力呢？比起关于约瑟芬究竟算不算在歌唱那个问题来，这个问题不见得容易回答，而且这两个问题是密切相关的。假如断言这个民族正是由于约瑟芬的歌唱才无条件地顺从她，那就可以取消这个问题，把它跟第二个问题合并。但情况恰恰不是这样；我们这个民族几乎不懂得什么叫无条件的顺从；这个民族喜欢遇事就耍点无恶意的小聪明，稚气十足地喊喊喳喳，扯些算不得罪过的闲话，活动活动嘴皮子，这样一个民族无论如何不会无条件地顺从的，约瑟芬恐怕也感觉到了这一点，她竭力拔高她那小嗓门与之做斗争。

这种泛泛而论自然得有个限度，这个民族还是顺从约瑟芬的，只不过不是无条件罢了。比如他们没有能力嘲笑约瑟芬。大家可以承认：约瑟芬身上有若干可笑之处；而笑本来一向与我们有缘；

尽管我们生活中有种种不幸，但我们在某种程度上始终善于微微一笑；但是我们不嘲笑约瑟芬。我常常有这样的印象，这个民族是这样理解他们与约瑟芬的关系的：这个小东西，脆弱，需要爱护，在某些方面是出类拔萃的，按照她本人的意见是由于她的歌唱而出类拔萃，她是托付给这个民族照管的，因此必须好好照顾她；至于原因是什么，谁也不清楚，但实际情况看来就是如此。既然受托照顾她，就不能嘲笑她；若是嘲笑她，就是辜负信托，亵渎义务；我们中间最恶的会说："看见约瑟芬就笑不起来了。"这可算作对约瑟芬的最大的恶意了。

总而言之，这个民族照顾约瑟芬，就像父亲照顾孩子，孩子向父亲伸出小手——谁也说不清，这是请求呢还是要求。也会有这样的意见，认为我们这个民族没有能耐尽这种父亲的义务，但实际上它尽着这些义务，至少在照顾约瑟芬上堪称楷模；在这方面，作为整体的民族所能做到的，是任何个体所做不到的。民族与个体之间力量的差别自然是巨大的，这个民族有足够的力量把被保护者拉到自己身边来温暖她，而她也可以受到充分的保护。当然大家不敢对约瑟芬讲这些事情。"谁要你们的保护。"她会说。"对，对，你不在乎。"我们心里这样想。此外，当她违抗时，实际上也不是真正的违抗，而只是一派孩子气和孩子式的感谢罢了，而父亲的态度是随她去。

随之而来的还有另一个问题，它更难由这个民族同约瑟芬的关系来做解释。那就是约瑟芬的想法恰恰相反，她认为是她在保护这个民族，即她的歌唱能把我们从政治的或经济的逆境里解救出来。它的作用就在于此，她的歌唱即使不能除灾，那至少也能给我们力量去承受不幸。她并没有这样讲出来，也没有换成别的说法讲出来，她一般很少说话，在喋喋不休的一群当中，她是沉默寡言的，但是她的闪烁的目光却表达了出来，从她紧闭的嘴上——我们这儿很少能有闭嘴缄默的，她却可以——可以知道她的那种想法。每当坏消息传来时（在有些日子里，这种消息接二连三传来，还掺杂着假的和半真半假的），她会立刻挺身而出，而往常她总是无精打采地几乎站不起来；这时她挺直身子，伸长脖子，想要像牧羊人在暴风雨降临前察看羊群似的，把她的同类全收眼底。诚然，孩子们也会以他们那种没教养的野劲提出类似的挑战，但是约瑟芬这样做时不像孩子们那么没有道理。自然啰，她拯救不了我们，也给不了我们力量，装扮成这个民族的救星是轻而易举的，因为这个民族吃惯了苦，毫不顾惜自己，当机立断，视死如归，只是由于长期生活在好勇斗狠的气氛中，只是表面上显得怯懦罢了，此外，这个民族既繁殖力强而又大胆——我是说，事后装扮成这个民族的救星是轻而易举的，这个民族始终还在设法自救，尽管要做出牺牲，牺牲之大，是历史学家也触目惊心的——而我们一般说来是完全忽视历史研究的。然而我们恰恰在危急时刻会比平时更加专心地倾听约瑟芬的声音，这也是事实。即将临头的威胁使我们变得更安静，更谦恭，更顺从约瑟芬的指挥；我们乐意聚集在一起，挤作一堆，特别是因为促使我们这样做的机缘与折磨着我们的大事完全无关；仿佛我们是在战斗前夕匆匆共饮一杯和平酒——是的，必须抓紧时间，可惜约瑟芬经常忘记这一点。这不太像歌唱演出，而像一次民众聚会，虽说在这个集会上，除了前面轻轻的口哨声之外，四下里一片沉寂；这一时刻实在太严肃,谁也不想再嚼舌了。

当然,这样一种关系绝不会使约瑟芬满意的。她的地位从未明确过,因此她总是神经质地感到不快,尽管如此,她却因为受自信心的迷惑而看不到某些事情,而且不必费大劲就能使她忽视更多的事情;总有一群谄媚者在活动,并起到了这种作用,而且是有效的作用——但是仅仅让她在一个群众集会的角落里歌唱,可有可无,不受重视,尽管这并不算贬低她,她肯定也不会甘心把自己的歌唱奉献出来的。

但是她也不必如此,因为她的艺术并非不受重视。尽管我们牵挂着完全不同的事情,场内的寂静也根本不是单单为了听歌唱,有的根本不抬头,而是把脸埋进旁边那个的毛皮里,看来约瑟芬在台上是白费力气了,然而——不可否认——她的口哨声却不可避免地多多少少灌进了我们的耳朵。这口哨声响起时,所有其他的人都沉默无言,于是,它就像全民族向每个成员发出的信息;约瑟芬尖细的口哨声周围是正在做困难的决断的我们,这如同我们这个可怜的民族生存在充满敌意的世界的混乱之中似的。尽管约瑟芬坚持着,这声音微不足道,这歌唱毫无成就,但她仍坚持着,并且传到了我们的耳边,这也许是值得回想的。在这种时候,如果有一个真正的歌唱艺术家出现在我们中间的话,我们肯定是不能容忍的,我们会一致认为在这种时候表演简直是乱弹琴,并加以拒绝。但愿约瑟芬没有认识到,我们愿意听她唱歌这一事实,证明她的歌唱并非歌唱。她大概是通过直觉感到了这一点,否则她又为什么极力否认我们是在听她歌唱呢?但她又一再地歌唱,不理会这种直觉。

不过，她总还可以聊以自慰的是，我们确实在某种程度上是在听她歌唱，可能类似于听一位歌唱艺术家的演唱；约瑟芬达到了一个歌唱艺术家在我们这里费尽力气也达不到的效果，这些效果又偏偏产生于她的功夫欠缺的技巧。这恐怕主要与我们的生活方式有关。

我们这个民族的成员没有青年时代，也几乎没有童年时代。虽然一再提出这样的要求：应当保证让孩子们得到特殊的自由，特殊的爱护，让他们有权利稍微自在些，稍微胡闹几下，多少玩一玩，应当承认孩子们有这些权利，并且帮助实现这些权利。这些要求提出来了，几乎个个都赞成，没有比这些要求更应该得到赞成的了，但是在我们的现实生活里，没有比这些要求更不能兑现的了。大家赞成这些要求，尽力满足这些要求，但随即又一如往昔。我们的生活就是这样，一个孩子刚会跑几步，刚能稍稍辨别四周环境，就得像成年者那样照料自己；我们出于经济上的考虑而分散居住的地区过于辽阔，我们的敌人过多，危机四伏，防不胜防——我们无法使孩子们逃避生存竞争，不然他们就会过早被淘汰而夭折。在这个可悲的原因之外，自然还有另一个重要的原因：我们这个族类繁殖力非常强，每一代都不计其数，一代排挤一代，儿童没有时间当儿童。在其他民族里，儿童会受到尽心的照料，会替儿童办起学校，儿童们——民族的未来，天天从学校里蜂拥而出，然而，在较长的一段时间内，天天从学校里蜂拥而出的，始终是同一批儿童。我们没有学校，每隔极短的时间，便从我们的民族中涌现出大群的儿童，简直数不清。他们还不会吹口哨的时候，便快活地发出哔哔细声；他们还不会跑的时候,便打滚,挤来挤去滚个不停;他们还看不见的时候,便合伙笨拙地把一切都拽走。我们的儿童啊!不像在那些学校里,总是同一批儿童,不,我们的儿童一而再、再而三地更新,没完没了,没有间断,一个孩子刚出世,他便不再是孩子了,在他的后面已经有新的孩子的脸,数目众多,匆匆出世,欢欢喜喜,红通通的,难以分辨。尽管这是好事,尽管别的族类因此而妒忌我们,我们就是无法给孩子们一个真正的童年。这自有其后果。我们这个民族渗透着某种扑不灭也除不掉的孩子气;这同我们最大的优点——可靠的讲究实际的思维方式,恰恰是矛盾的,有时我们的行为愚蠢到极点,跟孩子干傻事一模一样,没有意义,浪费,慷慨,轻率,而所有这些行径常常是为了开一个小小的玩笑。我们因此而得到的乐趣自然不及孩子的乐趣,但其中必定还有那么一点成分。约瑟芬向来从我们民族的这股孩子气中得到好处,占了便宜。

然而,我们的民族不仅有孩子气,它在某种程度上还未老先衰。童年与老年的概念在我们这儿与在其他民族那儿不一样。我们没有青年时期,我们一下子就变为成年,而成年阶段又太长,因此某种厌倦和失望的心情又在我们这个民族的从整个来说是如此坚强和充满希望的性格中留下了不小的痕迹。我们缺乏音乐才能或许与此有关;我们太老成,搞不了音乐,音乐的激情与亢奋,与我们的艰难不合拍,我们疲惫不堪地拒绝音乐;我们退而吹口哨;偶尔吹几声口哨,我们就心满意足了。我们中间有没有音乐天才,谁也说不准,但是即使有的话,想必也早在他们的才能得到发展之前,就被我们这种性格的同胞扼杀了。相反,约瑟芬却可以随心所欲地吹口哨或者唱歌,随她怎么说都行;她吹口哨并不打扰我们，而且正适合我们，我们完全能受得了；要是其中包含了点音乐成分的话，那也是微乎其微的；这保持了某种音乐传统，但是丝毫也没有加重我们的负担。

但是，约瑟芬给这个如此情绪的民族带来的不只是这些。在她的音乐会上，特别是形势严峻的时候，只有那些小伙子才对这位女歌手感兴趣，只有他们惊奇地瞪眼瞧着她怎样噘起嘴唇，从小牙齿缝里吹出气来，欣赏着她自己发出的声音，又轻下来，并且利用放低声音重新把她那愈来愈费解的演唱推向新的高潮，可是，大部分听众只顾自己沉思，这是一目了然的。这个民族在斗争的间歇里做着梦，仿佛各自的四肢都松开了，仿佛不得安宁者终于可以舒舒服服地躺在这个民族的温暖的大床上摊开手脚伸展一下身子了。约瑟芬的口哨声进入这个或那个的梦乡；她称之为珠落玉盘，我们则称之为声如裂帛；但是无论如何此时此地这声音可谓恰到好处，如在其余的场合就不成，一如音乐就几乎从未有过这份机缘。她的口哨声里含有一些我们短暂而惨淡的童年情景，含有一去不复返的幸福，但也反映出一些日常的现实生活，含有生活中小小的、不可理解的、又确实存在并且不可抑制的欢欣。这一切不是以洪亮的声调，而是以轻柔的、耳语般的、亲切的、有时有点沙哑的声音表达出来的。这自然是吹口哨。怎么会不是呢？吹口哨是我们民族的语言，只不过有些同胞终生吹口哨而不知道这一点，但在这里吹口哨却摆脱了日常生活的桎梏，并且也使我们得到了短暂的解脱。诚然，我们不想错过这样的演出。

但是，这同约瑟芬所断言的她在这样的时刻给了我们新的力量云云，却有很大的距离。当然这是对一般公众而言，对约瑟芬的谄媚者来说又当别论。"怎么会不是这样呢，"——他们厚颜无耻地说——"对于听众云集的现象，尤其在危机临头时听众云集的现象，还能做别的解释吗？这种情形有时候甚至妨碍了采取充分而及时的措施来防备危机。"最后这句话不幸倒是说对了，然而并不能给约瑟芬增添光彩，更不用说再补充这样一个情况，即这些集会突然遭到敌人的冲击，我们的若干同胞不得不因此而丧命，那么，应负完全责任的便是约瑟芬，甚而至于很可能就是她的口哨声把敌人招引来的，可是她却始终待在最安全的地方，并且由她的追随者保护着，头一个悄悄地迅速溜走了。这一点本来是众所周知的，然而当约瑟芬下一次任其所好在某时某地演唱，大家照旧匆匆赶去。可以这样说，约瑟芬几乎是不受法律管束的，她可以为所欲为，即使让全民族遭殃，她也会得到宽恕。假如是这样的话，那么约瑟芬的要求也就完全可以理解了，是的，从这个民族给予她的这种自由中，从这种特殊的、除她而外谁都得不到的、完全违背法律的馈赠中，在某种程度上可以看出，如约瑟芬所说，这个民族并不了解她，而是无能地对她的艺术表示惊异，感到自己不配欣赏，并给约瑟芬造成了痛苦，于是他们便企图以一种近乎绝望的努力来补偿她的这种痛苦，而且正如她的艺术超出了他们的理解能力那样，他们也把约瑟芬和她的愿望都置于他们的管辖之外。然而，这是完全错误的做法，也许这个民族的个别成员会轻易地拜倒在约瑟芬脚下，但是整个民族是不会无条件地向谁投降的，它同样也不会拜倒在她的脚下的。

很久以来，大概从她开始艺术生涯的那天起，约瑟芬就力争要大家照顾她，让她歌唱，免去她的任何工作；就是说让她不必去为每天的面包操心，也不必去参加与我们的生活竞争有关的一切活动，而这些想来应该交给整个民族去负担。一个轻信者——也确有这种轻信者——单单根据这种要求的特殊，根据能够想出这种要求的精神状态，就会得出结论说，这种要求有其内在的合理性。我们的民族却得出了不同的结论，并且心平气和地拒绝了她的要求。他们也并不费力去反驳她列举的理由。比如说，约瑟芬提出，紧张的劳动有害于她的嗓子，虽说劳动时花的力气比歌唱时花的力气小多了，但毕竟会使她在演唱之后得不到充分休息的机会，为下一次演唱养精蓄锐，她歌唱时必须竭尽全力，可是在还需劳动的情况下，她即使尽力也从未达到她的最佳状态。公众听她争辩，权当耳旁风。这个很容易受感动的民族有时候也会无动于衷的。他们有时会斩钉截铁地拒绝，连约瑟芬都大吃一惊，于是她装作服从，乖乖地干她那份活，尽其所能地唱好歌，但这只不过是片刻工夫，接着她又抖擞起精神重新投入战斗了——看来她在这方面有着无穷的力量呢。

现在清楚了，约瑟芬力争的并不是她嘴上所说的要求。她很明智，她不怕干活，逃避劳动在我们这儿是不曾听说过的，即使批准了她的要求，她肯定也不会过一种不同于以前的生活。劳动一点也不妨碍她的歌唱，她的歌唱当然也不会变得更美。她所力争的，只是要大家公开地、明确地、永久地、打破一切先例地承认她的艺术。尽管她几乎在任何事情上都能达到目的，可是这件事她始终办不到。或许她从一开始就应该把进攻的目标指向另一个方向，或许她现在已经明白了自己的失策，但她现在无法回头了，退却意味着背叛自己，她必须坚持要求，否则就得垮台。

倘若如她所说的那样，她确有敌人的话，那么，她的敌人满可以幸灾乐祸地袖手旁观这场斗争，无须自己动手。但事实上她并没有敌人，即使有谁在某些场合指责她，这种斗争也不会使任何一个感到高兴。那原因是，这个民族在这样的场合会表现出一种严峻的法官似的姿态，这平常在我们这儿是极其罕见的。尽管你可以赞成在这种场合下采取这种态度，可是当你想到，有朝一日这个民族也会对你自己采取类似的态度时，你就丝毫不会感到高兴。无论是这个民族的拒绝，还是约瑟芬的要求，问题都不在于事情本身，而在这个民族竟能以这样一副铁石心肠来对待一位同胞，而以往这个民族却是慈父般的，甚至是慈父所不及般的，简直是低声下气地关怀这位同胞，相形之下，就显得更加无情了。

在这个问题上，假如整个民族换成某个成员的话，那就可以设想，这个个别成员会一直对约瑟芬提出的一个接一个逼人的要求做出让步，直到最后结束这种让步为止；他做出了过多的让步，同时却坚信让步总会有个真正的限度；更何况，他之所以做出不必要的让步，只是为了加快事情的进程，只是为了纵容约瑟芬，促使她得寸进尺，提出越来越多的新的要求，直到她真的提出了这最后的要求；这时他自然一劳永逸地一口拒绝了，因为他早已准备好了。然而，实际情况完全不是这样，这个民族不需要耍这种手腕，此外，它对约瑟芬的尊敬是发自内心的，是经受了考验的，何况约瑟芬的要求的确过高，每个天真的孩子都能告诉她会有怎样的结果；尽管如此，约瑟芬对这件事的看法还是包含了那种揣测，即这个民族在耍手腕，因此她在遭到拒绝的痛苦之上又加上了一层怨恨。

即使她这样揣测，她却并不因此而害怕斗争。最近斗争甚至还加剧了；迄今为止，她只是进行舌战，而现在她开始采取别的手段了，她认为这样更有效，我们却认为这对她自己会更危险。

有些同胞认为，约瑟芬之所以变得这样急不可耐，是因为她感到自己正在衰老，声音不行了，因此在她看来，现在是为得到承认而进行最后斗争的关键时刻了。我可不相信。如果真是这样，约瑟芬就不成其为约瑟芬了。对她来说，不存在什么衰老的问题，她的声音也不会不行。如果她提出什么要求的话，那并非由于外部原因，而是出于内在逻辑。她要争得放在最高处的桂冠，绝不是因为这桂冠眼下恰巧挂得低了一点，而是因为它确实挂在最高处；倘若她有这样的权力，她还会把它挂得更高些。

对外界困难的蔑视当然并不妨碍她使用最卑劣的手段。在她心目中，她的权力是不容置疑的；至于她的权力是怎样得来的，那又有什么关系呢！尤其是在她眼里的这个世界上，采取体面老实的办法偏偏行不通。大概由于这个原因，她甚至把争得权力的斗争从歌唱方面转移到另一个对她说来不太重要的领域。她的追随者们将她的话到处散播，据说她自认为完全有能耐，能凭她的歌唱使这个民族的各个阶层，直至隐蔽得最深的反对派，都感到真正的乐趣；不过这不是指这个民族所认为的真正的乐趣（因为它断言，它向来从约瑟芬的歌唱中感受到了这种乐趣），而是指约瑟芬所要求的那种乐趣。不过她还说，她不能假充高尚，也不能迎合低级趣味，所以她只能原来怎么唱就怎么唱。至于她为摆脱劳动而进行的斗争，那又是另一回事了，虽然这一斗争也是为了歌唱，但是她没有直接用歌唱这个珍贵的武器去进行这一斗争，因此，凡是她所使用的手段都是十分有效的。

比如流传着这样的谣言：如果不对约瑟芬让步的话，她就要减少唱装饰音。我对装饰音一窍不通，在她的歌声中也从未听出过有什么装饰音。约瑟芬却要减少装饰音，暂时不完全去掉，只是减少而已。据说她已经实际进行这种威胁了，我可是听不出她现在的演唱同她从前的演唱有什么区别。整个民族也一如既往地倾听着，并没有对装饰音发表任何意见，也没有改变他们对约瑟芬的要求所持的态度。此外不可否认，约瑟芬的想法犹如她的形体，有时也有些颇为不俗之处。比如她在那次演出之后宣布，下次她将重新加上所有的装饰音，仿佛她先前关于装饰音的决定对于公众来说是过于严厉或者过于突然了。但是，下一次演唱会后，她又改变了主意，终于决心再也不唱了不起的装饰音了，除非大家做出一个有利于她的决定，否则她决不再唱。而这个民族呢，把所有这些声明、决定、改口都当作耳旁风，犹如一个陷入沉思的成年人不理睬一个小孩的饶舌，尽管态度和蔼，但孩子的话一句也进不到他的耳朵里去。

约瑟芬却不肯罢休。比如不久前她又声称，在干活时碰伤了脚，站着歌唱有困难；可是因为她只会站着唱，所以现在只好缩短演唱时间。尽管她一瘸一拐，让她的追随者搀扶着，但谁也不相信她真的受了伤，即使我们承认她弱不禁风，我们也是个劳动的民族，约瑟芬也是我们这个民族的一员。要是我们擦破点皮就要一瘸一拐，那么整个民族就会没完没了地瘸着走道了。尽管她像个跛子似的让人扶着，尽管她比以前更经常地以这副可怜相露面，这个民族仍旧感激地听她唱，一如既往地兴高采烈，并不因为缩短时间而大惊小怪。

她不能老是瘸着腿，于是又想出别的点子来了，她借口累了，心情不好，身子虚弱。这下我们除听音乐外还能看演戏了。我们看到约瑟芬背后的追随者们怎样央求她，请她唱。而她也很愿意唱，但又唱不了。他们安慰她，拍她的马屁，几乎把她抬到事先找好的演唱地点。最后，她莫名其妙地流着眼泪总算让步了，可是正当她想要凭着显然是最后的毅力开始唱时，她显出一副弱不禁风的样子，两条胳膊不像往常那样前伸，而是有气无力地垂在身边，使人感到好像短了一截似的——当她想要开始唱的时候，却又不行了，恼怒地一扭头，就瘫倒在我们眼前了。不过她又挣扎着站了起来，唱了，在我听来与以前没有很大不同；听觉灵敏，能分辨出细微差异的，也许会从中听出一点不寻常的激情来，这当然是件好事。唱到最后她甚至不像开始时那样疲倦了，她迈着矫健的步子退场了——如果可以这样形容她那一溜烟的小跑的话，她不要追随者的任何帮助，用冷冷的目光扫视着那些毕恭毕敬地给她让路的群众。

那都是过去的事了，可是最近的一次，该她登台演唱的时候，她却失踪了。不仅她的追随者在找她，许多同胞都加入了寻找的工作，但纯属徒劳；约瑟芬失踪了，她不愿意唱，她再也不愿意人家请求她唱，她这次是彻底离弃我们了。

真奇怪，她怎么会打错算盘，这个精明的家伙，竟会如此失策，甚至让大家觉得，她根本就没有打过什么算盘，只不过是在听凭命运的摆布，而在我们的世界里，她的命运要算是非常悲惨的命运了。她自动放弃歌唱，自动破坏了她征服民心而到手的权

439

力。真不知她怎么会获得这种权力的，其实她很少了解民心。现在她躲起来了，不再唱了，而这个民族却那么平静，看不出任何失望的表情，镇定自若，真是四平八稳的群众，尽管外表给人以假象，实际上他们天生只知道馈赠，从来不会接受馈赠的，哪怕是约瑟芬的馈赠；这个民族在继续走它的路。

约瑟芬可不得不走下坡路了。离她吹出最后一声口哨，然后变得阒然无声的日子已经相去不远了。在我们这个民族的永恒的历史中，她不过是一段小小的插曲而已，而这个民族终将弥补这个损失。对于我们来说，这将不是件容易事；集会怎么会变得鸦雀无声的呢？自然啰，约瑟芬在时，集会不也是静悄悄的吗？难道她的真实的口哨声要比回忆中的更响亮，更生动吗？难道她在世时的口哨声当真强似回忆中的口哨声吗？难道不是这个民族以其聪明智慧把约瑟芬的歌唱抬得这样高吗？而那原因正是由于这种歌唱是不可缺少的。

我们也许根本不会失去很多东西，约瑟芬倒是会幸运地消失在我们这个民族无数英雄的行列里，摆脱了尘世的烦恼，而按照她的看法，凡是出类拔萃者都得经受这种尘世的烦恼；由于我们并不推动历史，因此她不久就将像她所有的兄弟一样，升华解脱，并被遗忘。

汪建 译

（这篇小说写于1924年3月，是卡夫卡最后一个作品，同年4月首次发表在《布拉格新闻》的"复活节副刊"上。）

墓中做客

我在死人那里做客。这是个宽大、整洁的墓穴,已有几口棺材停放在里面,还留有不少空位。有两口棺材开着盖,里面看上去像睡觉的人刚起床,床上还乱七八糟。靠边的地方放着一张写字台,所以我进去后,马上发现有一个身体强壮的男子坐在写字台后面。他右手拿着一支笔,看上去刚才还在写东西。左手在背心前玩弄一根一根闪亮的表链,低垂着脑袋,几乎要挨着表链。一个女仆正在扫地,其实地上没有什么可清扫的。

我也说不清哪里来的好奇心,竟上去扯了下盖住她脸的头巾,这才看清了她。原来是我早就相识的一位犹太姑娘。她有一张饱满又白净的脸,长着一对细长、深色的眼睛。她从破头巾里冲我一笑。似乎她正用这条破头巾,把自己装扮成一个老妇人。我说:"你们大概在演喜剧吧?""是呀,"她说,"有那么点意思,你真有眼力!"可是她接着指了指坐在写字台后面的男人,说,"你到那儿,先向他问好,他是这里的主人。我原不能先跟你交谈的。""他究竟是何人?"我悄悄地问。"一位法国贵族。"她说,"他叫德·波伊丁。""他怎么会来到这儿?""这我也不知道。"她说,"这儿真是混乱不堪,我们正期待有人来整顿一下这儿的秩序呢,你就是这个人吧?""不,不。"我说。"你很明智。"她说,

"你现在还是到那位先生那里去一下。"

于是，我走了过去，鞠了一个躬。他并没有抬头，所以我只能见到他那乱蓬蓬的白发。我说了声晚安，他依然没有反应。一只小猫沿着桌子的边缘跑了一圈，又不见了。显然，它是从他的怀里出来，现在又重新跳进他的怀中。也许他根本没有看他的表链，而是瞧着桌子底下什么东西。我正要向他解释，我是怎么到这里来的，这时，我的那位老相识在后面扯了扯我的上衣，说："不需多说了。"

我对此感到很满意。于是转过身去。我们挽着胳膊继续在墓穴里走动。可是那把扫帚挺碍事。"把扫帚扔了吧。"我说。"不，对不起，"她说，"还是让我拿着吧，这里扫地一点都不累，你一定也看出来了吧？况且这对我还有好处，我不想放弃。还有，你是不是想留在这里？"她换了个话题。"为了你，我愿意留下。"我慢悠悠地说。我们现在紧紧靠在一起，像一对情人。"留下来吧，留下来吧，"她说，"我多想你呀，这里并不像你担心的那样糟糕，再说，周围怎么样，跟我们俩有啥关系。"我们沉默无语地走了一会儿。我们松开了挽着的胳膊，紧紧搂抱在一起。我们走在干道上，左右两侧都放棺材。这个墓穴真大，至少是非常长。这里虽很暗，但还不是漆黑一片，在黑黝黝中，还透着一点亮光，在我们的周围，形成一个淡淡的光晕。突然，她说："你来，让你看看我的棺材。"这使我大吃一惊。"你还没死呢。"我说。"不，"她说，"不过，我得承认，对这里的一切，我并不熟悉。所以你来到这里我很高兴。这么短的时间，你已对这里的一切都了如指掌，现在你比我看得更清楚。不管怎样，我也有了口棺材。"我们向右拐进一条支道，两侧是两排棺材。这里的整体布局使我想起了我曾见过的一个大酒窖。在支道上我们遇到一条不到一米宽的小溪，水流湍急。然后我们走到了姑娘的棺材跟前。棺材里放着镶着精美花边的枕头。姑娘坐进了棺材。她用目光示意，同时用食指招引，要我也进去。"亲爱的姑娘，"我说，同时拉开她的头巾，把手放在她浓密而柔软的头发上，"我还不能留下来陪伴你，我得找墓穴里一个人谈话，你能帮我找到他吗？""你必须找他谈话吗？在这里，可没有要承担什么义务的规矩。"她说。"我可不是这里的人哪。""那你的意思是你马上就要走了？""那当然。"我说。"既然如此，那就越少浪费你的时间越好。"她说。随即她在枕头下翻找着，从枕下抽出一件衬衫来。"这是我的寿衣。"她说着，把那件衬衫递给了我，"不过，我现在还用不着穿它。"

黄湘舲　译

（卡夫卡生前在一些笔记簿和散页纸张上不时写下了不少文字，其中有随笔、速写以及短篇故事等。在他死后，他的好友马克斯·勃罗德违背了卡夫卡要他把自己的全部文稿都付之一炬的遗嘱而保存下来，并加以整理出版。这其中就有这些记在笔记簿和散页纸张上的作品，标上《笔记簿和散页中的断片》的总题目。这里就是从中选出的三个短篇：《墓中做客》《犹太教堂里的"宠物"》和《误入荆棘丛》，标题系编者所加。）

犹太教堂里的"宠物"

在我们犹太教堂里生活着一只跟紫貂差不多大小的动物。人们经常能见到它，不过，它不容许人靠近它，只能站在二米开外的地方。它的皮毛呈浅青绿色，但谁也没摸过它的皮毛，当然也无从谈起。几乎大家都认为，它皮毛真实的颜色是看不出来的。看到的不过是沾在它毛皮上的尘土和灰浆的颜色。这种颜色也确实像教堂内墙上抹的灰浆的颜色，只不过稍浅些。除了有点胆怯外，它是头非常安分守己的动物，要不是它经常被赶走，它也许不会变换地方。它最喜欢待的地方是妇女祈祷室的格子窗上。它抓住窗格子，显得很自在，它伸出头观望下面的祈祷室，似乎它很乐意待在这个有点冒险的地方。可是教堂里的仆役有个任务，把它从格子窗上赶走，怕它老待在那里成了习惯。它所以被撵走还是由于妇女见了它害怕，至于为什么怕见它就不清楚了。不过，第一眼看到它，确实令人生畏，尤其是它那长脖子、三角脸、几乎呈水平状突出的上排牙齿，还有上嘴唇上那盖过牙齿的坚硬的浅色鬃毛。可是不久人们就看出，它只不过看起来有点可怕，其实对人毫无危险，它总是躲着人，比林中的动物更胆小。这跟这幢建筑物大概有关系，它的不幸显然是这幢建筑是一座犹太教堂，也就是说这儿有时会非常热闹。倘若人能与这只动物对话，那么就可安慰它说，我们这座山区小城的教区一年比一年缩小。现在要筹集维修教堂的资金都很费劲了。很可能过段日子，这座教堂会变成一个粮仓或类似的场所。于是这只动物便会重新得到久已失去的安宁。

不过，害怕这动物的只是女人，男人早就不在意了。上一代人指给下一代人看，时间一长，终于没人想看它一眼了，甚至孩子初次见到它也不会感到惊奇，它变成了这座教堂的家畜，为什么这座教堂不能有一头别处见不到的独特的家畜呢？要不是那些女人，人们几乎忘记它的存在。其实女人并不真的害怕这只动物，如果几年、几十年后还常谈这只动物，岂非成了咄咄怪事。她们会为自己辩解说：这只动物经常跑到离她们比离男人近得多的地方，这也是事实。它不敢下来，跑到男人跟前，男人也从未见到它出现在地面上。当有人不让它待在妇女祈祷室的格子窗上的时候，它多半就待在格子窗对面的墙上，这堵墙几乎跟祈祷室同样高，并且墙头有一条不到两指宽的墙棱，这条突出的墙棱三面围着教堂。这只动物有时在这条突出的墙棱上来回奔跑，但多数时候它总是静静地蹲在面对女人们的地方。在如此狭窄的墙头的墙棱上轻巧地跑动，真叫人不可思议。更值得一看的是它在墙棱的尽头转身的动作，它已是一只很老的动物了，它依然毫不迟疑地做出最勇敢的空中翻滚动作，而且从没失误过。它在空中转身，然后再沿着原路往回跑。当然，看过几次也就腻了，再没兴致盯着看。其实使女人们躁动的既不是恐惧，也不是好奇心。如果她们祈祷的时候总是非常虔诚地说，她们会完全忘却这只动物的存在，不过多数女人不是这样的，她们总是想引起人们对她们的注意，而这只动物就成了她们最好的借口。倘若她们有胆量的话，她们会逗引这只动物靠她们更近些，以便做出受到更大惊吓的表情。实际上，这只动物根本不会去靠拢这些女人，如果它没受到攻击，它对女人跟对男人一样漠不关心。它最乐意过的，也许是一种隐居生活，就像教堂不做礼拜时它过的生活，显然那时它待在一个洞穴中，这个洞穴我们近来曾发现。只有在祈祷开始后，它被噪声惊吓才出来，它想瞧瞧发生了什么事。它时刻保持警惕，它要过自由的生活，随时准备逃走。它是出于恐惧才跑出来的，出于恐惧才显得有点疯疯癫癫。它不敢退回去，直到对上帝的仪式结束。它最爱待在高处，那儿才是最安全的地方。格子窗和墙头的边棱是它奔跑最佳的去处。当然，它绝不会总待在这两个地方，偶尔它也会跑到距离男人更近的地方来。约柜[①]前的帷幕是用一根闪亮的黄铜杆撑着的，这似乎对它很有吸引力。它经常悄悄地往那儿跑，即使跑到了约柜的跟前，那儿依然很安静，所以人们从来没说过它在那儿捣乱。它总是用它那双炯炯发光的、像是没有睫毛的眼睛，直瞪瞪地望着那些善男信女。其实它谁都没看，而只是警惕注视着可能威胁它安全的危险。

说到威胁它安全的危险，至少在不久以前，这似乎还令人费解，甚至比对女人还摸不着头脑，真的有什么危险让它害怕吗？

---

① 又称"法柜"，是古代以色列民族的圣物，"约"是指上帝跟以色列人所订立的契约，而"约柜"就是放置了上帝与以色列人所立的契约的柜子。

有谁会故意作弄它呢？多少年来，它不是自由自在生活着吗？男人们并不关心它的存在与否，大多数女人也许会因失去它而感到悲伤。再说，它是这座房子里唯一的动物，所以根本不存在天敌。这一点从它在这儿的生活经历中就能看出来。教堂做礼拜活动及由此而来的噪声也许对这只动物是可怕的，但每天举行这种仪式的规模都不大，在节日有所扩大，但总按规定来办，从没有违例过。而这只担心的动物应该适应了这种环境。况且它看到这种喧闹声不是来自追猎者，而是它无法懂得的活动。可是它仍然害怕，这是出于对逝去岁月的回忆，抑或对未来的预感？也许这只年迈的动物知道的事情比曾来教堂的三代人还多？

人们说，很多年前确实有人想把这只动物撵走。这有可能是真实的，但也可能是编造出来的。不过，当时曾有人站在宗教法立场上探讨过这个问题：是否可容许这么一只动物待在上帝的圣殿里？这是有据可查的，人们从各地请来了著名的拉比[①]来裁决，结果意见不统一。但大多数人认为应当把它赶走，并且重新为教堂举行一次落成布道仪式。但是，高高在上发号施令是容易的，实际上，要逮住这只动物却难以做到，因而也不可能把它撵出。只有把它抓住，送到很远的地方，才可以比较有把握地说摆脱了它。

许多年前，真的有人尝试把它撵走。据一个教堂仆役的回忆，他的祖父当年也是教堂的仆役，特别喜欢讲他的那段往事。他祖

[①] 指接受过正规犹太教育，系统学习过犹太教经典，担任犹太人社团或犹太教教会精神领袖或在犹太经学院中传授犹太教教义者，主要为有学问的学者。

父还是小孩子的时候,就听人说要摆脱这只动物是不可能的,当时他的虚荣心顿时膨胀起来。在一个晴朗的上午,阳光照遍了教堂的每一个角落,这位善于登攀的少年,拿着一根绳子、一只弹弓和一根有点弯曲的棍子,悄悄地跑进了教堂。

黄湘舲　译

误入荆棘丛

我误入一片无法通行的荆棘丛中，于是，我大声呼叫公园值班人员。他立刻赶到，却无法穿过荆棘丛来到我身边。"您怎么会走进这片荆棘丛中去的？"他喊道，"您不能从同一条路走出来吗？""不可能，"我喊道，"我找不着那条路了，刚才我边想事边走着，突然发现自己在这个地方，好像荆棘是我来这里后才长出来的，我实在没法走出来，这下我完了。""您像个孩子，"这位值班人员说，"您肯定走的是条禁止通行的路，又愣头愣脑走进了从没人去的树丛中，现在您叫苦了吧。别着急，您不是在原始森林里，是在一个公园里，会把您领出来的。""在公园里不该有这种树丛。"我说，"你们又用什么法子救我呢？谁也进不来，要救就赶快吧，马上就天黑了。在这儿过夜，我受不了，我衣服全被荆棘剐破，夹鼻眼镜也掉了，再也没找到。没了眼镜，我简直成了半个盲人。""您讲得有道理，"值班人员说，"可是您还得忍耐一会儿，我还要去叫工人来，让他们开出一条路来，事先还要得到公园主任先生的同意，耐心一点，拿出点男子汉气概来吧，我求您啦。"

黄湘舲　译

图书在版编目(CIP)数据

变形记:卡夫卡中短篇小说选/(奥)卡夫卡著;高中甫编;李文俊等译.—北京:商务印书馆,2024
(卡夫卡百年典藏)
ISBN 978-7-100-24025-3

Ⅰ.①变… Ⅱ.①卡… ②高… ③李… Ⅲ.①《变形记》 Ⅳ.①I521.45

中国国家版本馆 CIP 数据核字(2024)第 103130 号

权利保留,侵权必究。

卡夫卡百年典藏
变形记
——卡夫卡中短篇小说选
〔奥〕卡夫卡 著
高中甫 编
李文俊 叶廷芳 等译

商 务 印 书 馆 出 版
(北京王府井大街36号 邮政编码100710)
商 务 印 书 馆 发 行
北京雅昌艺术印刷有限公司印刷
ISBN 978-7-100-24025-3

2024 年 6 月第 1 版	开本 850×1168 1/32
2024 年 6 月北京第 1 次印刷	印张 14½

定价:69.00元